reporter au c

L . A . C O N F I D E N T I E L :
LES SECRETS DE LANCE ARMSTRONG

Pierre Ballester, 44 ans, est journaliste de sport depuis 1981. Correspondant permanent à Londres de l'Agence France-Presse (1985-1987), reporter au quotidien *Le Sport* (1988), grand reporter à *L'Équipe*, rubrique cyclisme et boxe (1989-2001). De 1982 à 1999, ce lauréat du prix Blondin du Tour (1994) a couvert dix Tours de France. Après 1998, il a essentiellement enquêté sur les affaires de dopage dans le cyclisme.

David Walsh, né en Irlande, 48 ans, est « Chief sports writer » du *Sunday Times* de Londres. Auteur de huit livres, il a été élu journaliste sportif de l'année à trois reprises en Grande-Bretagne. Son dernier ouvrage, *Woody and Nord - A Football Friendship*, consacré à l'international anglais de football Gareth Southgate, a reçu en 2003 le prix W. H. Smith du meilleur livre sportif de l'année.

Pierre Ballester
David Walsh

L.A. CONFIDENTIEL :

Les secrets de Lance Armstrong

Éditions de La Martinière

TEXTE INTÉGRAL

ISBN 2-7578-0027-2
(ISBN 2-84675-130-7, 1ʳᵉ publication)

© Éditions La Martinière, 2004

Questions
sur un champion

« Si une faute doit surgir de la recherche de la vérité, il est préférable de l'exhumer plutôt que de dissimuler la vérité. »

Saint Jérôme.

« Quand je me lève le matin, je peux me regarder dans la glace et dire : oui, je suis propre. C'est à vous de prouver que je suis coupable. »

Lance Armstrong,
Libération, 24 juillet 2001.

« Pour s'en sortir, les équipes doivent être claires sur l'éthique. Quelqu'un a passé la ligne ? Il n'a pas droit à une deuxième chance ! »

Lance Armstrong,
L'Équipe, 28 avril 2004.

Dix ans. Entre le champion du monde sur route qui s'épanche, s'esclaffe et relance la conversation, une bière à la main, dans une boîte de nuit norvégienne, et le coureur au visage fermé qui fend la foule de juillet, protégé par un garde du corps ou derrière les vitres fumées du bus de l'équipe, dix ans se sont écoulés.

Juillet 1993. Dans le jardin d'un hôtel suranné près de Grenoble, l'un des auteurs interviewe Armstrong pendant trois heures. C'est la première saison professionnelle de ce Texan facile à vivre, un peu cow-boy, très ambitieux. L'intervieweur repartira avec vingt-cinq pages d'entretien, futur chapitre d'un livre[1] qu'il écrit sur le Tour de France, et avec une grande admiration pour ce jeune homme qu'il pense promis à un grand destin sportif. Huit ans plus tard, au printemps 2001, nouvel entretien. Mais le Tour 1998 est passé par là. Affaires et révélations se sont multipliées dans le cyclisme. Comment conserver intacte son admiration?

C'est un Armstrong heureux, insouciant, éloquent, que son coauteur va rencontrer au soir de son sacre mondial à Oslo, en août 1993. Partis à sa recherche à travers la ville, trois reporters finissent par le retrouver vers minuit dans une discothèque, hilare, légèrement éméché. Ce dimanche-là, le maillot arc-en-ciel n'a pas encore 22 ans. Et un sourire grand comme ça. Pendant plus d'une heure, il va se livrer sans réserve autour d'une table ronde, alors que la sono hurle les tubes de l'époque. Ce soir-là, rien n'est tabou. Il parle beaucoup. On comprend qu'il aime parler. Il pourrait le faire jusqu'à l'aube si ses copains ne le rappelaient à la réalité. Il ne lui reste plus que quatre heures avant de se rendre à l'aéroport. Demain, il doit courir le critérium de Châteaulin.

Avril 1996. Ce même auteur lui demande de porter un jugement sur celui qu'il était avant ses performances dans la Flèche wallonne (1er) et dans Liège-Bastogne-

---

1. David Walsh, *Inside the Tour de France,* Random House, 1994.

Liège (2ᵉ). Armstrong se traite lui-même de «petit con». On le prend au mot et sa déclaration fera le titre de son entretien[1]. Lors de notre rencontre suivante, il ne nous en tiendra pas rigueur, se contentant de hausser les épaules. «OK, OK, c'est vrai, je te l'ai dit.»

Austin, sept mois plus tard. On le retrouve le geste lent, une casquette vissée sur son crâne chauve. Ce n'est plus la pluie grasse d'un été scandinave, mais le soleil tiède d'un novembre texan. Lance Armstrong n'est plus un cycliste professionnel, mais un cancéreux. Depuis un mois.

Parmi les innombrables demandes d'interview qui s'accumulent sur son répondeur et sur celui de Bill Stapleton, l'avocat chargé de ses intérêts, il en a retenu deux : celle de Samuel Abt, journaliste du *New York Times* et de l'*Herald Tribune*, et la nôtre. Un Américain, un Français.

Lance Armstrong nous attend sur le pas de la porte. Un bras du Colorado s'étire à l'arrière des 500 m² de cette villa blanche, de style méditerranéen, installée dans un quartier ultra-résidentiel et protégé, au-delà de la colline qui surplombe la capitale texane. On est loin du deux-pièces encombré où il nous a reçu, un peu embarrassé, trois ans plus tôt.

Nous voilà dans la cuisine. Lance Armstrong se prépare un jus de légumes avec un mixer. Il demande des nouvelles de l'Europe. La conversation est pudique. L'entretien, l'autre, celui qui sera imprimé, va bientôt débuter. Nous pensons qu'il préférera une interview à trois, pour gagner du temps. Mais non. L'un après l'autre. «Samuel Abt d'abord, toi ensuite.»

L'entretien commence. L'auteur désœuvré déambule alors dans la maison, contemple les peintures, caresse les cinq vélos accrochés dans le garage, jette un coup

---

1. «Avant, j'étais un petit c...», *L'Équipe*, 24 avril 1996.

d'œil au compteur de la Porsche noire, s'imprègne des détails de la nouvelle vie du champion. Il arrive dans un couloir, qui conduit à une chambre, et s'apprête à poursuivre sa visite quand quelqu'un arrive derrière lui.

« Tu cherches quelque chose ?

– Quelque chose ? Non, rien de particulier. Puisque je ne veux pas gêner ton entretien avec Sam, je me balade, c'est tout. Et puis, un "papier", c'est aussi une atmosphère, tu le sais bien.

– Mais il n'y a rien dans ma chambre.

– Rien ? Comment ça rien ?

– Si tu crois que tu vas trouver un sac de dope…

– Un sac de… ? Mais de quoi tu parles ? Pardonnemoi, mais je ne comprends pas… »

Lance Armstrong coupe court en souriant. L'auteur, interdit, en fait autant. L'épisode est clos. Le champion se livre ensuite au jeu de l'interview avec une formidable sensibilité, évoque la mort en face, parle d'amour, de jouissance comme peu d'individus sont capables de le faire avec un journaliste. Huit ans plus tard, l'auteur n'a pas oublié ce témoignage poignant. Ni cette étrange séquence.

Un Maillot jaune dans une foule, c'est un phare en mer d'Irlande. Il est près de 17 heures, et Lance Armstrong fait face à une caméra de Channel Four, une chaîne de télévision anglaise. La 14e étape du Tour de France 1999 vient de s'achever à Saint-Gaudens sur la victoire du Russe Dimitri Konyshev. Une journée de repos est programmée le lendemain, et le champion américain répond aux questions de Paul Sherwen près du bus de son équipe. Le coureur américain, en jaune depuis une semaine, a survolé le Tour, dans le prologue du Puy-du-Fou comme dans le contre-la-montre de Metz ou la traversée des Alpes, et de nombreux médias s'en étonnent à grands renforts de titres ambigus. En sortant de la salle de presse, l'auteur ne peut manquer l'attroupement qui s'est formé. Il se faufile et arrive derrière le Maillot jaune. Comme mu par un sixième sens, Lance Armstrong se retourne, prend l'auteur par le bras, le ramène à sa hauteur, et déclare :

« Vous savez, ce journaliste n'est pas professionnel. »

L'interview est terminée. Alors que Lance Armstrong écarte la foule pour regagner son bus, l'auteur reste éberlué. Avant de se reprendre :

« Eh, Lance, tu ne peux pas me laisser comme ça ! C'est quoi ce truc ? »

La réponse d'Armstrong, qui se retourne à peine, se perd dans le brouhaha.

Le soir même, le téléphone portable de l'auteur vrombit.

« C'est Lance.

— Lance ? Euh… Salut. Euh… Écoute, je ne comprends toujours pas ta réaction. Tu…

— Faut arrêter avec vos titres à double sens. Vous me traitez avec mépris, ces insinuations, tout ça… Ce n'est pas normal.

— Eh ! Lance, je ne suis pas responsable des écrits de la presse française, seulement des miens. Est-ce qu'il y a eu quelque chose qui…

— Ton journal n'est pas correct avec moi. C'est inadmissible.

— Bon, bon… Je pense qu'il est préférable qu'on en discute. Tu fais une conférence de presse à 16 heures demain, c'est ça ? Alors, voyons-nous avant, d'accord ?

— Pourquoi je…

— Écoute, ce n'est pas dans une de ces "conf" traduites en plusieurs langues, où l'on te demande ton plat préféré et le nom que tu donneras à ton prochain chat, qu'on va pouvoir s'expliquer.

— Mouais… Mais tu feras passer mon message, OK ? Bon, disons 15 heures à mon hôtel.

– Ça me va. Merci et à… »

Il a déjà raccroché.

Le lendemain, accompagné d'un photographe du journal, l'auteur arrive au rendez-vous fixé avec un quart d'heure d'avance. Mark Gorski, le manager de l'équipe, est là pour nous accueillir.

« Lance est dans sa chambre, au premier étage. Il t'attend.

– Merci Mark. »

C'est un Armstrong un peu furax qu'on retrouve dans sa chambre. Cet hôtel de Saint-Gaudens est de catégorie modeste, et le Maillot jaune peste contre les conditions d'hébergement des coureurs. La chambre, qu'il occupe seul, est en effet sommaire. Un grand lit, une table de chevet, une chaise. Pas même de quoi recevoir ses visiteurs. La présence du photographe, qu'il connaît pourtant, ne lui convient guère, mais il laisse filer. Ce photographe, qui a compris, se fait tout petit dans un coin de la pièce. Lance Armstrong s'étend sur le couvre-lit.

« Bon, ton dictaphone est en marche ?

– Oui, oui.

– Bon, voilà ce que j'ai à dire… »

Suit un bref monologue sur le traitement dont il est l'objet dans la presse. Pas de quoi remplir une demi-page. L'auteur reprend la main, repasse au crible l'actualité fiévreuse du moment, avant d'en venir au jeu du oui / non :

« Lance, tu permets que je te pose des questions directes ; des questions que tout le monde se pose, le public, les journalistes. Rien de tel pour mettre un terme aux supputations, d'accord ? »

Lance Armstrong, d'abord surpris, acquiesce brièvement de la tête, tout en faisant comprendre au photographe qu'il doit arrêter de le mitrailler.

« As-tu eu recours à un certificat médical ?

– Aucun.

– Rien de rien ? Ni pour les corticoïdes, ni pour l'EPO ?

– Rien.

– N'as-tu jamais utilisé des produits de ce type pour guérir ton cancer ?

– Non, jamais.

– N'as-tu plus de traitement à suivre pour éviter une éventuelle résurgence de ton cancer ?

– Non, absolument rien. Je dois simplement consulter mon spécialiste en oncologie, le docteur Einhorn, une fois tous les quatre mois. »

L'entretien durera trois quarts d'heure. Lorsque nous nous quittons dans le couloir, la poignée de main n'est pas aussi franche que les précédentes. L'auteur se hasarde à une phrase apaisante :

« Bien, j'espère que cet entretien servira à dissiper le malentendu.

– Tout dépend de ce que tu en écriras.

– Ce que tu m'en as dit, Lance. »

Le « question-réponse » paraît le lendemain, 20 juillet. Ce jour-là, ce n'est pas Lance Armstrong qui s'en plaint auprès de l'auteur, mais Jean-Marie Leblanc, le patron du Tour, fulminant contre ce qu'il qualifie d'« interrogatoire de police ».

Tout est en place. Assis au centre de la tribune, Lance Armstrong est prêt à répondre au feu des questions. Nous sommes à San Luis Obispo, à deux heures de voiture au nord de Los Angeles, en janvier 2000. L'équipe US Postal a pris ses quartiers d'hiver dans un complexe hôtelier californien, mais, de façon inhabituelle, c'est un temps maussade qui règne sur la région.

Une trentaine de journalistes internationaux se retrouvent dans la salle de conférence de l'hôtel. Une demi-douzaine de caméras sont braquées sur l'Américain. Dan Osipow, qui s'occupe des relations publiques de l'équipe américaine, joue le maître de cérémonie. Des questions fusent. Délibérément, l'auteur a choisi de rester debout, adossé à un mur. Lance Armstrong l'a remarqué, bien sûr, puisqu'il voit tout, mais ne laisse rien paraître. Plus de six mois se sont écoulés depuis cet entretien sans fard paru dans *L'Équipe*. Lance Armstrong n'y a jamais réagi. Après un quart d'heure, Dan Osipow prévient la presse : «*Last two questions !* Les deux dernières questions !» Vient la dernière. Lance Armstrong lance un regard imperceptible à l'auteur. La «dernière» question est posée par un journaliste allemand. La messe est dite.

Armstrong regagne sa chambre. Une cohorte de journalistes l'accompagne, dont l'auteur, en retrait. Les couloirs se succèdent, puis les étages, et le cortège s'amenuise peu à peu. Ne restent plus que le champion américain, tout près de la porte de sa chambre, et l'auteur, toujours à distance respectable. Sans se retourner, le Texan l'apostrophe :

«Bon, qu'est-ce que tu veux ?

– Pas ça.

– Quoi, pas ça ?

– Pas ce quart d'heure consacré à la presse. Certains ont fait près de dix mille kilomètres pour te voir, et j'en fais partie.

– Je sais. J'avais vu ton nom sur la liste.

– Aussi intéressante que soit ta conférence de presse, tu peux comprendre que mon journal et moi-même ayons envie de passer un peu plus de temps avec toi.»

Lance Armstrong s'est retourné. Il joue avec la clé de sa chambre, fait mine de réfléchir, se fend d'un léger sourire.

«Si je n'avais pas voulu que tu viennes, tu n'aurais pas été accepté. Tu veux combien ?

– Trois quarts d'heure, ce serait bien. Demain, ça t'irait ?

– Demain… OK pour demain. Une demi-heure.

– Merci Lance. »

Le lendemain, l'entretien a lieu dans l'un des salons de l'hôtel, en plein passage. Trente minutes, pas une de plus. Des réponses plus courtes, plus conventionnelles. Armstrong refuse la présence de John Wilcockson, rédacteur en chef du mensuel américain *Velo News*, pour « une histoire que John connaît ». Désolé John.

Le fil était rompu.

Bon nombre de ceux qui ont approché Lance Armstrong au cours des années se retrouveront sans doute dans cette évolution. De la sympathie, du naturel ; de l'admiration, de la pudeur ; de la franchise, de la gêne. Puis une conviction. Pour faire court, du chaud, du tiède puis du froid. Un dilemme entre le respect pour un parcours unique et le malaise qu'il suscite.

Car depuis sa première victoire dans le Tour, en 1999, Lance Armstrong n'a jamais pu se débarrasser d'un fil à la patte : un doute insinuant. La suspicion est sa plus forte douleur, et elle n'a pas connu de rémission. Miracle médical, cancérologues dubitatifs, mystère d'un contrôle positif qui tourne court, démêlés avec la justice française, performances physiologiquement inexplicables, mensonges avérés, vérités dissimulées, entourage sportif sulfureux, le tout dans une discipline sportive constamment écornée par l'actualité… Quel que soit l'angle d'attaque, surgissent immanquablement un problème, une question.

Tout est donc parti d'un coup de fil, en août 2000 ; celui d'un journaliste à un autre journaliste, de David Walsh à Pierre Ballester. Et d'un sentiment commun : le malaise était trop fort. Refuser d'enquêter aurait été une offense à notre métier. Notre investigation commune a duré près de trois ans. Trois ans pendant lesquels les portes se sont ouvertes plus facilement que prévu. Comme si le désir de contribuer était fort, les consciences trop malmenées. Parce qu'elles avaient le sentiment que les articles dithyrambiques accompagnant la carrière de Lance Armstrong occultaient, délibérément ou pas, une part de la vérité ; que les prises de position inflexibles de l'intéressé sur le dopage étaient autant d'outrages à cette vérité. Mais le passage à l'acte a toujours été éprouvant. Pour certains une torture, pour d'autres un soulagement. Il a demandé des mois de réflexion, d'hésitation, d'angoisse. La plupart ont livré *off the record* des éléments qui, même demeurés confidentiels, ont contribué à la compréhension du personnage.

Peut-être vous demanderez-vous pourquoi Armstrong plutôt qu'un autre, car ce n'est pas le seul champion controversé. Les réponses sont multiples, mais l'une d'elles est déterminante : si l'on ne peut croire en l'histoire d'un sportif de haut niveau qui a survécu à un cancer avant de devenir un espoir pour tous les malades qui en sont atteints, en qui croire alors ? Car après le Tour 1998, qui a vu le cyclisme toucher le fond, Lance Armstrong est devenu sa caution morale, pratiquement sa dernière chance. Depuis bien des années, il s'est même autoproclamé hérault de la lutte anti-dopage, distribuant cartons rouges et bons points. Et bien au-delà du cyclisme, Armstrong est devenu un symbole, une icône. George W. Bush, le président des États-Unis, Texan comme lui, ne lui a-t-il pas demandé de l'accompagner dans le Air Force One présidentiel pour assister à la cérémonie d'ouverture des Jeux olympiques de Salt Lake City, en janvier 2002 ? Ce même George Bush qui sonnait l'alarme, de façon quelque peu inattendue,

16

le 21 janvier 2004 à Washington, au cours de son discours annuel sur l'État de l'Union en exhortant le milieu sportif américain à bannir tout produit dopant ? « Pour aider les enfants à faire les bons choix, il leur faut de bons exemples. (…) Mais malheureusement, certains individus n'en sont pas (…) Le recours aux produits dopants est dangereux et délivre un message erroné. Ils sont un raccourci à la réalisation de soi et font croire que la performance est plus importante que le caractère. »

L'enjeu de ce livre dépasse donc largement Lance Armstrong, ou le Tour de France. Voilà pourquoi cette enquête est dénuée d'animosité à son égard et s'est interdit de toucher à sa vie privée, son divorce, ou ses enfants. Elle ne s'attarde pas non plus sur ses revenus et ses sponsors. Car l'essentiel est ailleurs : le sport est-il encore un terrain de jeu ou un champ d'expérimentation ? Le sportif de haut niveau a-t-il le droit de concourir sans passer par la case dopage ? Qui se soucie de ces sportifs décédés au printemps de leur vie ? Qui s'attarde sur l'avenir du sport, sur le rêve qu'il perpétue, génération après génération ? L'éthique est-elle devenue un mot obsolète ? Ce livre est en tout cas dédié à ceux qui jouent le jeu malgré tout, le vrai jeu, et à ceux qui se battent pour qu'ils puissent continuer.

Indiana Hospital

Nous sommes au début de l'année 2001. Au cours d'une conversation avec l'un des auteurs, Greg LeMond, triple vainqueur du Tour de France et double champion du monde sur route, évoque le parcours de Lance Armstrong. LeMond veut croire aux succès de son compatriote sur les éditions 1999 et 2000 de la Grande Boucle, tout comme à sa résurrection et à l'amélioration de ses performances après son cancer.

Mais il estime que l'explication avancée par son compatriote, la perte de 10 kg, ne peut justifier physiologiquement ses énormes progrès. Greg est ennuyé. Il a appris qu'Armstrong entretenait des liens étroits avec le docteur Michele Ferrari. Il est d'autant plus ennuyé qu'il a entendu dire que Lance Armstrong aurait reconnu, devant des médecins de l'Indiana Hospital d'Indianapolis, l'usage de produits interdits améliorant la performance. LeMond est incrédule. «Je ne peux pas y croire. Si cette histoire me taraude, c'est que celui qui me l'a rapportée est plutôt quelqu'un de fiable.»

Cette rumeur est revenue à plusieurs reprises au cours de notre enquête. Armstrong aurait fait cet aveu devant deux médecins, dans une salle de consultations. Cette scène aurait eu lieu à la fin octobre 1996, peu après son opération au cerveau, en présence de six de ses plus proches amis de l'époque : Chris et Paige Carmichael, Frankie Andreu et sa future femme Betsy, Stéphanie

McIlvain et Lisa Shiels. Chris Carmichael, le principal entraîneur de Lance Armstrong, est à ses côtés depuis que le coureur a intégré l'équipe nationale junior américaine. Frankie Andreu est un équipier et un ami. Stéphanie McIlvain travaille pour Oakley, l'un des sponsors de Lance Armstrong, mais elle est également devenue une amie. Lisa Shiels est à l'époque la *girlfriend* du coureur texan. Un des médecins aurait demandé à Armstrong s'il a eu recours à des produits améliorant la performance. En réponse, l'intéressé aurait détaillé la liste des produits dopants qu'il utilisait, EPO et hormone de croissance notamment.

Nous avons cherché à interroger Lisa Shiels, mais n'avons pu retrouver sa trace. En revanche, nous avons réussi à joindre Betsy Andreu et Stéphanie McIlvain à ce sujet. Voici la réponse de Betsy Andreu :
« Avez-vous rendu visite à Lance en octobre 1996 à l'Indiana Hospital ?
– Oui.
– Étiez-vous présente dans la salle de consultations, avec Frankie Andreu, votre futur mari, Chris et Paige Carmichael, Stéphanie McIlvain et Lisa Shiels, lorsque Lance a admis devant ses médecins avoir eu recours à des produits améliorant la performance ? »
Une longue pause.
« Betsy, vous êtes toujours là ? Lance a-t-il admis avoir eu recours à des produits améliorant la performance ?
– Je n'ai aucun commentaire à faire sur ce point. Posez plutôt la question à Lance, pas à moi.
– Mais l'avez-vous entendu dire qu'il utilisait des produits améliorant la performance ?
– Je vous l'ai dit. Je n'ai aucun commentaire à faire là-dessus. »

Voici également la réponse de Stéphanie McIlvain :

« Avez-vous rendu visite à Lance à l'Indiana Hospital à la fin octobre 1996, après qu'il a subi une opération liée à son cancer testiculaire ?

– Oui, j'étais là-bas.

– N'étiez-vous pas dans la salle de consultations avec Chris et Paige Carmichael, Frankie et Betsy Andreu ainsi que Lisa Shiels, lorsque Lance a admis avoir recours à des produits améliorant la performance ?

– Je suis désolée, mais je n'ai aucune déclaration à faire à ce sujet. C'est l'affaire de Lance. Je n'ai pas à parler de ça.

– L'avez-vous entendu, oui ou non, déclarer qu'il utilisait des produits améliorant la performance ?

– Désolée, *no comment*. Si vous avez des questions qui appellent des réponses, posez-les à Lance. »

Nous avons également envoyé à Lance Armstrong les questions suivantes :

« Beaucoup de gens ont établi un lien entre le cancer et la prise de produits dopants. Vos cancérologues et autres médecins ont-ils déjà fait de même lors de vos rencontres ?

Nous avons entendu dire que vous auriez admis avoir pris des produits améliorant la performance devant vos cancérologues. »

Il n'a pas souhaité répondre.

La rage de vaincre

> « Je battais tout le monde et j'y prenais un plaisir fou. »
>
> Lance Armstrong,
> *Il n'y a pas que le vélo dans la vie*, p. 37.

« Rien ne se perd », écrit Armstrong dans son auto-biographie (*It's Not About the Bike, Il n'y a pas que le vélo dans la vie*). « On peut tout utiliser, les vieilles blessures et les anciens affronts sont le terreau où l'on puise l'énergie de se battre. J'étais juste un gamin amer. »

Armstrong a sans doute été façonné par les expériences de son enfance[1]. Comment n'auraient-elles pas développé sa cuirasse émotionnelle et forgé sa détermination à faire quelque chose de sa vie ? Sa mère, Linda Mooneyham, a 17 ans quand elle tombe enceinte d'un

---

1. La totalité des informations sur la jeunesse de Lance Armstrong proviennent des deux livres suivants et d'un long entretien de Lance Armstrong avec l'un des auteurs en juillet 1993 : Lance Armstrong et Sally Jenkins, *Il n'y a pas que le vélo dans la vie*, Albin Michel, 2000, Le Livre de Poche, 2003 (les numéros de pages citées ici se réfèrent à l'édition de poche) ; Lance Armstrong et Sally Jenkins, *Chaque seconde compte*, Albin Michel, 2003. David Walsh a tiré de son entretien un chapitre de son livre *Inside the Tour de France, op. cit.*

dénommé Gunderson, dont on sait peu de choses, sinon qu'il a épousé Linda pendant sa grossesse mais l'a quittée deux ans plus tard. L'enfant abandonné ne posera aucune question à sa mère, ne voudra rien savoir de son père biologique et ne cherchera jamais à établir de relations avec lui. Gunderson a pris sa décision, le garçon a pris la sienne, voilà tout. À ses yeux d'enfant, Gunderson a fourni l'ADN, pas plus, un pur hasard qui ne fait pas de lui son père.

Pour arriver à joindre les deux bouts, sa mère doit cumuler deux ou trois emplois et, très tôt, Lance comprend l'ingratitude de la vie. Dans les premières années de sa carrière professionnelle, quand il prendra constamment les gens à rebrousse-poil, ses coéquipiers se moqueront de sa soif de revanche, vaste comme son Texas natal. Dans son autobiographie, il parle de la façon dont sa mère lui enjoignait sans cesse de positiver. Travailleuse et consciencieuse, Linda passe d'un emploi à un autre en cherchant toujours à faire plus et à améliorer l'ordinaire. Pratiquement seule et dévouée à son fils unique, elle a coutume de lui dire : « Si tu ne te donnes pas à 100 %, tu ne réussiras pas. » Comment s'en serait-elle sortie autrement ?

Puis Terry Armstrong entre dans la vie de Linda et, après leur mariage, il adopte Lance et lui donne son nom. Il vivra dix ans avec eux, avant d'être sommé de partir. Armstrong livre une sombre image de ses relations avec son beau-père. « Quand j'étais très jeune, je m'entendais assez bien avec lui. On ne sait pas détester quelqu'un à cet âge, mais je peux vous dire que dès que j'ai appris à détester quelqu'un, ça a été lui. J'ai pris son nom car il m'a adopté, c'est comme ça que j'ai porté comme nom Armstrong. Je n'attache aucune importance à ce nom mais, aujourd'hui, il serait difficile d'en changer. »

Il a de bonnes raisons de nourrir cette hostilité. Terry

Armstrong a l'habitude de battre son fils adoptif avec une pagaie et, plus tard, le jeune adolescent découvrira que son beau-père entretient une liaison avec une autre femme. Cette découverte le fait plus souffrir que les coups. Dès qu'il est en âge d'y voir clair, Armstrong est convaincu que sa mère et lui seraient mieux sans Terry. Il a 14 ans quand Linda décide finalement de divorcer. L'adolescent ne pleure pas le départ de son père adoptif. « Vous grandissez, vous avez 14, 15 ou 16 ans, vous êtes au lycée, les parents de vos amis divorcent et les enfants s'effondrent. Ils se mettent à pleurer, s'énervent, il leur faut des soutiens psychologiques, et tout le tou-tim. Je voyais tout ça autour de moi. Moi, quand mon beau-père est parti, j'ai fait la fête. C'était un tel soula-gement. J'étais troublé, je me disais : "Qu'est-ce qui ne va pas chez toi, mon vieux ? Les autres enfants sont déchirés, et, toi, on met ce type à la porte, et tu es ravi." »

Après le divorce, Terry Armstrong continuera d'en-voyer à son fils adoptif des cartes d'anniversaire, l'en-veloppe parfois bourrée de billets. Lance remet l'argent à sa mère en lui demandant de le lui renvoyer. Un jour, il écrira une lettre à son beau-père, lui expliquant qu'il ne pense pas qu'une quelconque relation existe entre eux, et que s'il pouvait changer de nom, il le ferait. C'est sa façon de lui faire comprendre que tout est terminé. Comme Gunderson, Terry Armstrong a eu sa chance, mais il l'a ratée. Pour toujours.

« J'aime maman »

Lance et sa mère, toujours en quête d'un meilleur job ou d'un logement plus confortable, s'installent dans un quartier relativement aisé de Plano, au Texas. Il est assez frustrant pour le jeune Lance d'habiter un endroit dont les habitants appartiennent tous au country club local, Los Rios, où les enfants conduisent de belles voitures et portent des polos de marque. Lors de sa dernière année à l'East Highschool de Plano, Armstrong, sélectionné dans l'équipe nationale de cyclisme, manque les cours pendant six semaines. Il pense que, parce qu'il a représenté son pays, la direction du lycée se montrera indulgente. Mais il apprend avec amertume qu'il n'en sera rien. S'il ne rattrape pas le temps perdu très rapidement, il peut faire une croix sur son diplôme.

Armstrong ne peut s'empêcher de penser que s'il jouait au football américain plutôt que de faire du vélo, si ses parents étaient membres de Los Rios et s'il portait des vêtements à la mode, ces problèmes lui seraient épargnés. Mais, dans le monde où vivent les Armstrong, on ne reste pas sur un refus et, surtout, on ne laisse personne gâcher vos chances. Linda appelle donc sans relâche des établissements privés, plaidant la cause de son fils avant d'expliquer qu'elle ne peut pas payer les frais de scolarité. Finalement, l'un d'entre eux, Bending Oaks, accepte Lance.

Le premier sport qu'il pratique est la natation. Il se débrouille bien dans l'eau, mettant à profit son endurance naturelle et sa grande capacité à s'entraîner. Au début, Linda le conduit à la piscine tôt le matin, puis il achète un vélo et s'y rend lui-même, 15 km aller et 15 km retour. Il devient bientôt un nageur et un cycliste accomplis. Mal à l'aise dans les sports de balle, il décide de s'essayer au triathlon après avoir gagné un cross à l'école. Bon nageur, bon cycliste et bon coureur à pied, il est attiré par les primes distribuées dans les épreuves de triathlon. Il commence à 13 ans et fait mouche à son premier essai : 200 m à la nage, puis 10 km à vélo et, pour finir, 2 km à pied. Puis il sort vainqueur de courses régionales, à Houston et à Dallas, et termine deuxième des finales nationales à Orlando. «J'ai fait plein de sports où je n'étais pas bon, j'ai enfin découvert le triathlon et je me suis dit : *"Hey man !"* Ce n'était ni pour la gloire ni pour les trophées ; ce que j'aimais, c'était gagner et être le meilleur. C'était quelque chose que je n'avais jamais connu. » Lance a découvert une sensation dont il va devenir dépendant. Il se souvient en particulier d'un triathlon disputé à Dallas, qui rassemble les meilleurs Américains. Mille concurrents s'alignent au départ, dont cent professionnels. Armstrong, 15 ans, termine l'épreuve de natation, qui ouvre la compétition, à égalité avec Mark Allen, alors considéré comme le meilleur triathlète des États-Unis. Il reste dans sa roue pendant l'épreuve cycliste et finit 6e à l'issue de la course à pied. Le genre de performance qui ouvre les yeux d'un adolescent, qui a droit, en prime, à sa photo aux côtés d'Allen. Mais ce qui le grise par-dessus tout, c'est le sentiment d'avoir fait des vagues dans la communauté des triathlètes. Qui donc est ce gamin ? Pour qui se prend-il ? Est-ce qu'on sait d'où il vient ?

Lance a de l'endurance, mais aussi du cran et du panache. Il veut affronter les cracks et montrer qu'il n'est pas un jeunot à prendre à la légère. Linda n'a pas élevé un velléitaire. Quand il était plus jeune, elle riait de ses grognements lorsqu'elle le réveillait à 4 h 45 du matin pour qu'il aille s'entraîner à la piscine. « Allez Lance, lui disait-elle, c'est le premier jour du reste de ta vie. » Parce que c'était sa mère, il ne pouvait pas se fâcher ; elle lui répétait encore et encore : « Mon fils, on ne dit jamais "démissionner". » Il ne peut donc céder. Jamais. Il aime le grand air, les cours ne l'intéressent pas. Il s'est essayé au football américain mais sans succès. C'est alors qu'il découvre le triathlon, et l'occasion d'être le meilleur de Plano. Il doit être le meilleur triathlète, il doit se détacher du lot. Et il veut gagner de l'argent. Oui, beaucoup d'argent.

Après sa 6e place à Dallas, Lance se prépare pour les championnats nationaux de triathlon. Ce jeune talent prometteur se met en quête du sponsor qu'il pense mériter. Mais, à 15 ans, peu connu, il n'a aucun espoir. Les refus successifs exacerbent un peu plus sa détermination, son désir de relever le défi. Dans une petite boutique de Plano, il fait imprimer « J'aime maman » sur son dossard. Rien n'est plus approprié car personne ne l'a soutenu comme Linda. Aucun athlète ne dispose d'un pareil sponsor. Il termine l'épreuve à une très honorable 8e place et sa mère trouve son dossard « cool ».

Carmichael entre en scène

Il ne fait alors aucun doute qu'une grande carrière de triathlète s'ouvre devant Armstrong mais il va y renoncer. Son passage au cyclisme est graduel, presque accidentel. On ne fait pas 30 km par jour à vélo sans développer une certaine complicité avec sa machine. Au début, il ne s'agit pour Lance que d'améliorer ses capacités de cycliste et il aime la vitesse qu'il parvient à atteindre. Lorsqu'il se met au triathlon, il commence à prêter une plus grande attention au vélo. Il se met à la course cycliste pour se préparer au triathlon, mais, plus il court, plus il apprécie. Qu'est-ce que ce sport lui apporte de plus que la natation ou la course à pied ? L'excitation. Les trois sports exigent de l'endurance mais le vélo est synonyme de vitesse, et la vitesse grise Armstrong. Il conduit sa deuxième voiture d'adolescent, une Camaro, à 170 ou 180 km/h. À vélo, il accélère pour passer à l'orange et adore les critériums du mardi soir à Plano, parce que ces courses assouvissent justement son goût pour la vitesse.

S'il s'est mis au vélo, c'est aussi parce que sa valeur est reconnue. En 1989, alors qu'il a 18 ans, la Fédération américaine de cyclisme l'invite à s'entraîner avec l'équipe nationale junior à Colorado Springs, puis à représenter son pays aux championnats du monde sur route juniors de Moscou, sur le circuit de Krylatskoye. Coureur solide, il fait alors montre d'un comportement jusqu'au-boutiste. Son penchant naturel est d'attaquer et de courir comme si sa vie en dépendait. Une attitude admirablement positive, mais tactiquement consternante, qui lui coûtera cher.

« À l'époque, je ne connaissais rien au cyclisme. Je me suis présenté au départ de la course sur route juniors avec cette combinaison qu'on porte dans les contre-la-montre. Je n'avais pas de musette, pas d'eau, rien. J'ai dit au manager de l'équipe : "Je n'ai pas besoin du maillot et du short. Je veux être aérodynamique." Je suis parti en tête et j'ai essayé de rester devant pendant toute la journée. Sans rien manger ni boire. Dans le final, je suis allé droit dans le mur. J'étais épuisé. » Un an plus tard, en 1990, il dispute les championnats du monde amateur sur route, à Utsunomiya, au Japon. À nouveau, il manifeste la même agressivité irréfléchie, s'échappant dès le deuxième tour, prenant jusqu'à une minute et demie d'avance. À mi-parcours, l'attaquant solitaire est décomposé et a épuisé ses réserves quand il est rejoint par trente concurrents plus prudents. Il termine 11e, une place respectable mais qui aurait dû être bien meilleure.

Ce jour-là, au bord de la route, un certain Chris Carmichael, coach de l'équipe américaine nationale senior, l'observe avec dépit.

Après la course, Carmichael et Armstrong prennent une bière au bar de l'hôtel où loge l'équipe américaine. Le jeune coureur a une dent contre Carmichael, qui a divisé l'équipe américaine amateur en deux groupes, A et B. Armstrong, il l'a mis dans le B. Une bière à la main, Lance finit par se détendre et par plaisanter de la tactique insensée de ce jeune Texan persuadé qu'il faut aller le plus vite possible le plus longtemps possible.

Carmichael le félicite pour son audace et sa 11ᵉ place finale. Le coach lui explique qu'il a aimé ce qu'il a vu, Armstrong apprécie. Ses réserves à l'encontre de Carmichael se sont dissipées. C'est alors que ce dernier abat sa carte maîtresse. C'est bien d'être 11ᵉ mais Lance aurait dû faire mieux, il aurait pu finir sur le podium s'il avait plus couru avec sa tête qu'avec son cœur. Qui sait jusqu'où il ira s'il sait conserver son énergie jusqu'au bout ? Armstrong est d'abord tenté de l'envoyer bouler : « Eh, arrêtez, j'ai quand même fini 11ᵉ, c'est mieux que les autres Américains. » Mais avant qu'il ait eu le temps de monter sur ses grands chevaux, Carmichael le rassure en évoquant son avenir : « Je suis convaincu que tu seras champion du monde. » Il n'a pas besoin d'en dire plus. Il a gagné.

Lance Armstrong vient de trouver son premier coach cycliste.

Né dans les champs de maïs

L'un des auteurs le rencontre à Indianapolis, dans un café Starbucks, un après-midi de janvier 2001. Il commande un café au lait et s'assied pour raconter son histoire. Il s'appelle Greg Strock, Dr Greg Strock désormais car il vient de finir la fac de médecine et s'apprête à commencer sa première année d'internat. La médecine n'a pas toujours été son métier. En fait, jusqu'en 1990, Strock était même peu calé sur l'aspect médical des choses. À cette époque, c'est un jeune cycliste américain qui a le monde à ses pieds. Banesto, la meilleure formation professionnelle de l'époque, lui a réservé une place dans son équipe élite amateur et tous le voient intégrer ensuite le peloton professionnel. Son rêve est de courir les grandes courses européennes et de donner le meilleur de lui-même.

Strock est né à Anderson, une ville située au nord-est d'Indianapolis. Impressionné par son cousin, Dan Taylor, qui aime le vélo et peut rouler jusqu'à 45 km d'une seule traite, Strock, alors âgé d'une douzaine d'années, décide de s'acheter sa première bicyclette. Pour gagner l'argent nécessaire, il tond la pelouse de ses voisins. Quand ses parents se demandent si leur plus jeune fils doit passer autant de temps à faire du sport, il travaille encore plus dur à l'école pour les rassurer. «Quand j'ai commencé le vélo, je suis devenu plus sérieux et mieux organisé. Mes notes se sont améliorées et mes parents étaient vraiment ravis. Nous avions un accord tacite. Je ramenais de bonnes notes et ils soutenaient ma carrière sportive.»

Strock se met à acheter des vidéos de vieilles courses européennes. Il aime particulièrement regarder les Paris-Roubaix, la plus éprouvante des classiques d'un jour. Le vent souffle beaucoup dans l'Indiana et, en traversant le plat paysage de champs de maïs, le gamin est ballotté à tout-va. Pour se donner du cœur à l'ouvrage, il s'imagine poursuivant une échappée dans Paris-Roubaix. En hiver, quand il fait trop mauvais pour rouler dehors, il chevauche un *home trainer*. À 15 ans, il devient le meilleur jeune cycliste d'Indiana, et l'un des tout premiers du pays. Un an plus tard environ, aux championnats nationaux juniors d'Allentown, en Pennsylvanie, il bat George Hincapie dans le contre-la-montre individuel. Ce succès lui ouvre les portes de l'équipe américaine aux championnats du monde juniors de Moscou, en 1989. Ce même championnat où Lance Armstrong a roulé en combinaison. La réussite de Strock permet à l'équipe d'être qualifiée pour la compétition junior de l'année suivante.

L'USCF (United States Cycling Federation) l'invite à des camps d'entraînement, enthousiasmée par les résultats de ses tests physiologiques. «Oh, tu fais mieux que

Roy Knickman dans sa première année », lui dit-on. « Tu sais, tu fais aussi bien que Greg LeMond au même âge. » Bien préparé, pédalant contre une résistance, lors d'un test ergonomique, il bat le record détenu par LeMond. C'est du pain béni pour lui car il est l'un des jeunes cyclistes les plus consciencieux du programme américain. Il se nourrit avec soin, dort bien, ne fume pas, ne boit pas et, sans altérer pour autant son enthousiasme, vit comme un moine. « J'étais juste un gamin né au milieu des champs de maïs qui avait trouvé le sport qu'il aimait et dans lequel il excellait. »

« Des trucs de bébé »

L'expérience de Strock aux championnats du monde juniors de 1989 le pousse à devenir un champion cycliste. À Krylatskoye, il court le contre-la-montre par équipes alors qu'il se sait plutôt coureur de courses à étapes. Les responsables de la Fédération américaine acceptent que son programme de la saison 1990 privilégie ces dernières. Greg a réussi son examen de sortie du lycée [l'équivalent du bac] en janvier, il est donc libre de se consacrer à son sport. Au printemps, il fait un échange avec le jeune cycliste espagnol Igor Gonzalez de Galdeano, futur Maillot jaune du Tour de France, et passe dix semaines au Pays basque espagnol. Plus tard dans l'année, ce sera à Gonzalez de Galdeano de séjourner aux États-Unis. En Espagne, Strock gagne trois des six courses qu'il dispute, et après avoir battu les meilleurs espoirs espagnols, il reçoit une proposition de Banesto.

C'est à la même époque, au début 1990, que René Wenzel est engagé comme coach de l'équipe junior américaine sur route. Danois, mais résident aux États-Unis, Wenzel a été coureur professionnel en Europe, et son recrutement témoigne de l'ambition grandissante de la Fédération américaine. L'une de ses premières tâches est, après des courses françaises relativement modestes, de faire participer l'équipe au prestigieux Dusika Tour, en Autriche. Parce que c'est une course d'une semaine avec des étapes de montagne, Strock sait qu'il peut réussir et fait de cet événement l'un de ses principaux objectifs de la saison. Avant de quitter l'Espagne pour retrouver Wenzel et ses coéquipiers en Bretagne, Greg, qui souffre d'un gros rhume et a mal à la gorge, est mis sous antibiotiques par le médecin de la famille espagnole chez qui il habite.

À son arrivée en France, il ne se sent guère dans son assiette et ses performances s'en ressentent. C'est la première fois qu'il travaille avec Wenzel et il a peur de faire mauvaise impression. Craignant de ne pas retrouver sa forme pour l'Autriche, il en parle à Wenzel et lui explique qu'il est sous antibiotiques. Pendant leur séjour en Bretagne, Wenzel s'est adjoint les services d'un soigneur français. Après une discussion avec celui-ci, il demande à Greg d'arrêter les antibiotiques. « Je ne savais pas qui était ce Français », se souvient Strock. « Il avait des cheveux noirs, une taille moyenne, dans les 30 ans, était assez bien habillé, mais je n'avais pas l'impression d'avoir affaire à un médecin. Il ne m'a pas examiné, ne m'a pas parlé, mais, après en avoir discuté avec lui, René est revenu en me demandant d'arrêter les antibiotiques, qui m'avaient été prescrits par un médecin compétent. »

Ils vont même plus loin. « Ils m'ont dit qu'il fallait me faire une piqûre et ils m'en ont fait une. On m'a donné aussi des ampoules en verre et des cachets, pour 7 à 10 jours environ. Une ampoule chaque jour, et les cachets deux fois par jour. On m'a expliqué qu'il s'agissait de produits différents et d'extrait de cortisone. Mis à part mes vaccinations, c'était la première fois qu'on me faisait une piqûre. À cette époque, nous avons commencé à trouver des cachets dans nos barres énergétiques. Je me souviens très bien de la première fois, j'ai mordu dans ma barre et je me suis demandé ce qui pouvait avoir si mauvais goût. Je pouvais voir la section du cachet à l'endroit où j'avais mordu. J'ai d'abord pensé que quelqu'un de la chaîne de fabrication l'avait trafiqué, puis j'ai compris que c'étaient nos propres gars qui faisaient ça. J'étais assez vigilant pour poser des questions : "René, est-ce que c'est sans risque pour la santé ? Est-ce que c'est autorisé ?" On me rassurait à chaque fois, et c'était la même chose pour les autres coureurs de l'équipe. On aurait dit un lavage de cerveau. On nous disait : "Les gars, à un certain moment de votre carrière professionnelle, il faudra prendre des produits qui augmentent les performances." Ou : "De toute façon, ce sont des trucs pour bébé, c'est légal, ce n'est pas un problème." C'était leur façon de nous entraîner dans la culture du dopage, en minimisant le mal qu'ils faisaient et en nous rappelant qu'un jour, nous devrions prendre de "vrais trucs". »

Strock retrouve finalement sa forme avant le Dusika Tour qu'il finit 8e. La course se termine sur une montée de 6 km et, à 3 km de l'arrivée, Greg attaque, grappillant 10 secondes qui, s'ajoutant au bonus de la victoire d'étape, peuvent lui permettre d'espérer la victoire finale. Mais il est rattrapé à moins de 1 km de l'arrivée et doit se contenter de cette 8e place. Un bon résultat tout de même, qui impressionne Wenzel.

Entre les mains de Fraser

Pour les juniors américains de 1990, les championnats du monde de Cleveland, en Angleterre, constituent le test le plus important de l'année. Peu après leur arrivée dans leurs quartiers le 8 juillet, on présente aux coureurs un soigneur écossais qui doit travailler avec eux pendant toute la durée des championnats. Inconnu des participants, Angus Fraser a l'habitude de procurer une aide «médicale» aux coureurs cyclistes ainsi que des massages. Personnage controversé, il sera accusé un peu plus tard d'avoir fourni au pistard australien Martin Vinnicombe, champion du monde du kilomètre en 1987 et vice-champion olympique aux Jeux de Séoul sur la distance l'année suivante, des stéroïdes anabolisants, ainsi qu'une note lui indiquant comment les utiliser, comment les vendre à d'autres coureurs, et comment les cacher à ses entraîneurs en expliquant qu'il s'agissait en réalité d'un mélange de vitamines B_{12} et d'enzymes de vitamines. Strock n'a pas oublié sa première rencontre avec Angus. «René était dans la pièce la première fois qu'il m'a massé. Il m'a dit que je devais faire entièrement confiance à Fraser, qui était un professionnel qui savait ce qu'il faisait.»

Fraser dispose de sa propre chambre dans l'hôtel de l'équipe. Outre les massages, il est officiellement chargé «des contrôles sanguins, de la médecine, des vitamines, etc.», bien qu'il n'ait reçu aucune formation médicale. Wenzel conduit les coureurs jusqu'à la chambre de Fraser, où ils entrent seuls, une serviette autour des reins, avant de s'allonger sur la table. Les rideaux sont tirés et Fraser fait de son mieux pour les mettre à l'aise. «Tu es ici pour te détendre. Ne dis rien.» Après le massage, il leur fait une piqûre, parfois deux. «Il portait un tablier bleu et blanc, se rappelle Strock. Parfois il commençait par la piqûre, puis continuait par le massage. Parfois, c'était l'inverse. Nous recevions au maximum deux ou trois piqûres chaque jour. Je posais des questions à René : "Qu'est-ce que c'est ? Est-ce que c'est légal ?", et je pouvais voir qu'à ses yeux j'étais un emmerdeur. "Nom de Dieu, Greg, si tu veux réussir comme professionnel, il va falloir que tu apprennes à faire confiance à tes entraîneurs et à tes coachs. Les pros sur le Tour ne gaspillent pas leur énergie comme ça." En Angleterre, on m'a expliqué que les piqûres contenaient des vitamines et de l'extrait de cortisone. Un jour, on nous a parlé d'une injection d'ATP[1]. Quand on manque d'énergie, on fait une ATP, c'est légal. Pour le contre-la-montre par équipes, chaque membre de l'équipe a également reçu un suppositoire de caféine, ce qui en revanche n'était pas autorisé. Après le suppositoire, je me souviens d'avoir ressenti d'horribles crampes à l'estomac. Je me tordais de douleur, en position fœtale. Nous avions une camionnette garée près de la ligne de départ et d'arrivée, c'est là que nous avons pris les suppositoires. On se les met dans l'anus et ça lâche un stimulant.»

Dans ce contre-la-montre, quatre coureurs représentent les États-Unis : Greg Strock, Erich Kaiter, Gerrik Latta et George Hincapie. En passe de remporter la médaille d'argent pendant presque toute la durée de la course, l'équipe américaine voit ses chances réduites à néant après une crevaison dans le dernier quart de l'épreuve. Toujours est-il que deux de ces coureurs, Kaiter et Latta, confirment parfaitement la version de Strock sur ces championnats du monde juniors et sur d'autres rassemblements. Quant à George Hincapie, aujourd'hui membre important de l'équipe US Postal – son leader sur les classiques –, il n'a jamais fait aucun commentaire sur son expérience de membre de l'équipe junior américaine.

---

1. Acide adénosine triphosphorique, substance moléculaire qui est la principale source d'énergie de l'organisme, commercialisée en France sous le nom de Striadyne®.

Greg et Lance

L'avenir de Strock, considéré comme l'un des jeunes talents américains les plus prometteurs, s'annonce brillant. Il a reçu une offre de l'équipe amateur de Banesto pour le début de la saison 1991, et il est également courtisé par l'équipe professionnelle Motorola, encore novice, qui veut engager deux autres amateurs, Lance Armstrong et Bobby Julich. C'est un signe encourageant pour Strock car Armstrong et Julich ont tous deux un an de plus que lui. Nouvel encouragement à la fin de sa dernière année junior : il est sélectionné pour l'année suivante dans le groupe A, élite de l'équipe américaine. Normalement, les seniors de 1re année démarrent dans le groupe B. Et l'on se souvient qu'Armstrong l'avait mal pris.

Bien qu'Armstrong ait un an de plus que Strock et qu'il soit membre de l'équipe coachée par Chris Carmichael, Lance et Greg se rencontrent à plusieurs reprises. Tous deux font partie de l'équipe américaine des championnats du monde juniors de Moscou, en 1989, et ils participent ensuite à des camps d'entraînement communs, en 1990 et au début 1991. « Je suis allé au camp d'entraînement national en février [1991], rappelle Strock. J'étais vraiment fort et excité par mon avenir. Je me souviens que mes résultats aux tests étaient très bons. Lance était également présent. À ce moment-là, mes capacités physiques étaient supérieures aux siennes. Le type qui nous testait m'a dit que j'avais le VO$_2$ max le plus élevé qu'il ait jamais vu chez un cycliste américain. Dans nos courses d'entraînement, il y avait toujours une échappée de Lance et de moi, on courait très bien tous les deux. »

Armstrong se souvient de Strock à Moscou. « Je roulais sur la route, lui sur la piste. Un type intelligent, un bon gars, du sang noble, un type normal, complètement normal. Mais je n'ai pas beaucoup couru avec lui, presque pas. Il courait plutôt sur sa classe, des types comme George [Hincapie], Eric Harris, Erich Kaiter et Kevin Livingston. Des garçons qui avaient un an de moins que moi. Greg était un bon coureur cycliste, ce n'était pas un grand coureur cycliste, loin de là.»

Strock tombe malade

Au début 1991, Strock quitte Anderson, Indiana, pour commencer sa saison chez Banesto en Espagne. C'est peu après qu'il tombe malade : mal de gorge, gonflement ganglionnaire, puis arthrite dans les genoux et les hanches. Ses genoux se mettent à gonfler. Quand il monte un escalier, ses jambes fléchissent subitement, et il manque de tomber. Banesto l'envoie chez l'un de ses médecins, qui lève les bras au ciel en avouant qu'il n'a aucune idée de ce que peut être sa maladie. Il décide que Strock est victime d'une infection qui touche ses articulations. Impuissant à l'aider, Banesto décide de le renvoyer aux États-Unis pour qu'il y consulte son médecin traitant.

Chez lui, son état empire. Lorsque son épuisement chronique se complique de troubles respiratoires, il est transporté aux urgences du Community Hospital d'Anderson. Strock présente des symptômes totalement inhabituels pour un athlète de 18 ans. On pense d'abord à un cancer du système lymphatique, une hypothèse suggérée par des adénopathies aux aisselles et à l'aine. Après lui avoir retiré quelques-uns de ces ganglions, on lui explique que les articulations sont touchées et que, s'il est impossible d'affirmer qu'il s'agit d'un cancer de la lymphe, on ne peut l'exclure non plus. Greg se rend alors à San Diego pour des examens plus poussés et pour un test HIV. Lors de la dernière série d'examens, on découvre qu'il est porteur du parvovirus humain. Alors que cette infection est généralement bénigne, elle touche durement Strock, qui dort de douze à dix-huit heures par jour et n'a plus d'énergie.

Ces symptômes persistent pendant presque toute l'année et ce n'est qu'en décembre qu'il peut repenser à sa carrière cycliste. Chris Carmichael l'appelle : s'il se sent mieux, il devrait essayer de reprendre l'entraînement. Il est encore possible pour lui de participer au contre-la-montre par équipes des Jeux olympiques de Barcelone, quelques mois plus tard. Malgré tous ses efforts, Strock ne parvient cependant pas à retrouver son niveau de forme. Son corps est incapable de répondre aux exigences du cyclisme d'élite. Il court un peu en 1992, un peu plus en 1993, mais même ses meilleurs résultats sont inférieurs à ses performances de junior. Après près de trois années de lutte, il lui faut se rendre à l'évidence. C'en est terminé de la compétition. Il reprend ses études, réussit à intégrer la faculté de médecine et commence des études à plein temps en 1997. Et c'est au cours de sa deuxième année de médecine, un après-midi de 1998, que tout s'éclaire enfin pour lui.

« Nous suivions un cours sur les stéroïdes, les anabolisants et les corticoïdes, comme la cortisone. Et je me suis demandé : "Oh, mais qu'est-ce donc que l'extrait de cortisone ?" Je n'avais jamais vraiment repensé à mon passé de cycliste, mais je me suis soudain posé la question : "Qu'est-ce qu'ils m'ont raconté ?" J'ai découvert que l'extrait de cortisone n'existait pas. Ou c'est de la cortisone ou ce n'est pas de la cortisone. J'ai aussi pensé qu'il s'agissait de gens sans formation médicale. Qui peut assurer qu'ils utilisaient des seringues neuves ? J'ai piqué une colère et j'ai déclaré à ma femme, Erica : "Il faut vraiment que j'essaie de contacter quelqu'un à ce sujet." »

Dans quelle mesure les médicaments qui lui ont été administrés et le dopage dont il fut victime ont-ils pu contribuer à la forme extrême de parvovirus qu'il a contractée ? « Il est difficile de trouver une cause certaine, car le parvovirus est assez commun. Mais les risques de souffrir de symptômes comme les miens sont très faibles. Quand vous savez que 60 à 80 % de la population est infectée par le parvovirus, mais que seule une toute petite minorité est sévèrement touchée, vous vous posez des questions. Peut-être étais-je déjà porteur de ce virus, peut-être ces pratiques médicales ont-elles détruit mon système immunitaire et permis à ce virus de tout ravager. Je suis à peu près certain que lorsqu'ils prétendaient me donner de l'extrait de cortisone, ils m'administraient en fait de la cortisone. Ce qui fait beaucoup de cortisone, beaucoup d'immuno-dépresseurs. Ma principale question est la suivante : Qu'y avait-il dans toutes les autres piqûres ? Le saurai-je jamais ? Nous avions affaire à des gens qui vous auraient injecté de l'antigel s'ils avaient pu penser vous faire aller plus vite, des gens qui avaient perdu le sens de la mesure. »

À l'été 2000, Greg Strock décide d'entamer des poursuites civiles contre la Fédération américaine de cyclisme et contre René Wenzel. Erich Kaiter et Gerrik Latta lui emboîtent le pas. Les avocats de la Fédération et de Wenzel plaident le rejet de la demande car le temps écoulé depuis les dommages supposés excède le délai de prescription en matière civile (sept ans). Aujourd'hui, les deux parties attendent la décision du juge, mais il semble que l'affaire s'achèvera à la barre d'un tribunal.

Face au Dr Greg Strock, on reste impressionné par sa dignité timide et son intégrité. S'il a intenté ce procès, c'est qu'il a le sentiment que ce qui lui est arrivé en 1990, à lui et à d'autres coureurs, est tout simplement une affaire de dopage systématique, un scandale perpétré par les plus hautes autorités du cyclisme américain et ses coachs attitrés. Dans son cas, Strock pense que les produits qui lui ont été administrés l'ont rendu sérieusement malade, mettant prématurément un terme à ce qui aurait dû être une grande carrière sportive. « J'aurais pu facilement me détourner de tout cela. Je fais mes débuts de médecin et je n'ai pas besoin de compensations financières. Mais l'enjeu est plus important. Tout le monde montre du doigt les anciens pays de l'Est, et maintenant la Chine. Mais nous ne supportons pas de faire le ménage chez nous. Ce qu'on nous a infligé au nom de la médecine était absolument condamnable et, si je l'acceptais, serait-ce une bonne façon d'entrer dans la carrière médicale ? Je devais le faire. »

Lance appelle Greg

Quand Lance Armstrong apprend que Strock porte plainte contre la Fédération cycliste et contre Wenzel, interrogé par l'un des auteurs en avril 2001, il se montre étonné. « Que l'affaire sorte dix ans après, oui, ça m'a surpris. J'étais étonné qu'ils aient attendu si longtemps, étonné aussi des accusations. Je n'en connais pas les détails. Ma femme [ex-femme désormais] Kristin a vu une émission de télévision à ce sujet et m'a dit qu'ils parlaient de stéroïdes, et tout le toutim. Je n'ai qu'une question : si vous avez reçu des stéroïdes anabolisants, comment est-il possible que vous ne soyez pas contrôlé positif ? Mais c'est pour cela que nous avons un système judiciaire, ils vont devoir aller devant un tribunal et apporter des preuves. S'ils en ont, ils gagneront et recevront de l'argent. Alors, peut-être qu'ils avaient raison. Est-ce que j'ai vu moi aussi des choses comme ça ? Est-ce que j'ai trouvé une pilule dans ma barre énergétique ? Absolument pas. C'est ridicule. »

À l'époque, l'un des premiers reportages consacrés à la plainte de Strock affirmait que le parvovirus humain est corrélé à 90 % avec le cancer des testicules[1]. Cette allusion au cancer testiculaire fait le lien entre Strock et la plus célèbre victime sportive de ce même cancer, Lance Armstrong. D'autres articles présentent Strock comme un ancien coéquipier du Texan et Armstrong se montre soucieux des conséquences.

« Strock est un bon garçon, déclare Lance. Je l'ai appelé parce que je me suis retrouvé impliqué là-dedans. Si on veut parler de quoi que ce soit au sujet du cyclisme américain, on y accole mon nom. On a donc dit : "Un coéquipier de Lance Armstrong, même moment, même époque, tout pareil." C'est pourquoi j'ai appelé Greg. Je lui ai dit : "Écoute, tu le sais aussi bien que moi, nous n'avons jamais été dans la même équipe. Tu as pu participer à cette course à Moscou, mais j'avais un an de plus que toi et je courais sur route. Rien à voir. Il faut que tu fasses la différence." »

Déjà engagé dans une bataille juridique contre la

---

1. Contacté sur ce point, le professeur Jean-Paul Le Bourgeois se montre beaucoup plus prudent : « Les parvovirus sont des virus que l'on utilise pour faire de la thérapie génique », explique le cancérologue qui exerce à l'hôpital Henri Mondor de Créteil. « Ce sont des virus porteurs de gènes. Qu'il y ait des liens entre des virus et des cancers, c'est clair, mais par le biais des parvovirus, *a priori* non. Nous n'avons aucun recul. À ce jour, les parvovirus ne sont pas connus pour être des virus inducteurs de cancer. Ce sont des virus tout à fait anodins qu'on utilise chez des non-cancéreux pour transporter un gène qui manque à un organisme. » Quant à une éventuelle corrélation entre corticoïdes et cancer, là encore, le professeur Le Bourgeois est sceptique : « L'absorption de corticoïdes à hautes doses peut conduire à une immuno-dépression. Cela peut éventuellement amener jusqu'au cancer par le biais de virus attrapés. Mais c'est un raisonnement purement théorique. »

Fédération américaine et René Wenzel, Strock veut éviter une plainte d'Armstrong. Après son coup de téléphone, il prend soin de clarifier la situation, comme dans cet entretien accordé à Charles Pelkey pour le mensuel américain *Velo News* : « Les gens établissent un lien entre Lance et moi, et il n'y a aucune raison de faire ce lien. Nous avons été coéquipiers chez les juniors et dans l'équipe senior A en 1991, mais nous n'étions pas sur les mêmes courses, il avait un an de plus que moi et il n'a jamais eu affaire à ce coach [Wenzel]. »

La main noire

Strock était de la classe 1990, Lance de la classe précédente, et son coach était Chris Carmichael. « Rien à voir », souligne Armstrong. « Aucune raison de faire le lien », explique Strock.

Pourtant, ce lien pourrait bien exister.

Dans la plainte officielle déposée par Strock en 2000, devant une cour de justice de Denver, on peut lire le paragraphe suivant :

« Le 22 août 1990 à Spokane, Washington, Wenzel a emmené Strock dans la chambre de motel d'un autre coach de la Fédération cycliste. À cette époque, ce coach n'avait pas de diplôme médical ni d'autorisation. Wenzel a expliqué à Strock qu'ils allaient voir cet autre coach pour que Strock reçoive une nouvelle injection de ce qui lui avait été présenté comme de l'"'extrait de cortisone". L'autre coach a sorti une valise, l'a posée au pied de son lit, et l'a ouverte. La valise était pleine d'ampoules et de seringues. Le coach a choisi une ampoule et une seringue, a enfoncé la seringue dans l'ampoule pour aspirer le liquide. Strock était couché sur le ventre et a été piqué dans une fesse. Sous la supervision de

Wenzel, l'autre coach a été la dernière personne que Strock ait vu tenir la seringue avant de recevoir la piqûre.»

Lors de notre entretien à Indianapolis, Strock nous a parlé de cette piqûre de Spokane. «On m'a dit que c'était de l'extrait de cortisone. René m'avait amené voir cet autre coach. Je ne peux pas vraiment parler de ce coach maintenant. Je pense que ça sortira lors des auditions, mais j'ai l'impression qu'il était vraiment bien préparé à faire ça parce qu'il a été prêt en un clin d'œil. Il avait une mallette rigide, pleine de produits variés. Il était très au courant, avait tout sous la main. C'était la mallette qu'il apportait avec lui dans la plupart de ses voyages et sur les courses. Je ne crois pas que c'était nouveau pour lui quand il s'est occupé de moi.»

En novembre 2000, le journaliste Scott Reid, dans un article paru dans l'*Orange County Register*, a identifié ce coach comme étant Chris Carmichael, sans que ce dernier le conteste. Interrogé par Charles Pelkey, de *Velo News*, sur sa présence à Spokane, Chris Carmichael a expliqué, après une hésitation, qu'il ne se rappelait pas s'il y était ou non. Lorsque Pelkey a précisé que certains éléments établissaient qu'un arrangement à l'amiable avait été conclu entre Strock et «l'autre coach» et lui a demandé si son nom était récemment apparu dans une plainte, Carmichael, après avoir à nouveau hésité, a répondu: «Pas de commentaires.» À la dernière question de Pelkey qui demandait si un accord à l'amiable avait été passé, Carmichael a opposé une nouvelle fin de non-recevoir: «Mon avocat refuse que je commente ces événements.»

« Je ne lui ai pas demandé »

En avril 2001, l'un des auteurs a interviewé Lance Armstrong sur la plainte de Strock et le rôle de Chris Carmichael.

« Avez-vous parlé avec Chris de cela [l'accusation d'avoir injecté de "l'extrait de cortisone" à Greg Strock] ?

— J'ai parlé à Chris… Chris est toujours mon principal conseiller, je lui parle tout le temps.

— Chris vous a-t-il dit s'il était ou non le coach qui a piqué Strock à Spokane ?

— Ce qui m'intéresse, c'est que vous montez tout ça en épingle, vous dramatisez comme s'il avait injecté de l'EPO à ce gamin.

— Non, Greg Strock croyait que c'était de l'extrait de cortisone.

— Il y a une très grande différence entre ce qu'il croyait et ce que c'était.

— Mais qu'est-ce que Chris vous a dit ? Lui en avez-vous parlé ?

— Oh, Chris est absolument innocent. Chris Carmichael est beaucoup trop intelligent pour donner de la cortisone à un junior. J'en suis certain à 100 %. Je le croirai jusqu'à ma mort, absolument.

— Pourquoi pensez-vous que le nom de Chris n'apparaît pas sur la plainte remplie par Strock ?

— Il faut le demander à Chris ou à Greg Strock. Je ne suis pas leur conseiller. Je ne suis l'avocat de personne. Je ne sais pas.

— Est-il vrai que Chris a conclu un arrangement [financier] avec Greg Strock pour que son nom reste en dehors ?

— Demandez à Chris ou à Greg.

— Chris ne vous l'a pas dit ?

— Non.

– Vous ne lui avez pas demandé ? Vous n'en avez jamais discuté ?

– En ce qui me concerne, c'était une affaire entre Greg Strock et René Wenzel.

– Si Chris avait conclu un arrangement, seriez-vous choqué ?

– Encore une fois, je ne suis pas son avocat, je ne connais donc pas les détails. Est-ce que je serais choqué ? Je n'y ai même pas pensé.

– Faisons une supposition : si Chris avait payé pour que son nom n'apparaisse pas dans une plainte pour dopage, cela indiquerait-il qu'il a quelque chose à cacher ?

– C'est une supposition.

– Mais ça ne serait pas bien, n'est-ce pas ?

– En même temps, est-ce que c'est bien que Greg Strock prenne de l'argent comme ça ? On peut retourner la question. Est-ce une question d'argent ou une question de principe ?

– Est-ce que Chris vous a déjà fait des piqûres de vitamines ?

– Absolument pas.

– Jamais ?

– Jamais.

– Donc, il serait étonnant qu'il ait fait une piqûre à quelqu'un d'autre ?

– Oui.

– Vous lui avez sûrement demandé : "Chris, est-ce que tu as fait une piqûre à ce type ?"

– En fait, je ne lui ai pas demandé. »

Culture et dépendances

« La prime n'était que de 100 dollars ? Aucune importance. Pour la rafler, j'aurais arraché les jambes des autres concurrents. »

Lance Armstrong,
Il n'y a pas que le vélo dans la vie, p. 43.

Phil Anderson, interrogé par téléphone en février 2004, gardait un souvenir très précis du Tour de France 1993, le premier disputé par Lance Armstrong. L'Australien, alors en première ligne du cyclisme international depuis dix ans, connaît tout le peloton. En 1981, il est devenu le premier coureur de son pays à endosser le maillot jaune et, depuis, son tempérament d'attaquant lui a permis de remporter de nombreuses courses sur des terrains différents. Chasseur de classiques (vainqueur de l'Amstel Gold Race en 1983, du Grand Prix Suisse en 1984, de Blois-Chaville en 1986, 2e du Tour des Flandres en 1985 et en 1988, 2e de Liège-Bastogne-Liège en 1984), Anderson s'est également taillé un palmarès dans les épreuves à étapes (victoire dans le Critérium du Dauphiné libéré et dans le Tour de Suisse en 1985), terminant par deux fois le Tour de France à la 5e place (1982 et 1985). Au crépuscule de sa carrière, il voit les choses évoluer. Peut-être est-ce parce qu'il se sent proche de la retraite qu'il porte un intérêt particulier à Armstrong, pensant trouver là l'occasion de se rendre encore utile à son équipe. Les deux hommes se sont rencontrés l'année précédente, en 1992, lors d'un camp d'entraînement de Motorola à Santa Rosa, en Californie, où Jim Ochowicz, le directeur sportif de l'équipe, a invité Phil. Armstrong, encore amateur, a délaissé le triathlon pour le cyclisme et se prépare pour les Jeux olympiques de Barcelone. Ce qui frappe Anderson, c'est qu'alors que tout le monde lui prédit le destin d'une star du triathlon, Lance a choisi de passer au vélo. Anderson pressent qu'il va apprécier Armstrong et pense qu'il pourra l'aider à trouver sa place chez les professionnels. C'est en effet ce qui arrive. Ils partagent la même chambre, parlent de courses, des exigences du sport et le jeune homme s'enrichit au contact du vieux pro.

Le Tour 1993 s'élance du Puy du Fou, le célèbre parc à thèmes de Vendée. Onze ans plus tard, de quoi se souvient encore Anderson ? Pas de la victoire d'étape rafraîchissante du jeune Texan à Verdun. Ni des étapes de montagne où il entraînait le novice de 21 ans dans les cols et à la découverte de lui-même. Ce qui est resté gravé dans sa mémoire est une scène qui s'est déroulée en coulisses. Le soir qui précède le départ, les équipes participantes sont présentées au public lors d'une cérémonie. Anderson, Armstrong et leurs sept coéquipiers de Motorola attendent derrière l'estrade que le speaker officiel, Daniel Mangeas, les appelle, et la plupart bavardent avec excitation en attendant leur tour.

« Nous étions là, debout, et Lance m'a chuchoté à l'oreille : "Voilà le cyclisme, voilà la vie." Des milliers de gens étaient massés dehors, le présentateur faisait monter l'ambiance pendant qu'un orchestre jouait, des images étaient projetées sur un écran géant et Lance avait l'air d'adorer. C'était un garçon aux yeux brillants qui était arrivé exactement où il voulait arriver. Il était à l'aise, très sûr de lui, il avait aussi son franc-parler, cette impertinence texane. S'il n'avait pas été leader d'une équipe cycliste, il aurait pu être dirigeant politique ou patron d'une entreprise. La veille du départ de son premier Tour, il était là comme pour dire : "Voilà le monde auquel j'appartiens." C'est ce qui m'est resté en mémoire.»

Un nom, un pronostic, un autographe

Au matin du sixième jour du Tour 1993, l'un des auteurs circule dans le Village Départ d'Avranches, dans la Manche, lorsque Lance Armstrong arrive sur place. Le Village est un périmètre protégé où orchestres, animations et stands de spécialités locales côtoient les tentes blanches des sponsors. On ne peut y entrer que muni d'une accréditation officielle ou d'une invitation délivrée par un sponsor. Les coureurs viennent souvent y prendre un café, lire le journal à l'ombre d'un parasol, discuter avec leurs pairs ou des journalistes, ou même se faire couper les cheveux. Lance Armstrong est aujourd'hui trop célèbre pour s'approcher du Village mais ce n'était pas encore le cas en 1993. Il n'est alors qu'un jeune Américain qui dispute son premier Tour, un gamin qui n'a jamais été à pareille fête et veut goûter à tout.

Ce matin-là, à Avranches, vêtu du maillot à la bannière étoilée de champion des États-Unis, il pénètre à vélo dans le Village, sous les yeux de l'un des auteurs. C'est une tête nouvelle, mais les gens en ont tout de même entendu parler. On sait que c'est un bon amateur : un garçon solide, à qui l'on prédit un avenir prometteur. Et puis, il y a son nom. Armstrong, ça ne s'oublie pas. Deux de ses prédécesseurs, Louis et Neil, sont passés à la postérité. Peut-être qu'à sa façon, le jeune cycliste décrochera lui aussi sa lune. Il est à peine arrivé dans l'enceinte réservée qu'un journaliste italien de la *Gazzetta dello Sport*, le quotidien sportif milanais, s'approche de lui : « Lance, Lance, dites-moi, quel est votre favori pour l'étape du jour ? » À cet instant, deux jeunes femmes d'une vingtaine d'années passent devant l'Américain, feignant l'indifférence. « Ouah ! » dit-il, en essayant d'attirer leur attention de la voix et du regard. Mais elles passent leur chemin.

Le journaliste italien a posé sa question au mauvais moment. Mais les deux femmes disparaissent dans la foule au bout de quelques secondes, et le jeune Texan répond enfin. « Sciandri », dit-il, « je crois que l'étape reviendra à mon coéquipier Max Sciandri et je ferai ce que je peux pour l'aider. » Le journaliste prend note du pronostic pendant qu'Armstrong scrute les alentours. Les pieds bien campés sur le sol, les mains agrippées au guidon, le plus jeune coureur de l'épreuve semble poussé par le désir de devenir quelqu'un et par une soif de vivre presque insatiable. Un Américain en Europe, avide d'apprendre les codes en vigueur, mais tout aussi déterminé à rester un Américain. Un gamin ambitieux, intelligent, intéressant. Mais tout de même un gamin.

Ce matin, il parle de la course, en expliquant qu'il l'aime chaque jour davantage. Le prologue du départ a été sa pire journée car il attendait beaucoup mieux de lui-même. Au contraire, il a explosé. Une entrée en matière brutale, comme si le Tour de France bottait ses fesses de jeune impétueux. Dans la nuit qui a suivi son entrée en matière, il s'est retrouvé à plat, tellement démoralisé qu'il pouvait à peine parler. Mais chaque jour qui passe l'éloigne de cette première expérience et il commence à reprendre espoir. Peut-être arrivera-t-il à montrer ce qu'il a dans le ventre, à prouver aux Européens qu'il n'est pas qu'un coureur parmi d'autres, à leur faire comprendre qu'il n'est pas ici pour faire de la figuration. Alors qu'il parle de l'espoir retrouvé, les deux françaises réapparaissent dans son champ de vision. Avec un stylo et du papier. «Monsieur Armstrong, un autographe, s'il vous plaît!» Il est manifestement ravi de l'intérêt qu'il suscite, tout heureux d'écrire son nom sur une page blanche. Tout en jouant avec le stylo, il essaie de les retenir mais, avec un sens inné de la séduction, les deux jeunes filles s'esquivent et continuent leur chemin, comme si elles avaient quelque chose de plus important à faire.

À ce moment-là, on pourrait oublier que Lance Armstrong devra courir 140 km dans la foulée, d'Avranches à Péronne. Où Max Sciandri ne finira pas en vainqueur.

Pas fait pour le Tour

Anderson aimait bien Armstrong. Il devinait que le jeune Texan possédait courage, puissance, panache. C'était quelqu'un qui courait pour vous battre, pas pour vous marquer du respect. Autrefois, Anderson avait été ce genre de gamin, et en regardant Armstrong, il devenait une part de celui qu'il avait été. Et il aimait ça.

Il pensait aussi bien connaître Armstrong et ce genre de jeune homme. «Il était fait pour les courses d'un jour. Je pensais qu'il ne pourrait jamais, vraiment jamais, gagner le Tour de France. Même lui ne pensait pas pouvoir le gagner. Il ne savait pas grimper, il ne savait pas courir contre la montre. Deux éléments primordiaux pour remporter le Tour. Il pouvait faire un truc dans les courses à étapes de petite envergure et gagner des étapes dans les grandes courses. Et rien n'était plus excitant que de courir avec lui à ce moment-là. "Je peux attaquer maintenant? Je peux attaquer maintenant?" Si vous lui demandiez d'attendre, en lui expliquant qu'il n'était pas au bout de ses peines, il recommençait quelques minutes plus tard : "Et maintenant, je peux attaquer ? Je peux attaquer ?" Il était avide de participer aux échappées. On ne pouvait qu'admirer son enthousiasme et sa motivation. Et il avait beaucoup de puissance. Pas beaucoup de style, mais, moi non plus, je n'en avais pas beaucoup à son âge. »

Pour Tyler Hamilton, la certitude qu'Armstrong ne peut pas gagner le Tour de France s'accentue encore après les dix premiers jours de course. Dans le contre-la-montre de 59 km dessiné autour du lac de Madine, dans la Meuse, Armstrong perd 6 minutes sur le vainqueur de l'étape, futur lauréat du Tour, l'Espagnol Miguel Indurain. Le problème est d'ailleurs moins son chrono que le fait qu'il a donné son maximum. Comment peut-il être si loin derrière les meilleurs ? Deux jours plus tard, il roule pendant six heures, passant trois cols avant d'arriver à Serre-Chevalier, où il accuse 21 mn de retard sur les coureurs qui ont dominé l'étape, le Suisse Tony Rominger et Indurain. Au cours des étapes montagneuses, Anderson court à ses côtés et le couve dans les passages les plus difficiles. Au soir de sa première étape à haute altitude, Armstrong est dans un état d'épuisement complet. Le lendemain matin, il n'est pas mieux mais doit endurer une autre journée alpine. La deuxième étape de montagne emmène les coureurs au sommet du col de la Bonette-Restefond, le plus haut d'Europe emprunté par une course cycliste, où une route s'aventure à 2 802 m d'altitude. Cette fois, Anderson et Armstrong finissent à 28 minutes de Rominger et d'Indurain.

Pendant ces deux jours en montagne, rien ne permet de prédire qu'il sera un jour un *grimpeur*.

Verdun, à la baïonnette

Jour de repos sur le Tour de France 1993. Armstrong accepte de rencontrer l'un des auteurs dans l'hôtel de l'équipe Motorola, le Château de la Commanderie, à 16 km au sud de Grenoble. L'hôtel dégage une atmosphère surannée, baignant dans une douce quiétude avec des chaises au bord de la piscine, des tables basses sur la pelouse, des arbres imposants. Son coéquipier Andy Hampsten est assis et bavarde avec des visiteurs ; Sean Yates, le coureur anglais de Motorola, plaisante avec un ami photographe ; un journaliste colombien est venu voir Alvaro Mejia et Armstrong est assis, jambes allongées, prêt à raconter son histoire. Les mots sortent de sa bouche en cascade, il a tant à dire, et le sentiment que le temps va lui manquer. Il est si plein de vie, si ignorant des dangers. Cette soif d'être quelqu'un, de gagner le respect, un statut, de l'argent, de ne pas rester un visage dans le lot écrase toute pensée, toute émotion.

L'encadrement sportif de son équipe a voulu qu'il se fasse une idée du poids du Tour, de sa dimension, mais pas au point d'en être écrasé, pas au point que ces leçons finissent par devenir trop douloureuses. Lance abandonne après cette seconde étape alpine, emmené loin de la course par des amis texans, le défunt J. T. Neal et sa femme Frances. Mais il n'a pas quitté la course sans y imprimer sa marque, l'empreinte Armstrong : ne jamais accepter l'anonymat. Sa performance a eu lieu dans la huitième étape, qui arrive à Verdun.

« Lance », lui a dit son coéquipier Frankie Andreu après quatre ou cinq jours de course, « je vois une étape pour toi, j'en vois une.

– Celle de Verdun ?

– Elle est pour toi.

– Je le sais, je le sais.»

Les coureurs ont besoin de lui à ce moment-là. La veille, dans l'étape Perrone-Châlons-sur-Marne, sept coureurs se sont échappés avant l'arrivée, dont trois Motorola : Anderson, l'Italien Sciandri et le Colombien Mejia. Personne n'imagine que la victoire peut échapper à Sciandri, le sprinter le plus surveillé du groupe des sept, sauf peut-être Sciandri lui-même. «Je me suis crevé à maintenir les échappés ensemble pendant le dernier kilomètre», regrette Anderson. «Mais Sciandri a perdu le sprint. Tous faisaient de drôles de têtes ce soir-là, personne n'était content.»

L'étape menant à Verdun a lieu le lendemain, et Armstrong a compris. La courte montée de la côte de Douaumont, située avant l'arrivée, est faite pour lui. Elle éliminera la plupart des sprinteurs et, s'il peut arriver au sommet avec les attaquants, il a de bonnes chances de gagner. Lance court de toutes ses forces et, vers le sommet, se retrouve dans une échappée de six coureurs. «On commençait juste à travailler ensemble, six gars qui s'activaient en parfaite cohésion. Je n'ai pas dit que j'allais gagner le sprint. J'ai dit qu'il n'était pas question que je le perde.»

Le sprint se réduit finalement à un duel entre Armstrong et un Français expérimenté, Ronan Pensec, Maillot jaune quelques jours durant sur le Tour de France 1990. Il n'y a plus que 200 m à parcourir et le coureur breton possède une longueur d'avance. Serré contre les barrières, sur la droite de la chaussée, Armstrong veut tout de même se faufiler. «Pensec tirait à droite, et je me disais qu'il n'en avait pas le droit. Il faut suivre une ligne rectiligne sur les 200 derniers mètres [faute de quoi les commissaires de course peuvent prononcer une disqualification]. Je me souviens l'avoir regardé alors qu'il s'approchait de moi. Il ne pouvait pas être plus près. Nous étions aux 150 m, mais il continuait à me tasser vers les barrières et je me suis demandé ce que j'allais faire. J'ai décidé de hurler le plus fort possible, histoire peut-être de lui foutre un peu la frousse. Même si tu es le dernier des trous du cul, tu hésites un peu si quelqu'un crie. Il a eu une seconde d'hésitation et je me suis faufilé. C'était ce qu'il me fallait.»

Armstrong surgit d'un couloir très étroit. Il va si vite que, sur la ligne d'arrivée, il a juste le temps de lever les deux bras en signe de victoire. Dans le jardin du Château de la Commanderie, quelques jours plus tard, il essaie d'expliquer ses sensations au moment de la victoire. «Physiquement, je ne suis pas plus doué qu'un autre, mais c'est juste ce désir, cette rage de vaincre. Je suis sur mon vélo, je deviens enragé et je hurle pendant environ cinq secondes. Je tremble comme un fou et mes yeux sont tout exorbités. Je transpire un peu plus et mon cœur bat à 200 pulsations minute. Ce n'est pas physique, ce ne sont pas les jambes, ce ne sont pas les poumons. C'est le cœur, c'est l'âme, juste les tripes.»

Ses coéquipiers peuvent lui être reconnaissants, une gratitude qui se répétera souvent à l'avenir. «La victoire de Lance ce jour-là était très importante pour l'équipe», se souvient Anderson. «Motorola avait invité sur la course une huile de l'armée américaine, un général quatre étoiles. Il était venu avec ses gardes du corps, sa voiture aux vitres blindées et, pour lui, il était important d'être présent pour la victoire d'étape de Lance. Armstrong a pris un risque sur le sprint mais il s'en est sorti.»

À l'européenne

En Europe, le cyclisme a toujours été perçu comme un effort à part. C'est sur le vieux continent que ce sport est né. C'est sur les petites routes de France, de Belgique et d'Italie que le cyclisme professionnel a grandi. Ces photos noir et blanc de coureurs en maillot de laine, avec une chambre à air de secours enroulée autour de leur torse, la souffrance imprimée sur leurs visages, telles sont les images qui ont défini celle du cyclisme. Car leur souffrance était une offrande, un don librement consenti des coureurs à leur public. Ils s'engageaient dans Dieu sait quel enfer, enduraient les pires tortures, la plupart du temps sans autre gratification que l'admiration des fans. Ce sport était si dur qu'il mettait à contribution chaque facette du caractère d'un homme. Il éprouvait sa noblesse de caractère, il forgeait sa capacité à endurer les difficultés. Il lui offrait aussi la tentation de se réfugier dans des artifices moins admirables, et si, en puisant dans l'armoire à pharmacie, on soulageait la douleur, qui pouvait condamner le malheureux qui y succombait ? On les appelait les forçats de la route mais, en même temps, on leur demandait d'être des parangons de vertu.

Pédalant parfois jusqu'à la nuit sur des routes pavées ou détrempées, les cyclistes développaient leur propre morale. Sans doute pas pire que la morale conventionnelle, mais certainement pas meilleure. Dès le début, cette éthique cycliste fut à géométrie variable. Le dopage a toujours fait partie du jeu, comme la tricherie. Les coureurs voyaient les choses autrement. Ils pensaient qu'ils y avaient droit. Dans un sport si éprouvant, qui pourrait dire qu'il est mal d'apaiser la souffrance ? Oui, ces produits finiraient peut-être par les tuer mais, auparavant, ils leur permettaient de vivre. Ils acceptaient de l'argent pour laisser un rival gagner car ils préféraient un gain assuré au risque d'une victoire fugitive. Et, derrière un euphémisme comme «entente», les petits arrangements entre amis du même bord ont toujours fait partie des rites en vigueur.

Certains coureurs américains ont connu bien des difficultés pour s'adapter à la culture européenne. Greg LeMond, par exemple, a raconté comment l'Italien Moreno Argentin lui avait proposé ses services, moyennant finances, dans le final des championnats du monde sur route 1984, à Barcelone. « Argentin était dans ma roue pendant toute la course, il me suivait comme une ombre. Je lui ai alors demandé : "Mais qu'est-ce que tu fais ?" Au bout d'un certain temps, il m'a expliqué qu'il pouvait m'aider à devenir champion du monde si j'acceptais de le payer 10 000 dollars. J'étais furieux qu'on puisse imaginer ça, et j'ai pensé : "Va au diable !" » Après la course, LeMond se plaint publiquement mais Argentin dément ses accusations. Pour avoir parlé de la face cachée du sport, Greg fut montré du doigt. Il fut traité comme celui qui gâche un dîner en racontant une blague de mauvais goût. LeMond, Andy Hampsten et le Canadien Steve Bauer venaient de l'autre côté de la planète cycliste et, parce qu'ils étaient très talentueux, ils ne se soumirent jamais à la mentalité européenne. À Barcelone, le titre mondial revint finalement au Belge Claudy Criquielion.

Au milieu des années 80, cortisone, testostérone et caféine étaient les produits interdits dont on abusait régulièrement. Ils aidaient à récupérer, amélioraient les performances mais n'étaient pas assez puissants pour que leurs utilisateurs battent toujours ceux qui n'en prenaient pas. Quand LeMond remporta le Tour de France 1986, personne ne mit en doute sa performance. Quant à Hampsten, s'il avait eu vent des pratiques en cours, il était déterminé à rester à l'écart du dopage. « Au début de la saison, beaucoup de gars étaient vraiment forts, mais, les mois et les courses passant, vous en voyiez décliner un grand nombre. Ce qu'ils prenaient ne suffisait pas pour toute la saison et j'étais confiant. Quand viendraient le Giro ou le Tour de France, je savais que je serais en mesure de me battre contre eux. »

LeMond et Hampsten étaient des cyclistes des années 80, une époque où les coureurs propres avaient encore une chance. Avec les années 90 est arrivée l'érythropoïétine (EPO), un produit qui modifie la composition du sang et qui a changé la nature de la compétition, comme l'ont notoirement démontré les quinze jours de débats du procès Festina à l'automne 2000. Pour un coureur propre, «à l'eau claire» comme l'on dit, il devint extrêmement difficile de battre un rival prenant de l'EPO. Et plus encore sur le Tour de France.

À *tout prix*

Lance Armstrong vient d'un univers différent de celui de LeMond ou de Hampsten. Bob, le père de LeMond, exerçait la profession d'agent immobilier ; les parents de Hampsten étaient tous deux des universitaires. Armstrong n'a pas connu son père biologique, haïssait son beau-père, Terry Armstrong, et dépendait totalement de Linda, sa mère. Son enfance a été beaucoup plus dure que celle de LeMond et de Hampsten, mais, à son corps défendant, elle l'a peut-être mieux préparé à la dureté du cyclisme européen. Dès sa première année dans le peloton, Armstrong a d'ailleurs montré une remarquable capacité d'adaptation.

Avant son premier Tour de France, en 1993, le coureur texan avait déjà pris ses marques en s'adjugeant trois courses importantes sur le circuit américain. Importantes également sur un plan financier puisque le vainqueur de ces trois épreuves se voyait remettre une prime exceptionnelle de 1 million de dollars. Une réussite peu ordinaire car ces trois courses, comme leur dotation finale, attiraient de nombreuses équipes européennes. Lance Armstrong s'octroie en solitaire la première des trois, une course d'une journée organisée à Pittsburgh, en Pennsylvanie. La seconde, la West Virginia, a lieu dans une configuration différente puisqu'il s'agit d'une course à étapes. Qu'importe, Armstrong et son équipe Motorola visent désormais la prime. La course dure cinq jours. Armstrong se retrouvant dans le haut du classement général dès le départ, l'équipe court à fond pour l'aider à gagner.

Selon le Néo-Zélandais Stephen Swart, alors membre de l'équipe Coors, la victoire d'Armstrong à la West Virginia fut en partie facilitée par un arrangement. «J'avais couru à Pittsburgh moi aussi, se souvient-il. Cette fois-là, j'étais resté un petit moment à la hauteur de Lance, mais, finalement, j'avais été semé. À la West Virginia, Lance portait le maillot de leader. J'étais 4e ou 5e, je crois, mais pas loin derrière au niveau du chrono-mètre, et je me sentais de mieux en mieux au fil des étapes. Il y avait deux ou trois autres gars en bonne posi-tion, comme l'Américain Steve Hegg, mais l'équipe Motorola a dû me désigner comme son adversaire le plus dangereux. Nous avons été approchés et on nous a demandé de venir discuter à leur hôtel. Avec un de mes coéquipiers, nous avons finalement décidé de voir ce qu'ils avaient à nous offrir et, un soir, nous sommes allés à leur rencontre. Nous nous sommes retrouvés dans la chambre de Lance avec un professionnel aguerri. J'étais étonné qu'ils nous proposent de l'argent car je ne pensais pas pouvoir battre Lance, même si j'arrivais à lui donner du fil à retordre. Il disposait en effet d'une équipe solide autour de lui. Ils nous ont proposé 50 000 dollars pour ne pas tenter de les battre. C'était plutôt une bonne affaire pour nous. Soit ils estimaient qu'ils pouvaient perdre le contrôle de la course, soit ils voulaient juste se garantir la victoire finale. Qu'est-ce que 50 000 dollars quand on s'apprête à en gagner 1 million ? Si la prime échappait à Lance, nous ne tou-chions pas nos 50 000 dollars. Je suppose que c'était bien considéré de leur part. En y réfléchissant, je pense que l'influence de ce vétéran qui connaissait la chanson a joué. Gagner 1 dollar sans avoir à donner trop de coups de pédales… »

Pour Swart et son coéquipier, la proposition était intéressante. Les primes de course étaient peu élevées et ils n'étaient pas du tout assurés de pouvoir battre Armstrong. Bien sûr, si ce dernier perdait l'ultime épreuve dans la course à la prime, le « deal » tombait à l'eau, mais ils étaient prêts à tenter le coup. « Les championnats professionnels américains (US Pro championships) avaient lieu à Philadelphie », poursuit Swart. « Une course sur route de 260 km difficile à acheter car il y avait beaucoup de participants et nombreux étaient ceux qui voulaient être le nouveau champion américain. Le circuit comportait une montée courte et raide, Manayunk Hill, parfaite pour Lance car il avait un coup de rein explosif. » La course se décanta quand Armstrong s'extirpa d'un petit groupe de coureurs avec lesquels il avait fait cause commune pour mener l'échappée décisive. « Bien sûr, notre accord devait rester confidentiel car la prime de 1 million de dollars était garantie par une compagnie d'assurance. S'il avait été éventé, cela relevait de la fraude, et la compagnie d'assurance aurait refusé de payer. Les arrangements se négocient toujours sous la table, ce sont des *gentlemen agreement*, sans rien d'écrit. Ils ont payé les 50 000 dollars à l'un d'entre nous, et nous avons partagé en deux ensuite. Je peux assurer que l'argent a été versé. »

Interrogé sur cet épisode par l'un des auteurs en mai 2004, Roy Knickman, qui était à l'époque un coureur expérimenté évoluant également au sein de l'équipe Coors, a apporté au téléphone la réponse suivante : « En fait, je n'ai pas participé à cette course de la West Virginia, mais j'ai entendu parler du deal qui avait été conclu.

Si vous me demandez si Stephen Swart dit la vérité sur cet épisode, je vous dirai oui. Si vous me demandez si c'est un homme bien, je vous répondrai oui, absolument.»

« Je vais être le méchant »

Tout ne se déroula pas exactement comme prévu. Pour recevoir le pactole revenant au vainqueur des trois épreuves, deux options s'offraient à Lance Armstrong : soit empocher 600 000 dollars immédiatement, soit toucher la totalité en acceptant d'être réglé sur la durée, à raison de 50 000 dollars par an pendant vingt ans. Avec son pragmatisme habituel, Armstrong vérifia la solidité financière de la société débitrice, la Lloyd's de Londres, et choisit la première solution : les 600 000 dollars sur-le-champ. Restait alors à savoir comment répartir l'argent. Selon un principe généralement pratiqué par les équipes cyclistes, le montant total annuel des primes est versé dans un pot commun et divisé à chaque fin de saison, chaque coureur recevant une part proportionnelle au nombre de courses qu'il a disputées. Mais Armstrong se disait qu'une prime de 600 000 dollars ne pouvait pas être considéré comme un prix ordinaire.

Il prit conseil auprès de deux des plus anciens coureurs de Motorola, Phil Anderson et Sean Yates. Mais ils ne surent quoi lui répondre. Au sein de l'équipe Motorola, le « comptable » désigné, celui qui était porté sur les chiffres, était Norman Alvis. C'était lui qui s'occupait de la gestion de ces primes ; mais si le cas était jugé extraordinaire, son traitement le devenait également. Au moment des trois courses américaines à 1 million de dollars, une autre équipe courant sous pavillon Motorola était engagée sur le Tour d'Italie. Si l'on respectait le système en place, elle avait autant de droits à la prime que ceux qui avaient couru ces trois épreuves. Toutefois, dans l'esprit d'Armstrong, la décision ne fut pas longue : seule devait être prise en compte la course de West Virgina, car elle avait réclamé un effort énorme pendant cinq jours à l'équipe sur place, comme l'explique à l'un des auteurs Lance Armstrong en juillet 1993.

« Vous aviez peut-être cinq spectateurs sur le bord de la route. Non, même pas cinq. Et gagner cette course a été vraiment dur. À plusieurs reprises, mes coéquipiers ont été sur la brèche, ils ont dû s'activer, contrôler la situation pour moi. Au même moment, une équipe courait le Tour d'Italie. Neuf gars. Ma position reposait sur le fait que c'était une situation unique qui devait être traitée de façon unique. Les types présents à West Virginia, qui avaient été mis sous pression pour m'aider, avaient mérité plus d'argent. Pas question que celui qui était à l'autre bout du monde reçoive la même part. Pas question. Je ne disais pas : "Eh ! je veux 599 000 dollars et faites ce que vous voulez du reste." Je ne voulais pas un centime de plus que ceux qui avaient couru à West Virginia. Mais cet argent était différent et c'était ma position. »

Pendant les réunions de l'équipe, les discussions allaient bon train. Que faire ? Finalement Armstrong mit un terme à ces controverses. « J'ai dit : "Eh ! c'est mon argent. Je prends les choses en main. Je vais être le méchant ici. Je m'en occupe." »

À l'époque, Lance Armstrong, 21 ans, était encore en train de parfaire son apprentissage au sein de sa première équipe professionnelle.

Changement de monture

Quand, pour la première fois, Armstrong passa en revue ses coéquipiers de Motorola, ses yeux s'arrêtèrent logiquement sur Anderson, le coureur le plus âgé de l'équipe. Phil Anderson était un vieux pro qui avait de la bouteille. Il avait couru dans des équipes françaises, hollandaises, belges. On ne la lui faisait pas et Armstrong voulait apprendre. Il n'était pas surprenant que tous deux s'entendent aussi bien car le naturel impétueux et compétitif de l'Américain attirait l'Australien. Ils étaient venus au cyclisme dans des circonstances analogues, c'est-à-dire sans connaître grand-chose à l'histoire de ce sport avant d'arriver en Europe. Ils partageaient la même envie de tirer parti au maximum de ce qui s'offrait. Anderson avait déjà réussi, et Armstrong était bien décidé à ne pas échouer.

En raison de sa carrière et de ses excellents résultats chez Motorola en 1991, Anderson bénéficiait d'un statut particulier. Bien que la saison 92 n'ait pas été aussi bonne, elle était satisfaisante et l'avenir de l'équipe était un peu plus assuré. En 1993, Anderson passa beaucoup de temps à montrer les ficelles du métier à Armstrong, se concentrant peut-être un peu moins sur ses propres résultats. Cela n'était pas sans danger car, plus le gamin trouvait ses marques, moins il avait besoin de son mentor. Au milieu de la saison 94, Anderson réalisa que Jim Ochowicz ne voulait plus de lui dans l'équipe pour la saison 95. On parlait de lui pour les Jeux du Commonwealth et Anderson dut insister pour que Motorola l'autorise à y participer cet été-là.

À Vancouver Island, en Colombie britannique, Anderson remporta une médaille d'or pour le compte de l'Australie mais ne rencontra que de la froideur à son retour chez Motorola.

« Ils m'ont dit qu'ils m'enverraient un programme de fin de saison. Je ne l'ai jamais reçu. Puis ils m'ont envoyé une petite note qui disait qu'ils n'avaient pas besoin de moi sur les courses de fin de saison. La seule consigne que j'ai reçue me précisait où laisser mon vélo et quelques roues. Vers la fin de la saison, ils ont organisé un camp d'entraînement à Côme, en Italie, à quelques heures de route seulement de l'endroit où j'habite dans le sud de la France. Je me suis dit : "OK, je vais y aller quand les coureurs sont là, leur laisser le vélo et en profiter pour dire au revoir aux copains." Ils n'ont pas voulu : "Non, ce serait mieux que tu viennes quand les coureurs ne sont pas là."

Après mon départ, Lance s'est mis à tourner autour de Sean Yates. Pour réussir, il faut être rude et Lance pouvait l'être. Je n'ai pas gardé de contact avec lui. Je ne l'ai pas revu, je ne lui ai pas parlé depuis. J'ai travaillé pour la TV australienne lors des Jeux olympiques de Sydney, en 2000. Une conférence de presse avait lieu la semaine qui précédait la course sur route. Je l'ai aperçu dans un couloir, mais je n'ai pas pu lui parler tellement les gens se pressaient autour de lui. De temps en temps, je revois Steve Bauer, je parle avec Greg LeMond et nous nous envoyons des mails de-ci, de-là. Pendant le Tour de France, je revois aussi deux autres anciens coéquipiers, le Danois Dag-Otto Lauritzen et Sean Yates. Lance et moi avons été proches quand nous courrions ensemble, mais c'est à peu près tout. »

Et puis un arc-en-ciel

Jim Ochowicz a consacré la majeure partie de sa vie au cyclisme. Il a été à l'origine de l'équipe américaine 7-Eleven au début des années 80, établissant un modèle pour Motorola et US Postal, les formations qui ont suivi. On peut le décrire comme le fondateur des équipes américaines professionnelles en Europe. Il y a 25 ans, le challenge était pour lui d'attirer des sponsors américains dans un sport très européen. Il fallait d'abord les convaincre de donner de l'argent mais ce n'était pas le plus difficile. Le plus dur était de leur assurer qu'ils recevraient quelque chose en retour. 7-Eleven avait une bonne équipe. Davis Phinney pouvait gagner des sprints, Hampsten était un coureur au talent immense et un brillant grimpeur ; Ron Kiefel était parfois capable de battre les meilleurs et ces trois coureurs étaient épaulés par un groupe de professionnels solides, presque tous américains.

Ochowicz, directeur général de l'équipe, la dirigeait quand elle courait aux États-Unis. Mike Neel, un Américain qui avait couru dans le peloton européen, était son directeur sportif en Europe. Quant au Dr Massimo Testa, un jeune Italien brillant qui avait exercé dans le football, il en était le médecin. La direction de l'équipe 7-Eleven savait qu'il existait une culture européenne du dopage mais elle était catégorique : leur équipe devait rester clean. Les principes de leur coureur le plus talentueux, Andy Hampsten, les y aidaient.

« Je me souviens du Giro 1985, raconte Mike Neel. Un soir, à l'hôtel, Hampsten était si épuisé qu'il s'est effondré sur le sol. Il avait absorbé une boisson énergétique, Body Fuel, en pensant que ça le soutiendrait. Il ne se nourrissait pas bien et il ne consommait pas assez de sucre. Lorsqu'il a été un peu remis sur pied, nous lui avons expliqué qu'il avait besoin d'une solution glucosée en perfusion. Il n'en voulait pas et nous avons passé une heure à lui dire que c'était nécessaire. Pour lui, c'était une culture d'une autre planète, à laquelle il ne voulait pas appartenir. Il voulait être sûr qu'il ne s'agissait que d'eau sucrée. Nous l'avons assuré que c'était juste cela, nous avons plaidé que ce n'était pas le moins du monde illégal ni immoral. Mais il a fallu beaucoup de persuasion. »

Ochowicz et Neel dirigeaient un programme médicalement irréprochable qui correspondait à leur conception du sport. « Ils étaient étrangers à la culture européenne », souligne Greg LeMond. «Il faut comprendre la psychologie du coureur américain. Nous ne connaissions pas cette histoire du sport, ces traditions. L'idée qu'il faut commencer à prendre des trucs à l'âge de 17 ou 18 ans ne faisait pas partie de notre bagage cycliste.» Il est vrai qu'il y avait trop peu d'argent dans le cyclisme américain pour qu'il succombe à la tentation. Le seul enjeu de taille était représenté par les médailles olympiques.

7-Eleven jette l'éponge en 1990 et Ochowicz cherche un nouveau sponsor. Ce sera Motorola. Pour cette nouvelle équipe, le recrutement d'Anderson par Ochowicz est important. L'Australien est encore assez bon pour gagner et, même si la plupart de ses victoires en 1991 sont acquises dans des courses de moindre envergure, ses résultats permettent à la formation américaine de se maintenir à flot. 1993 constitue la meilleure année de l'équipe, avec des résultats flatteurs obtenus sur le Tour de France. Victoire d'Armstrong à Verdun, 4e place au classement général pour le Colombien Alvaro Mejia, 8e pour Hampsten. «Alvaro était un coureur très talentueux, se rappelle Hampsten, et je sais qu'il était propre. Sa 4e place dans ce Tour lui a coûté des efforts extraordinaires. Alvaro, qui n'aimait pas vivre si loin de chez lui, a demandé beaucoup d'argent pour continuer l'année suivante. Sa position était simple: "Si je l'obtiens, je reste, sinon je retourne en Colombie."»

Ce Tour 1993 voit la troisième victoire consécutive de Miguel Indurain. Tony Rominger, son dauphin, est le seul à lui tenir vraiment tête, tandis que le coureur polonais Zenon Jaskula fait un outsider inattendu sur le podium, devant Mejia. Un mois plus tard, à la fin août, l'équipe Motorola connaît indirectement sa plus grande victoire, quand Armstrong endosse le maillot arc-en-ciel de champion du monde sur route à Oslo, une épreuve disputée par équipes nationales. Pour Jim Ochowicz, ce résultat doit convaincre Motorola de changer d'avis. La société, sur le point d'arrêter son partenariat, accepte de poursuivre l'aventure. Dans ces circonstances, la seule victoire qui compte, c'est de survivre et, après son sursis en 1993, l'équipe peut enfin regarder l'avenir avec optimisme.

Mais le sport va changer d'ère et l'équipe Motorola n'échappera pas aux débats.

Passer à l'acte ?

« [Festina] était un cas isolé. C'est facile
de dire que tout le monde est comme cela. Ce
n'est pas vrai. Je n'ai jamais connu cela chez
Motorola ou Cofidis. »

Lance Armstrong,
Le Monde, 19 avril 2001.

Un soir de novembre 2003 à Auckland. L'un des
auteurs le retrouve dans un hôtel du centre-ville et il
nous conduit vers le port, où les yachts se balancent
doucement au mouillage. N'est-ce pas là qu'a coulé le
Rainbow Warrior ? Ah, ces Français... Il se souvient. Il
y a 8 ans, Stephen Swart gagnait sa vie en roulant à
vélo. Il habitait alors en Europe et le Tour de France
était pour lui le moment le plus exaltant de l'année.
Quand il a arrêté le cyclisme, lui, Jan et les enfants
ont regagné leur Nouvelle-Zélande natale. Stephen a
travaillé un temps dans une entreprise liée au cyclisme,
puis il a monté sa propre société de promotion immobi-
lière. Lui qui aime être son propre patron gagne bien
sa vie, mais la transition n'a pas été facile. Il a donné
les meilleures années de sa vie d'adulte au cyclisme
professionnel, et il l'a quitté avec le sentiment d'avoir
été dupé. La culture du dopage en est responsable.
Que serait-il arrivé s'il s'était engagé à 100 % dans un

programme, jusqu'où aurait-il pu aller ? Mais il n'a jamais répondu à cette question.

Le retour a été difficile. Les Swart n'avaient pas beaucoup d'argent, et s'il avait été facile de défaire les valises, il était plus dur de s'occuper de leur contenu. « Je me demandais : "Ai-je bien appris le métier ?" En d'autres termes, est-ce que j'en connais assez sur le plan médical ? Peut-être n'étais-je pas un assez bon pharmacien ? Mais pourquoi faudrait-il apprendre ça ? On ne devient pas un sportif en pensant qu'il faut apprendre ce genre de choses. On ne va pas à l'école en se disant : "Bien, je veux être coureur cycliste, et pour y arriver, je dois m'y connaître en médicaments et passer un diplôme de pharmacien." Je sentais que j'avais plus d'aptitudes que la moyenne, que si vous enleviez tout pour ne garder que des gars tout nus avec leurs vélos, j'aurais eu un avantage. Je savais que j'avais cet avantage, mais que, là-bas, chez les cyclistes professionnels, ça ne voulait rien dire. »

Ce sentiment d'avoir été trompé n'a commencé à s'estomper qu'au cours des derniers mois, grâce à ses succès de promoteur immobilier, dans un milieu où la concurrence est rude. Il a retrouvé son estime de soi et il est content d'avoir continué. Stephen n'est pas du genre à se vanter, mais il est assez satisfait de la tournure qu'a prise sa vie.

Swart a fait ses débuts professionnels en 1987, avec l'équipe anglaise ANC Halfords. Malheureusement pour lui et pour ses coéquipiers, l'équipe n'a pas les moyens de ses ambitions. Après six mois, on cesse de lui verser ses 500 livres de salaire mensuel. Avant que l'équipe ne fasse faillite, les coureurs ont été pris en main par Angus Fraser, un soigneur à l'ancienne qui leur injectait des produits anonymes. « On a une confiance absolue dans ces gars-là, car on croit qu'ils savent ce qu'ils font. Comme quand on va chez le médecin parce qu'on est malade, on lui fait confiance. On pense que ça n'est pas bien méchant puisqu'on n'est pas contrôlé positif. Et je n'étais pas un assez grand coureur pour avoir le droit de poser des questions. Je me souviens de deux coureurs de l'équipe qui transportaient leurs propres valises, et ce n'étaient pas des papiers qu'ils trimballaient avec eux.»

Un an en Belgique

Après une année de crève-cœur avec ANC Halfords, Swart rejoint en 1988 l'équipe belge SEFB, sponsorisée par une banque. Il quitte le nord de l'Angleterre pour Liège. SEFB est une formation modeste, qui doit se démener pour être invitée dans les plus grandes courses. Son directeur sportif est Ferdinand Bracke, un glorieux ancien, recordman de l'heure en 1967, vainqueur du Tour d'Espagne en 1971, 3e du Tour de France 1968, et parmi ses coéquipiers figure Johan Bruyneel, futur directeur sportif de Lance Armstrong et de l'équipe US Postal. Bruyneel est alors un jeune professionnel qui donne ses premiers tours de pédale dans le peloton. Il s'est forgé une bonne réputation chez les amateurs du circuit belge et l'on s'attend à ce qu'il soit l'un des plus forts de l'équipe.

Avec son petit budget, SEFB ne peut s'offrir un médecin attitré et le dopage est une question de choix personnel pour chaque coureur. Naturellement, les soigneurs de l'équipe proposent leur aide. «Un soir, je suis allé dans la chambre d'un soigneur», se souvient Swart. «Tous les produits étaient là et les coureurs présents en usaient comme ils voulaient. Un autre soir, pendant le Tour de Suisse, nous étions assis dans une chambre et le soigneur est arrivé avec des médicaments. Tout le monde s'est servi. Des gars faisaient le plein pour se shooter, avec des énormes seringues comme celles qu'on utilise pour les chevaux. Je peux dire que ce n'était pas la première fois. C'était la culture.»

Swart ne sait pas ce qu'ils prennent. Parce qu'il est jeune, et qu'il ne parle ni flamand ni français, il est livré à lui-même. Il a peur des médicaments et, ignorant leur utilisation, les évite. Nous sommes avant l'ère de l'EPO, quand un coureur peut encore rivaliser avec ceux qui utilisent des produits. Swart finit 13e au classement général de ce Tour de Suisse. Dans les grandes étapes de montagne, il fait jeu égal avec les meilleurs. Après l'arrivée, il rentre en Belgique en voiture, avec Bracke. Ils parlent beaucoup. «Bracke était fou ; il ne pouvait pas se conduire normalement. Il s'angoissait pour rien. Quelque chose en lui ne tournait pas rond. Pendant ce trajet, il m'a expliqué tous les grands projets qu'il avait pour moi.»

Cette saison s'interrompt prématurément pour Swart, dont la mère tombe gravement malade et meurt deux semaines après son retour en Nouvelle-Zélande. Il travaille alors dans un magasin de vélos à Auckland, retrouvant lentement l'envie de s'entraîner. Vers la fin de l'année, il décide de recommencer sa carrière aux États-Unis, que Swart apprécie parce que les courses y sont moins dures et que la culture du dopage qui empoisonne la scène européenne est pratiquement inexistante. Courant au début pour un club de Californie, il gagne quelques courses où il est remarqué. Et quand Jim Ochowicz, le directeur sportif de Motorola, lui offre une place dans son équipe et une occasion de retourner sur le circuit européen, Swart ne peut résister à la tentation. «Je suppose que je m'ennuyais aux États-Unis. Les mêmes courses chaque année, ce n'était pas assez compétitif. Je pensais que c'était le moment de jouer quitte ou double, réussir ou tout lâcher définitivement. Tout ce que je gagnais servait à régler les factures et ne me laissait qu'un tout petit surplus. N'importe quel job raisonnable à l'extérieur du cyclisme aurait été plus intéressant financièrement. J'avais une chance de pouvoir faire quelque chose de ma carrière et il ne fallait pas la rater.»

Nouveau produit, nouveau monde

Le milieu qu'il retrouve à son retour n'a rien à voir avec celui qu'il a quitté cinq ans plus tôt.

«En 1994, tout avait été complètement changé. L'augmentation de la vitesse était incroyable. Spécialement en montagne. En 1988, j'étais aussi bon que certains des meilleurs. Dans les ascensions, je pouvais rester dans les dix premiers. Sur le Tour de Suisse 1988, j'étais au sommet avec les Néerlandais Gert-Jan Theunisse et Steven Rooks, les meilleurs grimpeurs du Tour de France trois semaines plus tard. Et maintenant, alors que je savais que j'avais progressé, j'étais incapable de suivre. Ils n'utilisaient pas les mêmes braquets qu'avant. Personne ne mettait plus les petits développements. Tout cela avait disparu en cinq ans. Incroyable, le niveau avait crevé le plafond.

J'ai compris aussitôt que j'allais avoir à affronter quelque chose. J'avais entendu parler de l'EPO, le mot avait transpiré jusqu'aux États-Unis. Nous savions que ça dopait le sang, que ça augmentait la capacité en oxygène, mais je ne pensais pas que ça pouvait avoir tellement changé les choses. Chez Motorola, certains des anciens étaient un peu démoralisés. Par exemple, sur une course de début de saison comme Tirreno-Adriatico [une épreuve italienne par étapes disputée début mars], nous passions une semaine à courir à fond, uniquement pour survivre. Juste pour terminer la course. C'était complètement fou.»

Gewiss tout schuss !

La compétition est faussée. Les équipes qui utilisent de l'EPO sont plus fortes que celles qui n'en prennent pas, et celles qui en font un usage maximal dominent les courses. L'équipe italienne Gewiss-Ballan travaille sous le contrôle médical du médecin italien Michele Ferrari. Depuis le début de la saison 1994, ses coureurs apparaissent exceptionnellement forts. Leur supériorité est démontrée jusqu'à l'absurde dans la première des deux classiques ardennaises : la Flèche wallonne. À un moment décisif de la course, trois coureurs de Gewiss, Moreno Argentin, Evgeni Berzin et Giorgio Furlan, s'échappent. Porteur du maillot arc-en-ciel de champion du monde, Lance Armstrong est en forme ce jour-là. Il pédale comme un forcené pour les rattraper, mais ne parvient pas à les rejoindre. Il sera l'un des grands perdants du jour.

Personne ne se serait soucié de ces trois coureurs échappés du peloton s'ils n'étaient membres de la même équipe. Pour les observateurs, c'est inhabituel. Comment une même équipe peut-elle aligner trois coureurs aussi en forme et tellement supérieurs à tous les autres ? Le reste du peloton a essayé de les suivre, mais en vain. Aux sceptiques qui regardent ces performances en se posant des questions, le Dr Ferrari va rapidement fournir un indice. Le lendemain de la Flèche wallonne, lors d'une conférence de presse tenue à l'hôtel de l'équipe, il explique en effet que l'EPO, utilisée de façon raisonnable, n'est pas plus dangereuse que le verre de jus d'orange qu'il tient dans la main. Au début de l'année 1991, l'EPO est interdite par l'UCI. Mais il n'existe aucun test capable de dépister sa présence dans les urines.

Ferrari n'a pas dit que les coureurs de Gewiss utilisaient de l'EPO mais il l'a laissé entendre et a donné l'impression de tolérer son usage pour améliorer les performances. Et au sein du peloton, nombreux sont ceux qui pensent que les coureurs de Gewiss en utilisent.

Lance parle de dopage

Un après-midi de semaine en avril 2001. L'un des auteurs rencontre Lance Armstrong à l'hôtel La Fauvelaie, près de Saint-Sylvain d'Anjou, dans l'est de la France. L'interview doit être presque exclusivement consacrée au dopage. Il en a accepté le principe et a demandé que l'avocat chargé de ses intérêts, Bill Stapleton, assiste à l'interview. Pendant l'heure et demie que durera l'entretien, Stapleton reste silencieux, à l'exception d'une brève interjection.

« À un moment, vous avez dû comprendre que le cyclisme entretenait une relation avec le dopage ?

– Certainement, avec des histoires comme celles de Tommy Simpson [1], mais ce n'était pas un contrôle positif.

Quand j'étais chez Motorola, Motorola était blanc comme neige, et j'y suis resté jusqu'en 1996. Avec des coureurs comme Steve Bauer, Andy Hampsten, des coureurs admirables, professionnels, propres.

– Qu'avez-vous pensé de la performance extraordinaire des Gewiss-Ballan dans la Flèche wallonne 1994 ?

---

1. L'Anglais Tom Simpson est mort sur les pentes du mont Ventoux alors qu'il occupait la 7e place du classement général au matin de cette 13e étape. Dans la poche arrière de son maillot, on a retrouvé des amphétamines, comme dans son sang. Et il n'est guère douteux que les produits dopants, mélangés à l'alcool qu'il avait absorbé, ont joué un rôle dans sa mort tragique.

– Vous savez, à l'époque, j'étais exaspéré car je portais le maillot arc-en-ciel et j'étais près de la victoire. Mais une équipe peut être capable de ce genre de choses. Gewiss avait déjà réalisé un printemps phénoménal, et elle avait progressé, progressé… Quand une équipe commence à gagner ! Je crois à la force d'entraînement.

– Êtes-vous en train de m'expliquer qu'au lendemain de cette course, vous n'aviez aucun soupçon, que vous y croyiez à 100 % ?

– Le lendemain matin, il y avait évidemment des articles et des bavardages. Mais ça n'a jamais été mon genre de commencer à dire : "Ils trichent, c'est un tricheur, c'est une équipe de tricheurs." Si c'était le cas, comment pourrais-je me lever tous les jours pour faire mon boulot ?

– N'aviez-vous aucun doute quand Michele Ferrari, leur médecin, a déclaré que l'EPO n'était pas plus dangereuse que le jus d'orange ? »

Une longue pause.

« Uhhhm, non.

– Vous ne vous demandiez pas ce qu'était l'EPO ?

– Je pense que parfois les citations sont sorties de leur contexte. Même à l'époque, je savais ça.

– Saviez-vous ce qu'était l'EPO ?

– On parle d'une période qui remonte à sept ans. Est-ce que j'en avais entendu parler ? Probablement.

– Ferrari disait en fait qu'il en avait donné à ses coureurs ?

– Je n'ai pas lu l'article, je ne sais pas.

– À partir de cette époque, l'EPO est devenue quelque chose d'important dans le vélo, quelque chose d'énorme. Chez Motorola, aviez-vous conscience que l'EPO était devenue une composante de la course ?

– Nous n'y pensions pas. Ce n'était pas une question que nous nous posions. Ce n'était pas une option. Jim

Ochowicz était responsable du programme [médical], c'était un programme propre. Max Testa, le médecin, avait établi un programme propre et cela [l'EPO] ne faisait pas partie de notre programme médical.

– Vous étiez sûrement énervé à l'idée que ces types utilisent le produit dont avait parlé Ferrari ?

– Il n'y a aucune preuve de ça. Je n'allais pas m'asseoir et me mettre à en parler. C'était il y a des années. Il faut comprendre aussi que cette partie de ma carrière, cette partie de ma vie sont derrière moi. »

La version du médecin

Le Dr Massimo Testa a été au service de l'équipe Motorola de 1991 à 1996, c'est-à-dire pendant toute l'existence de cette équipe. Avant Motorola, Testa avait collaboré avec 7-Eleven. De 1985 à 1990, il était le médecin de cette équipe américaine qui, en 1991, avait changé de sponsor pour devenir Motorola. Après 1996, il est consultant médical de l'équipe italienne Asics-CGA, puis travaille pour le compte de l'équipe de la Française des Jeux en 1997. Il était sur le Tour de France pendant les scandales du Tour 1998 et cette expérience a laissé chez lui des traces profondes. Testa a quitté le monde du cyclisme juste après. Il exerce aujourd'hui la médecine du sport au Medical Center de l'UC Davis à Sacramento, en Californie, où il rencontre l'un des auteurs dans son bureau, 2805 J. Street, au printemps 2001. Cette rencontre est suivie d'une conversation téléphonique, trois ans plus tard, en mars 2004. Testa est catégorique : dès le printemps 1994, la plupart des coureurs de Motorola ont eu avec lui un certain nombre de discussions sur l'EPO, la manière dont ce produit augmentait les performances et les risques qu'encouraient pour leur santé ceux qui l'utilisaient.

«Je parlais beaucoup à ce sujet avec les coureurs. Ils me posaient des questions. Ils savaient que quelque chose se passait. Je suis en désaccord avec tous ceux qui disent que nous n'en avons jamais parlé. Ma politique était de minimiser l'effet des médicaments sur la performance et d'exagérer les risques pour la santé. Je voulais juste les décourager d'utiliser ce genre de trucs.»

À l'époque, Testa habite à Côme, en Italie, où il exerce comme généraliste. Il vit alors son engagement dans le cyclisme professionnel comme un hobby qui peut lui faire gagner un peu d'argent. Chez 7-Eleven, il a le même âge que beaucoup de coureurs et est devenu l'ami de garçons comme Andy Hampsten, Ron Kiefel et Jeff Pierce, des coureurs américains qui habitent aussi à Côme. L'EPO n'a pas encore gagné le peloton. À cette époque, bénie pour Testa, Hampsten peut gagner le Giro 88 avec un taux d'hématocrite, naturellement bas, de 38. «Je voyais des coureurs dont je pouvais jurer qu'ils ne prenaient rien. Comme Andy, par exemple.»

Mais le cyclisme va complètement changer dans les années 90 et Testa doit se familiariser avec la pharmacopée du sport. «En un sens, j'étais comme une autruche durant ces années. Il y avait des choses que je ne voulais pas voir. Mais je devais être informé de ce qui se passait et ne pas craindre d'en parler. Si j'avais dit que je ne savais rien, des coureurs de Motorola m'auraient complètement exclu. Pour eux, j'aurais été un nul. Ils vous testaient quelquefois, en essayant de comprendre ce que vous saviez, et je me tenais au courant pour garder le contact avec eux.»

Testa se rappelle que des conversations spécifiques eurent lieu au sujet de l'EPO dès 1994. «Je me souviens en particulier d'une de ces discussions. Je ne sais plus sur quelle course c'était, peut-être lors d'un camp d'entraînement. Nous étions réunis dans une pièce. J'avais photocopié plusieurs études sur les effets d'un taux d'hématocrite et d'un taux d'hémoglobine élevés. C'était l'époque où Gewiss, à qui l'on attribuait des taux d'hématocrite de 60 %, dominait dans les classiques. Et j'ai essayé d'expliquer que l'EPO n'avait pas autant d'effet que ce que tout le monde croyait.

Finalement, j'ai commencé à nourrir des doutes sur certains de mes coureurs. Peut-être prenaient-ils quelque chose. Mais la preuve est une chose, le secret médical en est une autre. Même si je déteste le dopage, je n'aime pas les conclusions trop hâtives. Je ne peux pas non plus me fonder sur des informations confidentielles que j'ai reçues des coureurs dans une relation privilégiée de patient à médecin. Les coureurs étaient mes patients, et je devais rester de leur côté. Mon boulot était de les décourager de prendre des trucs, mais en même temps de laisser la porte ouverte s'ils avaient un problème.»

Lance Armstrong, qui a rejoint Motorola vers la fin de la saison 92, travaille avec Testa au cours des trois saisons suivantes. Lui aussi décide de s'installer à Côme, où l'équipe tient ses quartiers européens. De temps en temps, il joue même les baby-sitters pour le médecin. Mais, vers la fin de sa troisième saison dans l'équipe, Armstrong commence à travailler avec Michele Ferrari. Ce nouvel arrangement affecte ses relations avec Testa. «J'ai découvert la situation alors que Lance avait déjà commencé depuis quelque temps, explique Testa. Il ne me l'avait pas dit, du moins pas tout de suite. Je l'ai appris par un coureur qui avait vu Lance à Ferrare, où il allait rencontrer Ferrari. J'ai réfléchi, j'étais un peu déçu, mais, en un sens, j'étais également soulagé. J'étais payé à la journée, et avec Lance et Kevin [Livingston] chez Ferrari, c'était autant de travail en moins.»

Testa s'est-il senti rejeté, comme si Armstrong lui avait dit: «Désolé, doc, tu n'es pas assez bon»? «Oui, peut-être un peu. Mais je dois vous dire que je ne me suis jamais fâché, je n'ai jamais dit le genre de choses auxquelles on pouvait s'attendre. Nous étions très différents, Lance et moi. Nous n'avons jamais eu de relations de proximité. Nous n'étions pas sur la même longueur d'onde. En fait, pour la première fois, on me faisait sentir que je n'appartenais pas à la même génération que les coureurs. Au début, je l'appréciais, ce jeune cow-boy texan qui savait blaguer avec ses coéquipiers. Mais il aimait les jeux vidéo, ce qui n'était pas mon truc. Et lui ne s'intéressait pas aux randonnées ou au ski de fond. Nous étions complètement différents. Mon idéal sportif est incarné par un athlète comme Andy Hampsten, un garçon qui sait garder profil bas, ne recherche ni les grosses voitures ni une nouvelle petite amie tous les mois. C'est le genre de champion cycliste que j'apprécie. Andy et moi, nous nous parlons encore souvent au téléphone.»

«Och» perd son sang-froid

Pétri de bonnes manières, Jim Ochowicz est plus un homme d'affaires qu'un coach carburant à la testostérone. Mais quelqu'un qui doit convaincre les sponsors ne peut s'empêcher de s'impliquer émotionnellement, ne serait-ce que parce qu'il engage sa réputation sur la qualité de son équipe. Avec des garçons comme Lance Armstrong, Andy Hampsten, Phil Anderson, Alvaro Mejia, Sean Yates et Steve Bauer, Ochowicz est confiant dans ses chances de réussite en 1994. Il pense avoir les coureurs qu'il faut pour gagner les classiques du printemps. Après avoir remporté le titre de champion du monde 1993 pour sa première saison complète chez les professionnels, à Oslo, Armstrong ne peut que s'améliorer. Et pourquoi Mejia ne ferait-il pas mieux que sa 4e place dans la précédente édition du Tour de France ?

Hampsten est toujours un grimpeur, Anderson sait animer une course et il n'y a pas plus forts, plus déterminés dans tout le peloton que Bauer et Yates.

Pourtant, dans Milan-San Remo, premier défi sérieux de la saison qui tombe le jour du printemps, les hommes d'Ochowicz sont tout simplement hors d'état de rivaliser. Axel Merckx, le seul coureur de l'équipe suivi par Ferrari, est l'unique Motorola dans le groupe de tête, mais quand un autre adepte de Ferrari, Giorgio Furlan, accélère à l'approche de l'arrivée, il ne fait qu'une bouchée du Belge. Trois semaines plus tard, dans la Flèche wallonne, Armstrong est proche mais ne peut rattraper les trois fusées de Ferrari, Moreno Argentin, Giorgio Furlan et Evgeni Berzin. Quatre jours plus tard, Anderson est le seul à porter haut les couleurs de Motorola dans Liège-Bastogne-Liège, mais, encore une fois, il est impossible de battre l'équipe de Ferrari et Berzin offre une nouvelle victoire à Gewiss.

Les coureurs appellent Ochowicz «Och», un surnom qui traduit l'affection qu'ils portent à cet homme poli avec tous. Ce printemps-là pourtant, les rapports vont se tendre. «Ouch» serait un surnom plus approprié car le manque de succès de l'équipe énerve le directeur sportif, qui passe sa colère sur les coureurs. Après Milan-San Remo, il s'en prend à tous, sauf à Merckx, leur reprochant de ne pas être plus vifs ni plus déterminés. Après Liège-Bastogne-Liège, il se montre toujours aussi désobligeant et demande pourquoi Anderson, le plus vieux de l'équipe, est le seul à courir en tête. La saison avance mais les résultats ne progressent pas. L'humeur d'Ochowicz oscille entre sombre et massacrante.

Au début, la plupart des coureurs ne comprennent rien. Ils savent qu'ils sont bons, et pourtant ils ne peuvent lutter avec les équipes italiennes, avec la Gewiss en particulier. Si la plupart des Motorola ignorent à quel point l'usage de l'EPO s'est répandu, ils sentent que quelque chose est en train de se passer. Des coureurs de niveau inférieur deux ou trois années auparavant les écrasent désormais. En un an, de 1993 à 1994, le changement est énorme. Quatrième du Tour 1993, Mejia dégringole à la 31e place l'année suivante, l'année de la quatrième victoire d'Indurain. La plupart des coureurs qui finissent ce Tour 1994 dans les dix premiers seront d'ailleurs mêlés à des affaires de dopage au cours des cinq années suivantes.

Inquiet des engagements de son équipe vis-à-vis de son sponsor Motorola, Ochowicz préfère penser que la solution dépend de lui. Si seulement ses coureurs s'entraînaient davantage, couraient plus intelligemment, montraient plus de détermination…

Des coureurs qui commencent à comprendre que le problème ne vient pas de leur méforme, mais de ce qui fait carburer leurs rivaux.

Le découragement de Bauer

Le dopage est d'abord un sujet tabou chez les cyclistes professionnels, mais tous y pensent constamment. La plupart n'aiment pas en parler ; ceux qui usent de produits dopants ne veulent pas avoir à mentir et préfèrent en général rester silencieux à ce sujet. Ceux qui sont clean savent que, s'ils parlent honnêtement du dopage, ils se feront des ennemis, en particulier parmi leurs collègues. Ce à quoi s'ajoute l'impossibilité pour un coureur propre de garder le moral s'il pense à l'avantage significatif que détiennent sur lui ses rivaux. Pourtant, c'est *le* sujet qu'on ne peut ignorer.

Sur le Tour de France 1993, Steve Bauer est las : toute cette injustice lui mine le moral. Le bonhomme est pourtant un coriace, comme en témoigne sa 2e place dans Paris-Roubaix (1990) ou sa victoire dans le Grand Prix Suisse (1989). Après deux semaines et demie de course, l'un des auteurs le retrouve dans le hall de l'hôtel Xalet Ritz, réservé par Motorola dans le village pyrénéen de La Massana. Le Canadien est épuisé, physiquement et moralement. Un enfant de 2 ans joue près de son siège.

«Regardez ce gamin, dit Bauer, je parie tout ce que j'ai gagné que si vous mesurez son taux de testostérone, il en a plus que moi aujourd'hui. Notre équipe n'utilise pas de testostérone mais certaines le font.»

Un an plus tard, la situation a considérablement empiré. Déjà utilisé de façon illicite, mais pas encore répandu au début des années 90, l'EPO devient le produit dopant dominant. 1994 est sans doute l'année où tout bascule. Bauer et plusieurs de ses coéquipiers de Motorola sont de plus en plus remontés. Ils entendent constamment parler des pratiques d'autres équipes mais ne sont pas certains non plus que tous les membres de leur propre équipe soient propres.

Ochowicz a minutieusement préparé ses coureurs au contre-la-montre par équipes du Tour 1994. Ces neuf coureurs, probablement clean, terminent 2es. Un résultat admirable, mais qui a lieu au début de la course, avant que le nombre de globules rouges ne diminue, que le taux de testostérone ne baisse et que l'on ne paie comptant le fait de courir propre.

La réalité se dévoile

Début 1994, certains coureurs de Motorola apprennent que des formations italiennes utilisent une centrifugeuse pour mesurer leur hématocrite. Les coureurs risquent moins de surdoser leur EPO. Un des coureurs les plus expérimentés de l'équipe, Sean Yates, connaît l'une de ces équipes et décide de tester son hématocrite. L'Anglais est un coureur talentueux qui préfère être équipier dans l'une des meilleures équipes du peloton que leader dans une équipe moyenne. Ce garçon doux, facile à vivre, dénué d'ambition personnelle et heureux d'être celui sur lequel peuvent s'appuyer les leaders, n'est poussé que par la curiosité. En lui prenant le moins de sang possible, les Italiens lui apprennent que son hématocrite est à 41. «Retourne donc te coucher. Tu n'as aucune chance de gagner.» À son retour, il fait part à ses coéquipiers de son taux d'hématocrite et des tristes prévisions des Italiens, confirmant ce que la plupart des coureurs de Motorola ont déjà deviné.

Seuls ceux qui utilisent de l'EPO doivent surveiller leur hématocrite. Le produit, qui stimule la production de globules rouges, épaissit en effet le sang, faisant courir des risques d'embolie. En surveillant constamment leur hématocrite, les coureurs connaissent la viscosité de leur sang et peuvent le diluer si nécessaire. Un nouveau degré de sophistication est désormais atteint en matière de dopage et le rôle de certains médecins n'est plus que de réguler les pratiques déjà existantes. Comme l'EPO, l'hormone de croissance, désormais aisément disponible, est devenue un autre produit populaire chez les cyclistes. À l'époque, ni l'une ni l'autre ne sont décelables (l'EPO ne le sera qu'en 2000, l'hormone de croissance ne l'est toujours pas) et seuls ceux qui sont opposés au dopage pour des raisons morales ou qui en redoutent les effets sur leur santé s'y refusent. Dans le cyclisme, c'est le Français Laurent Chotard qui sera le premier pris à l'EPO le 9 mai 2001 au Tour de Romandie.

Bien que Motorola regorge de bons coureurs, les résultats de l'équipe sont décevants en 1994. Ochowicz continue à se plaindre. Plus important, certains coureurs commencent à se dire qu'il faut faire quelque chose.

L'impatience d'Armstrong

Un coureur qui a couru pour Motorola au milieu des années 90 se souvient de l'atmosphère qui régnait dans l'équipe en 1994, et en particulier des sentiments d'Armstrong sur ce qu'il fallait faire.

«Comme équipe, nous étions plutôt innocents. Je ne dis pas qu'un ou deux de nos coureurs ne prenaient pas des trucs dans leur coin, mais, en tant qu'équipe, nous étions plutôt clean. Jim Ochowicz et notre médecin, Max Testa, ne voulaient rien savoir du dopage. Och quittait la pièce si nous en parlions, et Max essayait de nous convaincre qu'on pouvait courir bien naturellement. Il disait qu'on n'avait pas besoin des saloperies que prenaient les autres équipes. C'était tout Max, si vous lui disiez que la douleur était descendue de votre genou à votre talon, il répondait que c'était bien, que c'était le signe que la douleur quittait votre corps.

Un de nos problèmes était notre ignorance. À l'époque, en 1994, il n'y avait pas de contrôle de l'EPO. Elle était indécelable et le règlement interdisant de courir avec un taux d'hématocrite supérieur à 50 % ne serait appliqué que trois ans plus tard. Nous n'avions aucune idée des doses à utiliser, des fréquences et des risques que nous courrions. Nous ne savions qu'une chose : c'était cher.

Lance était de ceux qui ne voulaient pas d'une carrière moyenne. Tout ça le minait, le bouffait. Il ne s'accommodait pas d'être battu par des gars qui pouvaient être moins bons que lui. Mais Max et Och ne voulaient pas s'engager de ce côté. Je suis sûr que c'est à la suite de cela qu'il a décidé de commencer à travailler avec Michele Ferrari.»

Ochowicz et Testa préféraient ne pas avoir à s'occuper de la question de l'EPO mais les coureurs ne pouvaient y échapper.

« L'EPO est arrivée dans le peloton au début des années 90, explique Phil Anderson. Tout le peloton en souffrait. Les courses étaient de plus en plus rapides. On en parlait dans l'équipe. Qu'est-ce que nous pouvions faire ? On savait que ça influait sur les courses mais on n'avait aucune preuve sur ses utilisateurs. Et Lance, ou un autre, réalisait un coup d'éclat et ça nous donnait le courage de continuer. On pouvait facilement déprimer en entendant ce qu'on disait des autres équipes.

Plus on avançait dans les années 90, plus le problème devenait sérieux et je ne suis pas sûr de ce qui s'est passé dans l'équipe après mon départ en 1994. »

« Tu es dedans ou tu t'en vas »

Stephen Swart est, lui, parfaitement au courant de ce qui s'est passé chez Motorola après 1994. Cette année-là, le Néo-Zélandais fait ses débuts dans l'équipe. Après ses cinq années aux États-Unis, les vitesses ont augmenté de façon absurde, surtout dans les ascensions. Comme ses coéquipiers, il a l'impression d'être à un tournant.

« En 1994, nous avons souffert. Nous n'avons jamais eu de grosse victoire. Ça ne me pesait pas autant qu'aux leaders de l'équipe. C'était dur pour le directeur sportif. Il devait répondre aux sponsors. Si vous n'avez pas de résultats, vous n'avez plus de financement. Si vous n'avez plus de financement, vous n'avez plus d'équipe. Et les médias nous tapaient dessus. Jim Ochowicz ne voulait pas entendre parler d'un programme de dopage, mais, nous, les coureurs, nous sentions la pression pour obtenir des résultats. On voulait continuer à courir pour cette équipe, on aimait bien l'ambiance. En un sens, c'était bien qu'on ne nous oblige pas à nous doper, personne dans l'équipe ne nous forçait la main. Nous savions qu'ils étaient plutôt contre, mais, à la fin, il s'agissait d'être dedans ou dehors : ou l'on se mettait à faire ce que faisaient les autres équipes, ou l'on quittait le sport.

On a essayé d'autres moyens, comme de viser de plus petites courses pour voir si l'on pouvait gagner celles dont les autres se désintéressaient. Je suis sorti du Tour de France 94 en bonne forme et je suis allé au Kellogs Tour [une course à étapes organisée en août en Angleterre, aujourd'hui disparue], confiant dans mes chances de succès. Là-bas, j'ai bien couru dans le contre-la-montre et je suis pourtant parti en me demandant ce qui se passait. L'Italien Maurizio Fondriest revenait de blessure et il m'a écrasé. Je comprenais que si j'avais pris de l'EPO et que ça m'avait donné un avantage de 5 %, je l'aurais battu. C'est le genre de raisonnement qu'on fait dans cet environnement. Et puis il y a eu la Leeds Classic [une classique d'un jour]. J'avais réussi une bonne journée, j'étais dans le groupe de tête, avec une chance de gagner jusqu'à la fin. Mais ça se passait comme ça à l'époque. Dans la dernière ligne droite, des types filaient et vous vous retrouviez derrière. Au bout d'un moment, ça finit par vous taper sur les nerfs.»

Selon Swart, quelques coureurs de Motorola ont pris la décision, début 1995, de démarrer un programme de dopage et de profiter des avantages procurés par l'EPO.

«Dans mon souvenir, on n'a pas beaucoup parlé d'EPO en 1994, mais surtout l'année suivante. Bien sûr, 1994 n'avait pas été une bonne année et nous nous demandions combien de temps encore les sponsors allaient nous soutenir. Phil [Anderson] et Andy [Hampsten] ont quitté l'équipe fin 1994, on en a laissé partir quelques autres et de nouveaux sont arrivés : les Italiens Fabio Casartelli et Andrea Peron, ou Kevin Livingston. En tant qu'équipe, il était temps de se regrouper et de remédier à la situation.

Je pense que c'était en mars, après Milan-San Remo. Je suis allé à Côme pour quelques jours. Lance, Frankie [Andreu], Kevin [Livingston] et George [Hincapie] habitaient tous là-bas, ainsi que Max Testa. J'y suis resté quelques jours, logé à l'hôtel. Je me souviens d'une journée d'entraînement, à un moment où nous pensions sérieusement à ce qu'il fallait faire pour remédier à la situation. À l'époque, la balance penchait de plus en plus en faveur de l'établissement d'un programme. Le sentiment était qu'il fallait reprendre le contrôle, qu'il fallait tenter quelque chose. Autant que je m'en souvienne, ce sur quoi nous nous sommes mis d'accord pendant cette sortie d'entraînement était que tous ceux qui allaient courir le Tour de France devaient participer à ce programme.

Ni Kevin ni George n'étaient dans le coup, ils venaient tout juste d'arriver dans l'équipe. C'était plutôt la décision des seniors : Lance, Frankie et moi. Nous en parlions juste entre nous, décidant ce qu'il fallait faire. Lance participait pleinement à la discussion et son avis était qu'il fallait y aller. Les sponsors faisaient monter la pression sur Jim [Ochowicz] et nous savions que, pour obtenir des résultats, il n'y avait qu'un moyen. C'était de s'engager dans un programme. Je ne sais pas si les autres le faisaient déjà avant mais ils agissaient comme si ce n'était pas le cas. »

Interrogé sur cette conversation, Frankie Andreu affirme n'en avoir aucun souvenir mais il confirme le contexte : « Steve est un type bien, vraiment bien. Nous étions amis lorsque nous courions chez Motorola, mais je ne me souviens pas précisément de cette sortie d'entraînement. Steve a peut-être eu cette conversation, mais je ne m'en souviens pas. Je me rappelle en revanche combien l'équipe était à la peine à l'époque, et que nous étions dépassés. Nous savions que d'autres équipes faisaient des trucs. »

Demandez le programme...

Huit ans ont passé depuis la dernière année de Swart chez Motorola et, à Auckland, en cette soirée de début d'été, les souvenirs de ce dernier coup de dés restent vifs.

«Est-ce que le plan consistait pour chaque membre de l'équipe Motorola à organiser son propre programme de dopage, à se procurer sa propre EPO?

– Oui, c'est exact. On ne faisait pas ça collectivement, c'était à chacun d'entre nous de s'organiser pour lui-même.

– Est-ce que c'était difficile?

– Non. Il suffisait d'aller en Suisse. Je ne sais pas comment les autres gars se débrouillaient, mais tout ce que j'utilisais, je l'achetais moi-même.

– Par l'intermédiaire de quelqu'un que vous connaissiez en Suisse?

– Non, j'étais en Suisse à l'époque. J'allais à la pharmacie. S'ils n'en avaient pas en stock le matin, je revenais l'après-midi et c'était prêt.

– Vous n'aviez pas besoin d'ordonnance?

– Non.

– Est-ce que vous utilisiez de l'hormone de croissance en plus de l'EPO?

– Non, pas l'hGH. J'avais entendu parler de ses effets secondaires, j'avais lu des choses là-dessus, comment ça vous faisait grossir la tête et pousser les dents, et je ne voulais pas prendre de cette saloperie.

– Est-ce que vous n'utilisiez que de l'EPO?

– C'était le plus gros truc que nous utilisions. La cortisone était assez banale sur la plupart des courses. L'EPO est le truc le plus extrême que j'ai essayé. La cortisone, ce n'était pas grave, il y en avait dans le camion, c'était un truc standard. Vous en aviez sous la main aussi souvent que vous vouliez, vraiment. Elle nous aidait à récupérer mais on l'utilisait aussi avant la course. Nous savions qu'utilisée sur de longues périodes, elle vous bouffe les muscles, donc nous ne l'utilisions qu'un jour sur deux.

– Quand avez-vous commencé à utiliser de l'EPO ?

– Pour le Tour de Suisse 1995.

– Combien est-ce que ça coûtait ?

– Entre 600 et 700 francs suisses la boîte, à peu près 1 000 dollars néo-zélandais, ce qui faisait beaucoup d'argent à sortir.

– Comment connaissiez-vous les quantités à prendre ?

– On planifiait ça à l'avance. Nous devions prendre un certain nombre de doses pendant dix jours, puis un jour sur deux pendant une semaine. Ensuite, sur le Tour de France, et selon nos taux d'hématocrite, une ou deux injections par semaine.

– Avec quels résultats ?

– Dans la première étape du Tour de Suisse, j'ai fini 6e du prologue, à la même place que l'année précédente. C'est après le prologue qu'on a commencé notre première cure d'EPO. En deux jours, j'ai plongé.

– Plongé ? Vous voulez dire que ça n'a pas marché pour vous ?

– J'ai compris qu'on ne pouvait pas se mettre à prendre de l'EPO pendant une course. Parce que, lorsque ça commence à agir à l'intérieur du corps, ça pompe beaucoup d'énergie, de l'énergie dont on a besoin pour courir. J'aurais dû commencer à en prendre quand j'étais au repos. C'était juste un manque d'expérience. Je ne savais pas comment l'utiliser efficacement.

– En aviez-vous parlé à Jan, votre femme ?

– Oui, je lui avais dit. Elle ne sautait pas de joie. Elle comprenait que ce n'était pas un sport des plus propres, et que ce que nous devions faire n'était pas des plus propres. Mais on avait décidé collégialement que ceux qui disputaient le Tour devaient le faire. Quelques coureurs de notre équipe n'étaient pas impliqués, comme le Letton Kaspars Ozers. Je pense que c'était aussi le cas, par exemple, d'Alvaro [Mejia].

– Avez-vous utilisé de l'EPO sur le Tour de Suisse et sur le Tour de France ?

– Non. J'ai commencé en Suisse mais, arrivé aux grandes étapes de montagne, j'étais assommé. Je ne comprenais pas ce qui m'arrivait.

– Comment vous sentiez-vous exactement ?

– J'avais l'impression que toute ma forme m'avait abandonnée. Le Tour de France approchait et je ne savais pas si je serais capable de prendre le départ. Je me sentais tellement à plat. Il y avait un peu plus d'une semaine entre les deux courses et j'ai continué la cure d'EPO, tant d'unités un jour sur deux. J'ai continué le premier ou le deuxième jour sur le Tour et puis j'ai arrêté. Je pensais : "Je n'ai rien à perdre, ce n'est pas comme si j'allais me mettre à gagner des étapes du Tour de France."

– Vous n'en avez donc tiré aucun bénéfice ?

– Si. Sur les premières étapes du Tour, vraiment rapides, après la première heure, vous aviez l'impression de ne pas avoir encore couru. Et à la fin de la journée, votre faculté de récupération était fabuleuse. Mais ça ne me faisait ni gagner ni réussir des trucs extraordinaires pendant la course. Je n'avais pas l'impression que ça changeait quoi que ce soit.

– Mais cette sensation de bien-être, de récupération rapide, n'était-ce pas déjà un grand avantage ?

– Oui, mais j'avais entendu dire que les effets bénéfiques de l'EPO perduraient quelque temps après avoir cessé d'en prendre. Je ne pensais pas que je devais continuer à en prendre durant le Tour de France. En outre, j'avais épuisé mon stock et je ne voulais pas dépenser encore un autre millier de dollars [néo-zélandais] pour en acheter.

– Jim Ochowicz pouvait-il ignorer la décision prise par les coureurs ?

– Il fallait être drôlement naïf pour ne pas savoir, mais si quelqu'un pouvait ne pas le savoir, Jim était probablement celui-là. En ce qui concerne les soigneurs, les soigneurs en chef étaient au courant.

– Est-ce que Lance était convaincu qu'il n'y avait pas d'autre choix que l'EPO ?

– Oui, cela relevait simplement du "il faut le faire". Il nous fallait des résultats. Motorola versait beaucoup d'argent pour l'équipe et il fallait abattre ses cartes.

– Ce sentiment qu'il fallait se joindre à la course au dopage, Lance le partageait vraiment ?

– Oui, et je pense que c'est devenu encore plus fort avec le temps, car c'est alors qu'a commencé sa relation avec Ferrari. Je me souviens d'être resté assis chez moi, en Nouvelle-Zélande, en regardant les résultats. 1995 et 1996 ont été des années complètement différentes pour lui. Au début 1996, il s'est envolé.

– 98 % des gens pensent qu'Armstrong est un vrai champion…

– Oui, mais 98 % des gens n'ont jamais été dans l'arène du sport de haut niveau.

– Armstrong affirme qu'on n'a jamais parlé de dopage chez Motorola. Est-ce que ça vous amuse d'entendre ça ?

– Pas mal, oui, je pense "Mon vieux, t'es vraiment un jobard." »

La main de Lance

En dépit de l'EPO dont il fait usage au début du Tour de France 1995, Stephen Swart a mieux couru l'année précédente, quand il n'y avait pas encore recours. En 1995, sa saison tout entière se résume à un combat impitoyable pour survivre. À la fin du Tour 1995, il

92

espère en tout cas que son arrivée sur les Champs-Élysées est un présage de bonne forme pour sa fin de saison. Le soir de l'arrivée, Motorola organise une réception pour les coureurs, leur proche famille et le staff technique de l'équipe. On félicite Swart et Steve Bauer pour leur contribution altruiste pendant l'épreuve. Si Stephen a encore des doutes sur le renouvellement de son contrat, ils sont balayés par la considération que lui témoigne l'équipe ce soir-là.

Après le Tour, les coureurs se reposent pendant une semaine, puis se préparent pour les courses de fin de saison. D'abord en août avec la Leeds Classic, en Angleterre, et le Grand Prix de Zurich, puis avec le Tour d'Espagne, qui part début septembre. La veille de la course suisse, Jim Ochowicz apprend à Swart que son contrat ne sera pas renouvelé en 1996.

« C'était complètement inattendu. On aurait dû en discuter pendant le Tour de France mais on ne l'a pas fait, donc je présumais que c'était OK. Jim m'a demandé de venir dans sa chambre et m'a dit qu'il n'y avait plus rien pour moi. C'était comme de me lancer : "Il y a un avion qui part dans deux heures, et comme tu ne cours pas demain, on t'a réservé une place dedans." J'ai essayé d'en prendre mon parti. J'aurais pu commencer à chercher une autre équipe, mais j'ai pensé : "Non, ça suffit. Je ne veux pas persévérer de ce côté-là. Si c'est pour prendre encore des trucs, ce genre de saloperie, non je ne veux pas." Continuer avec Motorola, je le pouvais, mais recommencer avec une autre équipe, faire tout ce que j'aurais dû faire, ça ne m'intéressait pas. »

Swart fait le tour des chambres pour dire au revoir à ses coéquipiers. Ils sont déjà au courant. Il veut en particulier serrer la main de Yates et d'Andreu, qu'il tient pour des chic types. « J'ai essayé de garder la tête haute et de rester fier. Je leur ai souhaité "bonne chance, à un de ces jours".» Stephen soupçonne qu'Ochowicz a discuté de sa situation avec Armstrong avant de prendre sa décision. Le Texan est en effet devenu influent dans l'équipe. Mais il veut quand même lui dire au revoir. «J'ai frappé à sa porte. Elle était ouverte et je suis entré, j'ai deviné qu'il était dans la salle de bains. Je lui ai annoncé que je venais lui dire au revoir, il a juste passé une main par la porte. "À un de ces jours", "Ouais, à un de ces jours". Il ne m'a pas dit "attends une minute", pour essayer de me saluer correctement. J'ai alors compris qu'il avait bien participé à la décision et qu'il n'avait pas le cran d'affronter la réalité en face.»

En passer par là

Swart ne regrette pas tout ce qu'il a donné au cyclisme, en dépit de son absence de palmarès après neuf ans de carrière professionnelle. L'expérience valait mieux que de rester en Nouvelle-Zélande, un Kiwi parmi d'autres. Aujourd'hui, quand il achète des terrains à bâtir, il met en pratique ce qu'il a appris pendant ses années dans le peloton. Pendant longtemps, il a voulu tourner la page, ne jamais retourner dix ans en arrière en se disant: «Et si?» C'est aussi pour une part ce qui l'a poussé à essayer l'EPO. «Je voulais tenter le coup. Ça n'a pas marché pour moi. Bon. C'est comme ça. Rien à ajouter.»

Il pense à son fils aîné, maintenant en âge de courir à vélo sérieusement. «Est-ce que j'ai envie de l'encourager à pédaler? S'il montrait des qualités physiques identiques aux miennes, et s'il commençait à faire des résultats, quelle serait ma réaction de père? Je devrais lui dire: "Mon fils, voici ce que tu devras faire pour arriver au sommet, et ce n'est pas bien." Je ne veux pas pousser quelqu'un dans cette voie, et sûrement pas mon fils. On peut éprouver de la passion pour le vélo, c'est un sport magnifique avec plein de bons côtés, mais il y en a aussi de bien merdiques. »

Ironie du sort, après l'annonce de son éviction précipitée, Swart réussit ses dernières courses sous le maillot Motorola, comme le Tour de Hollande. Six semaines après son retour en Nouvelle-Zélande, il se rend en Australie pour la course du Commonwealth Bank. L'équipe Motorola est en grande partie composée de jeunes coureurs. Sans un accident qui le force à abandonner l'avant-dernier jour, Swart aurait terminé sa carrière sur une victoire. Le dernier soir, il a une discussion avec Kevin Livingston, George Hincapie et Bobby Julich, trois de ces jeunes poulains américains qui courent dans la même équipe.

« Ils m'ont interrogé sur l'EPO, et sur ce qu'il faut faire quand on est cycliste professionnel. Je leur ai juste répondu : "Écoutez, si vous voulez réussir dans ce jeu, il faut en passer par là, tout bêtement." Ce n'est pas ce que je voulais leur dire, mais si j'avais répondu autrement, ça aurait été malhonnête de ma part. »

Un gros malaise

Parfois, au beau milieu de l'hiver à Auckland, le Tour de France passe à la télévision, et Swart interrompt ce qu'il est en train de faire pour retrouver ce qui était autrefois son univers. Stephen est toujours épaté par la domination qu'exerce Armstrong sur la course. Parce qu'il sait combien ce sport est dur et qu'il se sent lui-même touché par le brio de son ancien coéquipier. Mais une autre voix lui murmure : « Mais enfin, Steve, tu sais bien qu'on ne gagne pas cette course à l'eau minérale. » Ce qui l'ennuie, c'est l'insistance d'Armstrong à protester de son innocence, comme s'il était blanc comme neige.

« Quand il a eu son cancer, j'ai pensé qu'il avait l'occasion de dire à la face du monde : "J'ai mal fait." Si ça avait été le cas et qu'il était revenu à un bon niveau, je le verrais sous un jour différent. Il avait l'occasion de faire quelque chose de positif pour le sport ; au lieu de cela, il a contribué à ce que la situation demeure la même qu'avant sa maladie. Depuis le scandale de 1998, qu'est-ce qui a changé ? Rien. La culture du dopage est simplement devenue plus sophistiquée.

Je pense qu'il est en train de tromper les gens, les rescapés du cancer. Il est devenu pour eux un porte-parole mais son passé est chargé. Bien sûr, il a été victime d'un cancer mais on ne peut s'empêcher de se demander s'il n'a pas contribué à son développement. Personnellement, j'ai plus de respect pour un coureur comme le Suisse Alex Zülle, qui, au moins, met les mains en l'air et avoue : "Je l'ai fait, je regrette." Lance avait l'occasion d'être honnête. En guérissant du cancer, il aurait pu, dans une faible mesure, aider le sport, et il a choisi de ne pas le faire. »

Lorsque nous lui avons envoyé ce chapitre pour relecture, Stephen Swart, en nous confirmant son accord, n'a voulu y apporter qu'une seule précision :

« Si le dopage n'existait pas, Armstrong serait encore un champion. »

La métamorphose unique
d'un cancéreux

« Si j'avais à choisir entre remporter le Tour
de France et avoir un cancer, je choisirais le
cancer. »

Lance Armstrong,
Chaque seconde compte, p. 307.

Sa meilleure saison

Lorsqu'il aborde l'année 1996, Lance Armstrong s'est
forgé un palmarès consistant (vingt-quatre victoires),
mais aussi une personnalité. Après trois saisons professionnelles, le Texan n'est plus seulement un impétueux
tout en muscles devenu champion du monde à Oslo en
1993, à moins de 22 ans. Sur le Tour de France 1995,
l'image de sa communion, index levé vers le ciel, avec
son équipier italien Fabio Casartelli, décédé trois jours
plus tôt dans les derniers lacets du col pyrénéen du Por-
tet d'Aspet, lorsqu'il franchit en vainqueur la ligne d'arrivée à Limoges, fait le tour du monde. L'Américain
possède un tempérament singulier et le fait savoir à
l'envi, prenant souvent le contre-pied de ses pairs en
déclarant notamment qu'il fait un « job » et n'est pas
cycliste pour assouvir une passion. L'année suivante, le
coureur de Motorola accomplit sa meilleure saison professionnelle. En avril 1996, un mois après avoir terminé

11e de Milan-San Remo, qui ouvre la saison des classiques, il s'adjuge l'éprouvante Flèche wallonne, course
d'un jour de référence, puis termine 2e de la «doyenne
des classiques», Liège-Bastogne-Liège, quatre jours
plus tard. Un mois après, il remporte le Tour DuPont, une
épreuve américaine par étapes aujourd'hui disparue,
qu'il surclasse en gagnant au passage cinq étapes. Cette
performance lui vaut alors de se hisser dans le top 5
du classement mondial. Il ajoute une 8e victoire en s'im-
posant dans une étape de la Milwaukee Fresca Classic.

Après son abandon dans le Tour, il prend part aux
deux épreuves professionnelles inscrites début août au
calendrier des Jeux olympiques d'Atlanta, terminant 6^e
du contre-la-montre individuel, puis 12e de la course en
ligne. Revenu en Europe, il finit 2e du Tour des Pays-
Bas, une course à étapes, 4e de la Leeds Classic en
Angleterre, puis 4e du Grand Prix Suisse, deux épreuves
labellisées Coupe du monde. Il finira encore 2e au Grand
Prix Eddy Merckx, un contre-la-montre individuel, le
1er septembre en Belgique, avant de ponctuer sa saison
le 14 septembre en Allemagne avec la course Baden-
Baden, quatre jours avant de célébrer son anniversaire
parmi les siens, à Austin. Au total, l'Américain remporte
huit courses, auréolées de nombreux accessits. Soit au
bas mot dix contrôles antidopage.

Neuf mois sans réaction

Cet épanouissement professionnel masque toutefois
un mal lancinant. À le lire, Lance Armstrong a détecté
des douleurs inhabituelles, voire une anomalie, depuis
plusieurs mois[1]. Dès l'hiver 95-96, il constate que son

---

1. Lance Armstrong, *Il n'y a pas que le vélo dans la vie*, Albin
Michel, 2000, pp. 15-20.

« testicule droit est légèrement enflé ». Mais il ne s'alarme pas pour autant. Sur le Tour DuPont, en mai, ses « fans remarquent quelque chose d'anormal », qui l'empêche d'exprimer sa joie de remporter l'épreuve. Ses propos sont sibyllins : « J'étais trop exténué pour extérioriser quoi que ce soit. J'avais les yeux injectés de sang et les joues en feu. » En juillet, il quitte prématurément le Tour de France à Aix-les-Bains, au terme de la cinquième étape, soit son quatrième abandon en cinq participations : « Je ne pouvais plus respirer. » Le mois suivant, lors des Jeux olympiques d'Atlanta, « [son] corps [le] lâche à nouveau ». Il explique également avoir disputé peu après la Leeds Classic puis le Grand Prix Suisse « avec un cancer quasi généralisé[1] ». Le 18 septembre, jour de son 25e anniversaire, il est pris de violents maux de tête. Malgré ces signes avant-coureurs, Lance Armstrong ne s'affole toujours pas, trouvant à chaque fois « une explication toute prête[2] » pour ne pas interroger ne serait-ce que le médecin de son équipe. Ce n'est que deux semaines plus tard qu'il est « pris de panique ». En crachant du sang dans le lavabo de sa salle de bains, un symptôme méconnu selon un spécialiste[3].

Rétrospectivement, Lance Armstrong l'avouera dans *La France cycliste*, l'organe de la Fédération française de cyclisme : « Si j'avais été plus conscient des symptômes, j'aurais vu un spécialiste plus tôt[4]. » Une insou-

---

1. *L'Équipe*, 19 novembre 1996.
2. *Il n'y a pas que le vélo dans la vie, op. cit.*, p. 18.
3. « Il a craché du sang ? C'est bizarre. Même en cas de spermorragie, on ne crache pas de sang. » Tel est l'étonnement affiché par le professeur Le Bourgeois, cancérologue à l'hôpital Henri Mondor de Créteil, quand on l'a interrogé sur la nature des symptômes.
4. *La France cycliste,* numéro du 25 octobre 1996.

ciance presque fatale. Lance Armstrong a attendu neuf mois après la première alerte pour s'inquiéter. La simple écoute de son corps, si chère aux sportifs de haut niveau, lui aurait en effet épargné de terribles souffrances.

Testicules, abdomen, poumons, cerveau…

C'est sur les recommandations d'un voisin et ami médecin, le docteur Rick Parker, que Lance Armstrong consulte le docteur Reeves, urologue installé dans le centre-ville d'Austin, le mardi 2 octobre 1996 à 16 heures. Le diagnostic, confirmé par une radiographie des poumons, est sans appel. Reeves lui indique qu'il a « un cancer des testicules avec des métastases importantes aux poumons[1] ». Douze seront comptabilisées dans cette région, « certaines grosses comme des grains de poussière, d'autres de 2,7 cm de diamètre[2] », ainsi qu'au niveau de la ceinture abdominale. Le lendemain matin à 7 heures, raconte-t-il dans son premier livre, rendez-vous est pris pour l'ablation d'un testicule à l'hôpital Saint-David d'Austin, une opération qui dure trois heures, réanimation comprise, dans le service du cancérologue J. Dudley Youman.

La première de ses quatre séances de chimiothérapie débute le 8 octobre, jour de l'annonce publique de son cancer. Au total, quatre cycles, de cinq jours consécutifs chacun, sont programmés sur deux mois. Il subira les trois autres à l'hôpital universitaire d'Indianapolis, dans le service du docteur Craig Nichols, éminent spécialiste du cancer qui lui a été chaudement recommandé. Deux lésions cancéreuses au cerveau, « de la taille d'un

---

1. *Il n'y a pas que le vélo dans la vie, op. cit.*, p. 24.
2. *Il n'y a pas que le vélo dans la vie, op. cit.*, p. 139.

grain de raisin », ont été détectées dans l'intervalle, le 11 octobre. L'opération, qui a lieu le 24 octobre, dure cinq ou six heures, selon les sources. Suivront les trois autres séances de chimiothérapie, entrecoupées de deux semaines de récupération, jusqu'au 13 décembre.

Selon le site Internet de l'American Medical Association, consulté en 2003, « le cancer des testicules représente 1,1 % des cancers dépistés chez les hommes. En 2002, il frappait 4 citoyens américains sur 100 000. Si aucun segment de la population ne se détache, ce type de cancer est toutefois plus répandu chez les Américains de 20 à 40 ans, plus spécialement chez les hommes blancs. S'il est détecté tôt, les chances de guérison sont de l'ordre de 95 à 97 % ». Selon l'American Cancer Society, « 7 600 nouveaux cas étaient estimés aux États-Unis en 2003, dont 400 décès. La probabilité de survie est de 95 % dans les cinq ans (pour les stades I et II), de 74 % pour les stades III ».

Stade III… ou IV

La plupart des cancers des testicules sont détectés par palpation, par les patients eux-mêmes ou lors d'une consultation chez le médecin. Les symptômes sont multiples : présence d'une masse dans un testicule ; testicule enflé ou élargi ; sensation de poids dans le scrotum ; douleur vague dans l'abdomen ou à l'aine ; douleur ou inconfort dans un testicule ou dans le scrotum ; sang dans les urines ; augmentation ou sensibilité accrue des mamelons. Le type de cancer qui a frappé Lance Armstrong n'est pas seulement un cancer du testicule, c'est un cancer métastasé, de type non séminome, constitué de plusieurs tissus cellulaires malins, comme l'a révélé l'examen du testicule enlevé dans lequel trois tumeurs cancéreuses ont été identifiées : choriocarcinome (60 %), carcinome (40 %), avec quelques cellules de type tératome (moins de 1 %).

La description qu'en fait le champion dans ses livres et ses déclarations ont appelé plusieurs observations de la part des spécialistes interrogés par l'un des auteurs. Tout d'abord, ce cancer métastasé est « rare », qui plus est au niveau cérébral, et sa classification reste confuse. Selon l'intéressé, il était de stade III[1]. Un diagnostic que ne partagent pas ces deux cancérologues.

Professeur de cancérologie à la faculté de médecine de Montpellier, le professeur Jean-Bernard Dubois est directeur du Centre régional de lutte contre le cancer du Languedoc-Roussillon Val d'Aurelle, chef du département de radiothérapie. Vingt-trois patients atteints d'un cancer des testicules y ont été soignés en 2001, sur 3 556 patients. C'est dans son bureau qu'il nous a reçus le 12 juin 2003.

« Un cancer métastasé (abdomen, poumons, cerveau) est déjà très évolué, explique-t-il. C'est un stade IV, le stade ultime. Le stade I, c'est la tumeur limitée aux testicules ; le stade II, c'est la tumeur testiculaire avec des ganglions dans l'abdomen ; le stade III, c'est la tumeur testiculaire avec des ganglions dans l'abdomen et hors de l'abdomen (thorax ou région sus-claviculaire) ; le stade IV, c'est le stade viscéral ou osseux. C'est le cas de Lance Armstrong. Il y a quinze ans, c'était une condamnation à mort. Actuellement, grâce à la chimiothérapie, on guérit des cancers métastatiques. C'est le seul exemple de métastases que l'on guérit de manière définitive. Les tumeurs mixtes (choriocarcinome, embryocarcinome, lignées cellulaires tumorales mélangées) sont très fréquentes dans les testicules. Les chances de guéri-

_____

1. *Il n'y a pas que le vélo dans la vie, op. cit.,* p. 106, et *Chaque seconde compte, op. cit.,* p. 17.

son sont fluctuantes. En fonction des proportions des lignées cellulaires, de leurs types de tissus, la chimio-sensibilité peut être très différente d'un patient à un autre. La fourchette d'évaluation-pronostic se resserre quand on a fait la chimiothérapie, selon le mode de réponse du patient. Pour faire un pronostic d'une tumeur testiculaire, il faut avoir une idée de l'extension exacte de cette tumeur, une idée du taux des marqueurs, et une idée du taux de réponse thérapeutique.»

Un millier de malades sont traités chaque année à l'hôpital Henri Mondor de Créteil dans le service de cancérologie du professeur Jean-Paul Le Bourgeois, doyen de la faculté de médecine. Son avis, recueilli le 22 juillet 2003, corrobore le précédent.

«Le cancer de Lance Armstrong était de stade IV, assure-t-il. À partir du moment où il y a des métastases, où qu'elles soient placées, quelle que soit la taille de la tumeur, c'est une classification de stade IV. Les métastases cérébrales sont rares en première intention. Beaucoup de patients ont connu des métastases pulmonaires et en ont guéri par la chimiothérapie. La "chimio" est connue pour mal passer la barrière méningée. Ça ne guérit pas les métastases cérébrales.»

Il fait un dessin : «Une tumeur enfle dans un testicule, le déforme. À partir de là, ça va se gangrener dans les ganglions "lambo-ortiques", c'est-à-dire au niveau du rachis lombaire. Puis ça va aller dans le foie, dans les poumons, ça peut aller dans le cerveau. On peut avoir une tumeur testiculaire microscopique que la palpation ne détecte pas. On a ensuite un énorme ganglion qui peut pousser dans le ventre. Cette évolution peut aller très vite car ça passe dans la circulation veineuse.»

Lance Armstrong a donc subi quatre séances de chimiothérapie, soit vingt jours au total. La chimiothérapie, qui existe depuis le milieu des années 70, consiste en une thérapeutique par injection à hautes doses de substances chimiques (cisplatine, ifosfamide, étoposide…) dans le sang.

Selon le docteur J. Dudley Youman, ses chances de guérison variaient alors entre 65 % et 85 %[1]. Selon Lance Armstrong et son médecin traitant à Indianapolis Lawrence Einhorn, elles étaient de 50 %[2], ou encore de moins de 40 %[3] ; de l'aveu du docteur Craig Nichols, bras droit du docteur Lawrence Einhorn, à son patient trois ans plus tard, elles se réduisaient à… 3 %[4]. De 85 % à 3 %, l'évaluation de la gravité du cancer de Lance Armstrong est sujette à des évaluations déroutantes.

Cancer et dopage

En 1997, Gérard Porte, le médecin du Tour de France, affirmait que « la prise d'anabolisants peut entraîner une maladie des testicules[5] ». Plus récemment, Raffaele Guariniello, le juge qui enquête sur les scandales sanitaires du football italien, expliquait que les experts auxquels il avait fait appel « estiment qu'on peut expliquer la fréquence de ces cancers (notamment ceux du foie et des testicules) par une surconsommation d'anabolisants[6] ».

Sur cette question, Jean-Bernard Dubois reste en revanche mesuré. « Les produits dopants peuvent-ils

---

1. *L'Équipe*, 19 novembre 1996.

2. *L'Équipe, ibid.,* et *Le Monde*, 19 juillet 1999.

3. *Il n'y a pas que le vélo dans la vie, op. cit.,* p. 11.

4. *Idem*, p. 340.

5. *France-Soir*, 16 janvier 1997.

6. Éric Maitrot, *Le Scandale du sport contaminé,* Flammarion, 2003, p. 240.

provoquer un cancer des testicules ? Je ne sais pas. Je suis incapable de vous répondre. Il est sûr que lorsqu'on administre des substances anabolisantes, on sait qu'on va activer les divisions cellulaires. De là à créer des cancers, je n'en sais rien. »

Le professeur Le Bourgeois le confirme : « On ne sait pas si les produits interdits aux sportifs, type anabolisants, par exemple, peuvent déclencher le cancer. Je n'ai jamais rien vu de tel dans les revues sérieuses. »

Mais la vraie question est-elle là ?

Bêta-hCG, du simple au double…

Une prise de sang permet de mesurer les niveaux de trois substances dont le taux anormalement élevé alerte sur la présence d'un cancer du testicule. Ces marqueurs biologiques sont l'alpha-fœtoprotéine (aFP), la lactase déshydrogénase (LDH) et l'hormone gonadotrophine chorionique (bêta-hCG). À l'état normal, le taux de bêta-hCG se situe entre 1 et 2 nanogrammes par millilitre (ng/ml). Dans le cas d'Armstrong, selon ses propres déclarations, la bêta-hCG a atteint des niveaux qui semblent « très importants », « énormes », « gigantesques » aux cancérologues que nous avons interrogés. Curieusement, le chiffre varie au fil des années dans les déclarations de l'intéressé : 52 000 ng/ml, 92 380 ng/ml, voire 109 000 ng/ml[1]. Comment expliquer une telle variation, du simple au double, selon que l'Américain se livre dans son premier ou son deuxième livre ? Quel est son « vrai » taux maximal de bêta-hCG, et pourquoi en avoir communiqué plusieurs ?

---

1. *L'Équipe*, 19 novembre 1996, et Lance Armstrong, *Il n'y a pas que le vélo dans la vie, op. cit.,* p. 124 et p. 183.

Quel que soit le chiffre retenu, il appelle en tout cas une question : comment est-il possible que ce taux élevé n'ait pas été détecté lors des contrôles antidopage ? Si la bêta-hCG est un marqueur biologique présent chez les femmes enceintes ou chez les personnes atteintes d'un cancer des testicules du type choriocarcinome, la prise de cette hormone mâle augmente efficacement la production de testostérone, d'où son utilisation à des fins de dopage. « Chez le tricheur, la hCG est une hormone utilisée après une cure de stéroïdes anabolisants pour relancer la production de testostérone », nous explique Michel Audran, professeur à la faculté de pharmacie de Montpellier, membre du groupe de recherche Science and Industry against Blood Doping (SIAB), qui apporte sa contribution au CPLD (Comité de prévention et de lutte contre le dopage) : « Lorsque cet individu est sous stéroïdes anabolisants, son organisme n'a plus besoin de sa testostérone endogène. »

Une non-détection « inexplicable »

Comparable à la prise d'anabolisants, l'apport de bêta-hCG favorise la croissance musculaire en association avec une alimentation supplémentée en protéines, accroît la capacité d'entraînement, excite la volonté et l'agressivité, fait reculer le seuil de fatigue. De fait, cette méthode, identifiée en 1983, détectable par analyse urinaire depuis 1987, est interdite par la législation du CIO et de l'UCI[1] en 1988. Cette année-là, un rapport remis par le professeur anglais Raymond Brooks révélait que 10 % des sportifs anglais y avaient recours.

---

1. Comité international olympique et Union cycliste internationale.

Cependant, même si la bêta-hCG était interdite, elle n'était peut-être pas systématiquement recherchée dans les urines puisque aucun seuil formel de positivité n'avait été défini. Un «peut-être» plutôt gênant en pareil cas. En fait, la bêta-hCG n'était recherchée que si le rapport testostérone sur épitestostérone était supérieur à 6. Ce chiffre-étalon est le témoin d'un taux d'hormone mâle suspect chez un individu. Exemples : si les témoins de la testostérone et de l'épitestostérone affichent respectivement 1-5, voire 6-35 ou 40-230, le sujet n'est pas inquiété par un contrôle positif.

«À l'époque, affirme Jacques de Ceaurriz, responsable du Laboratoire national de dépistage du dopage situé à Châtenay-Malabry (Yvelines), il n'y avait pas de seuil instauré, et la bêta-hCG n'était pas clairement exprimée dans les référentiels du CIO.» Ce professeur de toxicologie va même plus loin : «À dire vrai, je ne sais pas si à l'époque la bêta-hCG était détectée.» «Ce que je sais, c'est que depuis le cas que vous exposez [celui de Lance Armstrong], cette recherche est opérationnelle et systématique. Je sais que la bêta-hCG était sur la liste des produits recherchés à l'époque. Mais il y a une différence entre une déclaration d'intention et les faits. En clair, pour qu'une analyse soit viable, elle passe par deux points : 1. le produit en question est dosé et analysé au laboratoire ; 2. les conclusions sont consignées dans un rapport. À l'époque, le point 2 ne s'est peut-être pas fait», suppose-t-il. «L'information n'a peut-être pas été rapportée. D'ailleurs, "l'Institution" sait pertinemment qu'elle est passée à côté. Ce cas a causé un profond embarras.»

«L'embarras» qu'évoque Jacques de Ceaurriz est un euphémisme. C'est une véritable panique qui s'empare alors des commissions médicales du CIO et de l'UCI. Car si la bêta-hCG était effectivement interdite, et recherchée, on peut craindre que Lance Armstrong ne demande à un cabinet d'avocats américains de poursuivre les instances sportives en justice, afin d'obtenir réparation de ces manquements qui auraient pu lui coûter la vie et des graves préjudices subis. Or, l'intéressé va sembler étrangement serein devant cette situation, alors même qu'il apparaît informé du dépistage de cette hormone. Dans les colonnes du journal *Le Monde*[1], il s'explique ainsi : «Je savais que la hCG était recherchée dans les contrôles antidopage. J'aimerais bien savoir quel était mon taux lors du contrôle [il évoque le contrôle antidopage subi à l'occasion du Grand Prix Suisse, en août, soit six semaines avant le dépistage de son cancer]. S'il est vrai que l'UCI garde tous les résultats, il doit être possible de savoir où en était mon cancer à ce moment-là.» Bizarrement, il ne cherche pas à le savoir. Ou à le communiquer. Et l'UCI se garde bien de toute explication après coup.

Au moment des faits, en 1996, le Laboratoire national de lutte contre le dopage français n'est pas encore placé sous la responsabilité de Jacques de Ceaurriz, qui n'arrive qu'en 1997, mais de Jean-Pierre Lafarge. Interrogé par *Le Monde*[2], ce dernier se montrera en revanche catégorique : «Le contrôle de hCG est systématique. Les cas sont rarissimes, sans doute inférieurs à un cas pour 10 000. Dans le cas de Lance Armstrong, il est surprenant qu'aucune trace de la maladie n'ait été détectée lors des contrôles.»

Un autre élément vient corroborer les déclarations de Jean-Pierre Lafarge et de Lance Armstrong lui-même : les analyses des contrôles antidopage de l'épreuve helvétique ont été effectuées à l'Institut de biochimie de l'université des sports allemands, basé à Cologne. Et

1. *Le Monde*, 11 janvier 1997.
2. *Le Monde*, 24 novembre 1996.

son directeur, Wilhelm Schanzer, déclare de même au *Monde*[1] que son «laboratoire avait la capacité de repérer les traces de hCG». Il ne semble plus faire aucun doute : les bêta-hCG contenues dans le sang de Lance Armstrong en août 1996 ont été recherchées. À l'époque, le laboratoire de Cologne décèle une légère anomalie dans l'analyse de testostérone, mais ne l'estime pas suffisamment suspecte, renvoyant à l'UCI une conclusion négative. La seule réaction officielle à cette contradiction viendra d'Anne-Laure Masson, alors coordinatrice médicale de l'UCI : «Je suis perplexe car si le niveau d'hCG était aussi élevé, Lance Armstrong aurait dû être en principe positif. Pour le moment, c'est inexplicable[2].»

Comment Lance Armstrong a-t-il pu se contenter de cette réponse ? Comment se fait-il que cette détection, annoncée comme effective, n'ait pas enclenché un processus d'alerte ? Réflexion du professeur Jean-Bernard Dubois : «Si on dose la bêta-hCG et qu'on n'a pas trouvé 52 000 unités, voire 90 000 ou plus, soit on a cassé le flacon, soit il y a un problème.»

Cet échec ne témoigne pas seulement de la faillite de la surveillance médicale des cyclistes. D'autant qu'au-delà de ce cas particulier, Armstrong a subi une dizaine de contrôles au cours de la saison 1996. L'UCI aurait-elle fait preuve d'une négligence qui aurait pu être funeste ? Pourquoi Lance Armstrong n'a-t-il pas cherché à en savoir plus ?

---

1. *Le Monde*, 11 janvier 1997.
2. *Le Monde, ibid.*

Un mois ou deux ans

Évaluation imprécise de la gravité du cancer, pourcentage de guérison variable, chiffres de bêta-hCG fluctuants... Même la chronologie de la maladie donne lieu à plusieurs versions. Le coureur américain a déclaré : « On n'a pas pu me dire depuis quand je traînais ce cancer, mais on évalue l'existence de métastases dans mes bronches environ à août[1]. » L'un de ses propres médecins traitants, le docteur J. Dudley Youman, s'essaie pourtant à une datation, même évasive, que son patient semble ignorer : « À mon avis, ce cancer était dans son organisme depuis plusieurs mois[2]. » Ex-coureur professionnel et responsable des relations publiques de l'équipe Motorola à l'époque des faits, l'Anglais Paul Sherwen livre dans un quotidien national un témoignage qui pose problème : « Depuis très longtemps, Lance Armstrong ressentait une douleur lancinante qui ne l'inquiétait pas outre mesure. Nous lui avions même confectionné un coussin spécial[3]. » Manifestement, cette douleur n'inquiète personne « outre mesure », pas plus son entourage que ses médecins d'équipe. Comment est-il possible que le coureur-clé d'une équipe, qui se plaint d'une douleur lancinante, dans une région bien spécifique, connue « depuis très longtemps » de ses proches, qui vont jusqu'à lui « confectionner un coussin spécial », n'ait pas suscité l'attention du corps médical qui l'entoure en permanence ?

Selon les cancérologues que nous avons interrogés sur les marqueurs biologiques rendus publics à l'époque, la maladie de l'Américain – et encore avons-

1. *L'Équipe*, 18 novembre 1996.
2. *Le Monde*, 11 janvier 1997.
3. *France-Soir*, 16 janvier 1997.

nous pris la fourchette basse, celle de 52 000 ng/ml –
remonte à plusieurs mois. Pour le professeur Jean-
Bernard Dubois : « 52 000 unités de bêta-hCG, c'est très
important. Le nombre de ces unités permet difficilement de dater le cancer. Les hormones sont des substances protéiques qui ont une durée de vie limitée. Une
partie de ces unités, qui représentent la masse de ces
substances protéiques, va être à nouveau secrétée par
les testicules, par les tumeurs cellulaires malignes ; une
autre va disparaître, être métabolisée. Trois ou quatre
mois, pour moi, c'est de cet ordre-là. »

Pour le professeur Le Bourgeois, « il y a un rapport,
c'est mathématique, entre le niveau du marqueur et la
quantité de maladie. Et là, c'est important. Il est en
revanche difficile de dater le début du cancer. C'est un
cancer d'évolution rapide. Une fourchette ? Entre deux
ans et trois mois dans le cas de ce cancer. Moins d'un
mois, ce n'est pas possible. »

D'autres cas connus

Le cas Armstrong n'est pas unique chez les sportifs
de haut niveau. D'autres ont été victimes d'un cancer
testiculaire, certains s'en sont même remis au point
de reprendre leur carrière sportive, d'autres pas. Le
plus connu est sans doute Joël Bats, ancien gardien
de l'équipe de France de football. En 1982, à 24 ans, le
cancer le prive d'une participation au Mondial espagnol. Traité par rayons à Boulogne-Billancourt et suivi
par le docteur Yvan Coscas, il revient à la compétition et
remporte même le championnat d'Europe des Nations
1984. Le hasard veut que d'autres gardiens aient connu
le même sort : l'Espagnol Francisco Molina, du Depor-
tivo La Corogne, subit une chimiothérapie à Valence et
est éloigné des terrains pendant trois mois, à la fin 2002.

Molina reprend toutefois son poste. Autre portier touché, le Canadien Craig Forrest, du club anglais de West Ham, qui révèle sa maladie en octobre 2001.

Dans d'autres disciplines, des sportifs de renom ont également été victimes de ce cancer. Par exemple, le nageur français Nicolas Granger, en 1990. Après sa chimiothérapie, il reprend la compétition pour s'adjuger notamment la 2e place du 200 m 4 nages des championnats de France en 1994. Enfin, le joueur de handball Yerime Sylla, évoluant alors en Nationale 1 à Dunkerque, joue même sous traitement chimiothérapique en 1994.

Patrick Clerc, témoin unique

Mais le cas le plus instructif pour mieux appréhender la relation «cancer-cyclisme» demeure celui du Grenoblois Patrick Clerc. C'est, à notre connaissance, le seul professionnel qui, à ce jour, ait été touché par un cancer analogue à celui de Lance Armstrong. Il ne s'agit pas bien sûr de comparer les deux hommes, mais l'histoire du Français, aujourd'hui âgé de 47 ans, qui n'a jamais réussi à retrouver ses moyens antérieurs, apporte un éclairage utile sur les ressorts psychologiques d'un tel coureur face au cancer.

Professionnel de 1981 à 1986 (équipes Sem France-Loire en 1981-82, Sem-Mavic en 1983, Skil en 1984, Fagor en 1985, puis six mois chez RMO en 1986), Patrick Clerc a disputé quatre Tours de France et remporté une victoire d'étape sur le Midi-Libre 1982, une autre sur le critérium du Dauphiné libéré 1983, ainsi que, sur la piste, les Six Jours de Grenoble 1983 (avec le Suisse Daniel Gisiger) et la Coupe de France de l'américaine 1985.

C'est sur son lieu de travail – il tient une brasserie à

Grenoble, sur le cours qui longe le stade de rugby – que l'entretien a été réalisé l'après-midi du 17 juin 2003, alors que la France fondait sous des températures caniculaires. Près de vingt ans après la fin de sa carrière, le Grenoblois ressemble toujours à celui qu'il était autrefois : sourire et regard francs, d'abord facile, même si un drame familial, la mort de son fils deux ans plus tôt, l'a plongé dans une détresse dont il ne se remet pas. « Le cancer à côté, ce n'est rien. » Entre cafés serrés et diabolos menthe, Patrick Clerc a bien voulu arpenter les chemins de sa mémoire pour dérouler le fil de sa vie cycliste. Cinq heures de nostalgie, de lucidité, de discussions à bâtons rompus.

« J'ai lu le [premier] livre d'Armstrong. Jusqu'à la partie où il veut se battre contre le cancer, j'ai eu l'impression de revivre mon histoire. J'ai vécu exactement la même chose sur un plan psychologique. Sur un plan pathologique, c'est vrai que c'est complètement différent. Jamais je n'ai ressenti de douleurs, de saignements, de nausées, rien, aucun symptôme ; juste un kyste posé sur le testicule, gros comme une grosse tête d'épingle, avec une zone indurée autour. Mon taux de survie était de l'ordre de plus de 80 %. Je n'ai pas connu la chimiothérapie. Je n'ai pas été trépané, je n'ai pas eu de curetage ganglionnaire, je n'ai pas eu de métastase. Par rapport à Lance Armstrong, je n'ai rien eu. Le cancer des testicules, ça va du niveau I au niveau V. Au niveau V, tu es mort. Moi, j'étais entre le I et le II. Par rapport à ce qu'il a eu, je le situe à un bon IV.

Pendant le Tour 1984, je me suis donc découvert un kyste sur un testicule, le droit. J'ai toujours eu la mauvaise habitude de me tripoter les couilles. À la limite, c'est ce qui m'a sauvé. Parallèlement, j'avais eu mal au genou gauche pendant tout le Tour. En 83, sur la montée de l'Alpe d'Huez, je suis persuadé d'être dans les dix meilleurs temps [à l'époque, il n'y a pas de chronométrage individuel]. En 1984, je suis sûr d'être le dernier sur cette même ascension. Même Vanderaerden m'avait passé…

Après le Tour, j'ai disputé quelques critériums. En raison de mon genou, j'ai téléphoné à mon médecin, Lucien Maigre, un ancien médecin du Tour. J'évoque mon mal au genou et, avant de raccrocher, je lui parle de ce kyste. Il me répond de ne pas attendre et de téléphoner au docteur Pierre Joire, urologue à la clinique mutualiste de Grenoble, que j'avais consulté deux ans auparavant pour une simple infection urinaire. Nous sommes le vendredi 17 août 1984. J'appelle la secrétaire. Rendez-vous est pris pour le lundi 20 août à 16 heures. Après trente secondes d'auscultation, Joire me dit qu'il faut m'enlever le testicule. "Ah ? Et pourquoi ?" "Je n'en sais rien. C'est pour cela qu'il vaut mieux l'enlever pour analyser. Le plus vite possible." En fait, il savait déjà. Il me l'a dit bien après.

J'étais inquiet, je cherchais à savoir, mais il restait évasif. En réalité, je devinais bien. Bien sûr que j'avais des doutes. Dans ma tête, c'était le cancer, même si personne ne me le disait. Je savais que j'allais devoir passer par une radiothérapie. Dans ma tête, je restais aussi coureur cycliste. Je voulais courir. Nous cherchons une date. Je lui parle de mon calendrier de coureur, du Tour du Limousin à venir, des Six Jours en novembre… "Non, non, me dit-il. Mercredi." Soit deux jours plus tard. J'ai été opéré ce jour-là, le mercredi 22 août 1984. La "chimio" existait à mon époque. Joire soignait une vingtaine de cas analogues par an. En fait, je me suis senti tiré d'affaire… avant l'opération. Ça ne s'explique pas. Au moment où le toubib m'a dit de me le faire enlever, j'étais effondré. Je ne sais pas comment je suis rentré à la maison. Chez moi, j'ai chialé pendant vingt minutes, je n'ai pas pu parler. Mais après quelques heures, j'étais convaincu que j'allais guérir. Dans ma tête, j'allais m'en sortir. Je savais ce que j'avais. Pourtant, te faire émasculer, c'est déjà traumatisant en soi. »

« Il y avait quelque chose de cassé »

« Mon type de cancer, c'était un sémino-goniome simple. Aucune métastase, aucun ganglion, rien. Je suis sorti de l'hôpital le samedi. Le dimanche, j'avais encore mes dix points de suture, j'ai repris mon vélo avec mon père pour une sortie de vingt bornes. Dans tous les faux plats, je m'accrochais à lui. J'avais un contrat pour le critérium de Chateaulin, le premier week-end de septembre, juste après les championnats du monde. J'ai disputé plus de la moitié du critérium, dix jours après l'opération. Dans les vestiaires, je m'étais changé aux côtés de mes potes, Beucherie, Dall'Armellina, Sanders, Menthéour, Tinazzi, Michaud. Quand ils ont vu le pansement, ils m'ont demandé. J'ai dû leur expliquer. Je m'accrochais à eux pour passer à chaque tour la bosse du parcours. Peu après, lors des Six Jours de Grenoble, on a même pris le maillot jaune dès le premier soir avec Daniel Gisiger.

J'ai commencé la radiothérapie fin novembre 1984, un lundi. Je devais prendre une dose de 3 000 rads, à raison de 200 rads quotidiens. Chaque jour, je descendais à l'hôpital Michalon vers 8 h 30. "Ça" se passait dans les sous-sols. Je revenais chez moi pour me glisser sous les couvertures. Je grelottais, je dégueulais jusqu'à la bile. Les trois premiers jours, c'était une horreur infernale. Le radiothérapeute, le docteur Michel Bolla, m'a alors fait passer à 170 rads, plus un traitement avec du Maalox pour l'estomac. Je passais sur deux appareils, la cobaltothérapie, des rayons directement orientés sur la partie opérée, et une autre machine : tu rentres dans un sarcophage grand comme un bar, fermé par une porte blindée comme à la Banque de France. C'était l'accélérateur linéaire, qui brûlait un peu au niveau du sternum. Sur chaque appareil, je passais entre une minute trente et deux minutes. À 9 heures, je repartais de l'hôpital. En revanche, les après-midi, ça allait bien.

Le fait de diminuer les doses rallongeait la session de trois jours. En fait, au bout de trois semaines, le radiothérapeute m'a dit : "C'est bon, tu as fini", alors qu'il me restait encore quelques journées. Il m'aurait offert la lune que ça n'aurait pas été mieux. Le traitement a duré trois semaines, trois séquences de cinq jours.

Mon taux de bêta-hCG ? Je ne sais plus. Je me souviens seulement que c'était vachement haut. Les trois premiers mois, j'ai fait une visite de contrôle tous les mois à l'hôpital Michalon ; puis tous les deux mois pendant un an. Au bout de deux ans, tous les trimestres ; puis c'est passé à six mois. C'était pour une prise de sang et une radio des poumons, parce qu'ils disaient que s'il y avait rechute, ça repasserait par les poumons.

J'ai recommencé à faire des footings. Ils m'avaient dit d'être au repos pendant trois à quatre semaines, de ne pas faire d'effort. Quand j'ai repris les footings, puis le vélo, je sentais bien qu'il y avait quelque chose qui n'allait plus. Malgré le fait d'avoir disputé les Six Jours de Grenoble, il y avait quelque chose de cassé.

En 1984, j'étais au sein de l'équipe Skil, mais, la veille des championnats de France de cette année-là, avant le Tour donc, j'avais signé avec Fagor pour 1985. Début janvier 1985, j'ai donc repris l'entraînement avec l'équipe Fagor. J'étais toujours à la traîne, même dans les sorties de ski de fond. Jamais essoufflé, jamais mal aux jambes, mais toujours largué au bout de cinq minutes. Les premières courses sont arrivées. Au bout de vingt bornes, au premier pont de chemin de fer, j'étais largué, au revoir. Au sein du peloton, tout le monde ne savait pas. De toute manière, je ne voulais pas faire de publicité. Ça ne regardait que moi. En plus, Lucien Maigre m'avait dit que Joël Bats avait eu la même chose. J'avais eu Bats au téléphone. Il m'avait dit qu'il ne souhaitait pas en parler. Il était dans le même état d'esprit que moi. […]

En 1985 donc, j'abandonnais course sur course. Je commençais à désespérer mais les beaux jours sont revenus, je marchais surtout sous la chaleur. Je suis alors parvenu à finir quelques courses, largué mais content. Mais pas question d'être sélectionné pour le Tour. Alors, pendant le mois de juillet, j'ai disputé quelques kermesses. Je commençais à reprendre le moral, mais en raison d'une embrouille avec Fagor qui voulait se débarrasser de quelques coureurs, dont moi, qui n'étais plus payé depuis le mois de juin, je n'ai pas pu disputer le Tour de l'Avenir. Je voulais profiter des Six Jours qui allaient suivre pour progresser. Manque de pot, cette année-là, la piste de Grenoble a brûlé. Les championnats de France professionnels sur piste ont été déplacés à Besançon, mi-octobre. C'est là que j'ai gagné la Coupe de France de l'américaine avec Garcia. D'accord, au niveau pro, ça ne valait rien, mais, à titre personnel, c'était une très grande victoire. J'ai alors vécu sur les contrats que j'avais pour les Six Jours. J'ai ensuite fait le forcing pour entrer chez RMO, une équipe régionale qui se constituait. Cela étant, en même temps que mon contrat pour 1986, Marc Braillon [le patron de RMO] m'a fait signer une lettre de démission au cas où je n'obtiendrais aucun résultat avant juin. Les contrats de six mois n'existaient pas. J'étais sûr de réussir.

La saison 1986 est arrivée. Manque de pot, moi qui en ai horreur, un froid effroyable a régné sur le début de saison. Nos bidons de thé bouillant étaient gelés au bout de quarante bornes. Ça retardait ma mise en route. Ne marchant pas, je n'étais pas sélectionné pour les grandes courses à venir. Ce n'est qu'à partir de Châteauroux-Limoges que j'ai retrouvé des sensations. Puis au Midi libre, où j'ai roulé pour Thierry Claveyrolat. J'ai même fait une échappée. Puis encore au Tour de l'Aude, mais, visiblement, c'était trop tard. Je crois pourtant que j'avais ma place sur le Tour, au même titre que Vincent Barteau ou Paul Kimmage… Le Tour est parti. Quinze jours après, j'étais en bleu de travail à l'usine.

Je n'ai jamais connu de séquelles. Au bout de deux ans, le docteur Bolla m'a dit que ce n'était même plus la peine de revenir. »

La perplexité des cancérologues

Dans un entretien avec *Le Midi libre*[1], le professeur Jean-Bernard Dubois déclarait notamment : «Pour un cancer apparemment aussi évolué que celui de Lance Armstrong, on peut estimer qu'on en guérit un sur deux. Donc, être dans la moitié des patients qui guérissent, c'est déjà une chance, d'autant que les métastases cérébrales sont beaucoup plus difficiles à traiter par chimiothérapie. Il faut donc opérer. Et là, Lance Armstrong a eu une autre chance : les métastases étaient accessibles au chirurgien. Il a donc passé plusieurs étapes avec succès. Mais être dans la bonne moitié est une chose ; gagner le Tour de France, sommet pour moi de la performance sportive, en est une autre. Alors miracle ? Certains peuvent l'appeler de cette façon. Je dirais tout simplement que c'est de l'ordre de l'infinitésimal sur le plan statistique. »

---

1. *Le Midi libre*, 23 juillet 1999.

Lors de notre entretien du 12 juin 2003, le médecin a souhaité apporter d'autres précisions : « Un cancérologue ne voit pas souvent un cancer métastasé qui guérit. C'est extraordinaire. Tous les jours, on les voit plutôt [les patients touchés] qui tournent mal. En plus, quand le gars se met à gagner le Tour de France, c'est assourdissant. Étonnant, mais pas suspicieux. Pour moi, il a eu réellement un cancer métastatique. Il n'a pas subi de chimiothérapie pour rien.

En revanche, qu'un vainqueur du Tour ne se dope pas, là oui, je suis suspicieux à ce sujet. Est-ce qu'un être humain normal est capable de monter quatre cols, de poser la bicyclette à l'arrivée, et d'aller faire une conférence de presse sans être essoufflé ou fatigué, je me pose la question. Ce n'est pas spécifique à Lance Armstrong ou au cyclisme. Est-ce qu'il est normal aussi qu'un gars puisse partir sur un bateau tout seul, faire le tour du monde pendant trois mois, dormir trois heures sur vingt-quatre, et arriver pas trop mal, fatigué, mais pas trop mal ? J'ai déjà suivi des sportifs avec des cancers métastasés. Ceux qui s'en sont sortis ont recouvré leur état antérieur. Mais je n'ai jamais connu un tel cas. Et il ne doit pas y en avoir beaucoup.

Les traitements sont les mêmes partout. Les ressorts psychologiques de l'intéressé ont dû jouer. Sur le plan de la performance sportive, quoi qu'il y ait eu en amont, il faut reconnaître que Lance Armstrong doit avoir une psychologie bien établie. Le fait de ressortir d'une chimiothérapie, d'une telle épreuve, qui fait voir la mort de près, doit probablement vous donner des ressorts qu'on ne connaît pas dans une vie douillette. Quant à son impact sur la performance, je n'en sais rien. »

Lors de notre rencontre, Jean-Paul Le Bourgeois centrait son analyse sur le cyclisme, un sport qu'il pratique : « Je fais un peu de vélo moi-même. Qu'un cycliste ayant eu un cancer métastasé gagne le Tour plusieurs fois de suite, ça m'étonne. Je serais plutôt du genre admiratif si je ne me disais pas que derrière ça, il y a autre chose. Quand vous vous placez dans le contexte du Tour de France, vous vous dites que ça n'est pas possible qu'ils [les coureurs] puissent faire tout ça. Hors contexte EPO, ça m'étonne. Armstrong, j'aimerais y croire, mais il reste un doute. À dire vrai, pour ce qui le concerne, mon doute est plus fort que ma croyance. Je n'ai pas de doute sur ses capacités. En revanche, je n'ai aucun doute sur le fait qu'il ne puisse pas faire ça naturellement. Je ne connais pas le cyclisme, mais je connais un peu les hommes et la médecine. Mon doute concerne aussi bien le premier que le deuxième. Le troisième… Quand je regarde le Tour à la télévision, j'ai vraiment le sentiment qu'on cautionne une mascarade. Ce n'est pas possible de faire ça. Et qu'on ne me parle pas de ressorts psychologiques, de transcendance, puisque c'est le corps qui produit l'effort, qui le restitue, qui le vit. Je n'ignore pas qu'il y a des gens qui sont capables de faire des choses dont je suis incapable, mais les prouesses réalisées sur le Tour sont démentes, incroyables.»

Un autre spécialiste de la question, le docteur Thierry Bouillet, du service d'oncologie médicale et de radiothérapie de l'hôpital des Peupliers, à Paris, avait été encore plus direct dans les colonnes du journal *Le Monde*: «Ce qu'il fait, je n'y crois pas une seule seconde, c'est impossible [1].» Ce cancérologue, qui a soigné des sportifs de haut niveau souffrant du même mal que l'Américain, assure avoir constaté «l'impossibilité de les ramener à leur niveau de performance antérieur à leur cancer». Le docteur Bouillet rappelle qu'avec les

---

1. *Le Monde*, 5 juillet 2003.

traitements anticancéreux «on peut utiliser et profiter à vie de l'EPO» et qu'il est «très facile de bricoler avec des hormones de croissance indécelables lors des contrôles antidopage».

Sollicité à plusieurs reprises, le docteur Bouillet n'a pas souhaité répondre à nos questions.

Cofidis, un an de crédit

En se lançant dans le partenariat cycliste en 1997, la société Cofidis est bien loin d'imaginer une entrée en matière si contrariante. Spécialisé dans le crédit par téléphone, l'établissement nordiste a décidé en 1996 de financer une équipe professionnelle à son nom. François Migraine, alors directeur général, est à l'origine de cette initiative.

Cet homme de finances est entré chez Cetelem en 1965. Devenu directeur de territoire, il intègre le comité de direction de la société en 1972. Dix ans plus tard, il entre comme fondé de pouvoir chez Cofidis, une compagnie financière pour la distribution qui vient d'être créée. Cofidis invente le concept du crédit par téléphone, un secteur florissant qui ne cesse de se développer. En 1996, François Migraine en devient le directeur général. Cofidis souhaite s'implanter durablement dans le monde sportif et, après plusieurs études de marché, le cyclisme est finalement le vecteur retenu pour accompagner la stratégie de l'entreprise en vue de développer sa notoriété. Cet ancien joueur de handball du Stade Français (il fut sélectionné deux fois en équipe de France Espoirs au début des années 60) a toujours été un fondu de sport. Il aime le vélo depuis toujours, et l'un de ses fils, Luc, pratique le cyclisme sur piste en compétition. Mais il lui faudra argumenter pour convaincre son conseil d'administration.

La structure se met en place. On fait appel à Alain Bondue, grande figure cycliste de la région, pour occuper le poste de responsable logistique et administratif. Cyrille Guimard, épaulé par Bernard Quilfen, devient manager et directeur sportif. François Migraine ne dote pas seulement la formation d'un budget, il y met aussi tout son cœur. Aux côtés de l'équipe sur route, il organise une petite bande de « pistards » autour d'Arnaud Tournant, multichampion du monde du kilomètre et recordman du monde de la distance, que rejoindront Laurent Gané, autre multichampion du monde en vitesse, Mickaël Bourgain, Arnaud Dublé et Robert Sassone. Ils seront traités d'égal à égal avec les « routiers », bénéficiant des premiers contrats professionnels délivrés à des pistards, à la différence d'un Florian Rousseau, par exemple, qui doit s'assurer de revenus complémentaires auprès de sponsors régionaux. François Migraine apparaît parfois dans les aires de départ des épreuves en ligne, mais plus souvent sur le bord des pistes, troquant son costume-cravate pour un jean-chemise-casquette et discutant matériel ou programmes avec ses coureurs.

Devenu président-directeur général de Cofidis France en décembre 2002, ce sexagénaire a le sens des affaires et le propos explicite. C'est le Louis Nicollin du cyclisme : l'expression est parfois colorée, le ton indigné. « Entre Nicollin et Aulas », rectifie l'intéressé. En janvier 2004, lorsqu'il accepte de nous rencontrer, son équipe cycliste, la première formation française dans le classement mondial (7e), la plus richement dotée (8 millions d'euros), compte trois champions du monde dans ses rangs : l'Espagnol Igor Astarloa, champion du monde sur route, l'Anglais David Millar, champion du monde de contre-la-montre, et Laurent Gané, champion du monde de vitesse sur piste. Armstrong ? Oui, bien sûr qu'il en parlera. « Comme je le sens. »

Rendez-vous est donc pris dans un hôtel parisien, le

8 janvier 2004, soit la veille de la présentation officielle de l'équipe à la presse et quatre jours avant « l'affaire Cofidis »[1]. Mallette à la main, costume sombre, le voilà qui frappe à la porte de la chambre 615, celle d'un membre de l'encadrement. La poignée de main est franche, l'humeur badine. Son regard s'attarde sur l'écran de l'ordinateur portable, où apparaît le futur design des cadres de vélo. Le dictaphone ? « Pas de problème, je n'ai rien à cacher. » Pendant plusieurs heures, François Migraine nous confie ce qu'il a toujours sur le cœur concernant les jugements de Lance Armstrong sur Cofidis. Car, pendant plus d'un an – de septembre 1996 à octobre 1997 –, l'équipe n'a entretenu qu'un rapport complexe et tendu avec l'entourage du champion américain et, tout particulièrement, avec Bill Stapleton.

Le premier contrat

Le 12 septembre 1996, après quatre saisons passées au sein de l'équipe américaine Motorola, qui abandonne la compétition cycliste, Lance Armstrong signe un contrat professionnel d'une durée de deux ans (1997-1998) avec Cofidis, à raison de 6 millions de francs par an. L'accord intervient trois semaines avant la détection de son cancer.

Cinq semaines plus tôt, début août, un rendez-vous avait préparé cet accord à la terrasse d'un café de Saint-Sébastien, la veille de l'épreuve espagnole de Coupe du

---

1. Dans cette affaire apparaissent les noms de cinq coureurs, anciens (Rutkiewcicz, Sassone) ou actuels (Gaumont, Vasseur, Clain), ainsi qu'un soigneur (Madejak). Après plusieurs semaines de retrait de la compétition, l'entreprise a modifié son organigramme sportif. On confie à Alain Bondue une nouvelle tâche dans un autre secteur d'activités, et la démission du médecin de l'équipe, Jean-Jacques Menuet, est acceptée.

monde. Autour de la table, François Migraine, Alain Bondue, Cyrille Guimard, et Lance Armstrong. « Cyrille avait fait part de son sentiment que Lance pouvait un jour gagner le Tour », se souvient Alain Bondue. « Et Armstrong, qui ne possédait alors pas de culture cycliste comme beaucoup d'Américains, et qui considérait Guimard comme un type juste bon à conduire une voiture derrière un peloton, l'avait regardé de travers, comme pour dire : "Il est dingue, ce mec !" »

Précision de François Migraine : « Que Cyrille Guimard ait mentionné qu'Armstrong pouvait ambitionner quelque chose sur le Tour, certes, mais personne n'a plus jamais évoqué cette hypothèse après son cancer, Guimard ou un autre. »

Ce contrat, qui prend effet au 1er janvier 1997, est signé au siège social de la société de crédit, 1, rue du Molinel à Wasquehal, dans le Nord.

Un contrat « standard » selon François Migraine. « Tout s'était bien passé pour la signature du contrat, quand le cancer lui est tombé dessus. Je suppose qu'il a dû lui-même être surpris, même si on s'interroge un peu. En effet, les coureurs cyclistes bénéficient d'un suivi médical important au niveau de leur équipe... » Lance Armstrong ne pourra donc courir aux côtés du Suisse Tony Rominger ou de l'Italien Maurizio Fondriest. Comment Cofidis a-t-elle été informée ? « Un soir, Paul Sherwen [à l'époque Relations publiques de l'équipe Motorola] m'a téléphoné chez moi alors qu'il était au siège de la société, à Chicago », relate Alain Bondue. « Il m'a dit : "Alain, il y a un gros problème : Lance a un cancer des testicules." J'ai aussitôt appelé François Migraine. Le lendemain, nous avons eu une conférence téléphonique avec Lance Armstrong, Bill Stapleton, François Migraine, et moi-même. »

Des versions qui s'opposent

Au siège sportif de l'équipe Cofidis, niché au rez-de-chaussée d'un immeuble de briques rouges à Wasquehal, l'atmosphère est studieuse ce matin-là, le 22 septembre 2003. Dans une pièce voisine, deux assistantes sont collées à leurs ordinateurs tandis que le téléphone portable de notre hôte interrompt les premiers échanges. Alain Bondue, manager général depuis janvier 1998, doit organiser l'hommage qui sera rendu en novembre par tous les coureurs de l'équipe à Andreï Kivilev, décédé six mois plus tôt sur les routes de Paris-Nice, et il n'est pas facile de trouver une date concordante. Il est assis derrière son bureau, le ton est aimable. Un mobilier sommaire, trois fauteuils pour les visiteurs et quelques cadres épars égayent les murs : une photo dédicacée du Suisse Hugo Koblet sur le Tour de France 1951, une autre du Tour de France 1984, Laurent Fignon en jaune, l'Espagnol Pedro Delgado et l'Américain Greg LeMond ; derrière son siège, un cliché des Quatre Jours de Dunkerque 1985, son épreuve fétiche, où il pose aux côtés du Belge Éric Vanderaerden. Double champion du monde de poursuite au début des années 80, vice-champion olympique de la discipline aux Jeux de Moscou en 1980, onze titres nationaux sur piste à son palmarès, Alain Bondue s'est également constitué un bon curriculum vitae sur route pendant ses sept saisons professionnelles : 2e de Milan-San Remo 1982, 3e de Paris-Roubaix 1984.

La présence du dictaphone l'embarrasse un peu. À trois reprises, il demandera que ses propos ne soient pas enregistrés.

Il a lu le livre d'Armstrong, « le premier, pas l'autre ». Dans certains passages [1], l'Américain décrit la dégrada-

---

1. *Il n'y a pas que le vélo dans la vie*, *op. cit.*, pp. 178 à 182 et pp. 226 à 228.

tion de ses rapports avec l'équipe française en termes peu amènes ; l'Américain n'est pas tendre avec Alain Bondue, qui n'a jamais bronché. Interrogé sur cette version des faits, ce dernier tient à rétablir certaines vérités. Évoquant, par exemple, la visite du Français à l'hôpital d'Indianapolis au cours de son quatrième cycle de chimiothérapie [vu la date, le 20 novembre, il semble qu'il s'agisse plutôt du début du troisième], Armstrong parle d'une « soi-disant visite de courtoisie » alors qu'il était lui-même dans un « semi-coma narcotique », et « pas en état de tenir une conversation de salon ». Il évoque encore le gaspillage représenté par la « bouteille à 3 000 francs » apportée par son visiteur. « Je ne suis pas venu le voir avec une bouteille à 3 000 francs, mais à 500 francs », rectifie Alain Bondue. « C'était du Mouton-Cadet. J'avais pris des revues de cyclisme à l'aéroport de Roissy, comme il me l'avait demandé, mais j'ai également acheté cette bouteille, car il aime bien le bon vin, pour ne pas décemment arriver les mains vides. Un cadeau, ce n'est pas du gaspillage comme il le prétend… Il m'en a d'ailleurs remercié sur place. Ce jour-là, nous avons parlé des revues que je lui avais ramenées. Sinon, le lendemain matin, il n'était pas aussi mal qu'il le présente dans son livre, puisque nous sommes descendus ensemble prendre un petit déjeuner à la cafétéria de l'hôpital. Il sortait de chimiothérapie, c'est vrai, mais il pouvait se déplacer. Il se promenait avec une perfusion accrochée à un "portemanteau" roulant. »

La suite n'est guère plus aimable pour Alain Bondue : « En quittant mon chevet, il a fait signe à Bill [Stapleton] de l'accompagner dehors. […] L'autre [Bondue] lui a déclaré qu'il était venu parler affaires […]. Vu ma maladie, Cofidis se voit obligé de renégocier mon contrat [qui] stipulait que notre accord était subordonné à un avis médical favorable. […] Cofidis avait donc le droit de résilier mon contrat. Ils m'offraient de le réactualiser, ce qui leur paraissait très généreux vu les circonstances [...]. Si je n'acceptais pas leur proposition, ils me forceraient à subir l'examen médical et mettraient purement et simplement fin au contrat. [...] Bill se lève, il le regarde dans les yeux, et lui sort : "Allez vous faire foutre !" [...] Au bout de deux heures de discussion, ils en étaient toujours au même point. Si Cofidis me faisait un enfant dans le dos pendant mon hospitalisation, "très bien, a-t-il dit, le monde entier saura que vous l'avez abandonné". J'ai réfléchi. [...] Si Bondue avait fait le voyage, [c'était pour] vérifier si Armstrong était mourant. Il lui avait suffi de me voir deux minutes pour conclure que j'étais sur mon lit de mort. [...] Pendant les trois ou quatre semaines suivantes, Cofidis a continué de cuisiner Bill [...] : ils n'hésiteraient pas à me faire passer devant une commission d'expertise. Ils enverraient leur propre médecin de France et annuleraient mon contrat. [...] Cofidis m'a payé moins d'un tiers du contrat original et a exigé une clause de désengagement de leur part pour 1998. »

Là non plus, les souvenirs d'Alain Bondue ne concordent pas. Il ne cache pas qu'il était venu se faire une idée de ses propres yeux de « la situation de Lance Armstrong, mais c'est parce qu'on n'avait aucune information sur l'évolution de son cancer, malgré nos demandes réitérées. Payer quelqu'un un an pour ne pas courir, sans connaître son dossier médical, c'est beaucoup, surtout à son niveau salarial. Qu'il nous taxe entre les lignes d'inhumains n'est pas très loyal ».

Et Alain Bondue de revenir sur les écrits de Lance Armstrong : « Quand je me suis retrouvé avec Stapleton pour discuter du réaménagement de contrat, Bill restait ferme sur le premier contrat. "Il a été signé, il faut l'appliquer", disait-il. Je lui ai alors rappelé un point : "Pas de problème : il y a une visite médicale de prévue en début d'année." Stapleton m'a alors rétorqué : "Oh non ! Vous ne pouvez pas faire passer une visite médicale à un cancéreux !" Ce à quoi j'ai répondu : "Bon, mais ne me dites pas que le cancéreux dont vous parlez peut faire du vélo à un haut niveau, celui qu'on est en droit d'attendre, comme stipulé dans le contrat." Qui plus est, comment pouvait-on penser, après ce qui lui était arrivé, que la Fédération américaine lui délivre une licence ? Mais quand Lance Armstrong affirme que nous avons exigé une clause de désengagement pour 1998, c'est faux. Le premier contrat, comme ses réaménagements, prévoyait également un accord pour 1998. Comme quoi on lui témoignait notre confiance et notre soutien. »

Un article paru dans le quotidien *L'Équipe*[1] confirme d'ailleurs qu'Armstrong et son agent comprenaient la situation à l'époque : « Compte tenu de la longue indisponibilité probable de Lance Armstrong, ledit contrat est en passe d'être revu à la baisse : "C'est logique", dit Lance Armstrong. "Je m'attends à une perte de salaire, mais j'espère qu'ils seront loyaux avec moi. Je n'ai pas à nourrir d'inquiétude à ce sujet." » Ce à quoi Bill Stapleton ajoute, dans le même article : « Nous allons entrer en négociation avec Cofidis pour réactualiser avec élégance le contrat. Ils ont été merveilleux jusqu'à présent. Alors, il n'y a pas de raison. »

Premières (re)négociations

Dans un courrier du 12 décembre 1996, François Migraine répond à Bill Stapleton sur les modalités de réaménagement proposées par l'agent américain : « Nous constatons que, pour le moins, cette proposition ne correspond pas du tout à la situation présente telle

1. *L'Équipe*, 19 novembre 1996.

que nous pouvons l'analyser. En effet, nous tenons à rappeler que lors de l'engagement de Lance Armstrong dans l'équipe Cofidis en septembre dernier [1996], Lance était un coureur en pleine santé, dont le total de points UCI[1] s'élevait environ à 1 300 ; qu'il était très compétitif dans toutes les compétitions, sauf les grands Tours ; qu'il allait devenir le leader unique de Cofidis. De plus, pour l'avenir, nous estimons que, sous la direction de Cyrille Guimard, il pouvait développer son potentiel et atteindre le podium des trois grands Tours, en particulier le Tour de France. Or, la grave maladie qui a touché Lance Armstrong a complètement bouleversé cette situation et nous espérions tout simplement que vous tiendriez compte de cette circonstance dans votre proposition. Nous constatons à regret qu'il n'en est rien et nous ne pouvons que vous faire part de notre perplexité. Toutefois, dans un ultime souci de négociation, nous faisons la contre-proposition suivante figurant dans le tableau annexe. [...] Nous tenons également à vous préciser que nous exigeons qu'une autorisation médicale préalable soit délivrée par un médecin de notre choix avant que Lance ne participe de nouveau à une course. [...] Le premier semestre 1997 est, comme vous le souhaitiez lors de votre entrevue à Indianapolis avec Alain Bondue, très proche des conditions du contrat initial.»

Huit ans après les faits, l'analyse de François Migraine n'a pas varié. «Écoutez, au regard de la loi française, il avait signé un contrat de travail qu'il ne pouvait pas honorer et, à ce titre, on aurait pu purement et simplement lui dire au revoir. Je crois qu'on a adopté une attitude très humaine, d'autant que Bill Stapleton nous racontait que Lance Armstrong était mal assuré, que

---

1. Barème de l'UCI (Union cycliste internationale) qui permet d'établir un classement mondial.

sa chimiothérapie était éprouvante… Son cancer, qui a débuté au testicule pour atteindre le cerveau, ce n'était pas du léger léger quand même. Il y a toujours eu un flou sur le financement de l'hospitalisation et la prise en charge du traitement de Lance et nous pensions avoir le devoir de le soutenir financièrement. »

Un courrier du 18 décembre 1996, signé Bill Stapleton, laisse alors entendre que les conditions proposées sont acceptées. « Je vais convaincre Lance que Cofidis a fait de son mieux pour être à ses côtés et que la solution présentée [par Cofidis] est honnête. Je crois que Lance le sera et que lorsqu'on en aura fini avec toutes ces négociations, il sera prêt à rejoindre sa nouvelle équipe. Faites savoir s'il vous plaît à M. Migraine que je m'excuse si ma proposition l'a offensée. Je sais que c'est un homme honnête, et qu'il fait son possible pour trouver une solution à notre affaire. »

Le deuxième contrat

Après maintes négociations, un nouveau contrat est finalisé le 31 décembre 1996. « Jamais je n'en ai autant bavé de ma vie que pour mettre au point ce contrat avec son avocat Bill Stapleton », reconnaît François Migraine. Pour le premier semestre 1997, cet accord prévoit une rémunération brute annuelle de 99 000 dollars (15 000 dollars de salaire brut, 84 000 dollars de contrat d'image). Pour le second semestre, 15 000 dollars de salaire brut, 15 000 dollars de droit d'image et un barème de primes indexées sur le total mensuel des points UCI. Ce contrat inclut également la saison 1998 : 14 000 dollars de salaire brut mensuel, 26 000 dollars de droit d'image et toujours un barème indexé sur le total de points UCI.

Un problème n'a cependant toujours pas été réglé. Cofidis souhaitait que Lance Armstrong subisse un examen médical afin de juger de ses aptitudes. Bill Stapleton et Lance Armstrong s'y sont fermement opposés. Pourquoi ? À défaut, il aurait été très simple de transmettre son dossier médical au médecin de son employeur. Il n'en a rien été, bien au contraire. L'épisode a servi de leçon chez Cofidis : « Dans le cyclisme, à l'inverse du football, on fait signer un coureur sans visite médicale, même si des tests médicaux sont pratiqués avant le début du contrat », explique Alain Bondue. « Depuis cette "mésaventure", chez nous, on fait autrement. On stipule que tel ou tel contrat avec un coureur n'est valable que si le coureur passe un examen médical approfondi. »

Michel Provost était médecin de l'équipe française à l'époque des faits, de 1996 à 1998. Moustache fournie, voix rocailleuse et propos fleuris, c'est une figure du cyclisme. Avant d'être médecin de Cofidis, il a été celui de l'équipe de France cycliste amateur, de 1986 à 1996. Depuis 1998, il a quitté le cyclisme pour reprendre un cabinet de généraliste à Paris. Le 20 novembre 2003, nous l'avons sollicité sur sa version des faits.

« Quelles sont les raisons de votre départ ?

– Je n'ai pas envie de rentrer là-dedans. Vous m'excusez… Disons qu'il y a eu un dégoût. »

La conversation s'est ensuite concentrée sur Lance Armstrong.

« Docteur Provost, avez-vous été en contact avec les médecins de Lance Armstrong pour obtenir des renseignements sur son dossier médical ?

– J'ai effectivement eu des conversations téléphoniques avec ses thérapeutes. Ils me disaient : "Tout est OK, tout va bien, le traitement va bien." Je conversais en anglais avec eux. Ils me répondaient : "On n'a rien à vous dire, tout est OK."

– Y a-t-il eu des échanges de courrier entre vous et eux ?

– Non, non. Il y avait un blocage total. J'ai envoyé des courriers à ses médecins d'Indianapolis [notamment en date du 23 janvier 1997], mais j'étais incapable d'avoir quelque information que ce soit en retour. Moi, j'avais la responsabilité de dire qu'il ne pouvait pas courir, parce que je n'avais pas suffisamment d'informations pour dire qu'il était capable de courir. Je n'étais pas en charge de sa thérapeutique, vous comprenez ? En tant que médecin d'équipe, j'étais là pour m'assurer de son aptitude médicale à participer à des compétitions et, à l'époque, je ne pouvais dire qu'une chose : il a une maladie qu'il nous déclare, qui est manifestement une maladie grave, qui ne lui permet indiscutablement pas de courir. Qu'est-ce que vous voulez que je dise de plus ? Je ne pouvais rien dire de plus, d'autant qu'il était suivi, que je me suis assuré qu'il était effectivement suivi, et que de ce point de vue-là, il n'était pas à l'abandon thérapeutique, c'est clair… Vous savez, le secret médical existe, y compris entre médecins. Seule la justice peut lever le secret médical. Si Armstrong disait à ses médecins : "*Black out*, vous ne dites rien", que je sois médecin ou balayeur de hangar à Marcq-en-Barœul, c'est pareil. Les demandes ont été faites à plusieurs reprises, sur plusieurs mois. De toute façon, nous, la seule chose que nous avions à faire, c'était de dire : il ne peut pas courir, point. On n'avait pas d'information, donc on ne pouvait absolument pas donner l'autorisation de courir.

– Par thérapeutes, vous voulez dire ses oncologues ?

– Oui, oui, tout à fait.

– Vous correspondiez comment ?

– Par téléphone. Et puis il y a eu un ou deux courriers.

– Mais qui sont restés sans réponse ?

– Oui, sans réponse.

– En tant que médecin, ça ne vous interpellait pas ?

– Monsieur, je suis votre médecin traitant. Un médecin de la société où vous travaillez vous demande des renseignements sur votre état de santé. Mais, monsieur, vous me dites à moi, Provost, de ne pas bouger une oreille. Vous avez le secret médical, vous le conservez. Qu'est-ce que je fais ? Que peut faire le médecin du travail par rapport à un médecin traitant, si ce dernier a reçu comme directive de son malade de ne pas trahir le secret ?

– Avez-vous déjà été confronté à ce genre de situation ?

– Non, jamais.

– Dans le cas du transfert d'un coureur, pouvez-vous avoir accès à son dossier médical ?

– Oui, mais je n'ai personnellement jamais été confronté à cette situation concernant un coureur provenant de l'étranger… Le problème Armstrong est pour moi extrêmement intéressant, mais purement sur le plan de la déontologie médicale. Armstrong, je ne l'ai jamais eu en main. Nous nous sommes rencontrés à plusieurs reprises, j'ai parlé avec lui. J'ai des connaissances assez précises, par lui, de son état de santé de l'époque. Je ne peux pas vous en dire plus. Dans le cadre du secret médical, il m'a confié des choses que je n'ai absolument pas le droit de dévoiler. Cela dit, à l'époque où il était sous ma responsabilité, je n'avais aucun argument qui me permettait de l'autoriser à courir.

– Et vous le lui avez dit ?

– Oui, bien sûr.

– Comment a-t-il réagi ?

– Euh… De toute façon, ce n'était plus son problème puisqu'en fin de saison [1997], il a cherché une autre équipe et est parti. Au moment où aurait pu se poser le problème de la remise sur le terrain, et même de la connaissance plus approfondie de son dossier…

– Mais s'il était resté chez Cofidis, vous auriez pu vous retrouver face à un dilemme…

133

– On avait déjà commencé, et c'est pour ça qu'il y a eu des courriers, à reprendre contact avec les gens qui l'avaient suivi, pour qu'ils nous donnent au moins le bilan actuel. Et on ne l'a jamais obtenu. J'avais donné une position très claire qui était que tant qu'on n'avait pas le dossier, on ne pouvait pas l'autoriser [à courir].»

François Migraine ne comprend toujours pas : «Notre demande d'obtention de son dossier médical n'a jamais été prise en compte, et le courrier de son médecin traitant qui nous est enfin parvenu laissait place à plus d'interrogations que de certitudes quant au fait de le revoir sur un vélo. Et nous, bons princes, nous avons été aux petits soins pour lui. J'ai ma conscience pour moi.»

Un retour hypothétique selon son médecin

En effet, après plusieurs relances en quatre mois, un fax rédigé en anglais sera finalement adressé au docteur Michel Provost. Daté du 13 février 1997, il est signé du docteur Craig Nichols, du centre médical de l'université d'Indiana, où Lance Armstrong a été traité.

Outre quelques considérations médicales peu précises et sans intérêt particulier, on peut lire dans ce document : «Quant à savoir s'il sera à nouveau capable de devenir coureur professionnel, la question est complexe et évolutive. Cela dépendra beaucoup d'un éventuel recours à des besoins chirurgicaux, comme de l'étendue de sa récupération après l'intense traitement chimiothérapique qu'on lui a administré. Programmer son retour à la compétition, si le cas se présente, reste flou.»

On comprend que le docteur Provost ait oublié cette correspondance.

Lance transatlantique

Dans son courrier du 13 février 1997, le docteur Nichols estime donc que l'éventuel retour à la compétition de Lance Armstrong demeure encore « flou », que la question est « complexe » et « évolutive ». Il n'est pas encore question pour Lance Armstrong de reprendre le cyclisme de compétition (il s'y décidera officiellement en septembre 1997). Deux mois plus tard, le 22 avril, un courrier d'Alain Bondue à Bill Stapleton, avec copie à François Migraine, révèle un point troublant : « Je dois vous informer que, durant sa période d'entraînement en janvier [à Marcq-en-Barœul], Lance a été en Italie pour voir le docteur Ferrari, et que Cofidis a fait la réservation et payé pour son billet d'avion, bien que le voyage fût considéré comme un voyage privé qui n'avait pas été décidé par Cofidis. »

Pour quelle raison Lance Armstrong est-il allé voir en janvier 1997 celui que l'Américain décrira ainsi : « Mon ami qui me conseille sur mon entraînement, [qui] ne comptait pas parmi mes principaux conseillers[1] » ? Pourquoi, alors que de l'aveu même de son médecin traitant, son retour à la compétition est encore bien incertain ? Trois semaines donc après sa dernière séance de chimiothérapie, profitant pour venir en Europe d'une conférence de presse tenue le 8 janvier au siège social de Cofidis, le coureur américain s'est rendu à Ferrare, en Italie, où est installé le cabinet de Michele Ferrari. Un séjour en Europe totalement inopiné. « On ne lui avait rien demandé car on était trop respectueux de sa convalescence, et on préférait le laisser tranquillement récupérer, mais c'est Bill Stapleton qui a proposé que

---

1. *Chaque seconde compte, op. cit.*, p. 153.

Lance soit présent pour la présentation de l'équipe en précisant que c'était logique pour lui, explique Alain Bondue. Sa venue a été une grande surprise.»

«Ça m'avait littéralement épaté qu'un cancéreux, sortant de chimiothérapie, puisse venir comme ça, à notre grand étonnement, le jour de la présentation des vœux de l'équipe à la presse, se souvient François Migraine. On ne lui avait strictement rien demandé. Peut-être s'était-il dit qu'avec l'argent qu'il prenait, il devait en faire un minimum?» Ce n'est pas la dernière surprise que Lance Armstrong réserve à son employeur. Cofidis apprend ainsi, par un journaliste belge qui téléphone pour une demande d'interview, que son coureur débarquera une nouvelle fois en Europe début avril, sur les routes de Paris-Roubaix. Pris au dépourvu, Cofidis veut en savoir plus et envoie une lettre à l'intéressé le 20 mars 1997. C'est Bill Stapleton qui répond, demandant à Cofidis d'organiser une conférence de presse le jour de la classique du Nord.

Contrevérités

Dans son premier livre[1], Lance Armstrong revient aussi sur les dernières tractations, avant rupture, avec Cofidis, qu'il quittera pour l'équipe américaine US Postal. Selon lui, les faits se situent à l'automne 1997, quand il se décide à reprendre la compétition. Il écrit: «Bill a prévenu Cofidis que je me remettais en selle. [...] Cofidis lui a proposé de le rencontrer en France. Bill a pris l'avion le soir même [...] a fait quatre heures de route pour gagner le siège du groupe sportif [...], est arrivé juste à temps pour un déjeuner très chic [où]

---

1. *Il n'y a pas que le vélo dans la vie, op. cit.,* pp. 226-228.

Migraine a accueilli Bill par un discours de trois quarts d'heure […]. Ensuite, il lui a dit : "Nous tenons à vous remercier d'être venu, mais il faut que vous sachiez que nous allons exercer notre droit de résilier le contrat d'Armstrong. Nous prenons d'autres directions." Bill a regardé Bondue : "Il parle sérieusement ?" Bondue a baissé les yeux sur son assiette : "Oui." […] Bill est parti avant la fin du repas […]. En arrivant à Paris […] il a composé mon numéro. "Alors ?" "Ils résilient ton contrat." J'ai marqué une pause. "Et ils t'ont fait venir des États-Unis pour ça ?" »

Alain Bondue bat en brèche cette version des faits : « Stapleton est en effet venu nous voir en août 1997. Mais c'était à sa demande, et non à la nôtre. » Un fax daté du 7 août, en provenance du bureau de Bill Stapleton, confirme d'ailleurs ce voyage programmé de longue date sur American Airlines, le 26 août, arrivée prévue à 10 h 15 à Roissy-Charles de Gaulle, et retour aux États-Unis le lendemain. Bill Stapleton a donc mis trois semaines pour sauter dans l'avion… « Chez Cofidis, nous avons été un peu surpris de cette visite », reprend Alain Bondue. « Quand je lui en ai demandé l'objet, il m'a répondu que c'était pour nous remercier de tout ce qu'on avait fait pour Lance, et pour parler de l'avenir. » Alain Bondue marque une pause, puis il reprend : « Que Bill Stapleton ait mis quatre heures pour faire Roissy-Wasquehal, qu'il ait déjeuné "chic" avec nous, alors que nous avons mangé dans le restaurant d'entreprise, ou que François Migraine ait monopolisé la parole pendant trois quarts d'heure, ce qui n'est vraiment pas son genre, c'est accessoire. Au cours de notre entrevue, Bill Stapleton est venu nous demander ce qu'on voulait faire avec Lance. Il nous a précisé que Lance allait reprendre la compétition et qu'il fallait le garder pour 1998. Nous avons répondu ce qui était prévu dans le contrat réaménagé. Là-dessus, il nous a demandé de faire un effort : "Il va être bien mieux que ce qu'on avait prévu dans le contrat." Comment pouvait-il le prédire ? Toutefois, nous nous sommes mis d'accord et nous lui avons envoyé une autre proposition quelques jours plus tard ; un peu meilleure, mais tout de même pas au niveau du contrat initial.»

Bras de fer

La lecture des échanges entre Cofidis et Bill Stapleton pendant les trois semaines qui suivirent témoigne des relations tumultueuses, imprévisibles et harassantes entre les deux parties, jusqu'à leur séparation définitive.

En effet, le 12 septembre 1997, une lettre de François Migraine à Stapleton explicite la position de Cofidis. Extrait : «Comme nous l'avions évoqué à cette occasion [le 26 août], Lance ne pourra pas, selon toute vraisemblance, reprendre la compétition au sens des dispositifs contractuels qui étaient en place en 1997 durant le second semestre 1997. En conséquence, et comme cela était prévu, ce contrat […] prendra fin le 31 décembre 1997. Toutefois, compte tenu du soutien que nous lui avons toujours témoigné depuis le début de sa maladie, Cofidis apprécierait fortement, si l'éventualité du retour de Lance à la compétition se concrétisait en 1998, que ce retour dans le peloton se fasse sous les couleurs de notre équipe. Ainsi, nous vous remercions de bien vouloir considérer avec attention la proposition ci-jointe [qui] prend en compte la marge de progression dont Lance dispose sur l'année à venir et le potentiel que nous lui accordons.» La bonne foi de Cofidis n'est pas à mettre en doute puisque l'équipe française a effectué auprès de l'UCI une demande de dérogation pour employer un vingt-troisième coureur.

Le 25 septembre, un courrier de Bill Stapleton

demande, entre autres, une revalorisation salariale ainsi qu'une revalorisation du point UCI. Mais, première alerte, il laisse entendre qu'il devrait «recevoir une proposition de l'US Postal plus importante que celle de Cofidis. Néanmoins, Lance préfère tout de même rouler pour Cofidis». D'autres échanges du même ordre suivront. Le 26 septembre, Bill Stapleton signifie par téléphone son accord à Alain Bondue. Un fax du même Bill Stapleton, le 1er octobre, explique d'ailleurs que «Lance est ravi à l'idée de recourir pour Cofidis en 1998. J'attends les documents originaux pour les signer aussi vite que possible». Le lendemain, un nouveau fax signé Bill Stapleton précise les modalités de l'annonce du retour de Lance Armstrong au sein de l'équipe française. «Lance a décidé de ne pas donner une large conférence de presse le week-end prochain. Au lieu de quoi, une fois que nous aurons signé le contrat avec Cofidis, il préférerait diffuser un communiqué de presse à travers l'Europe. Lance s'entraîne assidûment, il a demandé aux médias de le laisser s'entraîner. […] Nous sommes très heureux du contrat imminent de Lance avec Cofidis. Personnellement, j'attends avec impatience de continuer de travailler avec vous.»

Une lettre de François Migraine, datée du 6 octobre 1997, confirme les conditions du contrat. Tout laisse donc entendre que les deux parties se sont définitivement mises d'accord.

Le troisième contrat

Ce troisième contrat, daté du 6 octobre 1997, porte sur l'année 1998. La rémunération comporte trois volets. Salaire fixe : 1 700 dollars mensuels bruts, plus une prime de 1 700 dollars par épreuve terminée ; contrat d'image : prime de 51 000 dollars nets pour sa première apparition ; barème UCI : à chaque nouveau point UCI, 250 dollars jusqu'au 150ᵉ point UCI, puis 765 dollars à partir du 151ᵉ point UCI. Ce qui implique qu'au cas où Lance Armstrong retrouve son niveau antérieur au cancer, il récupère la mise du contrat originel. À cela s'ajoute la prime d'assurance invalidité versée par la Lloyd's, 20 000 dollars par mois d'indisponibilité jusqu'au retour du champion américain à la compétition[1], soit pendant seize mois.

Mais le lendemain, patatras ! Un nouveau fax de Bill Stapleton demande à Cofidis de s'aligner sur la proposition de l'US Postal. « J'ai reçu votre fax du 6 octobre. Mais nous avons maintenant une offre beaucoup plus importante en dollars US de la part de l'équipe US Postal Service. Le système de bonus qu'ils nous proposent prévoit 500 dollars US pour chaque point UCI jusqu'au 150ᵉ point, et 1 000 dollars US au-delà du 150ᵉ. Nous vous demandons par conséquent de nous soumettre une proposition supérieure en dollars US qui soit similaire à celle de l'US Postal. J'attends de vous entendre très bientôt. »

La suite est racontée par Alain Bondue : « Quand on a reçu ce fax, on est tombés sur la tête. Alors, là-dessus, on leur a répondu un courrier qui disait en substance : "D'accord, si vous avez mieux ailleurs, allez-y." » Le 17 octobre 1997, au cours d'une conférence de presse tenue dans un hôtel de New York, Lance Armstrong annonce qu'il portera le maillot de l'US Postal en 1998.

Cette brutale volte-face, on s'en doute, n'a pas été très bien vécue par François Migraine. « Avec Lance Armstrong et Bill Stapleton, j'ai découvert un état d'esprit de la culture américaine qui n'est pas le nôtre, ce qui est probablement l'une des raisons de notre, de

---

1. *Il n'y a pas que le vélo dans la vie, op. cit.*, p. 231.

notre… incompréhension. Chez les Américains, comme ils n'ont pas de lois aussi précises que les nôtres, les relations sont très contractuelles. Partant de leur logique, j'accepte qu'un Lance Armstrong puisse dire que Cofidis a rompu son contrat, même si je serais curieux de savoir ce qu'il serait advenu si sa situation s'était produite avec l'US Postal. Mais qu'il se soit permis de nous tailler des costards à tout bout de champ, c'est se ficher de nous. On a fait preuve de générosité à son égard. »

Depuis, la vibrante passion de François Migraine à l'égard des acteurs du cyclisme a singulièrement évolué. Ne déclarera-t-il pas, deux semaines après l'ouverture judiciaire de « l'affaire Cofidis », que « les coureurs, ce sont des mercenaires, à moitié pourris. Promesse de coureur, ça vaut que dalle [1] » ?

« Cette histoire m'a fait mal », admet le PDG de Cofidis. « Je n'arrive pas à comprendre que ce type puisse nous en vouloir. Il devrait pondre un troisième bouquin pour remercier Cofidis de l'avoir soutenu financièrement pendant toute l'année de son cancer. Ou alors, pour lui, ces millions de francs, ce sont des cacahuètes. Ça représentait sûrement l'un des dix meilleurs salaires du peloton à l'époque, pour un type qui n'imaginait absolument pas être vainqueur du Tour. La seule chose que j'apprécierais de sa part, c'est qu'il reconnaisse qu'on ne l'a pas laissé tomber. Et il fait exactement l'inverse. »

Les rôles obscurs de Stapleton

« Lance Armstrong, en fait, on ne l'a quasiment pas vu », se souvient encore François Migraine. « Nous

---

1. *L'Équipe*, 26 janvier 2004.

étions plutôt en relation avec son avocat, Bill Stapleton.» Et quelles relations…

À 38 ans, Bill Stapleton gère les affaires de Lance Armstrong depuis 1995. Ancien membre de l'équipe américaine de natation, il travaille dans un cabinet d'avocats (Brown McCarroll & Oaks Hartline) qui occupe le quinzième étage de la tour de verre Franklin Plaza, au centre d'Austin (Texas). Alain Bondue évoque le rôle plénipotentiaire de Bill Stapleton aux côtés de Lance Armstrong. «Bill Stapleton possédait toutes les procurations requises pour signer en lieu et place de Lance Armstrong», assure-t-il. «Pour tout: contrat, droit d'image, même pour les comptes bancaires. Le 20 février 1997, il nous avait d'ailleurs envoyé par fax le document qui le stipulait.»

Et de rappeler deux épisodes: «Lorsque je me suis rendu à Indianapolis pour rendre visite à Lance à l'hôpital, Bill Stapleton m'a dit que ce n'était pas utile que je parle chiffres avec Lance, même pour ce qui concernait la renégociation du contrat; que tout ça restait entre nous [Bill Stapleton, Alain Bondue et Paul Sherwen, qui assurait alors le rôle d'interprète]. "L'important, c'est la santé de Lance", disait-il. "Il se concentre sur sa maladie, et ne veut s'occuper de rien d'autre." Le "tout-mandat" dont il disposait m'avait surpris. Je n'avais jamais vu ça.»

Autre sujet d'étonnement: le courrier. En 1999, deux ans après le tumultueux divorce, Alain Bondue ressent toujours le besoin de s'expliquer d'homme à homme avec Lance Armstrong. Il attend la fin du Tour de France, le premier remporté par l'Américain, pour lui faire part de sa version. «J'ai effectivement, et à titre personnel, envoyé une lettre à Lance Armstrong, datée du 16 septembre 1999, dans laquelle je lui rappelais les points-clés de nos tractations», se souvient Alain Bondue. «Cette lettre, je l'ai envoyée à son domicile. Le 12 octobre suivant, j'ai reçu en retour une réponse signée Bill Stapleton.» L'agent d'Armstrong expliquait, «au nom de Lance», que cette «lettre est une tentative de réécriture de l'histoire, mais [que] la véritable histoire est celle écrite dans les livres». Ceux d'Armstrong sans doute, en oubliant les nombreux réaménagements du contrat. «Tous les courriers qu'on envoyait à Lance Armstrong, c'est Bill Stapleton qui y répondait», ajoute encore Alain Bondue. «Rien ne lui arrivait personnellement.»

De son côté, François Migraine estime que «Bill Stapleton n'a pas arrangé les choses dans nos relations avec Lance Armstrong. Je me demande si Armstrong connaît vraiment la vérité sur toutes les négociations. C'est ce que je lui accorde comme circonstance atténuante. Est-ce que Stapleton ne lui a pas raconté l'affaire comme il voulait la raconter? Je n'ai jamais pu en parler ouvertement à Armstrong, en raison du handicap de la langue sur des points très précis, avec un vocabulaire pointu».

4,4 MF pour une «trahison»

Au bout du compte, Lance Armstrong aura reçu de Cofidis 4 437 118 francs (676 630 dollars à l'époque), soit plus des deux tiers du contrat initial, pour zéro jour de course, et non «moins d'un tiers» comme il l'écrit. Beaucoup d'argent finalement pour un sportif estimant avoir «été trahi». Lance Armstrong aura perçu exactement 827 119,24 francs net fiscal (118 630 dollars) au titre du contrat de travail, et 3 609 999 francs (558 000 dollars) au titre du contrat de droit d'image (sans parler des 70 000 francs de billets d'avions archivés dans les pièces comptables). Il va sans dire que c'est sans commune mesure avec le plafond d'indemnisation de la sécurité sociale…

Lance Armstrong reprend la compétition le 14 février 1998 en Espagne, sur l'épreuve andalouse la Ruta del sol, avec le maillot de l'US Postal sur les épaules. Après 518 jours d'inactivité, une nouvelle ère commence.

18 mai 2004, 9 h 10, Villeneuve d'Ascq, au siège de Cofidis. En dépit d'un « rhume de chien », François Migraine nous reçoit pour une dernière rencontre. Alain Bondue, qui vient de prendre possession de son nouveau poste au siège social, à une dizaine de kilomètres du service-courses de l'équipe, est présent également. Pendant près de deux heures, les deux hommes vont relire leurs déclarations. À quelques corrections mineures près, la « copie » est avalisée. « Il fallait rétablir cette vérité », conclura François Migraine.

Les années Emma

« Au départ, on avait ce concept du Texan effronté qui intéressait le sport européen, un phénomène. Ensuite, vous introduisez la notion de survivant du cancer, ce qui élargit et approfondit la portée de ce concept. En 1998, le monde de l'entreprise manifestait un faible intérêt pour Lance. Et puis il a gagné le Tour de France en 1999 et la marque Armstrong était achevée. Vous y ajoutez la notion de bon père de famille, de héros, du *come back* du siècle, toutes ces choses, et aujourd'hui, tout le monde le veut. »

Bill Stapleton,
Texas Monthly Magazine, juin 2001,
entretien avec Mike Hall.

Juin 2003. Dans la cinquième étape du critérium du Dauphiné libéré, Morzine-Chambéry, Lance Armstrong chute 14 km après le départ. Il s'adjuge la course deux jours plus tard mais son corps meurtri le fait souffrir jusqu'au terme de l'épreuve. Le même jour, Emma O'Reilly, une ancienne employée de l'US Postal, qu'elle a quitté trois ans plus tôt, téléphone à l'un de ses vieux amis, le mécanicien de l'équipe, Julien De Vriese. Après quelques bavardages polis, elle lui demande que Johan Bruyneel, le directeur sportif, l'appelle. Emma n'a plus parlé avec Bruyneel depuis plus de deux ans et ils ne sont pas en bons termes. O'Reilly veut l'informer qu'un journaliste l'a contactée et qu'elle est disposée à lui parler. Si Bruyneel a des raisons de s'inquiéter, il n'a qu'à s'en prendre à lui-même, lui qui lui a rendu la vie impossible pendant un an et demi. Malgré son amour du cyclisme, elle a été exposée à sa face noire : culture du dopage, malhonnêteté, loi du silence, et elle ne veut pas couvrir tout cela par son propre silence. La chute d'Armstrong et le coup de téléphone d'O'Reilly ont eu lieu le même jour, un vendredi 13.

Le coureur a sans doute pensé en tombant que ce n'était pas son jour de chance. Il avait raison.

« Le programme médical »

Emma O'Reilly a rencontré pour la première fois l'un des auteurs le 23 juin 2003, dans sa maison du Cheshire, au nord de l'Angleterre. Sans magnétophone ni carnets. Juste une longue discussion sur ses cinq ans passés au sein de l'équipe, sur le cyclisme professionnel et les secrets de l'équipe US Postal. Emma a apprécié ses trois premières années et demie, mais sachant ce qu'elle sait, elle ne peut plus affirmer que le cyclisme est admirable. L'US Postal était une équipe comme les autres, avec son programme médical, ses médecins, son camion de produits, ses seringues et ses intraveineuses : des enveloppes noires pour les gros trucs, des enveloppes blanches pour les petits. Elle a tout vu, mais comme les autres, elle a obéi à l'*omerta*. Maintenant, elle est prête à briser la loi du silence. Le cyclisme professionnel est pourri jusqu'à l'os. Non, elle n'a pas l'ambition de révolutionner le sport, mais elle espère au moins qu'à terme il y aura une implosion.

Ses souvenirs de sa période sportive sont mitigés.

Emma est fière de son ascension : « Quand j'ai débuté en 1996, j'étais payée 18 000 dollars annuels. Au bout de deux ans, je suis passée à 30 000, en 1998, puis à 36 000 en 1999, et enfin à 45 000 pour ma dernière année. En 1999, quand je suis devenue chef soigneur, j'étais heureuse. C'était sans doute une question d'ego, mais j'étais ravie de cette promotion. J'avais réussi dans un monde d'hommes et tout en restant honnête. Je n'avais pas touché aux aspects médicaux et, à deux exceptions près, je n'avais pas transporté de produits pour les coureurs. Je n'avais couché avec personne, je n'avais joué ni les grandes sœurs ni les petites amies. J'étais juste une Irlandaise diplômée en électricité, reconvertie dans le massage et qui, engagée par une équipe cycliste, avait fini par travailler directement avec Lance Armstrong quand il avait gagné son premier Tour de France. »

Peut-elle ignorer les conséquences de sa décision ?

« Quand les gens de l'équipe verront que je crache le morceau, ils me traiteront de folle, ou ils me calomnieront. Ils diront que je "couchais", ce qui est complètement faux. Mais, comme disait mon ami Mike, "cause toujours". Je sais que j'ai raison de faire ce que je fais. »

L'ironie du sort, c'est qu'Emma O'Reilly aimait beaucoup Lance Armstrong. Leur première rencontre remonte à janvier 1998, au camp d'entraînement de Ramona, en Californie. C'est le coureur Christian Van de Velde qui fait les présentations.

« Emma, Lance t'a dit bonjour !
– Oh, bonjour. »

Leur amitié va rester solide. La première année, Armstrong se méfie de Johnny Weltz, le directeur sportif, et c'est à elle qu'il se confie. Elle apprécie sa force de caractère ; il affronte les problèmes, sait décider. Ambitieux, il n'a pas peur d'entraîner l'équipe dans la direction qu'il estime être la bonne, ne négligeant aucun détail. C'est lui qui impose, par exemple, que les céréales soient bannies du petit déjeuner. «Regardez-moi ça, dit-il un jour en pointant du doigt les barres de muesli. Tu sais combien de calories il y a là-dedans ? Ce truc tient avec du sucre. Ça ne va pas.» Et le muesli disparaît de la table de l'équipe.

Elle le trouve drôle. Son humour est parfois absurde mais il lui plaît. Elle apprécie aussi qu'il se moque, comme elle, du politiquement correct, la surpassant même dans ce domaine. Elle aime son côté obtus : je vous dis ce que je vais faire, et je le fais. Par exemple, il a gardé une dent contre les équipes européennes qui ont refusé de l'engager après son cancer et il tient à le leur faire payer. Et Emma pense : «Eh bien, Lance, tu leur montres ce que tu sais faire, tu leur fais payer.»

Elle n'était pas aveuglée pour autant. Elle comparait sa vision d'Armstrong avec celle de Frankie Andreu. Andreu, l'un des coureurs seniors de l'équipe US Postal, avait connu Armstrong chez Motorola, où ils étaient devenus amis. Quand il avait signé avec Cofidis, en septembre 1996, Armstrong avait aidé son ami à intégrer l'équipe française, et c'est ensemble qu'ils avaient ensuite rejoint l'équipe US Postal. Pour Emma O'Reilly, Andreu comprenait Armstrong mieux que la plupart. «Frankie le voyait comme il était et, jusqu'à un certain point, le respectait pour ce qu'il était. Mais il ne se faisait pas d'illusions. Cela ennuyait parfois Lance, mais c'était un respect sain. Frankie est un type intelligent.» Emma ne nourrissait pas non plus d'illusions. Quand elle eut maille à partir avec Johan Bruyneel et qu'elle vit sa place menacée, Armstrong ne fit rien pour la sauver. Lorsque Bruyneel déclara «c'est elle ou moi», elle savait ce qu'Armstrong ferait. Il avait plus besoin de Bruyneel que d'elle. «Bye-Bye Emma.» Comme Andreu, elle avait le sentiment de comprendre Lance Armstrong.

Deux semaines après cette première rencontre, nous nous retrouvons à nouveau, dans son salon, avec un magnétophone. Le Tour de France est retransmis en direct sur Eurosport mais la télévision n'est pas allumée. Pendant six heures, elle raconte ses années à l'US Postal, en particulier ses deux ans comme soigneur d'Armstrong. Un récit sans fioritures ni amertume. À plusieurs reprises, elle évoque le programme médical de l'équipe. En fait, elle fait plus souvent allusion à ce programme qu'au programme d'entraînement ou qu'au programme de courses. Six semaines plus tard, en relisant la transcription de ces six heures d'interview, soixante-douze pages tapées serrées, elle se rend compte qu'elle a inconsciemment omis d'expliquer en quoi consistait le programme médical de l'US Postal. Elle ajoute donc, pour être aussi précise que possible :

« Pour moi, c'est l'administration de médicaments, légaux et illégaux, pour la récupération et l'amélioration des résultats. »

Le Ritz et la Rolex

Quiconque a suivi le Tour de France 1999 ne peut oublier la performance d'Armstrong. Non content d'avoir gagné le prologue, il prend la tête de la course après une victoire éblouissante dans le premier contre-la-montre à Metz, et surpasse ses rivaux dans la montagne. Le 14 juillet, il se livre à une nouvelle démonstration impériale au sommet de l'Alpe d'Huez. Emma se souvient de la façon dont Armstrong a mis ses rivaux sous l'éteignoir ce jour-là, mais plus encore de sa conversation, l'après-midi, avec Christie, commentatrice d'Eurosport et épouse de l'ancien coureur australien Phil Anderson. O'Reilly avait remarqué une belle Rolex au poignet de la Californienne, trop petite pour une montre d'homme, un peu grande pour une montre de femme, et c'est précisément ce qui lui avait plu.

« C'est vraiment une belle montre, Christie. Est-ce que je peux la voir ?

— Emma, elle vaut 4 000 dollars, c'est un cadeau de Phil.

— Tu sais, mon chou, je peux m'offrir une montre à 4 000 dollars. Ne me prends pas de haut parce que je ne suis qu'une employée. »

À cette époque, Emma est fiancée à Simon, et quel que soit son désir d'avoir cette montre, elle ne peut se le permettre. Ce soir-là, en massant Armstrong, elle lui raconte sa discussion avec Christie. « Pour qui se prend-elle ? Elle croit que je ne peux pas me payer une Rolex ? C'est un peu idiot de dépenser autant pour une montre, mais si je le voulais, je pourrais. » Armstrong, qui trouve aussi Christie Anderson assez exaspérante, l'écoute avec sympathie.

Deux semaines plus tard environ, le Tour arrive à Paris. Un travail d'enfer pour Emma, qui doit vider les Fiat prêtées aux équipes pour la course et surveiller que rien ne manque dans les camions de l'US Postal. Fatiguée, de mauvaise humeur, elle est loin d'avoir fini de ranger quand on l'informe qu'elle est attendue au Ritz avec De Vriese. Armstrong veut les voir. Avec tout ce qu'ils ont encore à faire, tous deux renâclent. « Nous étions crevés, de mauvais poil, et nous faisions peine à voir, avec nos shorts crasseux. Je portais une vieille chemise Trek, le genre de truc que mettent les pompistes. Julien avait aussi sa veste de pompiste. »

Ils arrivent à l'hôtel peu après la fin de la conférence de presse d'Armstrong. La réceptionniste leur explique que M. Armstrong ne veut pas être dérangé. Piqués par la curiosité, O'Reilly et De Vriese ne sont pas du genre à abandonner.

«Appelez sa chambre, dites-lui que nous sommes là, nous faisons partie de son équipe, insiste O'Reilly.

– Je regrette, je ne peux pas.

– Appelez le directeur, c'est important.»

Le directeur refuse à son tour :

«Non, je regrette, il nous a demandé de ne pas le déranger.

– Ça m'est égal, dites-lui juste qu'Emma et Julien sont là, et qu'il a intérêt à nous recevoir car nous sommes de mauvais poil.

– Écoutez, puisque vous êtes de ses amis, pourquoi ne l'appelez-vous pas sur son portable ?

– Parce que son foutu portable, je l'ai justement dans ma main.» Le Texan, après quelques coups de fil matinaux, le lui remet souvent dans le bus de l'équipe avant de se rendre au départ de l'étape.

«Le directeur, qui avait compris que nous n'étions pas disposés à nous calmer, s'est radouci.» Il a appelé un employé et lui dit :

«Montez dans la chambre de M. Armstrong, frappez à sa porte et voyez s'il souhaite parler avec ces personnes.» Ils suivent l'employé, qui frappe à la porte en tremblant de peur. «J'ai demandé à ne pas être dérangé», crie Armstrong. À cet instant, Emma se souvient qu'elle a le numéro du portable de Kristin Armstrong. Elle l'appelle. C'est Lance qui répond.

«Nous sommes à ta porte, tête de lard !

– OK.»

Deux secondes plus tard, la porte s'ouvre et tout le monde retrouve le sourire, excepté l'employé de l'hôtel.

Chambre, salle de bains et salon spacieux, le vainqueur du Tour de France vit déjà très confortablement. Kristin est en train de couper les cheveux de son mari. «Laissez Kristin finir», leur demande Lance. «On parlera ensuite.» En attendant, Emma prend un stylo du

151

palace et, pour s'amuser, elle dit à De Vriese qu'ils devraient aussi rapporter des savons et du shampooing, pour faire semblant d'y avoir séjourné.

Une fois ses cheveux coupés, Armstrong se lève et leur offre deux magnifiques Rolex. Le cadeau est fait simplement mais avec sincérité. Lance veut témoigner sa reconnaissance à ces deux personnes qui ont joué un rôle important en coulisses. D'ordinaire, soigneurs et mécanos ne reçoivent pas de Rolex de leurs patrons et le caractère inattendu du présent ne le rend que plus précieux aux yeux d'O'Reilly et de De Vriese.

En quittant l'hôtel, Julien plaisante avec Emma. «Ce doit être un cadeau de Kristin. Jamais Lance n'aurait dépensé autant d'argent pour nous.» Ils savent tous les deux que c'est Lance qui a demandé à sa femme de les acheter. De retour en Angleterre, Emma fera assurer la montre, évaluée à 4 000 dollars. Elle remarquera la date de garantie : 16 juillet. Les montres ont donc été achetées deux jours après cette conversation tendue avec Christie Anderson.

La construction d'un empire

Emma O'Reilly a quitté son Dublin natal en 1994. Cette électricienne de formation est aussi masseuse médicale, et c'est en tant que masseuse qu'elle espère travailler aux États-Unis, où elle rêve d'être engagée par une équipe cycliste. Y a-t-il une meilleure façon de découvrir l'Amérique que de suivre les courses cyclistes ? Emma s'installe à Boulder, dans le Colorado, passe l'essentiel de ses deux premières années à travailler pour l'équipe Shaklee. Elle gagne très mal sa vie, sans grand espoir de promotion. En décembre 1995, elle passe un entretien d'embauche avec l'équipe Montgomery-Bell, propriété de Montgomery Securities.

152

On dit alors que l'équipe va se développer, une rumeur que semble confirmer son billet d'avion pour San Francisco, siège social de l'entreprise.

« C'était très drôle. Je croyais que Montgomery Securities était une entreprise de systèmes d'alarme. Je pensais me présenter à l'entretien en jeans, après tout je n'étais qu'une masseuse. Mais j'ai rencontré un mécano qui allait aussi passer un entretien à San Francisco. "Non, non, non, ce n'est pas une boîte de systèmes d'alarme, et tu ne peux pas y aller en jeans." Je me suis débrouillée pour trouver quelque chose de convenable à me mettre. À l'aéroport de San Francisco, j'ai pris une navette pour me rendre dans le centre, au building Pyramid, où était installée Montgomery Securities. En entrant, j'ai pensé : "Mon Dieu, ce n'est vraiment pas une boîte de systèmes d'alarme." » Emma vient en fait de pénétrer dans l'une des plus grandes banques d'affaires de Californie.

Elle est reçue par Mark Gorski et Dan Osipow, qui lui font part de leurs ambitions pour l'équipe. Gorski lui parle aussi de Thom Weisel, le PDG de Montgomery Securities, l'homme qui donne son impulsion à l'équipe. Weisel, explique Gorski, est le boss et il rêve d'avoir une équipe qui dispute le Tour de France. L'entretien se passe bien et, en quittant l'immeuble, elle a le sentiment qu'elle sera embauchée. Elle ignore alors que le rêve de Weisel date déjà de plusieurs années. Weisel a lui-même couru les Masters, alors coaché par Eddie Borysewicz, un immigré polonais qui va devenir l'une des personnalités les plus connues du cyclisme américain. Début 1989, Weisel a accepté de financer une équipe dirigée par Borysewicz, et c'est ainsi qu'est née Montgomery-Avenir.

Une année plus tard, l'équipe trouve un sponsor important et devient Subaru-Montgomery. Le budget alloué à Borysewicz est de 600 000 dollars annuels et il peut engager un coureur de haute volée. Parmi ses recrues, Lance Armstrong, un adolescent texan sans expérience mais doté d'une force immense. Quand l'équipe passe chez les professionnels un an plus tard, Armstrong préfère rester amateur, pour se préparer aux Jeux 1992, à Barcelone.

Cette année-là, le budget de Subaru-Montgomery s'élève à 1 million de dollars et, dans la perspective du Tour de France 1993, Subaru double la mise. Mais, alors qu'ils attendent une Wild Card, invitation attribuée par la Société du Tour, l'équipe ne reçoit qu'une demi-place. On leur demande de fusionner avec Chazal, une équipe française. Subaru-Montgomery décline l'offre et ce Tour 1993, qui devait marquer l'apogée de l'équipe, se transforme en une déception majeure pour Subaru, qui quitte le cyclisme.

En 1994, l'équipe n'existe plus. Mais Weisel garde l'ambition d'en aligner une dans le Tour de France. C'est ainsi que Montgomery-Bell naît en 1995, grâce à l'engagement financier de sa propre entreprise et au sponsoring d'un équipementier. C'est une équipe à petit budget mais, à la mi-saison, Weisel a de la chance. L'US Postal Service, l'un des plus gros employeurs au monde, avec plus de 800 000 salariés, accepte de devenir sponsor et signe un engagement de trois ans, avec une augmentation de budget prévue pour les deuxième et troisième années. Pour Weisel, le Tour de France devient enfin un objectif réaliste. Après la signature de l'accord, il commence à recruter. Principal coureur : Andy Hampsten, un Américain expérimenté et au palmarès accompli, auréolé d'une victoire au Tour d'Italie 1988. Hampsten est déjà en fin de carrière, mais c'est encore un nom qui compte sur le circuit européen. Avec lui, on ne pourra pas ignorer la nouvelle équipe US Postal.

Quoi de neuf, docteur?

Le docteur Prentice Steffen se souvient très précisément du Tour de Suisse 1996. C'était sa première grande course européenne, et sa vitesse meurtrière était venue à bout des malheureux coureurs de l'US Postal. Steffen, médecin de l'équipe depuis 1993, connaissait bien certains des coureurs et éprouvait de la sympathie pour chacun. «Encore maintenant, je peux vous citer leurs noms. Andy Hampsten, Marty Jemison, Tyler Hamilton, Darren Baker, Eddy Gragus, Mike Engleman, Dariusz Baranowski [un Polonais], Tomasz Brozyna [un autre Polonais], et Zven Teutenberg [un Allemand]. Trois ont fini la course, Baker, Hampsten et Jemison, mais notre meilleur coureur comptait une bonne heure de retard sur le gagnant, le grimpeur autrichien Peter Luttenberger. Nous n'étions pas dans la même catégorie.»

Ce n'est pas le premier voyage de Steffen en Europe. En 1993, il a déjà suivi plusieurs courses européennes avec Subaru-Montgomery, mais, en quelques années, la situation a évolué. «C'était la vitesse qui nous surprenait, en particulier dans les étapes de montagne. Quand les Européens montaient, si l'on détachait son regard du paysage pour ne fixer que les coureurs, on pouvait se croire en plaine. Ils allaient à la même vitesse.»

La course est si rude que le médecin lui-même atteint la limite de ses capacités physiques. «C'était une étape de montagne très dure, j'étais dans la seconde voiture de l'équipe, et nous aidions les coureurs qui abandonnaient. Tyler Hamilton était à la peine. Il devait s'accrocher pour entrer dans les délais et éviter l'élimination. Mon job était de sauter de la voiture et de le pousser autant que je pouvais. C'était interdit, mais Tyler n'avait plus rien à perdre. Après l'avoir poussé, je remontais en voiture, on roulait un peu et je recommençais à le pousser. J'ai fait ça autant que j'ai pu, mais, mon vieux, je me suis vraiment crevé ce jour-là.»

Ce qui manque aux coureurs de l'US Postal, c'est la préparation : ils arrivent tout droit des championnats américains et n'ont pas l'habitude des courses européennes. Plus que la préparation physique, c'est la préparation médicale qui pose problème. À cette époque, la plupart des formations du vieux continent utilisent de l'EPO. Plus longue est la course, plus l'équipe US Postal souffre. Trop heureux d'échapper à la torture, Baranowski et Brozyna abandonnent en cours d'épreuve pour participer à leur championnat national. Deux ou trois jours avant la fin, Steffen aura avec deux coureurs une brève conversation qui va marquer la fin de son travail pour cette équipe.

«Je me rappelle très bien la scène. Nous étions dans un petit village. Ils m'ont abordé, puis nous avons un peu marché et bavardé. C'étaient Marty Jemison et Tyler Hamilton, je m'en souviens très bien. Marty était presque le seul à parler.

"Il faut qu'on discute du programme médical.

– OK."

Je me doutais de ce qui allait suivre.

"En tant qu'équipe, on ne pourra pas atteindre notre but en continuant comme ça."

Il a marqué une pause, pour m'inviter à répondre :

"Eh bien, je pense que je fais déjà tout ce qui est en mon pouvoir."

Autant que je m'en souvienne, il a répondu que "l'on pouvait faire plus".

"Ouais, je comprends, mais je ne veux pas être mêlé à ça."

Tyler n'a peut-être même pas dit un mot. J'ai essayé de les convaincre que nous étions une équipe américaine et que nous avions besoin de temps pour nous habituer au cyclisme européen.»

Erreur d'aiguillage…

Marty Jemison habite Park City, dans l'Utah, près des plus belles pistes de ski d'Amérique du Nord. Un des auteurs le rencontre dans l'un des meilleurs hôtels de la ville. Il est volubile et amical, ne craint pas les réactions d'Armstrong s'il apprend que Jemison a parlé à un journaliste des méthodes de l'US Postal. « Je n'ai jamais été très proche de Lance, nos relations ont toujours été distantes. Et ça n'a jamais vraiment changé. Nous avons passé trois ans ensemble dans l'équipe, mais je ne l'ai jamais connu intimement. Je n'avais pas avec lui le même comportement que la plupart des gens. J'étais moi-même et j'avais mes propres trucs. Après son cancer, je l'ai aidé à gagner ses deux premières courses, le Tour du Luxembourg et une course en Allemagne[1]. L'aider à gagner ces courses a été un grand moment de ma vie, mais, comment dire, je pense que les autres se prosternaient devant lui. Ce n'était pas mon cas. »

Bien que relégué à 1 h 43 mn du vainqueur, Peter Luttenberger, Marty Jemison est l'un des trois coureurs de l'US Postal à finir ce Tour de Suisse 1996 si meurtrier. Jemison se souvient de cette course comme de la plus dure de sa carrière. « Lors d'une échappée matinale, nous avons sué sang et eau pour recoller. Mark Gorski nous hurlait dessus depuis la voiture, il n'avait aucune idée de ce qui se passait, de notre vitesse, de celle de l'échappée. Tout ce que Mark voyait, c'était qu'il avait mis un paquet d'argent sur Hampsten, mais que son champion n'était pas dans l'échappée. Cette course a lessivé l'équipe. »

Marty a-t-il des souvenirs aussi précis de sa conversation avec Prentice Steffen ?

––––––––––
1. Le Tour de Rhénanie-Palatinat.

« Je ne me souviens pas de cette conversation.

– Prentice Steffen, lui, s'en souvient très bien.

– Je ne m'en souviens pas. Je sais que je lui ai demandé plus de piqûres de B_{12}, des trucs comme ça. Ce devait être ça.

– Mais Prentice n'aurait pas refusé des piqûres de B_{12}.

– Il était réticent à l'idée de multiplier les injections de B_{12}. Je le poussais : "Allez, Prentice, on en a besoin." Tyler et moi, nous voulions peut-être que Prentice se renseigne sur ce que prenaient les autres équipes, simplement pour savoir comment devenir plus compétitifs. Un an plus tard, Pedro Celaya est devenu notre médecin d'équipe et j'ai adoré travailler avec lui. La santé du coureur était ce qui importait le plus à Pedro, il comprenait que le sport est très exigeant et qu'il devait nous aider à rester en bonne santé. »

Viré pour non-dopage ?

Pour Prentice Steffen, cette conversation avec Jemison et Hamilton a marqué un tournant dans ses relations avec l'équipe. Les bons rapports qu'ils entretenait jusqu'alors avec les coureurs se sont détériorés.

« Je suis resté sur ma position, sur ce que je croyais. Tous les médecins du monde connaissent cette devise : *primum non nocere*. D'abord ne pas nuire. Si vous aidez quelqu'un à prendre de l'hormone de croissance ou des corticoïdes dans un but non médical, vous lui faites du mal. Je pensais : de deux choses l'une, ou l'équipe suit ma position, ou j'ai signé mon propre arrêt de mort. Au fond de moi, je savais que c'était plutôt la seconde. Ils ont encore fait appel à moi pour quelques petites courses aux États-Unis mais, ensuite, ça a été fini.

Quand je téléphonais à San Francisco, on ne me rappelait jamais. Je cherchais surtout à joindre Gorski. Il avait la réputation de ne pas rappeler les gens, donc j'insistais ; je laissais des messages, j'envoyais des fax, en vain. On me battait froid. »

Vers la fin octobre 1996, Mark Gorski laisse enfin un message sur le répondeur de Steffen. Il lui explique que l'équipe n'a plus besoin de ses services. Tout a changé, Borysewicz est parti, remplacé par le Danois Johnny Weltz. Pedro Celaya, un médecin espagnol, a été embauché à la place de Steffen. Mais le médecin congédié n'a pas l'intention de partir en silence. Le 4 novembre, il envoie une lettre à Mark Gorski, *de facto*, sinon officiellement, directeur général de l'équipe. La lettre commence ainsi :

> « Cher Mark,
>
> J'ai pris une semaine pour réfléchir au message que tu m'as laissé concernant ta décision de me remplacer par le médecin de Johnny la saison prochaine. J'ai peur que tu te trompes gravement à mon sujet et que tu ne doives reconsidérer ta décision.
>
> Je pense que, par mes efforts au sein de l'équipe depuis 1993, j'ai mérité la chance de fournir une aide médicale à l'équipe au moment où nous entrons dans une nouvelle phase excitante de développement. Mon entraînement, ma compétence, mon expérience, mes connaissances, mon dévouement ne peuvent être mis en doute. Dès lors, pourquoi une telle décision ?
>
> Comme c'est mon habitude, j'en ai discuté avec deux amis proches. L'explication nous a semblé claire. Qu'est-ce qu'un médecin espagnol, complètement inconnu de l'organisation, peut offrir que je ne peux ou ne veux offrir ? La réponse évidente, c'est le dopage. »

Steffen poursuit sa lettre en proposant une solution à Gorski : qu'il revienne sur sa décision et explique à

Weltz, le nouveau directeur, que l'équipe préfère garder le médecin américain qu'elle connaît. Si Gorski refuse, Steffen menace de s'exprimer publiquement sur le sujet. À la fin de la lettre, il écrit :

> « Maintenant que nous sommes la seule équipe américaine d'importance, nous avons une sérieuse responsabilité à la fois envers notre sponsor et envers le cyclisme américain. Et cette responsabilité consiste essentiellement à garder propres notre équipe et sa réputation. »

Gorski répond par avocats interposés : Keesal, Young et Logan, le cabinet juridique de l'équipe, menace Steffen de l'attaquer en justice. « Ils prétendaient que mes soupçons n'étaient pas fondés mais que si je m'obstinais à en faire état publiquement et causais des pertes financières à l'équipe, j'en serais tenu pour responsable. » Steffen contacte une amie avocate à San Francisco, qui lui explique que ces menaces sont sérieuses et lui conseille d'abandonner. D'autres amis lui donnent le même conseil. « Tu ne peux pas t'engager dans cette voie. » Convaincu, Steffen laisse tomber. Mais il garde le sentiment d'avoir été injustement traité.

Treize mois après ce Tour de Suisse, l'équipe US Postal participe à son premier Tour de France. Laminés en Suisse, les mêmes coureurs roulent vaillamment pendant toute la course. Sur les neuf qui s'alignent au départ, tous sont à l'arrivée. « J'ai regardé certaines étapes de montagne à la télévision », se souvient Steffen. « Les coureurs de Postal semblaient à l'aise. À leurs yeux, voilà qui justifiait sans doute la décision de changer de médecin. Ils avaient probablement eu raison de me dire qu'ils ne pouvaient pas atteindre leur but avec un médecin comme moi. Parfaitement raison. »

Ce n'était pas un médecin européen

En 1996, bien que soutenue par une puissante société américaine, l'équipe est désorganisée. Eddie Borysewicz est un bon coach, mais pas familier de la logistique que requiert une équipe professionnelle. Mark Gorski est vif mais sans expérience. Le premier camp d'entraînement a lieu en Californie du Sud, à Ramona, un petit village où l'équipe se retrouve pour dîner au restaurant The Sizzler. Les plats baignent dans l'huile. Emma, qui observe l'équipe faire ses premiers pas vers le cyclisme européen de haut niveau, sait qu'il y aura des victimes en cours de route.

« Nous nous doutions qu'Eddy B. ne ferait pas de vieux os. Avec lui, c'était le chaos. Pareil pour Prentice. Ce n'était pas un médecin à l'européenne. Je me souviens qu'un des coureurs disait : "Tout ce qu'il a, c'est de la vitamine C." Je ne connaissais rien au programme médical, mais ils avaient besoin d'autre chose que de vitamine C. Prentice était presque trop gentil pour survivre dans le monde du cyclisme professionnel. Il s'occupait plus de soigner les gens que d'obtenir des résultats. Il faisait montre d'une sensibilité inhabituelle dans cet univers. Il m'est arrivé de conduire la voiture de l'équipe avec Prentice à mon bord. Roulant, disons, énergiquement, je freinais parfois brusquement et, d'instinct, je tendais mon bras droit comme pour le protéger d'un choc éventuel. J'aurais agi de même avec n'importe quel passager, mais Prentice était attendri par ce geste : "Comme c'est bon de voir cet instinct maternel", me disait-il. Instinct, oui, mais maternel, non, pas vraiment… »

Emma O'Reilly apprécie Steffen plus que les autres médecins avec lesquels elle a travaillé. Il lui semble qu'il n'est pas reconnu à sa juste valeur dans le milieu

161

cycliste parce qu'il refuse de faire ce que les coureurs attendent de lui. «Pedro était avec nous en 1997 et en 1998. Ces deux années-là, nos neuf coureurs ont franchi la ligne d'arrivée du Tour, et je me souviens de cette réflexion du mécanicien de l'équipe Rabobank, qui était venu me trouver : "Bon, vous avez sans doute un bon médecin, parce qu'il faut un bon médecin pour avoir neuf coureurs sur la ligne d'arrivée." Quand Pedro nous a quittés en 1998, il est allé chez Once, une équipe que personne ne pensait parfaitement clean. Once n'aurait jamais offert un poste à Prentice.»

La plupart des coureurs de l'US Postal apprécient Celaya. «J'aimais bien Pedro, dit Jonathan Vaughters, qui a couru pour l'équipe en 1998 et en 1999. Je crois qu'il se souciait de la santé à long terme des coureurs. Il vous expliquait que certains médicaments pouvaient causer des problèmes plus tard, quand le coureur aurait 40 ou 50 ans. Il ne pensait pas devoir porter un jugement sur les produits que les coureurs souhaitaient utiliser mais il devait veiller à ce qu'ils ne se tuent pas en les prenant.»

La chambre du docteur Aramendi

Le soir du 8 septembre 1995, Olav Skaaning Andersen et Niels Christian Jung s'installent à l'hôtel Auriense d'Orense, au nord de l'Espagne. Ces journalistes sportifs danois veulent filmer des scènes du Tour d'Espagne pour une émission consacrée au cyclisme. Ce soir-là, ils partagent leur hôtel avec les équipes Banesto, Once et Telekom. Soucieux de ne pas éveiller les soupçons, ils se présentent comme de simples cyclistes désireux de partager le quotidien d'une course. Leur attention est plus particulièrement braquée sur l'équipe espagnole de la Once, alors la plus forte au monde. Le soir, ils filment les coureurs en train de dîner et nouent avec eux des relations cordiales. Mais, au-delà leur bonhomie superficielle, ces journalistes sont avant tout là pour exercer leur métier.

Comme beaucoup de leurs confrères, ils connaissent la culture du dopage. Mais, contrairement à la plupart d'entre eux, ils veulent apporter la preuve de son existence. Un projet difficile. Les cyclistes, comme les sportifs en général, n'invitent pas les caméras de télévision dans leur chambre d'hôtel quand ils pratiquent des injections pour la course du lendemain. Les instances dirigeantes, les organisateurs de courses, les directeurs d'équipes, les coureurs et les anciens coureurs sont prêts à mentir pour défendre leur sport. Ils tiennent en piètre estime ceux qui cherchent à dire la vérité, les traitant d'insatisfaits au caractère faible et aux capacités limitées. L'Irlandais Paul Kimmage ou le Français Christophe Bassons ont été ostracisés pour avoir dit la vérité. Le dopage ? De quoi voulez-vous parler ? Le cyclisme, affirment leurs détracteurs, est le plus contrôlé de tous les sports. Pourquoi ne pas vous intéresser au football ? Pourquoi accuser tout le temps le vélo ? Le reste est à l'avenant. Pour approcher la vérité, les journalistes doivent être terriblement persévérants.

Le 9 septembre au matin, les équipes Once, Banesto et Telekom quittent l'hôtel Auriense pour participer à une course. Les journalistes, eux, sont moins pressés. Si la porte de la chambre 322 est ouverte, ils y jetteraient bien un coup d'œil. C'est la chambre du docteur José Aramendi, le médecin de l'équipe Once sur le Tour d'Espagne, qu'Andersen et Jung ont vu partir. Par chance, la porte est restée ouverte. Dans le livre qu'ils écriront plus tard[1], Andersen et Jung relatent ce qu'ils

---

1. Olav Skaaning Andersen et Niels Christian Jung, *Doping pa landevejen (Dopage sur la route),* Montertarden, 1999. Cet ouvrage n'a pas été traduit.

ont découvert : « Nous avons fouillé la chambre d'Aramendi. Ce que nous avons trouvé était étonnant et effrayant : un grand sac en plastique blanc plein de déchets médicaux sur une étagère, derrière la télévision. Nous avons vidé le contenu du sac sur la table de notre chambre d'hôtel. Nous n'avions encore jamais vu des déchets médicaux indiquant un usage aussi massif d'EPO. Les coureurs soignés par Aramendi la veille au soir et le matin avaient reçu des doses énormes. Nous avons trouvé vingt-huit seringues dans le sac, et deux étiquettes déchirées sur lesquelles était écrit en espagnol : « Epopen 1 000, epoetinum alfa 1 000 UI/0, 5 ml ». Epopen est une marque d'EPO fabriquée en Espagne. Le sac contenait aussi six ampoules dont les étiquettes avaient été soigneusement enlevées et des produits divers. Des analyses ultérieures ont montré qu'il y avait de l'EPO dans les six ampoules. »

Mi-carpe, mi-autruche

Ces déchets médicaux fournissent la preuve de l'utilisation de différentes formes d'EPO. Les journalistes interrogent le docteur Nicolas Terrados, médecin chef de Once, à ce sujet.

« Je n'étais pas avec l'équipe sur le Tour d'Espagne 1995, leur explique Terrados, l'un des neuf prévenus appelés dans le prétoire lillois au procès Festina, condamné à 30 000 francs d'amende pour importation illicite de produits pharmaceutiques mais relaxé par la cour d'appel. Je n'ai pas eu connaissance de ce que vous suggérez.

– Cela veut-il dire que cette responsabilité est celle de José Aramendi ?

– Je ne sais pas. Je suis très surpris par ce que vous me dites.

– Nous avons trouvé des déchets indiquant l'utilisation d'EPO en grandes quantités dans la chambre d'un médecin d'Once. Qu'avez-vous à dire à ce sujet ?

– J'ai parlé avec le département juridique d'Once. Ils m'ont dit que le fait de trouver des déchets médicaux chez quelqu'un ne prouve rien. Cela a pu être laissé là par n'importe qui ; par le journaliste qui les a trouvés, par exemple.

– Savez quelque chose sur l'utilisation d'EPO dans l'équipe Once ?

– Non, je ne sais rien. Vous n'ignorez pas que les médecins sont liés par le secret professionnel. »

Un médecin d'équipe cycliste si peu informé des pratiques de son milieu qu'il avait déclaré dans le prétoire avoir découvert l'usage de l'EPO en lisant *Air France magazine* dans l'avion qui l'emmenait au procès lillois… suscitant l'hilarité générale, tribunal compris !

Leader de l'équipe Once, Laurent Jalabert remporte le Tour d'Espagne 1995. Parmi ses coéquipiers figure Johan Bruyneel, le futur directeur sportif de l'US Postal. Les soupçons d'utilisation d'EPO par l'équipe espagnole ont été confirmés par le Suisse Alex Zülle à l'occasion du scandale du Tour de France 1998. Dans les carnets du soigneur belge Willy Voet, Zülle, alors membre de l'équipe Festina, était mentionné comme utilisateur systématique d'EPO, d'hormone de croissance humaine et de testostérone. Dans sa déclaration à la police, le coureur suisse expliqua que ce serait une erreur de croire que Festina était l'unique équipe à utiliser des produits dopants. « Quand je courais pour Once, nous utilisions de l'EPO sous la surveillance du docteur Terrados et d'un médecin nommé José. » Chez Once, le seul médecin prénommé José s'appelait Aramendi.

De retour au Danemark, Andersen et Jung réalisent pour la télévision un documentaire sur le dopage dans le cyclisme, où ils montrent ce qu'ils ont découvert dans la chambre 322 de l'hôtel Auriense. José Aramendi refuse de répondre. Terrados et Aramendi continuent de travailler ensemble pour Once durant les meilleures années de l'équipe. Leur collaboration prend fin en 1999, quand Aramendi quitte l'équipe. Avec tout ce qu'on a trouvé dans sa chambre, montré à la télévision et décrit dans un livre, on pourrait légitimement s'inquiéter pour la poursuite de la carrière d'Aramendi dans le cyclisme. Mais ces craintes sont sans fondements.

Après Once, le docteur Aramendi entre au service de l'équipe US Postal. Il y travaille toujours.

Une injection de culture européenne

En embauchant Johnny Weltz pour remplacer Eddie Borysewicz au poste de directeur sportif, US Postal voulait profiter de son expérience réussie sur le circuit européen. Ce professionnel aguerri connaissait les courses, il connaissait aussi bon nombre de coureurs pour les avoir affrontés, et il savait ce qu'il fallait faire pour réussir : son CV était sans commune mesure avec celui de Borysewicz. Comme Pedro Celaya était plus pétri de la culture du cyclisme européen que Prentice Steffen ne le serait jamais.

La culture change. Plus que l'arrivée de Weltz et de Celaya, l'embauche de José Arenas marque l'européanisation de l'équipe. Arenas a été engagé comme soigneur, et ses principales attributions devraient être les massages, la préparation des repas, le transport des bagages des voitures aux hôtels, la distribution des rations pendant les courses. « Je me souviens de lui comme d'un soigneur paresseux et pas très bon », dit un coureur de l'US Postal, « quand il vous faisait un massage, il n'y allait pas très fort, et du point de vue du coureur, ce n'est pas très bon. Il fumait beaucoup, ce qui n'aidait pas non plus.»

«José travaillait en étroite relation avec Celaya, ils étaient potes», se souvient Emma O'Reilly. «J'aimais bien José, c'était un type sympa. Il n'était pas au top pour ce qui est de l'hygiène, et j'avais souvent des disputes avec lui dans la cuisine. Quand il préparait à manger, il enveloppait ça n'importe comment. Je lui disais: "José, je sais que tout ça finira en bouillie quand ils le sortiront du sac pour le mettre dans leur poche, mais pourquoi faire de la bouillie dès le départ?" Il laissait la cuisine crasseuse et je râlais encore. Quand il fait chaud, la nourriture s'abîme rapidement, et même si elle n'est que légèrement gâtée, c'est un vrai problème pour des coureurs dont le système immunitaire est affaibli par la course. Mais avec José, j'avais l'impression de parler à un mur. Après son passage, les sacs de glace revenaient pleins de moisissures. Et comme masseur, il ne valait rien.

Un jour, je me suis dit que la seule raison pour laquelle il était là était son extrême habileté à faire les piqûres. Il fallait le voir, si rapide, si précis. Il aurait suscité la jalousie de n'importe quel médecin. Une fois, sur le Circuit de la Sarthe, alors qu'il était en train de tout préparer pour soigner un des coureurs, je lui ai posé la question:

"Dis-moi, José, combien de fois est-ce que tu as fait ça pour être aussi bon?

– Et bien, c'est mon boulot, c'est drôlement important.

– Allons, José, ici ce n'est pas une question de vie ou de mort."

Il a mis la seringue dans l'ampoule, a remonté doucement le piston, en s'assurant de ne pas laisser d'air, et l'a enfoncée directement dans la fesse du coureur. Et il avait fini avant que le gars se soit aperçu qu'on lui faisait une piqûre. "Au suivant." C'était vraiment impressionnant, c'était un type qui savait ce qu'il faisait. »

Lance au rabais

Thom Weisel est un businessman qui a réussi. Avec la banque d'affaires Montgomery Securities tout d'abord, puis, plus récemment, avec Thom Weisel Partners. Il s'est imposé comme l'un des plus gros acteurs financiers de la côte Ouest des États-Unis. Les sept cents œuvres de la collection de ce multimillionnaire occupent une aile du musée d'art moderne de San Francisco. Il a passé sa vie professionnelle à signer des contrats, à peser des risques et à prendre des décisions.

Début octobre 1997, Weisel conclut l'une des meilleures affaires de sa vie. Pour l'US Postal, une équipe jeune mais en pleine croissance, gérée par Tailwind Sports, une société spécialement créée à cet effet, il signe un contrat avec Lance Arsmtrong. Ce qui a séduit Weisel dans cette négociation, c'est d'avoir Armstrong pour une bouchée de pain. Au sein de l'équipe, on dit qu'Armstrong va toucher 150 000 dollars la première année. Son agent Bill Stapleton parle dans un magazine de 200 000 dollars. Mais, douze ans plus tôt, Greg LeMond avait signé un contrat de 1 million de dollars avec l'équipe française La Vie claire, et depuis, les salaires des coureurs avaient grimpé en flèche. Les meilleurs cyclistes ne seraient pas sortis de leur lit pour un contrat de 200 000 dollars.

Si Armstrong est bon marché, c'est parce qu'on craint qu'après son cancer, il ne retrouve jamais son état de forme antérieur. Selon lui, plusieurs équipes européennes n'auraient pas hésité à l'enfoncer : « Ils disaient que j'étais de la marchandise de second choix », fulmine Armstrong à l'époque. Cette réaction le blesse d'autant plus que, à l'époque, il aurait préféré intégrer une formation européenne. Weisel saisit l'opportunité. De toute façon, si Armstrong échoue, la publicité justifiera presque à elle seule son salaire de l'année. Mais le coureur n'a pas l'intention d'échouer. Il apprécie la chance qu'il a de pouvoir reprendre sa carrière mais est conscient que Weisel l'a eu pour trois fois rien. Stapleton a cependant mis au point un système de primes : à partir de 50 points UCI, Armstrong recevra 1 000 dollars de plus pour chaque point supplémentaire. Et le coureur a l'intention de montrer à Weisel que les soldes peuvent parfois vous coûter cher.

Armstrong est absent pendant toute la saison 1997 à cause de sa maladie, mais son embauche suffit à donner un nouveau souffle à l'équipe. Emma O'Reilly est aux championnats du monde de San Sebastian, en Espagne, quand elle apprend la nouvelle. « Freddy Viaene, le soigneur belge qui travaillait pour nous en 1997, m'a appelée à mon hôtel : "Emma, ils l'ont eu, ils ont eu Lance. Ça va être super pour l'équipe. Ça va changer, il va pas supporter notre merde, Johnny [Weltz] va peut-être devoir partir." » Viaene, qui ne s'entend pas avec Weltz, pense qu'Armstrong ne supportera pas le manque d'organisation du directeur sportif. Emma partage son analyse, elle sait qu'Armstrong a la réputation d'être une forte personnalité. Il imposera ses vues à l'équipe et, s'il retrouve sa forme antérieure, la poussera vers le sommet.

Avec ou sans ?

On comprend facilement cette excitation. Armstrong a du charisme, une autorité naturelle, et il est animé d'une ambition farouche. C'est un leader, aussi à l'aise dans une pièce remplie de journalistes que face aux meilleurs coureurs dans les plus grandes courses. En pleine convalescence, il s'adresse, par exemple, aux deux cents convives d'un dîner hollywoodien en smoking, organisé en l'honneur des cyclistes américains médaillés olympiques :

« Qu'en pensez-vous ? », leur demande-t-il en montrant le béret noir qu'il porte. « Est-ce que c'est mieux avec ? »

Il attend quelques secondes avant de l'ôter et d'exhiber son crâne rendu chauve par la chimiothérapie. « Ou est-ce que c'est mieux sans ? » Devant le malaise de l'auditoire, il continue. « Qu'en pensez-vous ? » Puis il remet son béret : « Avec ? », l'enlève à nouveau : « Ou sans ? »

« Enlevez-le ! Vous n'êtes pas obligé de le porter », s'écrie une voix dans la salle. Il sourit et ôte son béret. Il vient de réussir brillamment sa démonstration : il faut attaquer de front la peur qu'inspire le cancer, et en s'y attaquant on la réduit à néant.

La course-poursuite vers le soleil

La « course vers le soleil », c'est ainsi qu'on appelle Paris-Nice, parce qu'au fur et à mesure qu'on descend vers le sud, les conditions climatiques sont censées s'améliorer. Comme cette épreuve à étapes d'une semaine a lieu début mars, il vaut mieux que ce soit le cas. Mais en 1996, un froid mordant sévit au départ de la course, et le vent fort oblige à courir en file indienne, chaque coureur essayant de se protéger derrière celui qui le précède. Ce Paris-Nice est une course importante pour l'US Postal car elle marque le retour de Lance Armstrong dans une compétition relevée. Ses compagnons savent qu'ils ne doivent pas en attendre trop. Lance a quitté le vélo pendant 518 jours et, d'habitude,

170

on ne trouve pas de rescapés du cancer dans les pelo-
tons. Mais il faut y aller et c'est George Hincapie qui a
été désigné comme leader au départ de la première
étape : si Hincapie crève, l'équipe l'attendra.

Voilà qu'il crève. À un moment de la course où le
vent souffle et où chaque coureur lutte pour rester dans
la roue de celui qui est devant lui. Tous les coureurs
de l'US Postal attendent Hincapie sur le bas-côté
droit. Avant qu'ils aient le temps de s'en apercevoir,
Armstrong est passé sur le côté gauche et descend de
son vélo. Linda, sa mère, lui a souvent dit qu'« on ne
doit jamais démissionner », et Armstrong s'enorgueillit
de ne pas être un lâcheur, mais, là, pour son retour, pour
la première étape de sa première grande course, il
doit admettre sa défaite. Ce soir-là, de retour à l'hôtel,
il dira à ses coéquipiers : « Vous ne pouvez pas comprendre, les gars. » Ils savent qu'il a raison. Comment
peuvent-ils deviner ce que c'est que de pédaler dans le
vent et dans le froid après plusieurs séances de chimiothérapie ? Tous éprouvent de la sympathie pour lui, pensant que c'est sa dernière compétition. On lui souhaite
bonne chance, en pensant qu'on vient d'assister à l'échec
de l'un des plus ambitieux *come backs* de l'histoire du
sport.

De retour au Texas, Armstrong va panser ses plaies
et oublier ce Paris-Nice. Puis il va recommencer. Cette
fois, il part pour Boone, Caroline du Nord, avec Bob
Roll, un ancien coéquipier de Motorola, et Chris Carmichael, son ami coach. Quelques mois plus tard, lorsqu'il
revient de Caroline du Nord, ses coéquipiers découvrent
un homme bien différent de celui qui a abandonné Paris-
Nice. « Je suis de retour », leur annonce-t-il. « Je veux
participer aux championnats professionnels américains. » Ce n'est pas simplement un nouveau discours,
c'est un autre individu. Il retourne en Europe en juin,
gagne le Tour du Luxembourg, raflant plus que les

50 points UCI de son contrat. En quittant l'arrivée, assis au fond d'une voiture de l'US Postal, il laisse un message à Thom Weisel. Il a gagné le Tour du Luxembourg et on lui doit une prime. « Thom, lui dit-il, Bill [Stapleton] va t'appeler. »

Un petit carnet dans la tête

Son retour en forme assure à Armstrong une plus grande autorité sur l'équipe. Comme Viaene l'a prédit, il ne s'entend pas avec Johnny Weltz et beaucoup y voient le début de la fin pour le Danois. L'équipe a fait des progrès avec Weltz mais l'intendance demeure en dessous du niveau et Weltz n'est pas populaire auprès de l'encadrement technique. Certains coureurs pensent que le problème de Weltz, c'est qu'Armstrong est meilleur coureur que lui. Il n'a pas l'air de savoir s'y prendre avec quelqu'un de plus talentueux que lui.

Armstrong va rapidement convaincre ses coéquipiers qu'il ferait un leader exceptionnel. « Le truc de Lance, c'était son désir d'autorité absolue », explique Jonathan Vaughters. « Il voulait être un leader absolu. S'il perdait une course alors que tout le monde avait bossé pour lui, ça le démolissait. Il ne pouvait pas accepter la défaite. Rien à voir avec ces équipes dont le champion veut que tout le monde travaille pour lui mais gagne rarement. Des champions qui ne s'excusent pas auprès de leurs coéquipiers, comme le faisait Lance. Il était désolé de n'avoir pas rempli sa part du contrat. »

Frankie Andreu a couru avec Armstrong pendant quatre ans chez Motorola. Plus âgé et plus expérimenté, il s'est occupé du jeune Texan plein de fougue et l'a aidé à trouver sa place dans le peloton. Après avoir quitté Motorola, Andreu passe une année avec l'équipe française Cofidis avant de rejoindre l'US Postal, où il signe la même année que Lance. Ce n'est évidemment pas un hasard car les deux hommes s'apprécient et se respectent. Andreu sait très bien ce qu'Armstrong apporte à l'équipe :

« C'était un très bon leader, incroyablement attentif aux moindres détails. Un exemple : nous avions toujours des cookies dans les halls de nos hôtels pour grignoter en cas de fringale. Lance a demandé qu'on les remplace par des fruits. Voilà quel genre de type c'était. Il disait : "OK, voilà ce qu'on va faire", et il savait associer les gens aux décisions alors qu'il les prenait. Si nous arrivions dans un hôtel qu'il trouvait médiocre, il n'avait de cesse de nous faire tous déménager. Quand il le voulait, il pouvait être très fraternel : il remerciait le staff s'il l'avait aidé, les coureurs qui avaient fait leur boulot, et il était parfait pour tirer des gens le meilleur d'eux-mêmes. Un parfait leader. »

Emma O'Reilly, qui a grandi à Tallaght, une banlieue ouvrière de l'ouest de Dublin, est vite en phase avec les objectifs d'Armstrong. Quand elle commence à le masser, leur amitié se renforce. « À l'époque, je l'aimais vraiment bien, et une part de moi-même l'aime toujours. Il me tuerait s'il m'entendait mais il y a une part de vulnérabilité en lui. Elle vient de son histoire personnelle. Son père est parti avant qu'il ait eu le temps de le connaître, et son beau-père l'a fait souffrir. À cause de ça, il vit comme une mission de détruire tous ses rivaux et tous ceux qui se mettent en travers de son chemin.

Il sentait qu'il avait une mission avant même son cancer. C'est sûr. Mais le cancer lui a donné l'élan nécessaire pour se concentrer plus encore sur son objectif. Il a compris que lui était accordée une seconde chance. Il était aussi poussé par la soif de revanche. Ces équipes européennes qui lui avaient dit non en 1997, qui pensaient qu'il ne reviendrait pas, l'ont vraiment marqué dans sa chair. Il a un petit carnet noir dans sa tête, avec le nom de tous ceux qui lui ont tourné le dos. Si vous entrez dans ce carnet, c'est pour la vie. En somme, il avait deux missions après son cancer : sortir de son milieu de petit Blanc, égaler ces équipes européennes qui n'avaient pas cru en son *come back*, et la seule façon d'y parvenir était d'obtenir des résultats.»

Freddy sens dessus dessous

L'arrivée d'Armstrong a peut-être accéléré les choses mais l'équipe US Postal était de toute façon en progrès. «À la rue» en 1996, l'équipe se bonifie en 1997 et s'améliore encore en 1998. L'organisation est resserrée et, en interne, on commence à croire qu'on peut atteindre le plus haut niveau. Quand Pedro Celaya remplace Prentice Steffen, l'équipe développe son programme médical. Elle n'est plus désavantagée par rapport aux équipes européennes.

Le défi qui attendait l'US Postal était clair depuis l'arrestation de Willy Voet, le soigneur de l'équipe Festina, quelques jours avant le début du Tour de France 1998. Festina était à l'époque numéro un mondial et la voiture de Voet était remplie de médicaments interdits destinés à améliorer les performances de l'équipe. Devant les policiers, pendant sa garde à vue, le soigneur flamand a avoué que l'équipe dopait ses coureurs systématiquement. Comme bien d'autres équipes. Quand les polices française ou italienne se donnaient le mal de faire une perquisition, elles trouvaient des preuves de dopage. Ces investigations démontraient aussi que le système de contrôle antidopage était complètement inefficace.

Dans un tel environnement, les coureurs qui ne se dopaient pas n'avaient aucune chance. L'US Postal insistait sur le fait que son programme était irréprochable [clean], tout comme ses coureurs. Selon les termes de son contrat, tout coureur positif était immédiatement renvoyé. Le calme du médecin de l'équipe, Pedro Celaya, était également rassurant. Si la police avait des soupçons sur d'autres formations, Celaya affirmait que son équipe n'avait rien à cacher. Emma O'Reilly se souvient d'une course en Suisse, en 1997. « On nous a appelés de bon matin pour un contrôle antidopage, et Freddy Viaene, notre soigneur en chef, était dans tous ses états. Il courait dans tous les sens. J'ai demandé à Pedro ce qui se passait, et Pedro restait là, gardant son calme tout en murmurant entre ses dents : "Je vais le tuer, Freddy, il fait comme si on avait quelque chose à cacher." Il me disait : "Emma, nous n'avons rien à cacher." Je pensais : "Ce type [Freddy] est un fou, ce type est un crétin." Freddy n'arrêtait pas de gesticuler, comme une guêpe se cognant à une vitre. À l'inverse, Pedro restait d'un calme olympien. À l'époque, je ne savais pas grand-chose et je ne pouvais pas comprendre ce qui arrivait. Apparemment, Freddy avait fini par s'emporter devant le flegme, l'ironie parfois, de Scott Mercier, un coureur américain qui conservait ses distances avec le recours aux médicaments. Scott était un type brillant. Il voulait boucler une saison avec l'équipe en Europe avant de revenir chez lui. Lui et moi observions le spectacle, la façon dont les Européens faisaient du vélo une question de vie ou de mort, et nous en rigolions. "Qu'est-ce qu'ils ont ? De quelle planète viennent-ils ?" »

L'homme sur le toit brûlant

Ce test matinal en Suisse avait eu lieu plus d'un an avant le Tour de France 1998. Avec ce qu'on avait trouvé dans la voiture de Willy Voet, on avait l'impression que le grand secret du cyclisme était enfin dévoilé. Beaucoup pensaient que le vélo devrait entamer une profonde mutation et que c'en était fini de la tolérance envers le dopage. Trois jours après l'arrestation de Voet, le prologue du Tour arriva en Irlande et l'US Postal rejoignit tant bien que mal son hôtel dans les collines de Dublin. Dans la voiture, on ne parlait que du dernier scandale et de ses conséquences pour le cyclisme.

« Frankie se comportait en procureur, se souvient Emma. Il disait : "Je suis content que Voet ait été pincé. J'en ai marre, c'est ridicule. Chaque année, c'est de pire en pire. Autrefois, on pouvait faire cette course aux spaghettis et à l'eau, mais maintenant c'est devenu impossible. J'espère vraiment que ça va assainir les choses parce que ça devient inquiétant." Frankie disait tout haut ce que bien des gars pensaient. »

Quand la course quitte l'Irlande pour retourner en France, beaucoup redoutent des descentes de police et des perquisitions. La police se pointe en effet dans les hôtels. Cinq équipes espagnoles préférèrent quitter le Tour plutôt que de poursuivre une course placée sous le poids des soupçons et la menace des perquisitions. Les coureurs protestent par une grève. Et Pedro Celaya, le docteur Cool de l'US Postal, tombe le masque aux yeux d'Emma.

« Pedro était comme une chatte sur un toit brûlant. C'était vraiment drôle. Tout ça me faisait rire, j'étais assise et je les regardais s'agiter. Pedro était terrorisé. Il essayait de faire croire qu'en tant que médecin, il était embêté par le simple fait d'être médecin. Je n'y croyais pas. Pour moi, ça voulait dire qu'il savait qu'il allait avoir des ennuis à cause des produits que nous avions. Je ne marchais pas à cette explication : "Ah le pauvre innocent, c'est le médecin." Il me disait qu'on était une équipe propre, et moi, je pensais : "Mais oui, Pedro, tu as eu neuf gars qui ont fini le Tour l'an dernier et tu l'as fait aux spaghettis et à l'eau, bien sûr." »

Depuis leur première rencontre au camp d'entraîne-ment, Lance et Emma s'entendent bien. Peut-être appré-cie-il le sérieux avec lequel elle fait son travail, ou bien son franc-parler. Sans doute aussi son manque d'affec-tation, sa capacité à s'intégrer à un milieu d'hommes et à garder ses distances. C'est aussi une très bonne masseuse, de loin la meilleure de l'équipe. Que le cham-pion, la première saison, demande à être massé par O'Reilly ne surprend donc personne. Quand il remporte sa première victoire après sa guérison, le Tour du Luxembourg, O'Reilly est son soigneur.

Leurs relations, déjà bonnes, vont encore s'améliorer, même si Armstrong a une piètre opinion des soigneurs de l'US Postal.

« En général, Lance pensait que l'équipe avait une mauvaise intendance et il se plaignait des soigneurs. De temps à autre, j'avais envie de lui mettre une gifle, mais je me disais : "Emma, il n'a pas tort." Il pensait juste que nous étions inutiles.

Au fond de moi, je ne pouvais m'empêcher de penser que c'était parce que nous ne participions pas au pro-gramme médical. Je pensais que ça venait en grande partie de là. Un jour, il s'est mis à chercher le numéro de "Shot", qui avait été son soigneur chez Motorola, au milieu des années 90. Pour lui, "Shot" était un vrai soi-gneur, pas comme nous : "C'est tout ce qu'on a comme soigneurs…" maugréait-il, et je me disais : "Du calme, Emma, ce n'est pas dirigé contre toi, du calme." »

Dès sa première année chez les professionnels, Emma a décidé de ne pas être mêlée au programme médical des équipes pour lesquelles elle travaille. Traditionnel-lement, dans le cyclisme européen, les soigneurs sub-viennent aux besoins médicaux des coureurs. Ils leur fournissent tout ce dont ils ont besoin : une injection de multivitamines dans les fesses, une autre de cortisone, le bon mélange de corticoïdes, une perfusion de glucose, une perfusion saline, une injection de testostérone ; un bon soigneur peut faire tout ça et même davantage. O'Reilly ne veut pas en entendre parler. Elle n'est pas formée à faire des piqûres, elle ne veut pas être mêlée à ces pratiques. Pourtant, elle comprend le point de vue de Lance.

« Une part de moi disait : "Je ne fais pas le programme médical, donc je ne suis pas un soigneur au sens strict du terme, je ne suis pas comme un soigneur européen, comme un Willy Voet." Ça ne me gênait pas d'entendre Lance se plaindre, je savais au fond de moi qu'en un sens il avait raison. Pendant le Tour du Luxembourg 1998, Lance en a eu marre. Il n'y avait que moi et un autre soigneur. Aucun de nous n'avait la moindre idée du programme médical. Lance et Freddie s'impatientaient et je me sentais mal à l'aise. Je savais qu'on avait des trucs dans le camion, alors je l'ai ouvert et je leur ai dit : "Allez-y, les gars, servez-vous vous-mêmes." Ils se sont jetés dessus.

J'étais gênée qu'ils doivent faire ça eux-mêmes. Je suis sûre qu'ils se sont plaints en haut lieu. C'était une partie de mon boulot que je n'honorais pas. J'étais un soigneur inutile ! Mais c'était trop tard pour apprendre et une autre voix en moi disait de ne pas m'en mêler, ce n'était pas mon problème. Je savais qu'un jour ou l'autre je quitterais le sport et je voulais pouvoir partir la tête haute. »

« Ajax » et le paranoïaque

Même si Armstrong arrive à la faire douter de ses capacités de soigneur, il la convainc aussi que l'équipe est sur la bonne route. Depuis son arrivée au camp d'entraînement de Ramona, quand il a commencé à expliquer ce qu'il fallait faire, l'ambition s'est développée et l'organisation améliorée d'un cran. O'Reilly est également impressionnée par l'apport de Frankie Andreu : « J'appréciais Frankie, c'était un vrai plus pour l'équipe. Frankie était un très bon professionnel, et un très bon capitaine de route. La plupart du temps, il appelait un chat un chat. S'il avait quelque chose à vous dire, il vous le disait, sans tourner autour du pot. Pour cette raison, il était facile de s'entendre avec lui. J'avais pris l'habitude de le surnommer "Ajax", parce qu'il était si rugueux. Vous voyez les caillots bleus dans la poudre à récurer, c'était tout Frankie. Il aimait son surnom : "Elle m'appelle Ajax." Il prenait ça pour un compliment, et c'en était un. »

En remportant le Tour du Luxembourg en juin 1998, Armstrong démontre qu'un coureur qui a survécu à un cancer peut être compétitif dans le peloton. La course est une réussite pour l'US Postal, qui a couru pour protéger son leader. Marty Jemison se rappelle en particulier une étape. « Après la traversée d'une ville, il y avait une montée très raide de 2 km. L'équipe est sortie du peloton et Tyler [Hamilton] et moi avons fait la course devant. Au sommet, nous étions trois, Tyler, Lance et moi.

Lance n'était pas super fort, on pourrait dire que c'était un leader fragile, certainement pas imbattable. Mais l'équipe était très bonne, ses équipiers travaillaient pour lui. Deux semaines plus tard, nous sommes allés en Allemagne pour une autre course à étapes. Nous sentions qu'il retrouvait confiance en lui et il a roulé plus fort. Et gagné à nouveau. »

Après sa victoire au Tour du Luxembourg, Armstrong part pour Metz avec Andreu et O'Reilly. Ils s'arrêtent dans un Campanile de la périphérie. Andreu et Armstrong

179

attendent dans la voiture pendant qu'Emma demande s'il y a des chambres libres. À son retour, les deux coureurs sont en train de se disputer avec un passant en colère. Tout a commencé parce qu'il a vu Andreu jeter une pelure d'orange par la fenêtre de la voiture. Armstrong a gagné la course, Andreu la dernière étape, leur dernier jour à Luxembourg a été physiquement éprouvant : ils ne sont pas d'humeur à être diplomates, commencent à s'échauffer et envoient leur interlocuteur se faire voir. « Les gars, on ne peut pas vous laisser cinq minutes ! » s'exclame Emma. Au moins, elle a trouvé des chambres. Tous trois doivent se retrouver au restaurant pour dîner, cinq minutes plus tard.

Pendant le repas, Armstrong leur explique qu'il a bricolé un piège dans sa chambre. Si le Français revient pour lui chercher querelle, il sera bien reçu. O'Reilly et Andreu piquent un fou rire. « Tu es ridicule, tu es complètement fou », lui disent-ils, mais c'est tout Lance. Il ne veut prendre aucun risque avec un Français mal luné. Cette nuit-là, avant de se coucher, il met une chaise devant sa porte, de crainte d'être attaqué par surprise. « Un maniaque, voilà ce que tu es », lui lancent Andreu et O'Reilly le lendemain matin, « un maniaque parano ».

En mains propres

L'équipe respecte le souhait d'O'Reilly, qui reste à l'écart du programme médical, même si certains coureurs, et Armstrong en particulier, préféreraient qu'elle y participe. Même sans y participer, elle sait ce qui se passe autour d'elle. Elle sait quels produits sont dans le camion, elle sait que l'équipe a des sacs en plastique blancs et noirs pour transporter les produits du camion à l'hôtel. On achète des sacs blancs, épais et opaques, qui servent pour les produits en petits paquets. Les sacs noirs, plus grands, sont utilisés pour les seringues et les plus gros trucs. Quand ceux qui participent au programme médical veulent leurs produits, on met ceux-ci dans un sac noir et personne d'autre ne peut savoir ce qu'il y a dedans.

O'Reilly comprend bien qu'il n'y a pas que des produits autorisés dans le camion. Elle voit les paquets mais identifie peu de produits, car n'apparaît en général que le nom de la marque. Rien de reconnaissable, sauf les produits Knoll, qu'elle connaît parce que son oncle, pharmacien, a travaillé pour Knoll pendant plusieurs années. Elle observe les allées et venues jusqu'à l'hôtel, le type qui arrive d'Espagne et se rend à l'hôtel de l'équipe sans raison apparente.

Il y a d'autres signes. Dans certaines petites courses, il arrive que le docteur Celaya, José Arenas et Freddie Viaene soient tous les trois absents et que personne dans le staff ne veuille faire de piqûres. O'Reilly va vite apprendre ce qui se passe dans ces cas-là : « La plupart des coureurs de l'équipe savaient se piquer eux-mêmes. En fait, nous étions tous familiers de ces situations, nous n'y faisions plus attention. Les coureurs avaient dû voir bien des seringues pour être capables de faire ça eux-mêmes. » Et surtout, pour le cas où elle serait aveugle, il y a aussi sa propre confrontation à cette réalité.

En 1998, par exemple, un coureur toujours en activité au sein de l'US Postal lui demande d'aller chercher quelque chose pour lui auprès d'un ancien soigneur. Ce coureur sait qu'O'Reilly doit s'arrêter à Gand, où ce soigneur peut passer facilement. « Ce soigneur m'a donné le paquet et expliqué que c'était de la testostérone. Il me l'a dit car il ne voulait pas que je le garde en ma possession plus longtemps que nécessaire. Il ne voulait pas que je voyage avec. Je lui ai remis lorsque

181

nous nous sommes revus, c'est-à-dire un jour ou deux plus tard.»

La testostérone, communément utilisée par les cyclistes, est une substance illicite de classe A.

Prise par la patrouille…

À la mi-août 1998, Armstrong court le Tour de Hollande et démontre que sa forme se maintient en finissant 4e. Cette course a lieu à un moment où les équipes ne sont pas encore remises des trois semaines du Tour de France. Quand on a couru la Grande Boucle, on n'a pas envie d'enchaîner immédiatement sur les Pays-Bas. C'est pourquoi, bien souvent, les équipes ne s'y rendent qu'avec un staff squelettique. Cette année-là, le directeur de US Postal, Johnny Weltz, envoie à sa place un Français, Denis Gonzales. Le médecin de l'équipe, Pedro Celaya, n'est pas présent non plus. Le mépris d'Armstrong pour le Toulousain est tel qu'il se repose entièrement sur O'Reilly.

Le dernier jour, Gonzales doit organiser le transport de Lance à l'aéroport, mais, au moment de partir, on découvre qu'il n'en a rien fait. O'Reilly propose alors à Lance de l'emmener, et ils font le voyage dans une des Passat de l'équipe. À l'aéroport, Armstrong tend à Emma un sac noir soigneusement empaqueté. «Regarde, Emma, je ne m'en suis pas débarrassé, peux-tu mettre ça à la poubelle?» Ce sont des seringues vides qu'Armstrong a utilisées pendant le Tour de Hollande et qu'il ne veut pas laisser derrière lui à l'hôtel. «Oui, pas de problème», répond-elle. Ce ne doit être qu'un travail de routine.

«Je savais que la voiture appartenait à l'écurie US Postal et je m'affolais un peu en me demandant où j'allais jeter ça. Je ne pouvais pas m'arrêter à la première station-service sur l'autoroute et c'était trop dangereux de le mettre dans une poubelle publique. Le Tour de France 98, avec tous ses scandales, n'était terminé que depuis quatre semaines et il y avait un vrai risque que quelqu'un récupère le paquet dans une poubelle. Je me suis dit que le mieux pour moi était de garder ça dans la voiture jusqu'à mon arrivée.

Après la frontière belge, j'ai commencé à conduire allègrement. Pas à une vitesse folle mais au-delà de la limite autorisée. Sachant ce que je transportais, je roulais cependant moins vite que d'habitude. Tout à coup, j'ai aperçu le gyrophare d'une voiture de police dans mon rétroviseur. "Oh, merde !" J'allais devoir m'arrêter, et je ne pensais qu'aux seringues. Il y avait une bretelle qui conduisait vers une station-service, je m'y suis engagée, la voiture de police m'a suivie. Qu'est-ce que j'allais leur dire ? Je me sentais déjà trembler. Je me demandais combien de seringues il y avait dans le paquet, 6 ou 10 ? Quelles traces allaient-ils trouver dans ces seringues ? C'était vraiment n'importe quoi. Je sentais que j'étais en sueur.

J'ai vu le policier sortir de sa voiture et s'approcher de moi. J'ai pensé que je devais commencer par m'excuser pour ma conduite trop rapide :

"Je suis vraiment désolée…

– Non, non, il n'y a pas de problème. Vous connaissez Mark Gorski ?

– Euh… Oui, c'est mon patron.

– J'ai couru avec Mark dans les années 80.

– Ah, vraiment, ça alors !

– Vous savez comment je pourrais le joindre ?

– Oui, sans problème, j'ai son numéro, vous le voulez ?

– Ce serait super, mon fils court aussi et je voudrais parler avec Mark, et l'inviter chez nous quand il sera en Belgique.

– Je suis sûre qu'il sera ravi. Voici son téléphone, la prochaine fois que je le verrai, je lui dirai que je vous ai rencontré.

– C'est gentil. Merci.

– Non, merci à vous."

Avant la fin de la conversation, ce flic était devenu mon meilleur ami. Nous nous sommes séparés en excellents termes, mon paquet secret en sécurité dans la boîte à gants de la voiture. Je ne savais pas ce qu'il y avait dans ces seringues mais je ne voulais pas que quelqu'un le découvre.

Vu sous cet angle, c'était drôle.»

Johnny au rancart

Tout le monde vous dira qu'au fond le Danois Johnny Weltz était un chic type. En octobre 96, il fut engagé pour diriger l'équipe US Postal, et c'est ce qu'il fit pendant les deux ans qui suivirent. Weltz avait été un très bon coureur et son recrutement reflétait la théorie de Mark Gorski : pour battre les Européens, il faut faire comme eux. Weltz avait couru pour les meilleures équipes européennes, il savait comment elles organisaient leurs programmes, quel soutien médical elles fournissaient et ce qu'il fallait pour être compétitif dans les meilleures épreuves du vieux continent. Il n'y avait qu'une seule inconnue : pourrait-il faire pleinement profiter l'US Postal de son expérience ? Cette question reçut une réponse négative.

Beaucoup de coureurs l'appréciaient parce que c'était à l'évidence un homme qui s'y connaissait en coureurs. Ils respectaient ce qu'il avait accompli, et en retour il comprenait ce qui était exigé d'eux. Certains pensaient que son seul défaut était d'être trop indulgent. En 1997 et 1998, sous la responsabilité de Weltz, l'équipe progressa. Mais tout n'allait pas sans difficultés. Weltz prenait des décisions qui leur semblaient absurdes et leurs suggestions n'étaient jamais prises en compte. Malgré l'amélioration des résultats, l'intendance ne suivait pas. C'étaient cependant des broutilles qui auraient pu s'arranger si Weltz avait été capable de satisfaire au seul impératif qui comptait : s'entendre avec Lance Armstrong.

«Johnny et Lance ne se regardaient pas les yeux dans les yeux», explique Jonathan Vaughters. «J'aime bien Johnny, on s'entend bien et j'ai un sentiment de loyauté envers lui. Certains le trouvaient un peu étrange parfois. On avait l'impression qu'il était peut-être mal à l'aise avec des coureurs qui le surpassaient, et c'était évidemment le cas de Lance. Johnny avait aussi tendance à parler par énigmes et il fallait interpréter ce qu'il disait. Ça ne me gêne pas, je trouve cela intéressant, mais je ne pense pas que Lance voyait les choses ainsi. C'est un type direct, il dit ce qu'il pense et il va droit au but. Il n'appréciait pas du tout le style de Johnny.»

Compte tenu de la situation dont il avait hérité, Weltz s'en sortait bien. 1997 avait vu la réalisation du rêve de Thom Weisel puisque l'US Postal participa au Tour de France. Mais tout cela ne valait rien dès lors qu'Armstrong ne voulait plus de lui.

Weltz contribua lui-même à sa chute. Non seulement l'intendance n'était pas son point fort, mais il ne savait pas déléguer. Il dirigeait mal le staff et le personnel râlait contre lui et contre son ami, le directeur sportif adjoint Denis Gonzales. Les coureurs et les techniciens l'appelaient Speedy, à cause du personnage de dessin animé, Speedy Gonzales, dont il était l'exact opposé : tout ce que faisait Gonzales, c'était sans se presser. Même si beaucoup de coureurs aimaient Johnny, ils ne comprenaient pas où il avait été pêcher Speedy. À la mi-98, Armstrong était sûr que l'équipe devait virer Weltz.

Bruyneel et l'e-mail visionnaire

En septembre 1998, pendant le Tour d'Espagne qu'Armstrong termina 4e, avec des performances qui en faisaient un candidat sérieux aux plus grands Tours, Weltz et lui ne se parlaient plus. On voyait nettement de quel côté l'équipe allait pencher, et comme il était clair que ce ne serait pas du côté de Weltz, Armstrong avait déjà commencé à chercher un nouveau directeur sportif. Il le trouva justement sur ce Tour d'Espagne.

« Parce qu'il ne parlait plus à Weltz, se souvient O'Reilly, il discutait beaucoup avec moi pendant les massages. Il réalisait vraiment une bonne course en Espagne et il était de plus en plus excité pour l'avenir. Nos relations sont devenues plus étroites, en partie parce que Lance n'entretenait plus de rapport avec Johnny, en partie parce que nous nous entendions bien. Pour être honnête, j'avais une vie plus facile en m'occupant du coureur vedette, et je pense qu'il était de mon côté. Je vous l'ai dit, je l'aimais bien, et d'une certaine façon je l'aime encore.

Pendant ce Tour d'Espagne, nous avons parlé de ma situation. Je n'étais pas satisfaite de mon salaire : 30 000 dollars en 1998. Je voulais une augmentation. Quand j'ai dit à Lance que j'avais l'intention de partir si l'équipe me la refusait, il m'a répondu : "Très bien, Emma, mais, surtout, reviens me voir avant." C'est en Espagne qu'il a commencé à parler de Johan Bruyneel. Johan courait encore mais c'était sa dernière saison. Lance m'a appris qu'ils allaient se rencontrer pour bavarder. Ils ont discuté pendant la Vuelta et je me souviens que Johan est venu un soir à notre hôtel. Suite à cette rencontre, Johan a envoyé un e-mail à Lance. Après l'avoir reçu, Armstrong m'a expliqué que c'était un type "de première catégorie", parce qu'il voyait déjà Lance en maillot jaune sur le podium du Tour de France l'année suivante, et en maillot arc-en-ciel de champion du monde. C'était exactement ce que Lance voulait entendre, Johan savait comment le toucher. C'est là, à ce moment-là, qu'il a eu le job.»

«Le recrutement de Johan était la preuve que Lance dirigeait l'équipe, explique Vaughters. C'est Johan qui a donné à Lance la certitude qu'il pouvait gagner le Tour de France. Il était le premier à imaginer Lance gagner le Tour et je pense que c'est ce qui lie Lance à lui. Maintenant, même avec Johan à bord, c'est toujours Lance qui, *de facto*, dirige l'équipe, comme à l'époque, en 1998.»

Quand il devint clair que Lance voulait que Bruyneel devienne le directeur sportif, Weltz appela un autre coureur de Postal, Tyler Hamilton, pour lui demander d'intervenir en sa faveur auprès des patrons de l'équipe. Hamilton, qui savait que cette démarche serait vaine, ne s'en donna pas la peine. De toute façon, après Thom Weisel, c'était Armstrong le patron. Pour Emma O'Reilly, Johnny Weltz n'avait pas à se plaindre. «Je n'ai pas aidé Johnny, très peu d'entre nous l'ont fait. Je ne l'aimais pas quand je travaillais avec lui. Il traitait très mal le staff et nous en avions marre. Et puis il y avait Denis Gonzales, le copain de Johnny, qui était directeur sportif adjoint. Vraiment, c'était juste un "renifle-cuissard", c'est ainsi qu'on appelle les groupies pendant les courses, ces filles qui tournent autour des coureurs. Il y a aussi pas mal de types comme ça, on les voit dans les zones de ravitaillements. Quand vous en voyez un venir vers vous, vous prenez votre portable et vous faites semblant de téléphoner.

Ce qui est amusant, c'est que dès que Johnny a quitté

l'équipe, j'ai découvert quelqu'un de différent. On s'est très bien entendus dès qu'il est parti et je l'aime vraiment bien comme homme. Quand je l'ai découvert sous cet aspect, j'ai regretté de ne pas l'avoir soutenu, mais, à ce moment-là, nous n'avions pas de bons rapports.»

Une pro chez les hommes

En décembre 1998, Johan Bruyneel appelle Emma O'Reilly, qui séjourne chez sa sœur, à Dublin, pour lui proposer officiellement le poste de chef soigneur de l'US Postal. C'est une promotion importante, avec une augmentation de salaire substantielle, et elle intervient à un moment important du développement de l'équipe. Puisque Armstrong a fini 4e du Tour d'Espagne trois mois plus tôt, le Tour de France n'est plus hors de portée. O'Reilly sait qu'il est mentalement plus fort que les coureurs européens. Comme chef soigneur et masseuse d'Armstrong, elle va exercer de véritables responsabilités au sein de l'équipe. Son salaire doit grimper à 36 000 dollars, mais, avant de dire oui à Bruyneel, elle tient à clarifier un point :

«Ça me plairait beaucoup, Johan, mais je ne veux rien avoir à faire avec le programme médical.»

Elle ne veut pas aider les coureurs à ce sujet : elle ne leur fera pas d'injections, ni de vitamines ni d'autre chose, elle ne leur posera pas de perfusion intraveineuse, elle ne transportera pas les produits dont ils ne veulent pas en leur possession. Elle n'a pas besoin de s'expliquer car Bruyneel comprend parfaitement.

«C'est bien, dit-il, pas de problème.

— Johan, je veux bien être soigneur en chef mais ce doit être clair d'entrée de jeu. Je ne veux pas participer au programme médical, ce n'est pas quelque chose que je connais et je ne veux pas le connaître.

– Bien, très bien, je le savais déjà.»

Le cyclisme professionnel est peu enclin à ouvrir ses portes aux femmes. O'Reilly n'a qu'à regarder dans les autres équipes pour voir combien peu de femmes sont employées. Elle a d'abord été heureuse d'être engagée par une équipe cycliste et voilà qu'on lui offre un poste des plus prestigieux : chef soigneur d'une équipe en pleine progression et masseur de son leader. Et pourtant elle a des doutes, une petite voix lui souffle qu'il est ridicule de ne pas vouloir participer au programme médical, qu'elle est hypocrite. «Je me sentais affreusement bête. Comment peux-tu être chef soigneur sans participer au programme ? Pourtant, ce n'était pas un problème pour Johan et Lance. Je pense que c'est en partie pour cette raison qu'ils avaient décidé de me donner ce poste : "Elle ne s'occupe pas du programme, elle ne peut pas nous attirer d'ennuis, c'est bien." Pour Johan, c'était en fait le médecin qui devait s'occuper du programme, pas les soigneurs.»

O'Reilly se montre aussi très efficace dans son travail de soigneur. «J'aimais vraiment bien Emma, dit Marty Jemison, qui a couru pour l'équipe pendant cinq saisons, à la même époque que O'Reilly. C'était un super soigneur. Elle travaillait dur, était parfois très exigeante. Elle avait cette fierté irlandaise, mais elle s'occupait de nous, elle s'occupait vraiment de nous. Elle était phénoménale comme masseuse, et quand elle était là, tout était impeccablement propre. Elle était totalement professionnelle, vraiment totalement. Est-elle la meilleure avec laquelle j'ai travaillé ? Oui, sans aucun doute !»

Jonathan Vaughters est tout aussi laudatif. «Emma a toujours été très professionnelle envers moi. Elle a beaucoup d'humour. Elle faisait très bien son travail. Elle était très exigeante pour ceux qui étaient autour d'elle, professionnellement elle mettait la barre très haut. Elle se défonçait et elle voulait que tout le monde en fasse autant. Quel qu'en soit le prix, elle voulait que le travail soit fait. Si elle devait rester debout jusqu'à 3 heures du matin pour préparer des bouteilles d'eau, elle le faisait. Je m'entendais vraiment bien avec Emma, comme pratiquement tout le monde d'ailleurs.

C'était une jeune femme travaillant dans un univers masculin, et elle s'en sortait drôlement bien. J'imagine que lorsqu'une femme soigneur est moche ou quelconque, il n'y a pas de problèmes. Mais Emma est une jolie fille, elle avait le même âge que les coureurs, et une même énergie. Autant que je sache, elle était 100 % professionnelle, et ce n'est pas peu dire dans ce genre de milieu.» Frankie Andreu a gardé également de bons souvenirs d'O'Reilly. «J'aimais beaucoup Emma et je la considérais comme une amie. Elle était très professionnelle et très bonne dans son travail. Probablement le meilleur soigneur que j'ai jamais eu.»

José Marti, dit «Pepe le courrier»…

À la fin de la saison 1998, le personnel de l'équipe US Postal a subi des modifications significatives. Bruyneel remplace Weltz comme directeur sportif, le docteur Pedro Celaya a quitté l'équipe pour un contrat lucratif de cinquante jours avec l'équipe Once. Luis del Moral, qui remplace son compatriote comme médecin de l'équipe, restera cinq ans à ce poste. Ce ne sont pas les seuls changements. Bruyneel a confié à sa femme, Christelle, un rôle d'organisation qui aura des conséquences importantes pour Emma O'Reilly. Sans oublier le départ de José Arenas, le génie des piqûres, et l'arrivée de José Marti. Le nouveau, appelé «Pepe», travaille officiellement comme entraîneur.

«On essayait de savoir, dit O'Reilly, ce que faisait José. Il travaillait beaucoup avec Luis, le médecin, mais personne ne savait quelles étaient exactement leurs relations. Il était censé être entraîneur ou coach mais on ne le voyait pas sur beaucoup d'entraînements. Parfois, il allait parler avec les coureurs de leur entraînement mais, pour ce qui est du coaching, Jonathan Vaughters le battait à plate couture. Pour ce qui était de la physiologie, Jonathan était très intelligent. Pepe n'était pas dans la même catégorie. Mais tout au long de la saison, il s'est montré très présent. Nous ne pouvions pas ne pas nous demander s'il servait d'armoire à pharmacie à Luis en le voyant décharger sa voiture et aller à l'hôtel. Et pourquoi chercher à dissimuler de grosses quantités de rien ?

"Le courrier", c'est ainsi qu'on appelait Pepe.»

De mauvaises vibrations

Son travail de chef soigneur ne répond pas aux attentes d'O'Reilly. Pendant un moment, tout se passe bien et ses relations avec Armstrong continuent d'être excellentes. Les problèmes apparaissent quand Bruyneel fait participer Christelle, son épouse à l'époque, à l'organisation de l'équipe. Elle doit réserver les billets d'avion et les chambres pour les coureurs et le staff, puis transmettre ces informations à O'Reilly qui s'assure qu'on va chercher les coureurs à l'aéroport et que les chambres sont prêtes avant leur arrivée à l'hôtel. O'Reilly se plaint du manque d'efficacité de Christelle et apprend qu'on ne peut pas gagner contre la femme du patron. Ses relations avec Bruyneel tournent à l'hostilité silencieuse sauf quand il lui donne des ordres et la harcèle.

Les membres de l'équipe savent que ses relations avec Bruyneel se sont détériorées et gardent leurs distances. Les techniciens des équipes cyclistes n'ont que la faveur du chef pour assurer la sécurité de leur emploi. Après son conflit avec Bruyneel, O'Reilly découvre que, parmi ses collègues, elle ne peut compter que sur l'amitié de De Vriese, le mécanicien. Au milieu de l'année 99, elle comprend qu'elle ne sera jamais en bons termes avec Bruyneel et que, pour cette raison, il lui faudra quitter l'équipe un jour ou l'autre. Ce qu'elle reproche à son patron, c'est son sentiment d'avoir toujours raison : il traite les gens comme bon lui semble et n'a à se justifier devant personne. Elle se demande ce que fera Armstrong quand on en viendra à l'épreuve de force, mais elle devine la réponse. Il a plus besoin de son directeur sportif que de son soigneur. Après avoir admis que son départ de l'US Postal est inévitable, O'Reilly décide de noter dans son agenda de petites histoires et des bribes d'informations confidentielles sur l'équipe, la plupart du temps au jour le jour, rarement plus tard. « Avant cela, presque tout ce que j'écrivais dans ce journal était lié à mon travail. Peut-être ai-je compris alors qu'on allait au devant de difficultés et que je devais noter exactement ce qui se passait. Ainsi, je pourrais expliquer ce qui se déroulait et quel était mon rôle. »

Emma passe la frontière

Le 6 mai 1999, Lance Armstrong termine un court camp d'entraînement dans les Pyrénées. Il est parti en reconnaissance sur le parcours que le Tour de France doit emprunter deux mois plus tard. Seules quelques personnes triées sur le volet l'accompagnent : le directeur sportif Johan Bruyneel, le docteur Luis del Moral, le mécanicien Julien De Vriese et Emma O'Reilly. À ce moment, tous savent déjà qu'Armstrong sera très dur à battre dans le Tour. Même si elle apprécie de faire partie des *happy few*, O'Reilly ne nourrit plus guère d'illusions sur le cyclisme professionnel. Et ce n'est pas l'épisode qui va suivre ce rendez-vous pyrénéen qui la fera changer d'avis.

Au moment de se séparer pour regagner leurs foyers respectifs, Armstrong lui demande si elle pourrait aller à Piles, le siège espagnol de l'équipe, sur la côte est, pour récupérer des produits médicaux auprès de Del Moral. Elle accepte : « Bon d'accord, je le ferai cette fois. » O'Reilly veut que son fiancé, Simon Lillistone, soit du voyage et elle en informe Armstrong. « Ne parle pas à Simon de ce que tu fais », lui dit-il. À la fin du camp d'entraînement, Bruyneel rentre chez lui, en Espagne, avec la voiture de l'US Postal qu'O'Reilly a utilisée dans les Pyrénées. C'est Julien De Vriese qui la ramène près de Valras-Plage, où elle rejoint Lillistone. Pour son voyage à Piles, elle loue une voiture avec sa carte de crédit professionnelle. « Une Xsara bleu marine, au garage Citroën, à Béziers. Je me suis demandé pourquoi Johan avait fait exprès de prendre la voiture de l'équipe pour que j'en loue une autre. Une partie de moi pensait qu'il connaissait le but de mon périple et qu'il voulait que je voyage dans une voiture de location car une voiture sans marque court moins de risques d'être arrêtée par les douanes que la voiture d'une équipe cycliste professionnelle. Je suis partie un vendredi après-midi par l'autoroute. Il m'a fallu près de cinq heures pour gagner Piles. Il était environ 21 h 15 quand je suis arrivée. J'étais crevée et je n'avais qu'une seule envie : me coucher. Mais Louise Donald, la petite amie du mécano Geoff Brown, aimait parler et je suis restée un peu à bavarder. »

L'équipe US Postal loue deux maisons à Piles. L'une pour Brown et Donald, dans laquelle elle est hébergée. L'autre pour les autres membres du staff et quelques coureurs. Chaque maison a un garage en sous-sol. Celui de la maison de Brown et Donald est utilisé par les soigneurs, l'autre par les mécanos. Le lendemain, un samedi, O'Reilly sort faire un footing. Le temps est superbe. On est vite hors du village et Emma aime courir entre les orangers en se dirigeant vers la plage. Au bord de la mer, elle tourne à gauche et court encore plus d'un kilomètre avant de retourner au quartier général espagnol de l'équipe. Puis elle décide de préparer les camions pour les courses à venir. Le vieux Isuzu est garé devant la maison des coureurs, le Volvo devant celle de Geoff et Louise. C'est une activité ingrate mais elle aime s'en occuper avec Ryszard Kielpinski, le soigneur polonais, parce qu'ils travaillent bien ensemble.

Ils les remplissent avec les vêtement des coureurs, renouvellent les réserves de nourriture, vont acheter ce qui manque, et nettoient l'intérieur des véhicules, ce qui prend toujours un temps fou.

« C'est le samedi après-midi, pendant que nous nettoyions les camions, que Bruyneel s'est pointé. Je me tenais à l'entrée du garage de Geoff quand Johan m'a glissé discrètement un flacon de comprimés dans les mains ; il me l'a tendu comme ça, la boîte cachée dans la paume de sa main. Il passait devant moi et je l'ai pris sans que personne me voie.

Johan était particulièrement charmant ce jour-là. Je n'avais pas demandé à Lance ce que je devais transporter car je ne voulais pas le savoir. Ce flacon était rond, ne mesurait pas plus de 10 ou 12 cm. On voyait les cachets blancs à travers le plastique brun. Il y en avait peut-être deux douzaines à l'intérieur. Je suis rentrée dans la maison et j'ai rangé précieusement le flacon dans ma trousse de toilette. »

Le dimanche matin, les membres de l'US Postal se rendent tous à la plage et déjeunent dans un restaurant au bord de la mer. Après le repas, O'Reilly entreprend son long voyage de retour vers la France.

« Il faisait déjà nuit quand je suis arrivée à la frontière. Je suppose que c'était parce que c'était un dimanche soir, mais c'est la seule fois de ma vie où j'ai vu une file de voitures à un poste douanier. On avait du mal à le croire, je n'avais vraiment pas besoin de ça. En patientant dans la queue, j'ai commencé à devenir nerveuse. Je tentais de me rassurer en me disant que ma voiture de location avait peu de chances d'être fouillée. Mais si elle l'était ? Et si j'étais prise et arrêtée ? J'avais mal à l'estomac.

J'ai passé en revue les gens à appeler en cas de problème. Si je n'avais droit qu'à un seul coup de téléphone, il serait pour Thom Weisel, le grand patron de l'équipe. Il connaissait de bons avocats et ne me laisserait pas tomber comme une vieille chaussette. Je n'allais pas agir comme Willy Voet et déclarer que c'était pour mon usage personnel. Pas question. À ce moment, j'ai pensé que je n'aurais pas dû m'en mêler, juste dire non. Je me suis demandé comment tant d'autres soigneurs pouvaient le faire régulièrement. "Ils sont cinglés, complètement cinglés." Le drame a pris fin quand on m'a fait signe de passer. J'ai poussé un soupir de soulagement. Dieu merci, je m'en étais sortie. »

O'Reilly passe la nuit du dimanche chez Lillistone, à Valras-Plage, et elle accepte de voir Armstrong le lendemain matin, sur le parking d'un McDonald's de la banlieue niçoise. Le rendez-vous est prévu à 11 h 30 mais il est presque midi quand elle arrive. Elle place le flacon de comprimés dans la poche de la porte du conducteur pour faciliter les opérations. Armstrong n'aime pas qu'on le fasse attendre et, en route, elle l'a appelé pour s'excuser. « Je lui ai dit : "Excuse-moi, je vais être en retard." Il m'a répondu : "Non, ne t'en fais pas, ça va aller." C'était inhabituel de sa part. En arrivant sur le parking du McDonald's, je me suis garée à droite de la Passat bleue de Lance. Lance est sorti de la voiture et je lui ai tendu le flacon. Tout s'est passé en quelques secondes.

Nous n'avons plus jamais reparlé de ce voyage en Espagne.»

« Je vais faire comme les autres »

Emma O'Reilly se souvient du critérium du Dauphiné libéré 1999 pour plusieurs raisons. Notamment parce que c'est la course où Jonathan Vaughters a montré de quoi il était capable. Elle avait toujours bien aimé Vaughters. Le Dauphiné est la seconde grande course par étapes du calendrier français et, bien que ramassé sur une semaine, il peut être très éprouvant.

Vaughters réussit un exploit dans le contre-la-montre individuel au sommet du mont Ventoux, victoire qui lui apporte le maillot jaune. Lance Armstrong fait équipe avec Vaughters et, avec le Tour de France en ligne de mire le mois suivant, il est content d'aider Vaughters dans une course moins importante.

La victoire de Vaughters dans le Ventoux s'inscrit à ce moment comme l'un des meilleurs résultats jamais enregistrés par l'US Postal, mais Armstrong veut que son coéquipier conserve le maillot jaune jusqu'à la fin. La veille de l'étape finale, qui est très difficile, Vaughters est nerveux. C'est la première fois qu'une telle course est à sa portée. «On voyait quelle responsabilité reposait sur Jonathan, se souvient O'Reilly. Lance sentait que la pression lui rendait les choses encore plus difficiles, et il se demandait si l'équipe avait bien fait de dépenser tant d'énergie pour aider Jonathan.»

Dans cette dernière étape, c'est Alexandre Vinokourov, le coureur du Khazakhstan, qui attaque, et Vaughters a beau faire, il ne peut pas suivre. Armstrong est à ses côtés et essaie de le remettre au niveau des premiers mais son coéquipier n'y arrive pas. L'expérience est douloureuse pour Vaughters : non seulement il perd la course mais il ralentit Armstrong, clairement le plus fort ce jour-là. « J'étais nerveux la veille au soir, explique Vaughters, mais je ne pense pas que ce soit la raison pour laquelle j'ai perdu le maillot. Vinokourov était simplement plus fort que moi. Lance a réagi à la défaite comme vous pouvez imaginer. Il ne m'a évidemment pas mis la main sur l'épaule en me disant que ça n'était pas grave. J'avais perdu la course. Je crois qu'il pensait que l'équipe avait beaucoup travaillé pour moi et que j'avais échoué. Il n'y avait pas là de quoi se réjouir ».

« Lance pouvait être vraiment injuste envers Jonathan, dit O'Reilly. Il voyait que Jonathan était un type intelligent et ensemble ils parlaient entraînement et physiologie, parce que Jonathan en connaissait un rayon. En fait, c'était plutôt Lance qui utilisait Jonathan pour augmenter ses propres connaissances. » Vaughters se rappelle ces conversations. « Lance était plus intelligent que 90 % des coureurs. Il pigeait rapidement. Quand on lui expliquait quelque chose, il fallait parfois recommencer deux ou trois fois, mais quand il avait compris l'idée, s'il y croyait, il la suivait jusqu'au bout. Il était plus malin que la plupart des autres. »

Pour O'Reilly, la vive intelligence de Vaughters était plutôt un handicap dans le peloton européen. « Jonathan était un coureur talentueux, aucun doute là-dessus. Il était juste trop intelligent pour son milieu. Il n'abandonnait pas son corps aux médecins comme la plupart des autres types. Il n'allait pas chercher des produits dans le camion. Il posait des questions sur ce qu'on lui donnait, il voulait savoir si c'était utile et si c'était légal. Bien

197

sûr qu'il prenait des trucs pour récupérer mais il fallait qu'il sache exactement ce que c'était et, au fond de lui, il ne baignait pas dans cette culture-là. Jonathan n'avait pas la mentalité d'un coureur européen. D'un autre côté, il avait un directeur sportif, Bruyneel, qui avait un point de vue simple : tout ce que Jonathan devait faire, c'était du vélo, du vélo et encore du vélo, et il avait moins d'estime pour ceux qui n'étaient pas prêts aux sacrifices les plus extrêmes pour le sport. Jonathan n'était pas comme ça, pas comme Lance. Le pauvre Jonathan, on se lamentait ensemble. J'étais la salope qui faisait des misères à la pauvre femme de Johan ; lui était le mauvais coureur qui ne faisait pas tout ce qu'il fallait pour grimper plus haut. Je trouvais qu'il était vraiment unique, mais dans le bon sens du terme. »

L'histoire professionnelle de Vaughters est pleine d'ironie. Génétiquement, Jonathan a un fort taux d'hématocrite. Alors que la moyenne pour un athlète pratiquant un sport d'endurance est de 41 ou 42, celui de Vaughters est à 48 ou 49. Le taux de son père était similaire et le taux d'hématocrite naturel de Vaughters grimpe encore pendant les dix-huit premières années de sa vie à Denver, une ville située à 2 000 m au-dessus du niveau de la mer. À l'époque où il court comme amateur sur le continent américain, Vaughters est avantagé par son taux d'hématocrite naturel, car son sang peut faire circuler plus d'oxygène. Mais cet avantage n'en est plus un quand il passe professionnel, face à des coureurs qui augmentent artificiellement leur taux d'hématocrite grâce à l'érythropoïétine (EPO). Si Vaughters avait été disposé à faire carrière en trichant, ce qui n'était pas le cas, son taux élevé d'hématocrite aurait été un désavantage car même de très petites quantités d'EPO l'auraient mis au-dessus du seuil de 50 % imposé par les instances officielles du cyclisme.

Emma O'Reilly ne se souvient pas seulement du critérium du Dauphiné libéré 1999 à cause des déboires de son ami le dernier jour, mais aussi pour une autre raison. «Un soir, pendant la course, je faisais un massage à Lance, et il m'a dit que son taux d'hématocrite était à 41 ce jour-là. Sans réfléchir, je lui ai répondu : "Mais c'est terrible, 41, qu'est-ce que tu vas faire ?" Tout le monde dans le cyclisme sait qu'on ne peut pas gagner avec un taux de 41. Il m'a regardé et m'a dit : "Emma, tu sais ce que je vais faire, je vais faire comme les autres." J'ai pensé : "Mon Dieu, oui !" J'avais l'air stupide de lui demander ça. Je l'ai noté dans mon agenda : *Il était à 41 aujourd'hui et quand je lui ai demandé ce qu'il allait faire, il a ri et m'a dit : "Tu sais, ce que tout le monde fait."* Je savais exactement ce qu'il allait faire.»

Lance veut du maquillage

Les relations entre un coureur et son soigneur sont en général complices. Chaque soir, ils passent environ une heure ensemble pendant que le soigneur masse le coureur. Les meilleurs soigneurs s'occupent également du moral du coureur, le font rire quand il en a besoin, le rassurent pendant ses périodes de doute, et sentent quand il vaut mieux se taire. Emma O'Reilly et Lance Armstrong formaient une bonne équipe, tout le monde le savait à l'US Postal. Elle est une excellente masseuse et, dans ce milieu où tout le monde a tendance à se prosterner devant Sir Lancelot, elle le traite comme un être humain ordinaire. Sensible à la pression qu'Armstrong fait peser sur lui-même, elle ne l'ennuie pas avec ses petits soucis. De son côté, Armstrong a pu sentir le froid entre Bruyneel et O'Reilly, mais il a conclu sans doute que ce n'était pas son problème. Quelle que soit l'opinion de Johan sur Emma, Lance l'aime bien.

Le Tour de France 99 prend le départ un samedi, le

3 juillet. La veille, les coureurs se présentent à l'examen médical pour savoir s'ils sont aptes à courir trois semaines. Même si cette cérémonie officielle est plus organisée pour les médias que pour des raisons médicales, les coureurs ne peuvent y couper. Un coureur du niveau de Lance Armstrong sait très bien que lorsqu'on lui prendra la tension, lorsqu'on mesurera sa capacité respiratoire ou son rythme cardiaque, les photographes seront là. Mais ce jour-là pourtant, il y a un problème.

« Lance m'a demandé, se souvient O'Reilly, de chercher dans mon nécessaire à maquillage si j'avais quelque chose pour cacher les hématomes causés par les seringues sur son bras, son bras droit si j'ai bonne mémoire. Son raisonnement était qu'il ne voulait pas que des gens voient ces traces et se mettent à soupçonner quelque chose. Je lui ai dit : "Lance, il te faut quelque chose de plus costaud que ce que j'ai." C'était la première fois qu'on me demandait un truc pareil. Sachant que mon maquillage ne servirait à rien, je suis allée dans une boutique acheter un fond de teint couvrant. Il se l'est étalé et nous avons rigolé, car je trouvais que ça ne faisait pas très bien. »

Les cyclistes reçoivent continuellement des piqûres de vitamines et des perfusions de glucose. Pourquoi Armstrong se donne-t-il tant de mal pour cacher des marques de piqûres de seringues sur son bras ? Quels sont les produits qui peuvent être injectés à cet endroit du corps ? Nous avons demandé leur avis à plusieurs spécialistes.

Jean-Pierre de Mondenard, qui a exercé pendant dix ans dans un centre pour enfants diabétiques, explique qu'une piqûre injectée sur la face externe du haut d'un bras est très spécifique : « Il s'agit d'un vaccin, d'insuline, d'EPO, ou d'hormone de croissance. Tout ce qui est autorisé, les vitamines, le fer, les produits de récupération, se fait dans la fesse. À la rigueur, une intramusculaire peut également se faire dans la cuisse. Le haut du bras ne permet qu'une injection de faible profondeur, et donc l'usage de petites aiguilles à insuline. Et il est plus facile de s'y faire un hématome.»

Pour Jérôme Chiotti, ex-champion du monde de VTT qui a reconnu «de son plein gré» (le titre de son livre) avoir eu recours au dopage en pleine activité cycliste, des piqûres en haut du bras ne font aucun mystère : «Il s'agit d'hormones de croissance, d'EPO, ou de corticoïdes», assure-t-il. «Personnellement, mais chacun a ses petites habitudes, je m'injectais l'EPO dans le pli du ventre ou sur le dessus de la cuisse. À mon avis, à cet endroit-là, il s'agit à 99 % de "cortico".» Mais *quid* des produits de récupération ? «Non, non, coupe-t-il. Il n'y a aucun intérêt à se les mettre dans un bras. Le fer, les vitamines s'injectent en intraveineuse ou en intramusculaire dans une fesse. Dans ce cas de figure, le muscle doit être hyper relâché et conséquent. Le bras n'est pas approprié et ça serait de toute manière douloureux.»

Mais qu'en pense Willy Voet, l'ancien soigneur de l'équipe Festina, qui a vingt ans «d'expérience» en la matière ? «En haut du bras, on injectait l'hormone de croissance, l'EPO, les corticoïdes ou encore les amphétamines, explique-t-il. En fait, tout ce qui n'est pas "huileux". Les autres produits, le fer, les vitamines par exemple, on les injectait dans une fesse, dans un endroit où il y a assez de "viande". Les piqûres dans le bras sont sous-cutanées. On utilise des petites aiguilles genre insuline.» Mais ne pourrait-il s'agir d'une injection de glucose ? «Non, le glucose s'injecte en intraveineuse, au pli du coude», répond Jérôme Chiotti. «Le glucose s'injecte dans une veine, principalement à la pliure du coude, sur sa face interne, où la veine est appelée "autoroute" par les cyclistes», confirme Jean-Pierre Mondenard. «Le glucose, ça se fait toujours en intraveineuse, jamais en sous-cutané», certifie Willy Voet.

Le fond de teint d'O'Reilly remplit son rôle car le contrôle médical se déroule sans incident. Le lendemain, Armstrong court le prologue du Puy-du-Fou et écrase ses rivaux au terme d'une performance éblouissante. «Quand il a gagné, nous sommes tombés raides, dit O'Reilly. On espérait tous qu'il ferait quelque chose mais on ne pensait pas qu'il pourrait gagner. Mais il a réussi et c'était super, c'était fabuleux. Même Mark [Gorski] était ravi. J'étais dans l'aire d'arrivée, il a déboulé, nous avons entendu son temps, senti l'excitation tout autour, et je me suis dit : "Ça alors !" J'ai lancé à Kristin [son épouse] : "On a gagné, on a gagné !" C'était un moment délicieux. Il y avait de la joie partout ; j'étais heureuse pour lui. Nous sommes restés pendant deux jours dans le même hôtel. Ce soir-là, après sa victoire dans le prologue, nous n'avons pas eu droit au champagne, je ne sais pas pourquoi, sans doute parce qu'il était déjà tard.

Ce n'est que le deuxième soir que nous avons sablé le champagne. Je prenais ma douche car j'avais fini plus tard que les autres. C'était normal. Nous étions quatre soigneurs pour neuf coureurs. Trois soigneurs avaient chacun deux coureurs et le quatrième en avait trois. Moi, en tant que soigneur en chef, j'en suivais trois : Lance, Vaughters et Livingston. J'étais donc sous la douche quand Mark a frappé. J'ai pensé qu'on ne pouvait même pas prendre une douche tranquille ! Il m'a dit : "Emma, dépêche-toi, on a une bouteille de champagne et on ne veut pas l'ouvrir sans toi." C'était délicat de sa part et ça montrait que l'équipe avait l'esprit de camaraderie.»

L'UCI au pas de charge

La veille du prologue du Tour de France 1999, au Puy-du-Fou, en Vendée, tous les directeurs sportifs se retrouvent comme chaque année pour une dernière réunion commune avant le grand départ. Hein Verbruggen, le président de l'UCI, s'invite à la causerie. Et pas pour rien. Le message est bref : désormais, l'Union cycliste internationale recherchera les corticoïdes ! À partir de quand ? Dès le prologue, le lendemain...

Branle-bas de combat ! Mais quelle mouche a donc piqué l'UCI ? Pour quelles raisons la chasse aux corticos est-elle ouverte, et dans l'instant, alors que leur interdiction remonte à 1978 ? Pourquoi l'UCI fait-elle preuve d'une telle célérité pour avaliser une méthode de détection mise au point une semaine auparavant par le Laboratoire national de dépistage du dopage (LNDD) ?

Non seulement la nouvelle fait l'effet d'une petite bombe dans le milieu cycliste, mais son interprétation est discordante. Selon le LNDD et son responsable Jacques de Ceaurriz, «cette opération pilote est une mesure préventive à caractère pédagogique. Elle va donner une autre photographie de l'état général des organismes dans le peloton. Les coureurs repérés ne sont pas déclarés positifs pour autant, surtout qu'ils peuvent se prévaloir des justificatifs thérapeutiques[1]». Pourtant, le même jour, le Néerlandais Léon Schattenberg, président de la Commission de sécurité et des conditions du sport de l'UCI, l'équivalent d'une commission médicale, déclare : «Nous prendrons contact avec le coureur concerné qui aura alors droit à une contre-expertise. Si cette dernière confirme le résultat, le coureur sera sanctionné. Mais la prise de corticoïdes ne concerne qu'un tout petit nombre de coureurs[2].» Doux angélisme.

Entre prévention et sanction, l'UCI a sauté le pas, considérant avec légèreté ou inconscience les précédentes constatations sur l'usage généralisé des corti-

---

1. *L'Équipe*, 8 juillet 1999.
2. *Ibid.*

coïdes dans le peloton. Selon Jacques de Ceaurriz, les expériences menées sur des échantillons du Tour de France 98 auraient eu une conséquence : ce « Tour n'aurait pas eu lieu, faute de combattants[1]... ». De sanctions toutefois, il n'y eut jamais, d'autant que le justificatif médical devenait ici un paratonnerre idéal pour l'athlète incriminé. Un mois plus tard, au plus creux de l'actualité du mois d'août, le projet d'une mise en application de cette soudaine « vague anticorticoïdes » fut abandonné en catimini face à l'ampleur du phénomène.

Toujours est-il que l'un des quatre échantillons prélevés au sortir du prologue, le 3 juillet, et envoyés au laboratoire de Châtenay-Malabry, est positif aux corticoïdes[2]. Cet échantillon est celui du Danois Bo Hamburger.

Armstrong positif

L'étape du lendemain rallie Montaigu à Challans, dans l'ouest de la France, et Armstrong réussit à garder le maillot jaune. À ce titre, il doit à nouveau se soumettre au contrôle antidopage. Ce 4 juillet, jour de fête nationale dans son pays, Armstrong est contrôlé positif. On trouve dans ses urines des traces de triamcinolone acétonide, un corticoïde de synthèse à action retard qui ne peut émaner en aucun cas d'une sécrétion naturelle.

Selon la liste des produits interdits par l'UCI, l'usage des corticoïdes est contrôlé de la façon suivante :

« Article 111 : classes des produits sujets à certaines restrictions.

---

1. *Ibid.*
2. Les quatre coureurs contrôlés à l'issue du prologue étaient Lance Armstrong, le Danois Bo Hamburger, l'Espagnol Manuel Beltran et le Colombien Joaquim Castelblanco.

c) : l'usage des corticoïdes est interdit, excepté en usage externe (auriculaire, ophtalmologique ou dermatologique), en inhalation (pour asthme ou rhinite allergique) ou en injections locales et intra-articulaires. Le coureur doit faire la preuve de telles utilisations avec un certificat médical. »

Problème toutefois : sur le procès-verbal du contrôle médical d'Armstrong réalisé à Challans, dans la colonne « Médicaments pris », il est écrit : « néant ». Le contrôle a eu lieu le dimanche soir à 17 heures, et deux semaines s'écoulent avant que le résultat positif d'Armstrong ne soit éventé par le quotidien *Le Monde*. Durant cette période, on entend des rumeurs selon lesquelles des coureurs auraient été contrôlés positifs aux corticoïdes, « vingt à trente cas[1] », mais rien de plus. À Tarbes, le 19 juillet, jour de repos, Armstrong tient une conférence de presse au cours de laquelle il affirme n'avoir jamais pris de corticoïdes et ne pas avoir de certificat médical pour utiliser des produits interdits. Il ne fait que répéter les réponses données à l'un des auteurs dans une interview au journal *L'Équipe* le 8 juillet. Mais la veille au soir de cette conférence, un journaliste du *Monde* a reçu d'une source fiable une information selon laquelle Armstrong a été contrôlé positif le 4 juillet. Les journalistes du *Monde* présents sur le Tour tentent d'en avoir confirmation auprès du président de l'UCI, Hein Verbruggen, et du responsable de sa commission médicale, Léon Schattenberg. Ils ne peuvent joindre Schattenberg, qui ne répond pas aux messages laissés sur son portable, tandis que Verbruggen déclare qu'il n'est pas au courant. Le 19 juillet, de nombreux membres de l'US Postal comprennent que l'affaire va vraiment éclater.

---

1. *L'Humanité*, 20 juillet 1999.

La pommade miracle

Le lendemain, la course reprend avec une étape dans les Pyrénées, qui arrive dans la station de sports d'hiver de Piau Engaly. Armstrong a récupéré le maillot jaune abandonné deux jours après son prologue au Puy-du-Fou et il contrôle la course de main de maître. Ce soir-là, il prend l'hélicoptère pour revenir de l'arrivée, survolant les embouteillages, et arrive à l'hôtel de l'équipe bien avant ses coéquipiers. O'Reilly fait partie de ceux qui sont coincés sur la route, mais elle se console en pensant qu'elle aura moins de travail le soir.

« L'un de mes trois coureurs, Jonathan Vaughters, avait déjà dû abandonner et il ne me restait que Lance et Kevin. En prenant l'hélicoptère, Lance allait arriver environ deux heures avant nous, et je pensais qu'il aurait demandé à un autre soigneur de lui faire son massage. Il avait besoin de manger et de dormir autant qu'il pouvait. Et je pensais : "Bon, je n'aurais qu'à m'occuper de Kevin ce soir, ce ne sera pas trop mal." Mais quand je suis arrivée à l'hôtel, il était là, assis sur son lit, à m'attendre. J'ai trouvé ça mignon. »

Dès l'après-midi, *Le Monde*, dont l'un des journalistes a vu une copie du résultat, a essayé d'obtenir une réaction de l'équipe US Postal au papier qui vient de paraître à Paris (le lendemain en province), selon lequel Armstrong a été contrôlé positif aux corticoïdes. De son propre aveu, formulé dans *L'Équipe* et lors de la conférence de presse, Armstrong ne dispose d'aucun justificatif thérapeutique l'autorisant à prendre un produit interdit, mais *Le Monde* veut quand même obtenir une réaction de l'US Postal. Le soir, l'un des trois journalistes qui assurent la couverture de l'épreuve réussit à joindre Dan Osipow – il s'occupe des relations publiques de l'équipe – qui se refuse à tout commentaire. Le journaliste lui demande en particulier si Armstrong a utilisé une pommade qui aurait pu le rendre positif, le porte-parole lui déclare qu'il ne peut pas répondre.

Selon O'Reilly, la réponse de l'US Postal a été mise au point pendant son massage tardif à Armstrong ce soir-là.

« Deux membres du staff de l'US Postal ont passé un moment dans la pièce. Ils parlaient en disant : "Qu'est-ce qu'on va faire, qu'est-ce qu'on va faire ? Restons calmes, restons groupés, pas de panique, il faut qu'on ait tous la même histoire en sortant d'ici." On avait l'impression que la merde allait sortir et il fallait trouver une explication. Et c'est ce qu'ils ont conclu : douleur à la selle, pommade aux corticoïdes, avec une ordonnance antidatée. Je savais déjà pour le corticoïde car Lance me l'avait dit. Il m'avait dit qu'il avait pris un corticoïde avant ou pendant la Route du Sud, le mois précédent, et il pensait qu'il serait OK pour le Tour. Il pensait que le produit avait été complètement éliminé de son organisme mais, sans qu'on comprenne pourquoi, il était réapparu. Je ne me souviens pas d'avoir jamais entendu parler d'une douleur à la selle au départ du Tour de France, mais, de toute façon, il m'a dit de façon catégorique que ce n'était pas la pommade. Plus tard, ce soir-là, il y a eu un branle-bas de combat pour trouver Luis [del Moral, le médecin de l'équipe], qui devait établir l'ordonnance. » Raison officielle donc : une dermatite allergique à la selle.

Ce recours à un justificatif thérapeutique antidaté n'est pas nouveau. Le cas s'était déjà présenté lors du contrôle antidopage à la lidocaïne (un anesthésique interdit) de Laurent Brochard quand il est devenu champion du monde sur route à Saint-Sébastien (Espagne) en 1997. Bruno Roussel le raconte d'ailleurs dans son livre[1], expliquant que l'article 43 des règlements antidopage de l'UCI n'a tout simplement pas été respecté par l'institution internationale[2].

« Maintenant, tu en sais assez pour me faire tomber »

Le 22 juillet, l'UCI publie un communiqué affirmant qu'Armstrong utilise de la Cémalyt, une pommade contenant de la triamcinolone, pour soigner une allergie dermatologique. L'UCI affirme aussi avoir vu l'ordonnance délivrée à cet égard. L'UCI ne précise pas en revanche si Armstrong a déclaré la Cémalyt sur sa feuille de contrôle ni quand l'ordonnance lui a été présentée. À la fin de ce communiqué, l'UCI, qui prend manifestement la défense du champion américain autant que sa propre équipe, invite enfin les journalistes à ne pas tirer de conclusions hâtives en matière de dopage :

« Nous voudrions demander à tous les représentants de la presse de faire attention à la complexité de ces questions et aux aspects relatifs des règlements et de la loi avant de publier leurs articles. Cela permettrait d'éviter des affirmations à caractère superficiel, sinon infondé. »

L'UCI fait référence à une regrettable erreur du *Monde* qui, à propos des échantillons d'urine d'Armstrong et d'autres coureurs, a précisé le ratio du taux de testostérone sur épitestostérone. Une indication sans intérêt dans le cas présent puisqu'elle n'a rien à voir avec la

---

1. Bruno Roussel, *Tour de vices*, Hachette Littératures, 2001.
2. L'article 43 stipule que tout coureur qui ne mentionne pas de conditions particulières dans le procès-verbal d'analyse le jour du contrôle sera sanctionné.

positivité du contrôle d'un corticoïde. Cet excès de zèle est une aubaine pour jeter le discrédit sur un travail par ailleurs irréprochable.

Quoi qu'il en soit, la Cémalyt, qui contient effectivement de la triamcinolone acétonide comme principe actif, aurait dû être répertoriée dans la liste des médicaments utilisés par l'US Postal et, dès lors, faire l'objet d'une demande d'autorisation d'importation auprès de l'Agence française de sécurité sanitaire des produits de santé (AFSSAPS). Or, après consultation des archives de l'agence, la responsable de la communication de l'AFSSAPS, Henriette Chaibriant, s'est montrée catégorique : « Aucune autorisation d'importation n'a été délivrée à l'US Postal pour la Cémalyt pour le Tour de France 1999. »

Lors d'une conférence de presse, quelques jours plus tard, Armstrong s'en prend également au *Monde*, qu'il qualifie de « presse de caniveau ». Benoît Hopquin demande en effet à Armstrong pourquoi, à deux reprises, il a affirmé n'avoir pas de justificatif thérapeutique pour un produit interdit, contrairement à ce qu'il déclare maintenant. Réponse d'Armstrong : « M. *Le Monde*, voulez-vous dire que je suis un menteur ou un dopé ? » Le journaliste ne l'a traité ni de menteur ni de dopé, il s'est contenté de poser une question franche et légitime. Ou Armstrong a menti dans ses deux dernières interviews, ou son équipe a antidaté une ordonnance. Où réside la vérité ? Dans la pièce remplie de journalistes, l'envoyé spécial du *Monde* est bien seul. Aucun de ses collègues ne lui emboîte le pas.

Ce mardi soir, Armstrong dira à O'Reilly, d'un air piteux : « Maintenant Emma, tu en sais assez pour me faire tomber. » Une remarque si saisissante que c'est la dernière chose qu'Emma a notée dans son agenda à la date du 20 juillet.

L'ami chez l'ennemi

Marty Jemison se souvient d'avoir entendu parler de ce qui est arrivé à Jean-Cyril Robin dans le Tour de France 1999. Le Français avait couru deux saisons sous le maillot de l'US Postal, en 1997 et en 1998, pendant le Tour des scandales, qu'il a terminé à la 6e place du classement général, aidé en partie par le retrait massif des équipes espagnoles et l'exclusion de Festina. L'argent récolté est revenu directement à Robin, qui, après avoir rejoint l'équipe française fdj. com, laisse des mécontents derrière lui. Lance Armstrong, qui n'a pas couru le Tour 1998, a entendu certains de ses coéquipiers médire de Robin en parlant de l'argent qui aurait dû revenir au pot commun.

Explication du Nantais : il souhaitait que « le total de toutes les dotations [portant sur la totalité de la saison] soit effectué avant de le faire. Je préférais rétrocéder une partie de mes gains après, plutôt que d'attendre la part, de toute façon inférieure, qui me serait revenue après le solde des comptes ».

Toujours est-il que le torchon brûle. « Ce que les gars me disaient, explique Jemison, c'est qu'au départ du Tour, Lance avait dit : "Bon, ce gars vous doit de l'argent, et bien il n'ira nulle part tant qu'il n'aura pas payé". C'était typique de Lance, il était sans pitié mais si vous étiez dans son équipe, de son côté, il s'occupait de vous. La somme en jeu n'était pas très importante mais c'était une question de principe. Jean-Cyril n'a rien pu entreprendre pendant les dix premiers jours de course. S'il tentait une échappée, une bande d'US Postal s'élançait à ses trousses. »

C'est ainsi qu'Armstrong gagnait l'amitié de ses coéquipiers. Il les mettait au défi, et bien que se comportant en patron exigeant, il manifestait souvent sa satisfaction pour leur travail, et pouvait complimenter généreusement le staff s'il pensait que c'était mérité. Les difficultés apparaissent quand l'amitié entre en conflit avec les affaires. Dans ces cas-là, on dirait une berline face à un dix tonnes. La berline, c'étaient les amis, évidemment. Si Armstrong trouvait qu'un de ses coéquipiers ne méritait pas son salaire, le fait que ce coéquipier soit son ami ne comptait plus. Un membre du staff avait l'habitude de dire à Emma: «Lance a un seul ami, Emma, un seul vrai ami, c'est George Washington, le George Washington qui est imprimé sur le billet vert.»

Parmi ses coéquipiers, Kevin Livingston est la principale victime. Dans son premier livre *Il n'y a pas que le vélo dans la vie*, Armstrong décrit Livingston comme son frère. Ils étaient très proches et, de l'avis des autres coureurs, Kevin regardait également Lance presque comme un grand frère. Comme Lance avait acheté une maison à Austin, Kevin quitta sa maison de St Louis, dans le Missouri, pour en acheter une, identique, à Austin. Si Lance achetait un 4 × 4 Tahoe, Kevin achetait aussi un Tahoe. Si Lance allait voir un médecin controversé comme Michele Ferrari, Kevin allait chez Ferrari. Si Lance avait un chien, Kevin achetait un chien de la même race. Au sein de l'équipe, les autres coureurs se moquaient de Livingston, prosterné devant le numéro un, mais Kevin était comme ça, fidèle jusqu'à l'excès.

Quand Armstrong gagna son premier Tour, en 99, Livingston était à ses côtés. Pas pendant les premières étapes de plaine, mais dans la montagne, quand son aide de grimpeur patenté comptait vraiment. S'il fallait accélérer la cadence en grimpant, Armstrong se tournait alors vers Livingston et l'allure augmentait. Livingston faisait tout ce qu'un équipier altruiste doit faire : il se donnait corps et âme à son leader. Comme la star était aussi son meilleur ami, Livingston se donnait plus encore. Après le tour 2000, Livingston, qui avait toujours été l'un des coéquipiers les plus influents d'Armstrong, renégocia son contrat avec US Postal. Il avait dû parler avec le directeur sportif, Johan Bruyneel, ou avec le directeur général Mark Gorski, mais il négociait en fait avec son meilleur ami. C'était Armstrong qui aurait le dernier mot.

Le résultat, c'est que l'US Postal (Armstrong en fait) pensa que Livingston ne valait pas l'argent qu'il demandait. Le billet vert dont parlait le membre du staff allait pour un temps détruire leur amitié. Entre l'estimation de Livingston et celle d'Armstrong, il y avait une différence de 200 000 dollars. Et la réponse fut négative. Livingston pouvait partir s'il le voulait. Il négocia avec une équipe anglaise, Linda McCartney, et quand celle-ci fut à court d'argent, il rejoignit le plus dangereux rival d'Armstrong, Jan Ullrich, au sein de l'équipe allemande Deutsche Telekom. De façon étonnante, c'est Armstrong qui s'estima trahi, comparant la défection de Livingston à un «Colin Powel allant travailler en Chine». Il avait tant fait pour Livingston, et maintenant Kevin passait à l'ennemi.

Il rompit avec Kevin, qualifié d'ancien ami ingrat et déloyal. C'était comme si on traitait de bâtard Lassie, le colley éternellement fidèle, et qu'on la mettait à la porte. Livingston ne courut qu'une année pour Deutsche Telekom, avant de prendre sa retraite, dégoûté par le sport. Depuis, lui et Armstrong sont redevenus amis et, bien que ce ne soit pas exactement comme avant, Livingston essaie toujours de faire plaisir à son vieux pote.

Le calcul de Jonathan

Lorsque des coureurs de US Postal sont jugés de trop, ils se retrouvent face à ce camion de dix tonnes. Jonathan Vaughters partit à la fin de la saison 1999, de sa propre volonté et sans regrets. Il y avait quand même quelque chose qui, de son point de vue, restait à régler. Vaughters avait abandonné au troisième jour du Tour 1999, après une chute sur le passage du Gois qui relie le continent à l'île de Noirmoutier, et bien qu'il n'ait pas pu contribuer beaucoup aux efforts de l'équipe, il avait contractuellement droit à une petite part des primes gagnées par l'équipe. Cette part était proportionnelle au nombre de jours de course ; comme Vaughters avait roulé trois jours sur les vingt et un du Tour, il avait droit à un septième de sa part. Environ 6 000 dollars, que Vaughters ne reçut pas.

Dans le vélo, le fait de ne pas payer leur part aux coureurs qui changent d'équipe n'est pas inhabituel et Vaughters n'était pas tellement surpris de ne pas voir l'argent arriver. Mais la somme valait au moins qu'on se pose la question. En mars suivant, il courut Paris-Nice pour sa nouvelle équipe, Crédit agricole, et eut une conversation avec Frankie Andreu au sujet de cet argent. Senior de l'équipe et ami d'Armstrong, Andreu devait être au courant. Il lui expliqua qu'en effet ils en avaient parlé, mais que Vaughters étant parti dans une autre équipe, Lance avait décidé de ne pas le payer. Andreu dit qu'il pouvait revenir à la charge mais il était sans doute préférable de laisser tomber. Vaughters fit un peu de calcul mental et trouva tout de suite des moyens plus faciles de gagner 6 000 dollars.

Andreu poussé à la retraite

Andreu avait également été l'un des amis les plus proches de Lance. Quand Armstrong rejoignit l'équipe Motorola fin 1992, pour sa première année chez les professionnels, Andreu fut l'un de ceux qui l'aidèrent à prendre pied. Ils avaient couru ensemble pendant quatre ans chez Motorola et quand on diagnostiqua le cancer d'Armstrong en octobre 1996, Andreu lui rendit visite avec sa femme Betsy à l'Indiana Hospital. Ils coururent à nouveau ensemble en 1998, 1999 et 2000, mais, à la fin, leur amitié se refroidit.

Interrogé en décembre 2003 sur ses relations avec Armstrong, Andreu n'élude pas :

« Amicales, je dirais. On s'entend bien mais on n'est pas aussi proches qu'avant. Je le vois sur le Tour, où nous nous parlons peut-être une fois ou deux.

– Vous êtes en contact avec lui pour votre travail de commentateur télé ?

– Oui, et il me répond avec sympathie. Vous savez, tout va bien entre nous. Il y a beaucoup de stress pour lui sur le Tour. Avant, nos relations étaient plus proches mais nous avons des vies différentes. Même chose avec Hincapie, j'étais vraiment très très ami avec George. Nous nous parlons encore mais ce n'est plus pareil. J'étais super proche de Steve Bauer et de Phil Anderson depuis l'époque Motorola, mais une fois qu'on a quitté le monde du sport, on prend ses distances. Même si nos relations se sont distendues auparavant.

– On dit qu'une rupture majeure a eu lieu entre vous et Armstrong avant l'Amstel Gold Race 99 ?

– C'est vrai, nous nous sommes hurlés dessus juste avant le départ. Un quart d'heure avant, probablement. Ça couvait depuis quelque temps, on s'y attendait. Je ne sais pas pourquoi ça a explosé à ce moment-là, presque sur la ligne de départ. Nous étions derrière l'une des voitures de l'équipe, et nous nous sommes mis à nous crier dessus. Je ne me souviens plus exactement pourquoi, je crois qu'il s'agissait d'un e-mail que ma femme avait envoyé à Lance. Il n'avait pas apprécié et il était furieux, il disait que c'était comme si la femme d'un employé envoyait à son patron une lettre d'insultes. Peut-être que Betsy n'aurait pas dû envoyer cet e-mail, mais je ne me considérais pas vraiment comme un employé face à son patron.

– Finalement, c'est oublié ?

– Je ne crois pas, pas complètement. Moi, j'avais pratiquement oublié. Pas lui… Nous étions vraiment proches, de bons amis, on courait tout le temps ensemble et pendant un mois, un mois et demi, les choses ont été un peu difficiles. Nous avons continué à nous entraîner ensemble, nous en parlions, mais je ne sais pas s'il avait sincèrement tiré un trait dessus. Je ne dis pas que ça l'ennuyait, simplement nous n'avons plus jamais été aussi proches qu'avant. »

Andreu réalise de bonnes performances pendant les Tours de France 1999 et 2000, même si sa dernière semaine de 2000 est gâchée. Il a 33 ans à l'époque et veut finir sa carrière à la fin de la saison 2001. Après trois saisons avec l'équipe et toujours solide coureur, il est sûr que l'US Postal renouvellera son contrat pour une saison supplémentaire. À l'inverse, Bruyneel et Armstrong, à cause de son âge et de son salaire, décident qu'il est dans l'intérêt de l'équipe de le laisser partir. « Je pense que je méritais le poste, je ne voulais pas qu'on me fasse la charité, je pensais honnêtement que je courais aussi bien qu'avant. Je m'étais cassé le cul pendant deux ans, je l'avais aidé à avoir le maillot jaune, j'avais poussé tout le monde à avoir ces résultats. Ils m'ont dit pendant le Tour qu'ils n'étaient pas sûrs de vouloir me garder encore un an. Ce fut un choc… Après tout ce que j'avais fait… J'avais sacrifié toute ma vie pour ces types et j'étais un peu, comment dire, étonné. »

Quand Andreu questionnait Bruyneel sur son contrat 2001, il lui répondait que c'était Mark Gorski qui prenait les décisions. Mais Gorski, lui, expliquait que c'était Bruyneel. Parfois, à d'autres moments, ils disaient tous deux que c'était la faute d'Armstrong, qui lui-même disait à Andreu que tout cela lui échappait. Ils se renvoyaient la patate chaude. Mais Andreu savait que, s'agissant des contrats des coureurs, rien n'échappait au leader de l'équipe. Les choses traînèrent jusqu'en octobre, où ils firent à Andreu une offre inacceptable : un faible salaire assorti de fortes primes dépendant des résultats de l'équipe. Andreu, qui se sentait trahi, décida de prendre sa retraite.

« Je ne sais pas si j'étais furieux contre Lance, contre Gorski ou contre Johan. Plus que tout, j'étais déçu. Je ne voulais pas quitter l'équipe parce que j'adorais courir avec ces types, les meilleurs que j'avais jamais connus. J'essayais de me mettre à la place de Mark, Johan et Lance. Deux choses devaient entrer en ligne de compte pour eux : mon âge et mon salaire, qui était relativement bon. Ils voulaient abaisser et l'âge moyen de l'équipe et les coûts. En me faisant partir, ils gagnaient sur les deux tableaux. Il fallait que je m'y fasse. Je voulais juste rouler une année de plus, mais j'en avais déjà douze au compteur. Un an de plus ou de moins après douze années, ce n'était pas trop grave. »

L'US Postal offrit finalement à Andreu un poste de deuxième assistant du directeur sportif, avec la responsabilité de l'équipe quand elle courait aux États-Unis. Il accepta avec plaisir car cette proposition lui permettait de rester dans le cyclisme et de préparer sa retraite. Ce fut aussi un rôle qu'il apprécia, en particulier la deuxième année, quand il fut impliqué dans la direction logistique de l'équipe. Mais Gorski, Bruyneel et Armstrong réexaminèrent alors le budget et décidèrent qu'il fallait faire des économies ; comme précédemment, ils firent à Andreu une offre qu'il jugea inacceptable. À nouveau en colère, il se fit une raison et décida de continuer sa vie de son côté. Mais ce qu'il ne comprenait pas, c'était d'être remplacé à son poste de second assistant du directeur sportif par Laurenzo Lapage. Le Belge, modeste pistard, avait été recruté en 2003 après un contrôle positif à l'éphédrine sur la piste des Six Jours de Gand, en novembre 2002.

Andreu savait qu'il avait vécu les plus beaux jours de sa carrière au sein de l'US Postal, surtout lorsqu'il avait aidé Armstrong à gagner les Tours 1999 et 2000. Cette carrière ne s'était pas terminée comme il le souhaitait, mais ce sont des choses qui arrivent souvent dans la vie. Andreu ne reçut pas la prime offerte par Armstrong aux coureurs qui l'avaient aidé à gagner le Tour 2000. C'est à la fois une tradition et une obligation morale pour le vainqueur du Tour de gratifier ses coéquipiers d'une prime substantielle en reconnaissance de leur contribution à sa victoire. Car tandis que les gains du champion se comptent en millions, ses coéquipiers ne gagnent que des sommes relativement modestes. Après avoir joué son rôle en 1999, Andreu reçut la prime. Il se donna tout autant l'année suivante, accomplit son devoir jusqu'à Paris, mais ne reçut pas la prime de 20 000 dollars. À cette époque, Armstrong savait qu'Andreu allait prendre sa retraite et que, depuis sa maison à Detroit, il ne pourrait plus faire grand-chose pour le leader de l'US Postal. Pas de prime donc. Était-ce injuste ? Là n'était pas la question.

L'appel de Bruyneel

Emma O'Reilly a lu et relu les pages qui racontent son histoire. À plusieurs reprises, elle a ressenti un sentiment de culpabilité. Elle s'est demandé s'il ne vaudrait pas mieux passer sous silence tout ce qu'elle a vu pendant ces années. Avait-elle le droit de faire ça ? Mais pendant un week-end, alors qu'elle relisait son témoignage, Marco Pantani a été retrouvé, sans vie, dans une chambre. L'Italien, vainqueur du Tour de France 1998, est mort en solitaire dans un petit hôtel, avec pour seuls compagnons ses antidépresseurs. Pantani avait 34 ans. Deux jours plus tôt, Johan Sermon, 21 ans, jeune coureur belge de l'équipe Daiken, est mort dans son sommeil. Les morts prématurées et inexpliquées continuent de frapper le cyclisme. En relisant ses déclarations, O'Reilly ne nourrissait aucune illusion sur leur effet. « Je pense que le cyclisme professionnel est descendu bien trop bas pour pouvoir changer. Mais un jour, il implosera. » Quels que soient ses remords à trahir la confiance, quel que soit son pessimisme sur la capacité du cyclisme à changer, elle sait que ce sport a été autant détruit par le silence des gens honnêtes que par les agissements des malhonnêtes.

Après son coup de téléphone à Julien De Vriese le vendredi 13 juin 2003, elle reçut rapidement un appel de son ancien patron.

« Emma, c'est Johan.

– Ah, Johan…

– Comment ça va ?

– Bien, Johan, et toi ?

– Bien. Écoute, d'abord, je veux te dire que je suis désolé pour la façon dont je t'ai traitée pendant ta dernière année et demie avec l'équipe. J'ai eu complètement tort. Tu travaillais bien. Mon ex-femme n'était pas bien pour l'équipe, je ne m'en rendais pas compte à l'époque.»

O'Reilly n'est pas touchée par le repentir de Bruyneel. «La seule raison pour laquelle il s'excusait, c'était que Julien lui avait dit que j'allais parler avec un journaliste qu'il n'aimait pas. Sinon, je n'aurais plus jamais entendu parler de lui. Je pensais : "Eh, mec, ça fait deux ans que t'aurais pu m'appeler n'importe quand." À la fin de ce coup de fil, il m'a même dit que s'il pouvait faire quelque chose pour moi, je n'avais qu'à lui téléphoner. C'était vraiment drôle, je me suis bien marrée. Je ne pensais pas entendre un jour Johan Bruyneel parler si poliment. Il n'aime pas s'aplatir devant quelqu'un.»

Elle se souvient du jour où il était entré dans la cuisine du bus de l'équipe, alors qu'elle était en train de préparer des repas pour les coureurs. Il l'avait fait sursauter, avait fermé la porte derrière lui et lui avait dit qu'à l'avenir elle n'avait pas à mettre en doute les qualités de sa femme. «Quoi que fasse Christelle, lui dit-il, ça vient de moi.» Emma a été totalement isolée pendant ces derniers dix-huit mois, les soigneurs et les mécaniciens ne peuvent pas être de son côté car ils s'inquiètent pour leurs contrats. Pendant un moment, elle cesse de manger avec l'équipe ; elle prend des céréales dans sa chambre pendant qu'ils dînent au restaurant. Son moral est au plus bas. Bruyneel essaie de la convaincre qu'elle est le problème et elle finit par se demander si, en réalité, il n'a pas raison. «Peut-être que je suis la méchante, peut-être que c'est moi », pense-t-elle.

C'est en octobre 1999, lors d'une réception avec des sponsors à Orlando, qu'il la vire. Il lui demande de venir dans sa chambre à 10 h 30 du matin, lui apprend que le soigneur belge Freddy Viaene rejoint l'équipe et qu'il n'a plus besoin d'elle. Il ajoute qu'il est inutile qu'elle appelle Lance ou Mark Gorski, en sous-entendant qu'ils sont d'accord. Le problème, c'était qu'il a besoin d'avoir de bonnes relations avec tout le staff et que ce n'est pas le cas avec elle. Elle se sent humiliée et injustement traitée. À son retour en France, elle appelle Jonathan Vaughters, dont le père était avocat à Denver. Vaughters lui exprime sa sympathie et lui dit que Johan ne peut pas la virer comme ça. Il ne pense pas que le patron de l'équipe le permettrait. «Je ne pense pas qu'il ait parlé à Lance ou à Mark. Lance et toi vous entendez trop bien pour que ça se passe de cette façon.»

O'Reilly appelle Gorski et Armstrong. À Lance elle laisse un message, mais elle parle à Mark; ils ne sont pas au courant de la décision de Bruyneel. Une semaine plus tard, Gorski lui dit: «Ce qu'a fait Johan est nul et non avenu.» Armstrong a lui aussi joué un rôle important dans sa réintégration. Gorski s'excuse, reconnait que Bruyneel a agi de son propre chef, sans en parler à quiconque, et qu'Emma O'Reilly restera à son poste aussi longtemps qu'elle le veut. Bruyneel a vraiment perdu la face: il est le plus jeune directeur sportif à avoir gagné le Tour de France, et pourtant il ne peut pas virer un soigneur.

Julien, comme un père

Sa victoire contre Bruyneel est de courte durée car même si Emma est toujours dans l'équipe, le cœur n'y est plus. Bruyneel lui a cassé le moral et elle le sait. Pour ce qui allait être sa dernière année dans l'équipe, O'Reilly rétrograde. De chef soigneur, elle redevient simple soigneur. Curieusement son salaire a augmenté, passant de 36 000 à 45 000 dollars. Elle se demande si cette augmentation n'est pas le prix de son silence car il ne lui semble pas logique qu'on la paie plus pour travailler moins.

En janvier 2000, au camp d'entraînement d'avant-saison de San Luis Obispo, en Californie, elle reprend ses relations de travail avec Armstrong. Pendant plusieurs jours, il vient la chercher et ils continuent comme avant. Mais un soir, Armstrong ne vient pas et ne reviendra jamais plus. Viaene, le nouveau soigneur en chef, raconta à O'Reilly que la décision émane de Bruyneel. « Emma, Johan a dit à Lance : "C'est elle ou moi. Je n'irai pas sur les courses où elle ira, il faut que tu choisisses." » Armstrong n'en a jamais parlé avec Emma. Tout le monde sait quel était son choix.

Pendant presque toute la saison, O'Reilly est marginalisée. Elle travaille sur les petites courses et a moins de responsabilités. Au début de la saison suivante, un mécanicien lui apprend que Bruyneel a lu, à son insu, les notes qu'elle a prises dans son agenda jusqu'à la fin de la saison précédente. Cette nouvelle la met en rage. O'Reilly ne le sait pas alors, mais on a raconté à plusieurs coureurs qu'elle écrit des méchancetés sur leur compte dans cet agenda. Ce mensonge affecta ses relations avec Frankie Andreu et George Hincapie, et peut-être d'autres encore. « Quelqu'un a pris mon agenda dans ma chambre et l'a montré à Johan, juste pour se faire bien voir. Voilà ce que les gens sont prêts à faire pour rester dans le cyclisme. »

Pendant le Tour des Flandres, en avril 2000, elle annonce au directeur général, Mark Gorski, qu'elle démissionnera à la fin de la saison. Vaughters, qui a quitté Postal pour l'équipe française Crédit agricole, lui demande si elle veut travailler pour eux. « Travailler avec une équipe française, lui répondit-elle, tu es fou ? C'est déjà assez pénible avec les Yankees. » Johnny Weltz, son patron chez Postal avant Bruyneel, veut qu'elle entre dans l'équipe danoise CSC mais elle en a assez. Le moment est venu pour elle de quitter le cyclisme professionnel et de retrouver le monde réel.

Son départ de l'équipe passe presque inaperçu. Seul Julien De Vriese marque le coup et l'invite chez lui, à Gand, en Belgique. Il débouche une bouteille de champagne, ils se souviennent du bon vieux temps, comme ce déjeuner sans fin dans un grand restaurant avant Paris-Roubaix ; ces longues discussions autour de verres de Perrier menthe ; le soir où Julien a demandé à Chris, le mécanicien de Rabobank, de retourner à son hôtel pour se raser, sans quoi il n'aurait pas le droit d'inviter Emma à prendre un verre. Et c'est ce qu'avait fait Chris : il était retourné à son hôtel pour se raser. Julien veillait sur elle, de façon paternelle.

Le choix de parler

Le samedi 14 juillet 2003, le lendemain de cet appel fatidique, De Vriese la rappelle :

« Qu'est-ce que tu vas faire avec ce journaliste ? lui demanda-t-il.

– Oh, je ne sais pas, Julien. Il est probable que je ne lui parlerai pas. Vraiment, je ne sais pas. Peut-être que oui.

– Ah, Emma, tu ne devrais pas, tu ne devrais pas lui parler.

– Je ne le ferai pas sans doute, mais je voulais faire peur à Johan, pour m'amuser.

– Emma, si tu parles à ce journaliste, tu vas perdre tous tes amis dans le cyclisme.

– Julien, tu me fais rire. Tous mes amis ? Tu es le seul avec lequel je suis encore en contact. J'ai une nouvelle vie maintenant. »

Ce n'est pas la peine de discuter avec Julien. Il a été mécano pour Eddy Merckx, Greg LeMond et maintenant il s'occupe du vélo d'Armstrong. Le cyclisme est toute sa vie. Comment peut-il comprendre qu'Emma est dans une autre vie et ne se soucie guère de l'équipe US Postal ? Les gens avec lesquels elle travaille et qu'elle fréquente maintenant n'ont rien à voir avec le sport. Elle sait que Julien ne pourra jamais comprendre pourquoi elle veut raconter l'histoire de sa vie au sein de l'US Postal. Mais elle va le faire. Elle rappelle Bruyneel pour lui dire qu'elle a décidé de parler et elle retrouve le Johan impérieux qu'elle a toujours connu.

Voix au chapitre

En 1998 et 1999, Armstrong ne veut être massé par personne d'autre qu'Emma O'Reilly. C'est flatteur pour elle, et gratifiant de pouvoir dire qu'on s'occupe du vainqueur du Tour de France. C'est aussi à son association avec Armstrong qu'elle doit pour une part le respect des soigneurs des autres équipes. Elle essaie toujours de garder la tête froide : oui, elle s'entend bien avec Lance, mais, au fond d'elle-même, elle sait qui il est. Elle n'attendait pas de loyauté de sa part, et quand elle en a eu besoin, elle n'en a pas obtenu. Pourtant, Lance attendait de sa part une loyauté éternelle. Voilà qui la faisait et qui la fait toujours rire.

Mais elle continue de se demander si elle a eu raison de parler. Tempête sous un crâne. Et une pensée se dégage, et s'impose comme plus pertinente que les autres. Elle l'écrit et explique qu'elle voudrait la voir incluse dans le chapitre qui raconte sa vie : « Parce que Johan Bruyneel et Lance évoluent dans un sport et dans une équipe qui tolèrent l'utilisation de produits améliorant la performance, ils discréditent ceux qui ne se montrent pas assez dociles : eh bien, on ne peut pas s'en sortir comme ça éternellement. »

En état de siège

> « Lance Armstrong est la preuve vivante d'un
> coureur qui ne triche pas. Ce coureur n'utilise
> pas un seul médicament, alors que la presse
> croit qu'il se dope. »
>
> Hein Verbruggen,
> Président de l'Union cycliste
> internationale, allocution au Forum
> mondial des drogues et dépendances,
> Montréal, 25 septembre 2002.

Mise à sac

Tour de France 2000. Le franchissement des Pyrénées
vient d'être marqué par un numéro exceptionnel de
Lance Armstrong dans l'ascension du col du Hautacam,
le 13 juillet, qui n'est pas sans rappeler sa spectaculaire
démonstration dans la montée vers Sestrières l'année
précédente. Cette fois, au bas de la difficulté, l'Américain a sèchement déposé l'Italien Marco Pantani, grimpeur émérite, pour « foncer jusqu'au sommet[1] », même
si, comme il le reconnaît dans son livre, « les efforts, en
montagne, ne peuvent pas durer longtemps ». Pourtant,
ce sont 12 km d'ascension, soit plus d'une demi-heure

---

1. *Chaque seconde compte, op. cit.,* p. 60.

d'efforts d'une intensité optimale, sur des pentes à 7,7 % de dénivelé moyen, qui attendent le champion texan pour assommer à nouveau le Tour. Armstrong, qui finit 2e de l'étape derrière l'Espagnol Javier Otxoa, endosse en effet le maillot jaune tout en reléguant ses principaux adversaires (l'Allemand Ullrich, le Suisse Alex Zülle, l'Italien Pantani, l'Espagnol Fernando Escartin, le Français Richard Virenque) à plus de 7 minutes au classement général. À mi-parcours, le Tour est joué.

Parmi les journalistes circonspects devant ce nouvel exploit, Hugues Huet. Ce reporter au service « infos géné » de France 3 National décide de ne plus s'en tenir aux « discours officiels », ceux des organisateurs qui, depuis les affres de 1998, ont d'abord évoqué un « Tour du renouveau » (1999), devenu en cours de route celui de « la transition » lorsqu'ils s'apercevront qu'ils sont allés un peu trop vite en besogne. Le journalisme « passe-plats » n'a jamais été le fort de Hugues Huet. À ses yeux, la mission d'informer prime sur toute autre priorité, quitte à contrarier le « milieu ». Journaliste de sport, certes, mais journaliste d'abord. Comme bon nombre de ses collègues, son incrédulité laisse place aux questions. Mais, à l'inverse de ses collègues qui gardent leurs soupçons pour les discussions de salle de presse, Hugues Huet met en application l'un des premiers préceptes dispensés dans les écoles de journalisme : soyez curieux. Après avoir obtenu carte blanche de la direction de France 3, il entreprend d'enquêter librement sur « trois, quatre jours ».

Mais par où commencer ? Accompagné d'un caméraman et d'un preneur de son, son enquête le conduit à « planquer » devant l'hôtel de l'US Postal. « Chaque matin, on s'installait sur le parking de leur hôtel, sans trop savoir en fait ce que cela allait donner », explique-t-il. « On était prêts à laisser tomber quand… »

La suite, Hugues Huet nous l'a racontée dans ses

moindres détails au cours d'une entrevue réalisée le 10 février 2003 dans son bureau, au siège de France Télévisions.

« C'était le matin du 15 juillet 2000. Le Tour faisait étape à Draguignan [Var], et nous étions autour de l'hôtel de l'équipe américaine quand nous avons remarqué un véhicule Volkswagen, une Passat Tdi de location bleu métallisé, immatriculé en Allemagne, dépourvu de logos ou de *stickers* significatifs. Deux hommes sont sortis de l'hôtel. Ils se sont dirigés vers la Passat, chacun d'entre eux a sorti de son sac à dos un sac-poubelle, et ils les ont jetés dans le coffre. D'autres sacs-poubelles y étaient déjà entreposés. Ces deux hommes ont attiré notre attention puisqu'il s'agissait de Luis Garcia del Moral, le médecin attitré de l'équipe, et de Jeff Spencer, le chiropracteur. Ils sont ensuite montés à bord de la voiture. Nous les avons suivis, mais, peu après leur entrée sur l'autoroute, une dizaine de kilomètres plus loin, nous les avons perdus de vue. Ils roulaient à 200 km/h. »

Ce voyage ne manque pas de les intriguer et relance leur curiosité au moment où elle les abandonnait. Les deux jours suivants, pourtant, leur « planque » ne donne rien. Les deux individus quittent l'hôtel après le convoi de leur équipe pour rallier la ville-étape suivante.

Frustrée d'avoir été lâchée une première fois, l'équipe de télévision décide de préparer une filature au cas où le scénario se reproduirait. Trois voitures sont postées à des points de passage différents, deux Mégane blanches, propriété de France 3, sans signe apparent, et un véhicule loué. Le matin du 18 juillet, jour de l'étape alpine Courchevel-Morzine, les deux hommes déjà pistés s'installent dans la Passat, mais la voiture, qui ne se rend pas au départ de l'étape, n'emprunte pas non plus l'itinéraire hors course recommandé par le livre de route du Tour donné aux suiveurs. La course s'engage alors.

La Passat roule une heure et demie et s'arrête sur une aire de repos, peu avant l'entrée de Sallanches. Les journalistes, qui filment depuis le départ, assistent à un étrange manège : les deux individus se débarrassent de cinq sacs-poubelles identiques. Après leur départ, les journalistes s'approchent. À l'intérieur de ces cinq sacs, ils trouvent pêle-mêle emballages de seringues, compresses tachées de sang, matériel de perfusion, boîtes de médicaments… Onze produits seront répertoriés : Coltramyl, Esafosfina, Epargriseovit, Ipoazotal, Prefolic 50, Traumeel S, Zyloric, Noctamide, S Amet 200, Thioctacid, Actovegin, ainsi que 160 emballages de seringues de tailles diverses.

« Sur le moment, nous avons été un peu déçus », reconnaît Hugues Huet. « On pensait bien mettre la main sur une boîte contenant de l'EPO. Toutefois, nous nous sommes intéressés d'un peu plus près à trois emballages contenant chacun une notice d'emploi rédigée en allemand. »

Le onzième élément

La petite équipe de France 3 ignore ce qu'elle a « pêché ». Certes, les 160 seringues trouvées correspondent à 4 ou 5 jours d'utilisation : 4 à 6 injections par jour et par coureur, comme le leur explique Willy Voet, l'exsoigneur de Festina, qu'ils interrogent par téléphone sur la question. Mais ces injections, s'agissant de produits de récupération, peuvent être tout à fait légales ; certes, l'US Postal n'utilise pas les conteneurs prévus pour les déchets médicaux récemment mis en place par la Société du Tour de France. Mais il n'y a pas là de quoi susciter les soupçons.

Pour autant, Hugues Huet ne lâche pas le morceau. « Notre objectif, explique-t-il, était de diffuser notre enquête à la fin du Tour de France. Mais des spécialistes nous ont répondu que les analyses des compresses tachées de sang prendraient au moins une semaine. Le Tour serait donc terminé. Soit on la jouait voyou et on passait un reportage à sensation, soit on la jouait pro. Nous avons décidé d'attendre.»

La nature de dix des produits est établie dans la journée du 18 juillet. En revanche, ce n'est pas le cas du onzième, l'Actovegin. «On était bloqués. Nous avons contacté plusieurs médecins, le Laboratoire national antidopage de Châtenay-Malabry, de même que Patrick Laure, un médecin spécialisé[1], Gérard Dine, un hématologue, et deux chercheurs allemands, puisque le produit était originaire d'Allemagne. Mais personne ne pouvait nous dire vraiment ce que c'était.»

L'Actovegin, pour quoi faire ?

Ce qu'ignore encore Hugues Huet, c'est que ce produit fabriqué en Norvège contient des extraits de sang de veau. Il améliore la circulation de l'oxygène dans le sang, de façon similaire à l'EPO. Plus techniquement, l'Actovegin est un extrait de sang de veau déprotéiné (pour éviter les allergies) injectable dans le sang. Dilué dans du glucose, il a pour fonction première de «dialyser» (dégrader) les caillots sanguins et il est prescrit pour les attaques cérébrales. Le glucose est le premier élément nécessaire à la cellule cérébrale. L'Actovegin est aussi actif sur les mitochondries[2] à l'intérieur de la cellule et réactiverait leur oxygénation.

---

1. Médecin et chercheur, directeur du Département d'études du dopage et des drogues de la performance à l'université de Nancy.
2. Corpuscule d'un micron de taille en forme de grain présent en grand nombre dans le cytoplasme des cellules.

En 1992, le laboratoire norvégien Hafslund Nycomed Pharma, son fabricant, définissait ainsi ses propriétés et effets physiologiques : « L'Actovegin augmente l'efficacité du métabolisme en respectant la régulation énergétique au niveau cellulaire. Cet effet est mesurable par l'augmentation de la consommation et de l'utilisation du glucose et de l'oxygène. Ces deux fonctions combinées entraînent une augmentation des ressources énergétiques à disposition des cellules. En cas de déficience de l'activité du métabolisme (hypoxie, déficience en substrats) et augmentation de la demande énergétique, l'Actovegin améliore les processus métaboliques en maintenant les fonctions cellulaires : l'augmentation de la circulation sanguine est un effet induit.

Effets secondaires : les contre-indications sont les mêmes que pour les autres injections : problèmes cardiaques décompensés, œdèmes pulmonaires, oligurie, hyperhydratation… La concentration de glucose de l'Actovegin administré sous perfusion avec une supplémentation en glucose doit être prise en considération chez les diabétiques. » Une nécessité qui n'est toutefois pas mentionnée sur la notice d'emploi.

Les dons du sang

Pour les cyclistes du Val-de-Marne, la « bosse » de Chennevières, son dénivelé brutal et son trafic automobile, sont une belle « vacherie ». Une fois sur le plateau surplombant Saint-Maur-des-Fossés, la vue est imprenable. Jean-Pierre de Mondenard habite à deux pas, dans une tranquille petite rue pavillonnaire. Sur le portail, une plaque de « médecin du sport ». Au rez-de-chaussée, la salle d'attente de son cabinet donne le ton. Derrière une vitrine, quelques-uns des trente ouvrages qu'il a publiés depuis près de trente ans. Dénominateurs communs : le dopage ou la préparation des sportifs de haut niveau, deuxième spécialité du docteur Mondenard. Lorsqu'il ne consulte pas, il passe le plus clair de son temps assis sur une selle de vélo dans un bureau calfeutré par d'innombrables archives, à la lumière crue d'un néon. À l'étage, un pan de son salon n'est d'ailleurs qu'une longue bibliothèque d'où il peut extraire les yeux fermés le livre recherché. Quoi qu'en suggèrent les apparences, « JPDM » ne ressemble pas à l'image que l'on peut avoir d'un archiviste méticuleux. Sa silhouette (1,90 m pour 80 kg à l'âge de 61 ans) révèle un amoureux du sport, qu'il pratique assidûment. À son menu du week-end, on trouve le plus souvent une randonnée sportive sur des parcours accidentés, suivie d'un dîner frugal (pomme ou yaourt, c'est selon).

Le cyclisme de haut niveau, cette référence internationale en matière de physiologie sportive l'a approché de près, notamment comme médecin du contrôle antidopage sur les Tours de France 1973, 1974 et 1975. Avant de sortir – déjà – de « cette hypocrisie » : « En matière de dopage, il faut d'abord savoir que la recherche a toujours principalement tourné autour du sang. Dès le début du XXe siècle, tout le monde avait compris qu'il fallait augmenter le nombre de globules rouges pour améliorer le transport d'oxygène. La plus ancienne publicité, passant dans les revues médicales de l'époque, date de 1912. Elle vantait les mérites du Globéol, des établissements Chatelain. C'était du sang de cheval. Et le marché proposait aussi le Serodos, un sérum de sang de taureau. Un simili Actovegin existe depuis les années 20, mais à l'époque, les techniques d'injection et de fabrication n'étaient pas les mêmes qu'aujourd'hui. L'apparition de l'Actovegin, sous cette appellation ou une autre, remonte aux années 70 », poursuit Jean-Pierre de Mondenard. « Le produit français s'appelle le Solcoséryl. En 1969, une étude allemande, menée par les docteurs Hans et Elisabeth Albrecht, concluait que les effets de l'Actovegin sont "plus forts que les anabolisants" après avoir comparé Actovegin, anabolisants et placebo.

Dans son livre *Coup de sifflet*, paru en 1986, Harald Schumacher, le gardien de l'équipe d'Allemagne de football, écrit que, durant la Coupe du monde 1986 au Mexique, les joueurs étaient "assaillis de piqûres, notamment des extraits de veau pour des problèmes liés à l'altitude". L'année suivante, en 1987, un médecin allemand avait fait les gros titres des journaux pour avoir injecté du sang de veau à des footballeurs allemands lors des finales européennes. C'était donc bien une pratique courante. Un autre sportif de haut niveau a évoqué l'Actovegin : le lanceur de disque australien Werner Reiterer, dans son livre sorti juste avant les Jeux de Sydney en 2000. D'ailleurs, le prince de Merode a reconnu qu'il y en avait plein les poubelles pendant les Jeux 2000 », détaille Jean-Pierre de Mondenard.

Quand l'UCI et le CIO s'emmêlent…

L'Actogevin, comme tant d'autres produits, n'a jamais fait l'objet d'une attention particulière de la part des instances médicales internationales. Et son apparition dans l'actualité sportive les a plongées dans un embarras récurrent. Jean-Pierre de Mondenard raconte : « Le prince Alexandre de Merode est l'un des pionniers de la création de la commission médicale du CIO en 1965. Comme il n'était pas médecin, il avait toujours deux guerres de retard. » « Deux guerres » et très peu de moyens, comme l'admit le Canadien Richard Pound, actuel président de l'Agence mondiale antidopage (AMA), lors d'une conférence mondiale antidopage tenue à Copenhague le 5 mars 2003. [De Merode a travaillé] «avec des bouts de ficelle durant des décennies».

En 1986, le CIO et l'UCI introduisent dans la liste des substances prohibées un nouveau groupe : les méthodes de dopage sanguin. Au départ, cette classification ne concerne que la transfusion sanguine. Mais, en 1999, sa mise à jour voit apparaître une nouvelle expression : «transporteur artificiel d'oxygène», une terminologie englobant les produits remplaçant le sang. «L'Actovegin a alors été catalogué dans les produits apparentés, poursuit de Mondenard, sous l'appellation "administration de transporteur artificiel d'oxygène ou de succédanés du dopage sanguin" dans la liste officielle des produits dopants.»

Mais l'affaire de l'US Postal fait son chemin. Et la commission médicale du CIO décide d'interdire nommément l'Actovegin le 10 décembre 2000, soit dix-huit jours après l'ouverture de l'enquête judiciaire sur l'US Postal. Le produit est alors inséré dans la «classe 2, paragraphe A» des méthodes interdites sous le label «transporteur artificiel d'oxygène, substances remplaçant le sang».

Une dépêche de l'agence Associated Press [1] apporte des précisions : «L'Actovegin, produit qu'aurait utilisé l'équipe de Lance Armstrong lors du dernier Tour de France, est considéré comme une substance interdite par le CIO. La commission médicale du CIO l'a annoncé mardi en soulignant que la substance, un extrait de sang de veau, était interdite sous la catégorie du dopage sanguin. "La commission médicale estime que c'est une substance interdite, a déclaré son président, le prince Alexandre de Merode. Il pouvait y avoir quelques hésitations il y a quelques mois. Aujourd'hui, cette hésitation n'existe plus."»

---

1. Lausanne, 12 décembre 2000.

Toujours dans cette dépêche, le directeur médical du CIO, Patrick Schamasch, abonde dans le même sens : « Si le produit apporte l'oxygène dans le cerveau, comme il a été présenté, il peut également apporter l'oxygène dans les autres parties du corps. »

Une dépêche de l'agence France-Presse, datée du 18 décembre, est tout aussi catégorique : « Les premières analyses [sur les échantillons urinaires de l'US Postal sur le Tour de France 2000] n'ont pas permis de trouver des produits dopants purs et durs comme l'EPO, mais des produits laissant supposer qu'il aurait pu y avoir dopage comme l'Actovegin, qui ne figure pas sur la liste des produits interdits. Le président de la commission médicale du CIO, le prince Alexandre de Merode, a confirmé que, par son action fluidifiante, l'Actovegin permettait une meilleure oxygénation du sang sans faire monter l'hématocrite. Il était donc considéré comme un produit dopant. »

En dépit de ces déclarations, cette certitude ne semble toujours pas définitive. Présenté comme une forme de dopage sanguin, l'Actovegin est dédouané par Hein Verbruggen, vice-président du CIO et président de l'UCI, quelques jours plus tard. Dans *L'Équipe* du 7 juillet 2001, ce dernier l'assimile à la créatine, et précise que beaucoup de sportifs l'ont utilisé en masse aux Jeux de Sydney. Cette petite bombe passe inaperçue. En février 2001, le docteur Schattenberg, directeur de la commission médicale de l'UCI, décide néanmoins d'étudier ses effets et de rendre un avis au mois d'avril suivant. On attend toujours son rapport.

Preuve du malaise suscité par ce produit, un revirement a lieu deux ans plus tard : dans la liste réactualisée des produits dopants arrêtée le 27 mars 2002, signée conjointement par l'UCI, le CIO et le ministère français de la Jeunesse et des Sports, le terme Actovegin n'est plus clairement spécifié : « La réglementation internationale prohibe les transporteurs artificiels d'oxygène ou les succédanés du plasma.» Les noms des spécialités ne sont pas précisés. Il est entendu que l'Actovegin appartient à cette catégorie. Entendu seulement.

Les détournements « sportifs »

Pour Jacques de Ceaurriz (responsable du Laboratoire national antidopage de Châtenay-Malabry), l'Actovegin n'a pas de véritable intérêt. «Pour moi, c'est un fond de tiroir. Commercialisé surtout dans les pays de l'Est et en Asie, c'est une préparation à base de sérum de veau aux vertus prétendument tous azimuts. Je ne veux pas dire que c'est du charlatanisme, mais c'est tout de même assez vague.»

Pourquoi alors avoir interdit le produit? Plusieurs avis contredisent celui de Jacques de Ceaurriz. En premier lieu, celui du professeur Jan Van Driel, du département pathologie et immunité de l'université de Melbourne (Australie), qui s'est intéressé aux caractéristiques scientifiques du produit. Dans la synthèse de ses travaux, il écrit notamment: «Il améliore le transport et l'utilisation de l'oxygène et active les voies aérobiques et le métabolisme de l'énergie. [...] S'il n'y a pas de transporteur d'oxygène dans l'Actovegin, il peut néanmoins influer sur cette propriété naturelle du sang. L'un de ses composants influe sur un réceptacle de l'hémoglobine et la force à relâcher plus d'oxygène, augmentant la quantité disponible pour les tissus périphériques.[1]» Plus d'oxygène pour le muscle signifie plus d'énergie, donc plus de puissance. «Aucune étude ne montre que l'Actovegin améliore la propriété athlétique, mais ses propriétés en font un bon candidat», estime Jan Van Driel.

_____
1. *L'Équipe*, 7 juillet 2001.

Fort d'une expérience reconnue, le professeur Audran est plus explicite : «Quand on est à l'EPO, il faut prendre de l'aspirine pour ne pas avoir d'accident. Or, l'Actovegin a pour avantage d'éviter de prendre de l'aspirine et d'amener du glucose, élément essentiel dans la récupération cellulaire. On ne prend pas d'EPO sans Actovegin, ou sans aspirine. Pour éviter la formation de caillots (thrombose) au repos, il faut prendre de l'aspirine ou de l'Actovegin. »

Interrogé sur le manque «d'intérêt» de l'Actovegin souligné par Jacques de Ceaurriz, Michel Audran n'hésite pas : «Si un sportif prenait seulement de l'Actovegin ? Je me demande bien en effet à quoi ça pourrait lui servir. À rien, en fait. Un sportif non carencé en fer qui en prend sans EPO, ça ne sert pas à grand-chose. Et dire qu'il y en a qui prennent du fer en pensant que ça fera monter leur taux d'hématocrite ! On le voit dans les analyses. En fait, l'Actovegin est un supplétif de l'EPO. L'EPO seule ne sert à rien. Il faut aussi du fer, de la vitamine C, pour l'accompagner. »

Pour Michel Audran, l'utilisation de l'Actovegin est un secret de polichinelle : «Beaucoup de sportifs en prennent, et depuis des années. Armand Mégret, le médecin de la Fédération française de cyclisme, nous l'a dit lui-même en 1999, lors d'un colloque au siège de la Fédération, qui réunissait les meilleurs spécialistes en détection, hématologie... Les sportifs en prennent, mais on ne peut pas le voir. J'ai moi-même récupéré de l'Actovegin en Suisse. On ne peut pas le retrouver dans des analyses parce que les gars s'injectent 5 millilitres d'un produit déjà dilué dans le glucose ; et le tout dans cinq litres de sang... »

Dans le troisième des cinq volets de ses «confessions», relayées à la fin mars 2004 par le quotidien sportif espagnol *As*, Jesus Manzano, de l'équipe Kelme, évoque d'ailleurs, entre autres, des injections d'Actovegin, plus spécialement en amont des contre-la-montre. Dans un passage consacré à l'utilisation d'hémoglobine animale et de produits vétérinaires, Manzano explique que l'Actovegin «oxygène plus le sang et est indétectable. Dans le jargon cycliste, on l'appelle "carburant d'autobus". Ses effets ne durent qu'un jour […] On se l'injecte dans la veine le jour précédant l'étape ciblée, notamment les contre-la-montre. […] Dans une seringue de 20 ml, on met 10 ml d'Actovegin mélangés à 10 ml de sérum physiologique.»

Six semaines au congélateur

Le Tour 2000 s'achève sur la deuxième victoire de Lance Armstrong. Le mois de juillet également. Hugues Huet est toujours en possession des compresses de sang. «Je les ai gardées dans mon congélateur en attendant qu'elles soient analysées. Pourquoi? Mais parce que j'étais intrigué par ces larges taches de sang imbibé. Elles n'avaient rien à voir avec l'impact d'une aiguille pour une intraveineuse.»

Mais, en période de vacances, une analyse sanguine prend du temps. «Il fallait d'abord que j'obtienne l'accord de ma direction pour y procéder, d'autant plus que chaque analyse coûtait environ 10 000 francs. Hervé Brusini, directeur de la rédaction nationale à l'époque, m'a finalement donné le feu vert mais, au mois d'août, tous les cabinets des spécialistes contactés étaient déserts. Les compresses sont donc restées chez moi un bout de temps.» Plus d'un mois et demi en fait.

Hugues Huet rappelle ces spécialistes début septembre. «Plusieurs ont refusé», se souvient-il. Il prend finalement contact avec Michel Audran, qui accepte d'effectuer le travail de recherche. Hugues Huet se déplace alors à Montpellier pour lui remettre, mi-septembre, la dizaine de compresses qu'il a conservées.

Le scientifique accède à la requête du journaliste sans vraiment être convaincu. « Même maintenus au froid, les produits s'étaient dégradés », explique-t-il. Il procède pourtant aux analyses. Dans quel dessein ? « La question était de savoir si on allait retrouver de l'hémoglobine. » Car dans un premier temps, le doute est permis. « En effet, à l'époque, on pouvait se procurer de l'oxyglobine, c'est-à-dire de l'hémoglobine à usage vétérinaire qui, au départ, était prévue pour l'homme. J'ai pu moi-même en obtenir, ceci afin de pouvoir procéder à des études comparatives. » Pour quel résultat ? « Toutes les compresses de sang étaient normales. Toutes sauf une. Une des compresses m'a en effet posé problème. En fait, on n'a pas retrouvé de l'hémoglobine humaine sur l'une d'elles, mais un produit, je ne sais pas quoi. Ç'aurait très bien pu être du mercurochrome, remarquez. C'était tout de même un drôle de truc. L'inconnu. Mais en le contrôlant une deuxième fois, on a épuisé l'échantillon. On s'est alors retrouvés comme des andouilles. »

Faute d'éléments parlants, les compresses livrent un verdict inabouti.

Naissance sous X

L'affaire va pourtant rebondir un mois plus tard. Le 18 octobre, une lettre anonyme dactylographiée arrive sur le bureau du procureur de la République de Paris, Jean-Pierre Dintilhac. Postée le 11 octobre, elle indique qu'une équipe de la chaîne France 3 « dispose d'éléments démontrant l'existence de dopage au sein de l'équipe US Postal » et évoque un reportage effectué le 18 juillet dernier sur le Tour de France. Elle met également en cause Hugues Huet pour rétention d'information.

Une enquête préliminaire est aussitôt ouverte par le parquet de Paris et le procureur Franchi, qui missionne la Brigade des stupéfiants de Paris, plus particulièrement le groupe « surdose et dopage », installé au 36, quai des Orfèvres et placé sous la responsabilité du commandant Serge Le Dantec. Ce groupe, composé de sept policiers, est opérationnel depuis peu. Jusqu'alors, il s'est concentré sur les milieux du body-building où les trafics de stéroïdes sont courants. Alors que le procès Festina occupe depuis peu la scène médiatique, Hugues Huet est abordé à Lille par Le Dantec. L'échange est courtois mais ferme. Le commandant tient absolument à visionner la cassette VHS, mais Hughes Huet tient à son « scoop », il espère sa diffusion pendant le procès Festina, qui doit se dérouler du 23 octobre au 7 novembre. Il renâcle donc. Par lettre recommandée, Le Dantec le convoque au Quai des Orfèvres la semaine suivante, de même que le caméraman et le preneur de son. Hugues Huet s'y rend, mais sans la cassette. Entre les deux hommes, les rapports se tendent. Huet est sommé de remettre la cassette, mais il gagne du temps.

L'avocat fait fax

Le 22 novembre 2000, une information judiciaire est ouverte contre X pour « infraction à la loi relative à la prévention de l'usage de produits dopants, incitation à l'usage de produits dopants et infraction à la législation sur les substances vénéneuses », et confiée au juge parisien Sophie-Hélène Château.

Deux jours plus tard, le film de l'équipe de France 3 est diffusé au cours du journal de la rédaction nationale, le « 19-20 ». Six minutes de reportage pendant lesquelles Luis Garcia del Moral et Jeff Spencer, apparais-

sant le plus souvent de dos et vêtus de tenues vestimen-
taires siglées US Postal, sont toutefois reconnaissables.

L'équipe américaine a confié la défense de ses intérêts à Georges Kiejman. Comment les présentations
ont-elles été faites ? « Vous savez, autrefois, j'ai agi
pour le gouvernement américain », lâche alors l'ancien
ministre délégué à la Justice. Pour d'autres citoyens
américains aussi, notamment l'acteur Robert De Niro,
dans une récente affaire de mœurs. Dès la prise en main
de ce dossier, maître Kiejman use de toute sa force de
persuasion pour décourager ce passage à l'antenne.
Averti par Hervé Brusini, qui tient à se prémunir, de
l'imminence de la diffusion, l'avocat sait allier courtoisie et fermeté. « Il a fait part tout d'abord de son mécontentement, mais en toute cordialité », précise Hervé
Brusini, devenu depuis directeur délégué à l'information. « Maître Kiejman a réagi comme tout avocat qui
défend son client dans une affaire sensible. Avec son
langage extrêmement circonstancié et des mots choisis,
il m'a laissé entendre où nous mettions les pieds. En
clair, "faites attention à ce que vous allez dire", mais
je n'ai senti aucune menace de sa part. Qui plus est, la
situation était particulièrement délicate puisque le Tour
de France est retransmis sur le service public. »

L'après-midi précédant la diffusion, maître Kiejman
fait toutefois parvenir un fax de deux pages à la direction de France 3, mettant en garde contre toute erreur
d'appréciation ou interprétation fallacieuse au sujet de
l'Actovegin, laissant planer la menace de poursuites
judiciaires.

Pourquoi maître Kiejman a-t-il insisté sur l'Actovegin ? Après tout, le département sportif de l'US Postal a
tout entrepris pour nier l'existence de ce produit, puis
pour en minimiser l'importance.

Un cheveu sur les langues

Quelques jours plus tard, mandaté par le juge Château, Serge Le Dantec convoque discrètement le médecin Luis Garcia del Moral ainsi que Johan Bruyneel, le directeur sportif de l'US Postal. Les auditions restent amènes, et pour cause. «De la vraie langue de bois», confie un enquêteur qui était présent. «Ils ont évoqué tous deux l'hygiène de vie de leur équipe.»

Un autre rendez-vous est fixé pour auditionner les coureurs, mais aucun ne se déplace. Une dépêche de l'agence de presse Reuter, datée du 13 décembre 2000, précise que «Lance Armstrong devait se présenter comme simple témoin au 36, quai des Orfèvres», au même titre que les autres coureurs de l'US Postal ayant disputé le Tour. Mais «ils ont tous refusé de s'y rendre pour un complément d'expertise». Un autre rendez-vous est pris dans la foulée. «Ils ne sont pas venus», rapporte un policier proche de l'enquête. «Ils ont probablement deviné qu'on voulait les soumettre à des prélèvements. Partant de là, tout aurait été plus facile…» Des prélèvements? «Oui, des cheveux.»

Il était prévu de remettre ces échantillons capillaires à un spécialiste bien connu en matière de toxicologie, Gilbert Pépin. Responsable du laboratoire privé Toxlab, docteur en pharmacologie et toxicologie, expert près la Cour de cassation depuis plus de dix ans, souvent appelé à rendre un avis scientifique dans un dossier pénal, il a fait une apparition remarquée au cours du procès Festina, expliquant notamment toutes les informations que peut révéler un simple cheveu. «Avec l'étude des cheveux, en plus de détecter notamment la prise de corticoïdes ou d'amphétamines, on peut différencier l'épitestostérone de la testostérone», a-t-il expliqué dans la salle des pas perdus du tribunal. Ce qui n'est pas anodin en pareil cas. Et Michel Audran de rappeler que « les travaux de Gilbert Pépin sont plus larges que ce que fait Jacques de Ceaurriz au Laboratoire national de dépistage du dopage (LNDD) de Châtenay-Malabry. Il va chercher les benzodiasepines [1], et tout ce qui est du registre des stupéfiants ».

La compétence de ce groupe « surdose et dopage » étant réduite à une zone limitée, il ne pourra aller plus loin. Le commandant Le Dantec envisage bien de contacter la société Cosmolis, chargée par la Société du Tour de France de collecter les déchets médicaux avant de les incinérer – ce qui a l'avantage de ne laisser aucune trace. Il en restera cependant au stade de l'intention.

Quant à Gilbert Pépin, il a préféré ne pas commenter ces éléments. D'abord, parce que la divulgation de ses recherches lui a valu quelques rappels à l'ordre ; ensuite, parce que le « marché » du sport a été sourd à ses résultats, aucune fédération ne l'ayant contacté pour mettre à profit sa compétence, pourtant reconnue par le monde judiciaire.

Un témoin invisible

Le 13 décembre 2000 [2], maître Kiejman fait savoir à la presse dans une formule divinatoire que les faits [relatifs à la découverte de l'Actovegin] ont été « totalement élucidés » par l'enquête…

L'attitude des coureurs tranche en tout cas avec la déclaration d'intention du leader de l'US Postal. Dans une lettre personnellement adressée au juge d'instruction Sophie-Hélène Château, sur recommandation de

---

1. Nom générique de diverses substances douées de propriétés anxiolytiques, antiépileptiques et hypnotiques.
2. Dépêche de l'agence de presse Reuter, 13 décembre 2000.

son avocat, Lance Armstrong avait précédemment témoigné de ses bonnes dispositions envers la justice française : « Je me soumettrai à toute expertise médicale », avait-il assuré. Un vœu pieux qu'il n'assumera pas. Et la justice française ne peut l'y contraindre, elle ne dispose d'aucun moyen coercitif pour obliger un témoin à répondre à une convocation. « Lance Armstrong voulait bien être entendu, mais dans la perspective d'être disculpé », nous a-t-on fait savoir dans l'entourage du juge. « Cela étant, nous n'avions même pas assez de "billes" pour l'entendre en tant que témoin. »

Cette attitude contraste également avec les écrits de l'intéressé. Dans son deuxième livre [1], Armstrong fait part de son impuissance devant la justice française : « L'enquête se faisait discrète […] et ça me rendait fou. Je ne pouvais pas me défendre, je ne pouvais parler ni au juge ni aux procureurs… » Visiblement, ils n'attendaient que ça…

Et Lance Armstrong affirmera encore, dans *L'Équipe* de 12 avril 2001 : « Je suis accessible à tout le monde, à la justice. Je peux donner tout ce qu'elle veut, mon sang, mon urine, mes cheveux et je ne sais quoi d'autre. » Il s'en est pourtant bien gardé.

Dans l'intervalle, le juge Château planche sur le dossier et élargit ses recherches. Elle se met en rapport avec des experts, dont Gilbert Pépin. C'est à lui qu'elle remettra les trois boîtes vides d'Actovegin, dont l'analyse ne révèlera rien de probant. Elle constate également que l'US Postal est la seule des vingt et une équipes ayant participé au Tour 2000 à ne pas avoir remis aux autorités compétentes les données médicales relevées avant le départ de l'épreuve, ce qui ne manque pas de l'étonner.

---

1. *Chaque seconde compte, op. cit.,* p. 118.

Une défense interchangeable

Pendant ce temps, l'US Postal prépare sa contre-attaque sur deux fronts, judiciaire d'une part, médiatique de l'autre. Elle est obligée de réagir. Le 8 novembre 2000, le titre du *Canard enchaîné* ne faisait pas dans la demi-mesure : « L'équipe du vainqueur du Tour se shootait au sang de veau. »

La défense de l'US Postal, fluctuante selon les réactions de la presse et du public, ne fera qu'aggraver la situation. Au fil d'une stratégie versatile se dessinent trois versions. Dans un premier temps, sur son site Internet, repris par l'agence Reuter le 13 décembre 2000, Lance Armstrong nie connaître l'existence de l'Actovegin. Morceau choisi : « Je voudrais rappeler que nous sommes totalement innocents. Nous sommes une équipe professionnelle propre qui est victime de son succès. C'est une situation tout à fait navrante que nous devons absolument éclaircir. Je ne veux pas donner de vague réponse politique, du genre "nous n'avons jamais été contrôlés positifs", car cela non plus n'est pas très équitable. Ce que je peux dire, c'est que l'activo-quelque chose est quelque chose de nouveau pour nous. Avant cela, je n'en avais jamais entendu parler. Mes coéquipiers non plus. Notre médecin est avec nous pendant les trois semaines du Tour de France pour soigner un groupe de vingt ou vingt-cinq personnes et il doit répondre à toutes sortes de situations. C'est pour cela qu'il a toutes sortes de choses comme de l'adrénaline, de la cortisone, des ciseaux et du fil pour les points de suture. On peut les voir comme des moyens pour améliorer les performances, mais ce n'est pas à cette fin que nous les utilisons. Nous faisons tout avec les plus rigoureuses règles morales. »

Cet « activo-quelque chose » figure pourtant bel et

bien sur la demande d'autorisation d'importation adressée le 8 mai 2000 à l'Agence française de sécurité sanitaire des produits de santé (AFSSAPS) par le médecin espagnol de l'US Postal, Luis Garcia del Moral. L'Actovegin apparaît en deuxième position d'une liste alphabétique qui ne compte pas moins de 126 produits différents.

Les descriptifs de ces médicaments, rédigés en espagnol, indiquent que l'Actovegin est du sang de veau hémodialysé (c'est-à-dire filtré pour ôter les toxines et autres impuretés), qu'il se présente sous forme injectable (en intraveineuse ou en intramusculaire), que le produit vient d'Allemagne, mais qu'il est commercialisé par le laboratoire norvégien Nycomed; surtout, que chaque boîte contient 5 solutions et que la demande d'importation concerne… 8 boîtes, soit un total de 40 doses.

Interdit, mais autorisé…

Il faut savoir que l'approvisionnement licite des équipes cyclistes en matière médicale est très précisément organisé. Dans le cas qui nous occupe, la demande d'autorisation d'importation émanait comme toujours de l'Institut de médecine des sports et de la traumatologie, installé à Valence. Elle a été ensuite adressée à «l'importateur», qui n'est autre que la Fédération française de cyclisme, à Rosny-sous-Bois (Seine-Saint-Denis) en qualité de «responsable de la détention des médicaments susceptibles d'être prescrits aux cyclistes de l'équipe de cyclisme United States Postal Service». Le stock était alors «détenu par le médecin susmentionné de l'équipe United States Postal Service», Luis Garcia del Moral.

Cette demande devait cependant être validée par l'AFSSAPS, dont les bureaux sont situés à Saint-Denis

(Seine-Saint-Denis). C'est son département «direction de l'évaluation des médicaments et des produits de santé» qui délivre les autorisations. Explication de Henriette Chaibriant, responsable de la cellule communication :

«Pour obtenir une autorisation de mise sur le marché, il faut d'abord déposer un dossier. Il existe deux procédures : la procédure européenne ou la procédure de reconnaissance mutuelle entre deux pays. Pour l'octroi de cette autorisation, il est procédé à une triple évaluation : évaluation pharmaceutique, évaluation toxicologique, évaluation clinique. Puis on détermine le rapport bénéfice-risque. C'est le service immuno-hématologique qui a dû procéder à l'évaluation concernant l'Actovegin. Cela étant, on peut procéder à l'importation d'un produit sans passer par une reconnaissance mutuelle si une évaluation a été faite dans un pays européen. Les produits qui pourraient être utilisés à des fins dopantes sont transmis au ministère de la Jeunesse et des Sports.»

À propos de la demande d'autorisation d'importation de l'Actovegin établie par l'US Postal pour le Tour 2000, Henriette Chaibriant souligne que «l'autorisation avait été accordée en première intention en 2000, mais pas en 2001. Cette interdiction a fait suite à une réflexion plus large sur ce genre d'importation. Nous avons affiné notre approche ; en particulier, savoir si l'Actovegin avait une équivalence en France, ce qui n'est pas le cas ; savoir si ce produit était d'origine biologique, ce qui n'est pas le cas, et savoir s'il entrait dans le cadre d'une finalité thérapeutique, ce qui n'a pas été établi. Par ailleurs, il fallait être vigilant par rapport au phénomène qui relève du dopage. En outre, le fabricant n'a pas déposé de son côté de demande de mise sur le marché français.»

L'Actovegin n'a donc aucune utilité avérée selon les autorités sanitaires françaises, qui avaient cependant accédé à la requête de l'équipe américaine en 2000.

Circulation difficile

Après avoir affirmé dans un premier temps qu'ils ignoraient tout de l'Actovegin, les dirigeants de l'US Postal font savoir après coup qu'un des membres de l'encadrement, le mécanicien belge Julien De Vriese a recours à ce produit pour soigner son diabète. L'ancien mécanicien d'Eddy Merckx et de Greg LeMond confirme. Mais l'alibi ne tient guère : dans le document d'importation, l'indication thérapeutique mentionnée par Luis Garcia del Moral pour justifier la présence d'Actovegin dans la liste indique « troubles circulatoires », mais aucune référence au diabète dans la case correspondante. D'ailleurs, l'Actovegin n'est pas un produit de première nécessité pour les diabétiques, comme l'indique notamment le professeur Jan Van Driel : « Il est d'abord un produit destiné à traiter les désordres circulatoires », explique-t-il. « Il n'est pas répandu aux États-Unis et ne peut constituer un traitement principal du diabète. » Précisons encore qu'aucune indication de ce genre n'apparaît sur la notice d'emploi de l'Actovegin.

Ce que confirme encore Jean-Pierre de Mondenard : « L'Actovegin n'est pas une indication thérapeutique du diabète. Ce produit favorise juste la réhydratation. Le sujet est d'ailleurs obligé de rajouter de l'insuline. »

Précisons également que Julien De Vriese n'a pas suivi tout le Tour de France 2000, loin s'en faut. « Julien n'était là que pour préparer les vélos des chronos », se souvient Cédric Vasseur, qui disputa le Tour 2000 sous le maillot de l'US Postal. Sauf pour le grand départ, « il arrivait le soir même et repartait le lendemain ». La découverte des « fameuses » poubelles est intervenue avant le dernier chrono du Tour, soit après trois rendez-vous pour le mécanicien : le prologue, le contre-la-montre par équipes et le premier contre-la-montre individuel. Soit au maximum six jours de présence au total. La demande d'autorisation d'importation médicale de l'US Postal remise à l'AFSSAPS concernait huit boîtes d'Actovegin (trois seulement ont été retrouvées par l'équipe de France 3), soit 40 doses de 5 ml chacune. Si Julien De Vriese était le seul à utiliser de l'Actovegin dans l'équipe américaine, cela signifie qu'il aurait dû s'en injecter 200 ml en 6 jours. En d'autres termes, entre 6 et 7 piqûres quotidiennes…

L'UCI joue du frein

Pour étayer son dossier, le juge Château entreprend d'obtenir les échantillons d'urine de l'US Postal prélevés pendant le Tour de France 2000 et conservés au LNDD de Châtenay-Malabry. Sa requête intervient au milieu d'un terrible bras de fer mettant aux prises depuis deux mois le ministre de la Jeunesse et des Sports, Marie-George Buffet, et le Hollandais Hein Verbruggen, président de l'Union cycliste internationale. Sujet de discorde ? L'exploitation de ces échantillons justement.

Bref rappel des faits. Le 26 mai 2000, à Genève, l'UCI, les organisateurs du Tour de France et le ministère français de la Jeunesse et des Sports décident de procéder au dépistage de l'EPO lors de l'épreuve phare du calendrier cycliste. Encore faut-il valider la méthode de détection par voie urinaire développée au LNDD par une équipe française (Jacques de Ceaurriz, directeur, et Françoise Lane, directrice et responsable de la recherche et du développement). Il ne reste qu'un mois pour y parvenir, un délai plus que court. Si bien que, le 22 juin, en l'absence de validation scientifique, l'UCI décide de congeler les urines qui seront prélevées pendant le Tour, qui débute quinze jours plus tard.

Le 9 octobre 2000, l'UCI annonce son intention de récupérer les échantillons congelés du laboratoire de Châtenay-Malabry afin de les détruire. Le ministère des Sports s'y oppose. Après six semaines de silence, l'UCI semble se ranger à l'avis français. Dans un communiqué diffusé le samedi 22 novembre, elle précise qu'elle a réclamé les échantillons au LNDD, le 14 novembre, afin de les remettre aux autorités françaises si celles-ci en font la demande. La concorde semble rétablie. Pourtant, nouveau rebondissement deux jours plus tard : dans un courrier au ministère des Sports, Hein Verbruggen renouvelle sa demande de voir les échantillons détruits. « Le contrôle antidopage est terminé », écrit-il. « Les échantillons n'ont plus de valeur et en ce qui nous concerne, il faut les détruire. » Le même jour, l'UCI affirme dans un nouveau communiqué qu'elle n'a « jamais voulu soustraire des éléments à la justice [1] »…

Pour mettre un terme à ce blocus, le juge Château intervient en force. Le 28 novembre, elle délivre une commission rogatoire pour procéder à la saisie des 91 échantillons congelés. Le vendredi 1er décembre, des policiers font irruption dans le laboratoire de Châtenay-Malabry pour mettre sous scellés les éprouvettes remplies d'urine.

N'habite plus à l'adresse indiquée

La réaction de Lance Armstrong est sans nuance. Sur son site Internet, cité par une dépêche de l'agence anglaise Reuter le 13 décembre 2000, le cycliste améri-

---

1. *Le Monde*, 5 décembre 2000.

cain menace de boycotter le Tour. « Si la situation reste la même, je ne vais pas disputer le Tour de France 2001. Je ne veux menacer ni mettre en garde personne car je pense vraiment que les Français se fichent que je sois là ou pas. » Un mois plus tard, changement de stratégie, comme l'indique le quotidien *l'Équipe* du 10 janvier 2001 : « L'Américain a bien prévu de disputer le Tour de France en dépit des menaces de boycott qu'il avait lancées à cause des soupçons de dopage pesant sur son équipe. En revanche, on ne le verra pas courir en France d'ici-là. C'est dans cette période qu'il va quitter son domicile des environs de Nice pour l'Espagne. » Le leader de l'équipe américaine déménagera en effet l'hiver suivant pour s'installer à Gérone, à équidistance de Barcelone et de Perpignan, où résident son directeur sportif Johan Bruyneel, plusieurs coureurs de l'US Postal, ainsi qu'une partie de l'encadrement médical. Le 26 janvier 2001, dans la ville espagnole d'Altea, où a lieu la présentation de l'équipe américaine, Lance Armstrong confirme ce changement de ton, repris dans une dépêche de l'agence France Presse datée du même jour : « Lance Armstrong est revenu sur ses déclarations, quand il avait dit qu'il était malheureux que le Tour de France se déroule en France. "Je voulais clarifier cette histoire. La citation a été coupée. J'aime la France, j'aime ce pays. Je n'ai pas vendu ma maison à Nice. Je veux que mes enfants connaissent la France et Nice, maintenant et dans le futur, dans dix ou vingt ans." »

Le même jour, le leader de l'US Postal va jusqu'à prendre à témoin la communauté des malades du cancer : « Ce qui se passe nous affecte beaucoup. Mais gagner le Tour de France en 1999, 2000, et, espérons-le, 2001, touche la vie de dizaines, voire de centaines de millions de personnes. Il peut y avoir une enquête, mais ça ne m'affecte pas, moi ou quelqu'un qui est à l'hôpital, quelqu'un qui a un membre de sa famille à l'hôpital.

J'influencerai leur vie en étant un athlète à succès et un survivant du cancer.» Comment dit-on démagogie en texan?

Des urines trop claires…

Les échantillons urinaires du LNDD sont confiés aux deux experts qui collaborent au travail d'investigation scientifique : Gilbert Pépin d'abord, puis Michel Audran. «J'opère toujours en second en pareil cas», explique Michel Audran. Gilbert Pépin recherche avant tout les produits dopants et stupéfiants avant de confier des échantillons à Michel Audran qui, lui, s'intéresse aux protéines et à tout ce qui est du ressort hormonal (EPO, hormone de croissance, IGF1, insuline, ACTH – une hormone secrétée par l'hypophyse…).

«J'ai pratiqué l'analyse de l'EPO dans le laboratoire de Châtenay-Malabry avec son personnel», se souvient Michel Audran. Ça prend deux jours et demi car il y a des temps de migration à respecter. Le corps contient au moins une trentaine de molécules différentes par la charge électrique qu'elles portent. Elles se ressemblent plus ou moins. Le but est donc de séparer les molécules. L'EPO secrétée par l'organisme présente des molécules qui migrent différemment des autres. Par rapport à de l'EPO exogène, ça se voit comme le nez au milieu de la figure. En fait, on est capable de voir trois choses : de l'EPO exogène, de l'EPO physiologique ou… rien du tout. On peut retrouver ce "rien du tout" si le sujet a pris de l'EPO, puis arrêté le traitement, car lorsque qu'on prend de l'EPO, l'organisme est mis au repos. Il arrête alors d'en produire.»

Le professeur Audran a quinze échantillons urinaires à sa disposition, dont treize de Lance Armstrong, ce qui est logique vu les nombreux contrôles antidopage auxquels est soumis pareil champion. Première constatation : « Ces analyses montraient de l'EPO physiologique, preuve qu'il ne prenait pas de l'EPO. Il était "clean". Très, très "clean"… »

D'où la deuxième constatation : presque trop « clean »… « Dans les urines d'Armstrong, il n'y avait rien. Rien de rien. Elles étaient d'une limpidité ! Certes, j'ai déjà vu des urines d'adulte aussi claires que ça, mais les siennes, c'était tous les jours. Treize échantillons, tous les mêmes ! D'accord, pour quelqu'un qui suit strictement le même régime alimentaire, ça se conçoit. La nature de l'urine varie beaucoup en fonction de ce qu'on fait dans la journée, de ce qu'on mange. Là, il faut imaginer quelqu'un qui produit la même quantité d'effort, qui suit le même régime alimentaire, tout à l'identique, même si c'est surprenant. » Des « urines de bébé », constatera un autre observateur.

Le biophysicien est intrigué. « Il y a toujours de l'EPO dans de l'urine, sauf chez quelqu'un qui a arrêté un traitement à l'EPO depuis une semaine. Entre le moment où il a arrêté et celui où son organisme en reproduit, il peut ne rien avoir. » Si intrigué qu'il se demande, « de concert, souligne-t-il, avec Gilbert Pépin », si ce sont bien les urines de l'Américain… « Si, hypothèse folle, Lance Armstrong était assez malin pour falsifier ses urines, son cancer aurait pu dès lors passer inaperçu… »

Détection de l'EPO, mode d'emploi

Dans son laboratoire montpelliérain, Michel Audran nous explique le procédé qui permet de détecter, dans les urines, la prise d'EPO exogène.

« On dépose un extrait d'urine en bas d'un support, une plaque en plastique recouverte d'un gel particulier. On établit ensuite sur cette plaque un champ électrique dans un radian d'Eph [indice d'acidité]. Les molécules migrent et se stabilisent à un moment sur la plaque. L'astuce de la procédure de Françoise Lane, qui a inventé le test urinaire de l'EPO, est de pouvoir faire migrer l'EPO…

Le graphique établi présente des "pics" qui sont visualisés sur une photocopie. Si une séquence de ces pics, correspondant à un échantillon d'urine normale, se retrouve à hauteur de 80 % de la surface d'un schéma d'urine contenant de l'EPO exogène, le coureur est déclaré "non négatif" à l'EPO. J'ai eu un problème avec l'échantillon urinaire d'un autre coureur de l'US Postal, ajoute-t-il. Il était négatif à l'EPO, mais son test était ambigu. Le profil d'une "ligne de cinq pics" d'urine normale se retrouvait à 60 % dans le schéma qui détecte de l'Eprex [l'un des noms de marques sous lequel est commercialisé l'EPO]. Ce cas limite n'était pas pour autant suffisant pour le déclarer "non négatif" en toute certitude. Il faut savoir que nos critères d'interprétation sont drastiques.»

Une «non-négativité» à l'EPO exogène peut, même rarement, être contredite lors de la contre-expertise. «Cela peut se produire, en effet, admet Michel Audran. C'est un travail minutieux et on peut "manquer" la contre-expertise. Et puis, on a affaire à de nombreux réactifs. Par exemple, il faut scrupuleusement utiliser les mêmes. S'ils proviennent d'un autre lot, c'est fini.»

Et de rappeler un cas malheureux. «Le test de dépistage de l'EPO n'a jamais marché lors des Jeux olympiques de Sydney en 2000. Tout simplement parce que les plaques utilisées sur lesquelles on fait migrer les molécules n'étaient pas identiques. Elles provenaient d'un autre fabricant, et ces plaques-là ne permettaient pas de séparer l'EPO [endogène et exogène]. Des analystes espagnols s'en sont rendu compte quand ils ont réalisé le test français à Barcelone. Ils avaient commencé avec les plaques venant de Paris, et ils ont acheté un autre lot de plaques à un autre fournisseur, celui prévu pour les Jeux de Sydney. Et ça n'a pas fonctionné. Ça fichait tous les tests en l'air, ça ne migrait pas droit… Ça vous donne une idée de la complexité de ces détections.»

Les apparentements terribles

Les diverses investigations se sont exclusivement focalisées à l'époque sur l'Actovegin, négligeant les dix autres produits (sans parler des 160 seringues) contenus dans les cinq sacs-poubelles jetés le 18 juillet 2000 par deux membres de l'équipe US Postal.

Pourtant, si l'on compare ces produits avec les listes précédemment établies dans d'autres affaires, la mise en perspective est éclairante. Nous avons demandé au docteur Mondenard de se livrer à l'exercice : Coltramyl : anticrampes que peuvent provoquer les anabolisants ; Esafosfina : fructose diphosphate, fluidifiant sanguin, pour les insuffisances respiratoires ; Epargriseovit : vitamines B_{12}, PP et C, acide folique ; Ipoazotal : chaîne d'acides aminés luttant contre l'hyperammoniémie[1] due à l'effort, mais intervenant dans la sécrétion d'hormone de croissance ; Prefolic 50 : acide folique au pouvoir antianémique, détoxiquant hépatique ; Traumeel S : pour combattre les traumatismes, les tendinites ; Zyloric : uricofreinateur ; Noctamide : somnifère ; S Amet 200 : détoxiquant hépatique ; Thioctacid : «booster» qui facilite le passage du glucose dans les cellules, optimise les agents énergétiques, souvent mentionné dans les revues de culturisme…

---

1. L'augmentation de la présence dans le sang de carbonate d'ammoniaque. Elle provoque des troubles digestifs et nerveux graves et augmente les comas hépatiques.

Comparons maintenant cette liste avec celles de deux affaires précédentes, ainsi qu'avec les informations révélées par plusieurs «repentis».

– L'affaire Rumsas. Edita, l'épouse du coureur lituanien qui a terminé 3e du Tour de France 2002, est arrêtée par les douanes françaises, près de Chamonix, le 28 juillet 2002. À bord de son véhicule, 54 produits différents sont saisis. Sur ces 54 produits, 8 sont mentionnés dans la liste des produits interdits par l'UCI et le CIO en date du 18 juillet 2000. En outre, 3 flacons de 250 ml d'Actovegin sont découverts dans son coffre. Dans le rapport de saisie, à la case «dénomination», on peut lire : «anti-hypoxique, fluidifiant, transporteur de glucose, masquant». Au total, 3 produits – Actovegin, Ipoazotal, Thioctacid – concordent avec ceux retrouvés dans les sacs de l'US Postal. Le parquet de Bonneville lancera le 7 mai 2004 un mandat d'arrêt international contre Raimondas Rumsas notamment pour des faits d'«importation et détention en contrebande de marchandises prohibées».

– L'affaire TVM. L'équipe hollandaise est l'objet de perquisitions dans son hôtel de Pamiers pendant le Tour de France, le 23 juillet 1998 : parmi les produits saisis, on retrouve de l'Esafosfina et de l'Epargriseovit.

– Dans les livres d'Erwann Menthéour (ancien cycliste professionnel, à La Française des Jeux notamment) et de Willy Voet (ancien soigneur de Festina), parus en 1999[1], tout comme dans celui de Jérôme Chiotti, champion du monde de VTT 1996, qui a reconnu s'être dopé[2], trois produits reviennent à l'identique, qui se retrouvent

---

1. Respectivement *Secret défonce*, Jean-Claude Lattès, 1999, et *Massacre à la chaîne*, Calmann-Lévy, 1999.
2. Jérôme Chiotti, *De mon plein gré*, Calmann-Lévy, 2001.

aussi dans la liste « US Postal » : Ipoazotal, Thioctacid, Esafosfina.

« Ces apparentements ne sont pas aussi anodins que leurs principes actifs le laissent supposer, explique Jean-Pierre de Mondenard. Et ne sont pas pris en compte des produits équivalents seulement distincts par l'appellation donnée par leurs fabricants. C'est un peu comme le revolver qu'assemble Goldfinger dans *James Bond* : les pièces détachées sont inoffensives, elles sont redoutables une fois emboîtées les unes aux autres… Les trois produits évoqués sont des adjuvants indispensables à la fabrication de globules rouges. Dans ce milieu, tout le monde sait que l'association fer-acide folique-vitamines B_{12} est un préalable à la prise d'EPO. L'aspect sanitaire est totalement détourné : tous ces produits ne sont pas transportés pour soigner un coureur, mais pour soigner sa performance », nuance-t-il.

Sur son site Internet, Lance Armstrong adopte d'ailleurs une attitude étonnante devant l'inventaire exhaustif du contenu des poubelles : en le commentant, il accrédite le travail de reportage de France 3 et le lien avec sa propre équipe. « Les produits médicaux trouvés étaient certainement destinés à soigner entre vingt-cinq et trente personnes sur la Grande Boucle pendant trois semaines […] Je peux assurer quiconque que nous faisons tout en fonction des critères moraux les plus élevés. »

12 médicaments au moins par jour

Les « critères moraux » ne sont pas les seuls à être « élevés ». Dans la liste d'autorisation d'importation de l'US Postal pour le Tour de France 2000 que nous nous sommes procurée, 126 produits différents sont recensés (5 provenant d'Allemagne, 15 d'Italie, les autres d'Espagne), dont une douzaine interdits par la législation antidopage (corticoïdes principalement). Ce qui représente au total 684 boîtes de médicaments divers, soit… 7 422 gélules, comprimés, solutions injectables, ampoules et tubes divers.

Reprenons le chiffre, (très) large, de «trente personnes» énoncé par Lance Armstrong – qui n'étaient que «vingt ou vingt-cinq» dans ses déclarations du 13 décembre 2000. Faisons l'hypothèse que chacun des membres de l'encadrement a la même «consommation» que les neuf coureurs, divisons par trois semaines de course. On en arrive à la moyenne de 11,78 médicaments par jour et par personne. Nous ne sommes pas loin des «cornues ambulantes» dont parlait le président du tribunal, Daniel Delegove, lors du procès Festina.

Cette consommation n'a d'ailleurs rien d'exceptionnel. L'année suivante, pour le Tour 2001, la liste d'autorisation d'importation comprend au total 119 produits différents (l'Actovegin a disparu), soit 790 boîtes de médicaments pour 8 334 unités : une moyenne journalière d'au moins 13,2 médicaments par personne et par jour, selon le même mode de calcul.

Selon nos informations, cette consommation médicamenteuse licite représentait en 2000 la plus grande quantité de produits déclarée par une équipe participant au Tour de France : le double de la consommation des équipes françaises, et des quantités supérieures de plus d'un tiers à celle des équipes italiennes. En tout cas, elle ne répond à aucune logique thérapeutique. «L'idée première de la médicalisation est de lutter contre la maladie, rappelle Jean-Pierre de Mondenard. Dès que la performance est médicalisée, elle donne naissance à un système de dopage. À l'origine, le sport a des vertus, mais le sport organisé par l'homme les élimine. Les institutions sportives, c'est humain, ne vont pas se faire hara-kiri en pourchassant avec vigueur les dopés.

Et ce qui est surhumain, c'est de suivre celui qui est dopé. »

Mensonges à la chaîne

Mais la dernière tentative d'Armstrong pour expliquer un fait qu'il ne nie plus se trouve dans son deuxième livre [1], paru à l'automne 2003. Un chapelet de contre-vérités : « J'ai appelé plusieurs personnes au téléphone, essayant de comprendre pourquoi nous nous trouvions dans une telle situation. Le médecin et le kinésithérapeute de notre équipe m'ont expliqué qu'après l'étape qui nous avait conduits à Morzine, ils avaient ensaché comme d'habitude les déchets produits par les soins de routine qu'ils nous prodiguaient. Mais ils n'avaient pas voulu les laisser à l'hôtel où nous passions la nuit, car les envoyés des journaux français les plus répugnants passaient leur temps à fouiller dans nos ordures, acharnés qu'ils étaient à prouver que je me dopais, et nous en avions assez. Ils avaient donc décidé, pour leur jouer un tour, de se débarrasser des sacs en chemin dans une poubelle. C'était là leur "comportement suspect". Quant aux "déchets médicaux", ils se résumaient à des tampons de coton, du papier d'emballage et des boîtes vides. »

L'Actovegin – que l'intéressé prend soin de ne pas citer – serait donc un « soin de routine » et deux membres de l'US Postal auraient voulu jouer à la presse « un tour »… de 150 km. Comme le faisait remarquer un article de *Sport et Vie* [2], « pourquoi deux employés de l'US Postal se seraient-ils donné tant de mal pour se débarrasser de simples déchets médicaux ? » Des déchets médicaux

1. *Chaque seconde compte, op. cit.*, pp. 94-95.
2. *Sport et Vie*, n° 67.

qui ne « se résumaient » pas à des broutilles mais à onze médicaments différents.

Mais redonnons la parole à Lance Armstrong : « En France, comme aux États-Unis, on doit se plier à des règles strictes pour se débarrasser des produits ou objets médicaux tels que seringues ou aiguilles intraveineuses. Ceux-ci avaient été jetés conformément aux règles, dans des conteneurs pour produits dangereux, de couleur jaune, qu'un service d'enlèvement spécialisé venait relever. »

Les faits démontrent pourtant le contraire. En plus des produits répertoriés, 160 seringues ont également été retrouvées dans une poubelle d'aire d'autoroute, et non « [jetées] conformément aux règles [...] dans des conteneurs [...] qu'un service d'enlèvement spécialisé venait relever ».

La Société du Tour de France a en effet organisé cette année-là un système d'enlèvement des déchets pour éviter tout dérapage. Et voilà que l'équipe du vainqueur du Tour, tel un cargo clandestin, est prise en flagrant délit de « dégazage sauvage ». En visionnant le film de France 3, Jean-Marie Leblanc paraîtra d'ailleurs très agacé. « Ça fait beaucoup... Il y a matière à s'interroger et à continuer les investigations, mais pas plus », lâche le patron sportif du Tour. Hervé Brusini confirme que Jean-Marie Leblanc s'est posé des questions, mais « pas plus ». Autrement dit, pas jusqu'à trouver des réponses.

Feu rouge

Puisque analyses d'urine et compresses tachées de sang n'ont donné aucun résultat probant, une dernière voie reste à explorer : les analyses sanguines. Pour en avoir le cœur net, les experts médicaux estiment qu'il faut récupérer les échantillons sanguins de l'US Postal prélevés au départ du Tour de France 2000. « Il fallait récupérer du sang pour comparer l'ADN du sang et l'ADN de l'urine. » Autrement dit, pour déceler une éventuelle manipulation.

Le juge Château délivre une autre commission rogatoire afin de récupérer ces échantillons, propriétés de l'UCI. Le 15 mars 2001, juge et enquêteurs se rendent au siège de l'UCI, à Lausanne, pour se les faire remettre, ainsi que leurs codes d'identification. « Ces prélèvements avaient été faits à des fins médicales sur la base de la confidentialité, et non dans le cadre de la lutte antidopage », tient alors à rappeler l'avocat de l'UCI, maître Philippe Verbiest.

Les échantillons sanguins sont examinés par Gilbert Pépin. Selon une source proche de la Brigade des stupéfiants, l'expert n'aurait pas eu à sa disposition une quantité de sang suffisante pour livrer un verdict fiable. « Quels échantillons a-t-il eus, s'interroge le professeur Audran ? Ceux de la veille du départ du Tour de France ? Moi, si je veux grimper le Tourmalet, je ne prends pas mon hémoglobine au début de l'épreuve. Je la prends le jour de l'étape, quatre heures avant de monter. » On sait par ailleurs que Gilbert Pépin s'était mis en quête de l'ADN du sang des échantillons de l'US Postal conservés par un laboratoire américain. Une comparaison avec les cellules souches aurait en effet permis d'y voir plus clair. Mais le laboratoire en question n'a jamais répondu à sa demande.

La valeur de cet examen médical d'avant-Tour a d'ailleurs été récemment relativisée par le président d'Amaury Sport Organisation (qui gère le Tour) lui-même : « On sait qu'on ne peut plus se contenter de faire notre grande visite médicale trois jours avant le début, même s'il faut absolument continuer à la faire [1]. »

---

1. *L'Équipe*, 29 janvier 2004.

Violation prémonitoire

Les analyses sont en tout cas toujours en cours lorsque, le 7 avril 2001, date de la conférence de presse parisienne convoquée par Lance Armstrong et son avocat à l'hôtel George V, le champion américain annonce un « scoop » en lisant son texte : « Avec l'équipe, comme vous le savez, nous avons passé un hiver pénible. Je suis très heureux de vous faire savoir aujourd'hui que les tests urinaires se sont révélés négatifs. Pour moi, cela ne faisait aucun doute puisque je n'ai jamais eu recours à des produits interdits, que ce soit l'EPO ou tout autre substance illicite. »

Interrogé sur l'abandon sauvage de déchets médicaux, il se laisse même aller à un lapsus, qui passa presque inaperçu. « Dans cette ère de frénésie sur le dopage, un bout de gaze, un emballage, tout est recherché dès que l'on quitte une chambre d'hôtel. C'est la raison pour laquelle nous jetons les produits dangereux loin de là[1]. » Dangereux ? Tiens, on croyait ces déchets insignifiants…

Qu'importe, maître Kiejman, assis à ses côtés, enfonce le clou : « Cette information est parvenue au coureur il y a quelques semaines […], elle est officieuse et certaine. »

Cette annonce inattendue fait bondir le juge Sophie-Hélène Château, qui ne décolère pas : « L'avocat violait en effet le secret de l'instruction. » On peut se demander comment elle a réagi aux affirmations de Lance Armstrong un an et demi plus tard : « Tous les tests étaient négatifs. À Paris, mon avocat a appelé le juge Château. Elle l'a confirmé[2]. »

---

1. *Le Dauphiné libéré,* 10 avril 2001.
2. *Chaque seconde compte, op. cit.,* p. 120.

De quoi s'arracher ses cheveux blonds : « Les expertises étaient en cours quand ils ont décidé de dire que l'équipe était blanchie, nous a-t-elle expliqué. C'est inadmissible. » Inadmissible et pourtant…

Plusieurs mois s'écoulent sans qu'aucun élément ne vienne étayer la thèse des enquêteurs. La Brigade des stupéfiants a bien interrogé les autorités italiennes sur les liens présumés sulfureux qui relieraient Lance Armstrong au docteur Ferrari, mais la réponse tarde. Les examens sanguins sont tributaires de la réponse d'un laboratoire américain, qui ne bouge pas non plus. L'enquête piétine, et le temps joue en faveur du champion américain, qui s'adjuge son troisième Tour de France consécutif.

Sept mois plus tard, le 6 février 2002, maître Kiejman fait montre d'impatience dans des déclarations reprises par l'agence Reuter : « Lance Armstrong, qui a refusé de se rendre à une convocation de police dans une affaire de dopage présumée, refusera de répondre à d'autres sollicitations de la justice française. Cette convocation de police n'avait aucun fondement légal ou factuel. Il n'existe aucune charge. Il est hors de question de servir de cobaye à tel ou tel expert désireux de se faire un nom dans la médecine légale, a déclaré Georges Kiejman. Il est temps de clôturer aujourd'hui cette procédure où il n'existe aucun soupçon, aucune raison de faire une enquête spéciale sur l'US Postal. » La Brigade des stupéfiants visait également d'autres coureurs de l'US Postal. Mais ces derniers n'ont pas davantage répondu à la demande du magistrat. Aucun d'entre eux n'a été mis en examen.

Non-lieu et frustrations

Dépendante d'un examen sanguin, lui-même tributaire d'une molécule de comparaison qui n'arrivera jamais, la justice française ne peut pas faire durer le suspense éternellement. D'autant que la piste « italienne » n'aboutit à rien non plus : « On n'a jamais pu consulter le disque dur de Ferrari », nous explique l'un des enquêteurs. « Nous avions contacté les autorités compétentes, mais on a attendu un an pour s'entendre dire qu'il n'y avait rien. La réponse d'Interpol de Rome nous est parvenue le 5 août 2002. »

Toutes les pistes ont abouti à des impasses. Le juge Château doit rendre une ordonnance de non-lieu à la fin août 2002, soit près de deux ans après l'ouverture de l'instruction.

Cette conclusion laisse sur leur faim bon nombre de personnes, à commencer par les enquêteurs de la Brigade des stupéfiants. Le procureur François Franchi, chef de la section de lutte contre la criminalité non organisée du parquet de Paris, résume le sentiment ambiant le 2 septembre suivant[1] : « On ne peut pas dire s'il y a eu dopage dans la mesure où l'on n'a pas pu faire tous les examens que l'on souhaitait. La situation des sportifs aux termes de la loi française en matière de dopage exclut tout moyen de coercition à leur égard. Celui qui est visé par la loi est celui qui fournit les produits, pas celui qui les utilise. » Le juge Château a abondé dans le même sens quand nous l'avons interrogée : « Notre système judiciaire vise ceux qui dopent, pas ceux qui sont dopés », semble-t-elle déplorer. La responsabilité du consommateur est un débat qui reste toujours ouvert.

Quant à Lance Armstrong, qui se déclare « soulagé » après un tel verdict, il se montre très irrité par la question d'un journaliste, reprise dans *L'Équipe* du 12 avril 2001, alors qu'il dispute le Circuit de la Sarthe.

« Pensez-vous que le dopage puisse un jour disparaître du peloton ?

– (Agacé) Mais on l'a prouvé, non ? »

---

1. *L'Équipe*, 3 septembre 2000.

À défaut, la présomption d'innocence, qu'il prétendait étrangère à la justice française[1], reste sa meilleure preuve. Celle qui fait passer entre les gouttes, mais pas entre les doutes.

Des complots partout

Le Lance Armstrong de l'US Postal n'est plus celui de Motorola, celui qui participait de la convivialité collective. La suspicion ambiante qui s'attache à ses performances depuis maintenant cinq ans a certainement exacerbé sa rage – son angoisse ? – d'être plus fort que tout. Il n'hésite pas, par exemple, à crier au complot quand, sur le Tour de France 2003, en raison d'un incident mécanique, les événements ne s'enchaînent pas comme il le souhaite. Les relations qu'entretient Lance Armstrong avec son environnement sportif laissent perplexe. Hormis les organisateurs du Tour, Eddy Merckx, quelques directeurs sportifs et sa propre équipe, il en est peu qui louent l'affabilité du personnage. Au contraire, l'homme, certes brillant, s'est renfermé sur lui-même, a pris ses distances avec la presse, le public, faisant appel à un garde du corps – une nouveauté dans le milieu – et ne s'autorisant que des interviews télévisées dans un français hésitant pour restaurer une image brouillée. Bien sûr, un champion est toujours doté d'un fort tempérament, mais doit-il pour autant se répandre en grossièretés dès que la roue ne va pas dans son sens ? Si l'*omerta* est la règle dès que ce sujet est abordé avec des coureurs, quelques témoignages brisent cependant le mur du silence.

---

1. Dans *Chaque seconde compte*, p. 96, Lance Armstrong écrit : « Le système judiciaire français semble être le contraire du système américain, sans présomption d'innocence. »

Lance appelle Greg

Interviewé par le *Sunday Times*, dans un article paru le 15 juillet 2001, Greg LeMond a témoigné de son peu d'estime pour Michele Ferrari et il s'attend à recevoir un coup de téléphone de Lance Armstrong. Le triple vainqueur du Tour de France ne s'est pas contenté de critiquer le médecin italien, il a aussi exprimé des doutes sur le parcours de son compatriote. Fin juillet 2001, quelques jours après la parution de cet article, LeMond se rend à Londres pour rencontrer des représentants de Conoco, une compagnie pétrolière multinationale qui envisage de se lancer dans le sponsoring cycliste. À son retour d'Angleterre, Kathy, son épouse, vient le chercher à l'aéroport de Minneapolis-Saint Paul, dans le Minnesota, où le couple réside. Alors qu'il s'installe sur le siège conducteur du «Station Wagon» Audi de Kathy, le téléphone portable de Greg LeMond sonne. «C'est Lance», murmure-t-il à sa femme en découvrant l'identité de son interlocuteur.

Cette conversation téléphonique a eu lieu le 1er août 2001. Greg LeMond refuse d'en évoquer la teneur. En vertu d'un accord conclu avec Trek, l'un des principaux sponsors de l'équipe US Postal et l'un des distributeurs des vélos de marque LeMond, il s'est engagé à ne pas parler publiquement de celui qui lui a succédé au palmarès du Tour de France. Rien n'empêche en revanche Kathy, son épouse, de témoigner.

«Comme c'était Lance qui appelait, j'ai pris des notes sur tout ce que disait Greg au téléphone. Puis j'ai reconstitué les propos de Lance tout de suite après la fin de leur conversation. Lance parlait très fort. Je pouvais même entendre certains des mots qu'il prononçait. Il était clair qu'à certains moments, la conversation était tendue.» Voici donc, selon Kathy LeMond, le contenu de cette conversation :

« Greg, c'est Lance.

– Salut Lance, qu'est-ce que tu fais ?

– Je suis à New York.

– Ah, OK.

– Greg, je pensais que nous étions amis.

– Je le pensais aussi.

– Pourquoi as-tu dit ça ?

– Sur Ferrari ? Eh bien, il y a un truc qui ne va pas avec Ferrari. Je suis déçu que tu voies quelqu'un comme lui. J'ai un problème avec ce type et avec les médecins de son espèce. Ma carrière a été abrégée, j'ai vu un coéquipier mourir, j'ai vu des coureurs propres être détruits et obligés de renoncer à leur carrière. Je n'aime pas ce qu'est devenu notre sport.

– Oh, ça va, tu vas peut-être me dire que tu n'as jamais pris d'EPO ?

– Qu'est-ce qui te fait dire que j'ai pris de l'EPO ?

– Allez, tout le monde prend de l'EPO.

– Pourquoi penses-tu que j'en ai pris ?

– Tu sais, ton *come back* en 1989 [l'année où LeMond remporte son deuxième Tour de France] a été spectaculaire. Le mien [sa première victoire en 1999] est un miracle, le tien en est un autre. Tu ne pouvais pas être si fort en 1989 sans utiliser de l'EPO.

– Écoute Lance, j'ai gagné le Tour de France avant que l'EPO n'apparaisse dans le cyclisme. La première fois que j'ai disputé le Tour, j'ai terminé 3e [en 1984] ; la deuxième fois, j'aurais dû finir premier, mais mon équipe m'a ralenti [2e en 1985, derrière Bernard Hinault]. Et la troisième fois [en 1986], je l'ai remporté. Ce n'est pas grâce à l'EPO que j'ai remporté le Tour, d'autant que mon taux d'hématocrite n'a jamais dépassé 45, mais parce que j'avais un VO_2 max de 95, alors que le tien est de 82. Donne-moi le nom d'une seule personne qui dit que j'ai pris de l'EPO.

– Tout le monde sait ça.

– Tu me menaces ?

– Si tu veux la guerre, tu l'auras !

– Donc tu es en train de me menacer ? Écoute, Lance, je connais bien la physiologie : aucune charge d'entraînement ne peut transformer un sportif dont le VO_2 max est de 82 en un sportif doté d'un VO_2 max de 95, d'autant que tu as roulé plus vite que moi.

– Je trouverai au moins dix personnes pour dire que tu as pris de l'EPO. Dix personnes qui témoigneront.

– C'est impossible. Je sais que je n'en ai jamais pris. Personne ne peut témoigner là-dessus. Si j'avais pris de l'EPO, mon taux d'hématocrite aurait dépassé 45, ce qui n'a jamais été le cas. C'est impossible et c'est faux. Je pourrais produire tous mes paramètres sanguins, qui prouvent que mon taux d'hématocrite n'a jamais été supérieur à 45. Et si j'entends cette accusation contre moi, je saurai que ça vient de toi.

– Tu n'avais pas à dire ce que tu as dit, ce n'était pas correct.

– J'essaie d'éviter de parler aux journalistes. David Walsh m'a appelé. Il connaissait tes relations avec Ferrari. Qu'est-ce que je devais dire ? *No comment* ? Ce n'est pas mon genre. Puis un journaliste de *Sports Illustrated* m'a également téléphoné. J'ai parlé en tout à deux journalistes, point barre. Il aurait peut-être mieux valu que je ne leur parle pas, mais je n'ai dit que la vérité.

– Je pensais qu'il existait du respect entre nous.

– Je le pensais aussi. Écoute, Lance, j'ai essayé de t'avertir au sujet de Ferrari. Le procès de ce type va s'ouvrir en septembre [2001]. Ce qu'il a fait dans les années 90 a changé les coureurs. Tu devrais prendre tes distances avec lui. Comment penses-tu que je devais réagir ? »

Quelques jours après cette conversation, Kathy LeMond constate avec amusement que le VO_2 max de Lance

Armstrong a été modifié sur son site Internet, passant de 82 à 83,9 ml.

Doc, tu vas avoir des ennuis

Le 25 juin 2001, Lance Armstrong appelle sur son portable Chann McRae, un coureur de l'équipe Mercury. Le Tour de France commence dans une semaine mais Armstrong veut régler une affaire avant de se concentrer sur sa troisième victoire consécutive dans la première course cycliste au monde. Il veut parler à Prentice Steffen, le médecin de Mercury, et demande à McRae s'il peut passer son téléphone à Steffen. McRae s'exécute. La discussion d'Armstrong et de Steffen dure de dix à quinze minutes environ. Armstrong monopolise en grande partie la conversation. Un peu secoué par cette conversation, Steffen prend des notes ce soir-là. En se fondant sur ces notes et sur ses souvenirs, il a rédigé ce compte rendu de la conversation qu'il nous a fait parvenir en août 2003 :

« Chann est venu me voir en me disant que j'avais un appel. "Prentice", a dit la voix au bout du fil, "c'est Lance Armstrong." Il m'a expliqué que mon nom avait été répété plusieurs fois dans son entourage. Son ton était menaçant. Selon lui, j'avais parlé à plusieurs journalistes qui se connaissaient et complotaient ensemble. À quatre reprises au moins, il m'a dit que je devrais faire très attention à qui je parlais et à ce que je disais. Il m'a affirmé que Mark Gorski lui avait déjà raconté des choses inquiétantes à mon sujet et "que j'avais déjà été prévenu". "Je sais que tu as une vendetta à mener contre cette équipe [l'US Postal] depuis longtemps." J'ai répondu que je n'avais fait que raconter comment, sur le Tour de Suisse 96, Tyler [Hamilton] et Marty [Jemison] m'avaient demandé de faire plus que ce que je faisais déjà pour eux et comment, après mon refus, j'avais été viré de l'équipe. Il a mentionné un article paru dans le magazine *Texas Monthly* et en a lu une citation attribuée à un médecin anonyme, qui avait travaillé pour une équipe cycliste américaine. La citation jetait le doute sur le droit de Lance à être considéré comme clean. Je n'ai dit à aucun moment qu'elle venait de moi. Lance a affirmé que notre équipe, Mercury, était la seule avec l'US Postal à avoir un médecin et que ça ne pouvait donc venir que de moi. Je lui ai répondu que c'était faux, que la plupart des équipes américaines avaient un médecin.

Il a ensuite abordé la question des poursuites judiciaires.

"Selon les lois du Texas, je peux obliger l'auteur de l'article à révéler ses sources.

– Je crois que la liberté de la presse est une loi fédérale, qu'elle ne relève pas de chaque État.

– Certains des meilleurs spécialistes texans du droit de la presse m'ont assuré du contraire et je suis prêt à dépenser beaucoup d'argent pour savoir qui a dit ça. Je gagnerai mon procès contre cette personne. Pourquoi est-ce que je prendrais des produits après tout ce que j'ai enduré durant mon cancer ?"»

Steffen ne répondit pas à cette question.

«Il me semble étrange que tu parles de dopage alors que vous [Mercury] êtes l'une des rares équipes dont un coureur a été contrôlé positif à l'EPO.

– Je n'ai rien à cacher à ce sujet, et je serais heureux d'en parler avec tous ceux qui le souhaitent.»

Une question de malentendus

À bientôt 35 ans, Jean-Cyril Robin accomplit sa quatorzième et dernière saison professionnelle au sein de l'équipe française fdj.com. Le Nantais, 6e du Tour 1998 et médaillé de bronze aux championnats du monde sur route de Vérone en 1999, a passé deux ans à l'US Postal, en 1997 et 1998. Longiligne, l'œil clair, il achève d'autant mieux sa carrière cycliste en tant que «capitaine de route» de la formation de Marc Madiot que sa reconversion est assurée. Robin, c'est non seulement un sportif au palmarès reconnu, mais aussi un homme aux idées structurées. Bien qu'échaudé par les sévères remontrances que lui ont valu ses prises de position antidopage, Jean-Cyril Robin a finalement accepté de nous rencontrer dans sa ville de Nantes, le 2 décembre 2003, pour un déjeuner.

L'endroit est stratégique : une crêperie du centre-ville, pas très loin de la gare. «J'y viens assez souvent avec mon épouse», sourit-il. Il s'y sent bien et, pour évoquer Lance Armstrong, c'est préférable. Même à 8 000 km de là, l'Américain le met un peu mal à l'aise. D'ailleurs, lorsque le dictaphone est posé sur la table, il sourit, car il préfère une discussion «entre quatre yeux». De fait, l'évocation de ses rapports avec Lance Armstrong, entre deux «complètes» et un pichet de cidre brut, se résume à une succession de «malentendus».

«La première fois que je l'ai rencontré, c'était pendant le stage de l'équipe à Ramona [Californie], en janvier 1998», se souvient-il. «Il revenait à la compétition. Là-bas, il était déjà impressionnant à l'entraînement. Il faisait rouler, il menait la danse. Avec Pascal [Deramé, son équipier français], on se disait : "Putain, la forme qu'il a déjà, lui !" De ce que j'en sais, tous les coureurs français qui ont couru avec Lance ont vécu un malentendu pour une raison ou pour une autre. Sauf Pascal, puisqu'il a gagné le Tour (1999) au sein de son équipe. Moi, j'en ai vécu trois. Le premier, sur le Circuit de la Sarthe, en (avril) 1999. Quelques jours auparavant, lors du Critérium international, j'avais fait part ouvertement à la presse de mes sentiments sur le dopage, sur un cyclisme à deux vitesses, évoquant en particulier le Paris-Nice où l'équipe néerlandaise Rabobank avait été insolente de facilité. Hein Verbruggen, le président de l'UCI, m'avait vertement rappelé à l'ordre, du moins officiellement. En tête à tête, il m'avait dit qu'au titre de l'UCI, il ne pouvait pas ne pas me blâmer, non pas sur mes déclarations proprement dites, mais sur le fait d'avoir focalisé mes dires sur une équipe, un sponsor, Rabobank, et qu'il ne pouvait pas passer outre. Daniel Baal, alors président de la FFC, m'avait quant à lui soutenu dans ma démarche. Au Circuit de la Sarthe, lors de la première étape à Sillé-le-Guillaume, on venait d'aborder une route de forêt quand Lance s'est porté à ma hauteur. Il m'a dit que je n'avais pas à dire ça, que ça devait rester en interne. Il n'a pas été agressif, un ton neutre mais ferme… »

Une autre « crêpe au steak haché » vient interrompre son monologue. L'appétit vient en parlant. « Le deuxième malentendu est survenu lors du partage des prix à l'issue de la saison 1998, ma dernière à l'US Postal. J'avais terminé 6e du Tour cette année-là et, à moi seul, j'avais ramené 120 000 francs de dotations. Au sein de l'équipe, il n'y avait pas de pot commun. Chacun recevait ses prix avant de les répartir entre les intéressés quelques mois plus tard. De fait, j'attendais que Viatcheslav Ekimov finisse pour sa part le calcul de la quote-part des prix provenant des courses disputées à l'étranger. J'avais donc placé ces 120 000 francs sur mon compte en attendant. Mais deux coureurs [Marty Jemison et George Hincapie] s'en sont plaints auprès de Lance qui, pourtant, n'était pas concerné par ce Tour 1998. Il m'a alors dit de procéder au partage, mais j'ai tenu bon. Je voulais que le total de toutes les dotations soit effectué avant de le faire. Je préférais rétrocéder une partie de mes gains après, plutôt que d'attendre la part, de toute façon inférieure, qui me serait revenue après le solde des comptes. Sur le Tour 1999, alors que j'étais à La Française des Jeux, dès que je tentais de m'échapper, l'équipe US Postal roulait derrière moi. Des représailles en quelque sorte. Je ne pouvais pas remuer un petit doigt. Finalement, j'ai pu obtenir un bon de sortie sur une étape en fin de Tour, celle arrivant à Poitiers. J'ai su que Frankie [Andreu] avait dit à Lance de laisser tomber, que cette histoire ne le concernait même pas, que l'équipe [l'US Postal] ne pouvait pas rouler après toutes les échappées. »

Le troisième malentendu évoqué par Jean-Cyril Robin remonte au prologue du Tour de France 1999. « Le lendemain de son succès, au départ de Montaigu, sous la flotte, je m'en souviens, un journaliste de *L'Équipe*, Jean-Luc Gatellier, est venu me voir pour recueillir mes impressions. J'ai évoqué le caractère fort, parfois égoïste, de Lance. Ce dernier terme n'est pas tombé dans l'oreille d'un sourd. Lors de l'étape qui arrivait à Laval, il est venu me voir. Il m'a dit sur un ton ambigu : « *Selfish* [« égoïste »] ? Merci, merci bien ! »

Jean-Cyril Robin résume en quelques phrases le sentiment général : « Moi, après tous ces malentendus, j'ai décidé de me taire. Je n'avais plus envie de me pourrir la vie avec ça. Armstrong, quand il vient te voir, il ne te laisse pas indifférent. Il a, comment dire, une telle force de frappe ! Quand il te parle, il te file les jetons. Tu as peur, c'est ça. La seule fois en deux saisons où je l'ai vu sympa, cool, c'était pendant le Tour de Galice, en août 1997. Il m'a donné un bon coup de main pour terminer 6e de l'épreuve et il a été de bonne humeur de bout en bout. Sinon, les équipiers me parlaient aussi de ses quelques moments d'humanité quand il était chez Motorola. Il paraît qu'à cette époque il était plus cool, qu'il payait parfois le resto et de bonnes bouteilles. »

Turpin harcelé, Pizzardini rabroué

En 2001, dans l'étape Aix-les-Bains-l'Alpe d'Huez, le patron de l'équipe américaine se montre particulièrement rancunier à l'encontre de Ludovic Turpin, qui évolue dans la formation AG2R-Prévoyance : « Le tempo était alors tranquille, nous étions dans le premier tiers du peloton, et on venait d'amorcer la descente du col de Frêne quand j'ai effectué un écart aussi léger qu'involontaire, comme cela arrive fréquemment dans un peloton », raconte le Mayennais. « Il était juste derrière et ça ne lui a pas plu. Il m'a pris de haut, d'abord en français, en me disant notamment : "Tu veux me faire perdre le Tour ?", puis en anglais. » Après cet avertissement, Ludovic Turpin poursuit son chemin. « Quelques kilomètres plus loin, alors que je le doublais, il m'a remis le grappin dessus, poursuit-il. Il m'a parlé en anglais sur un ton ferme, mais je n'ai rien compris. Pourtant, au vu de la configuration de la course, avec deux échappés sans conséquence devant, il n'y avait pas de quoi s'énerver. » Ludovic Turpin pense en avoir fini avec le leader du Tour. Mais le soir, son équipe partage le même hôtel que l'US Postal, et Lance Armstrong revient à la charge : « Nous étions en train de dîner quand il est venu à ma table. Là encore, il m'a parlé en anglais. Je sentais le petit sermon. Lors du premier incident, j'avais compris son coup de sang ; la deuxième fois, déjà moins. Mais, là, alors qu'il venait de remporter l'étape trois heures plus tôt, il me semblait qu'il avait autre chose à faire. Ça nous a choqués, moi et mes équipiers à table, de le voir brasser autant d'air pour si peu. »

Eddy Pizzardini, un journaliste indépendant, réalise un reportage pour l'émission Hors Stade, diffusée en décembre 2000 sur la chaîne M6. Après trois mois de tractations, le journaliste rencontre finalement Lance Armstrong devant la citadelle de Villefranche-sur-Mer, non loin de son domicile de l'époque. « Quand le moment est venu, je lui ai parlé de ses rapports avec Michele Ferrari. Là, il s'est fermé. Il ne s'attendait probablement pas à ce que ma question soit aussi ciblée. Il a éludé, détourné la conversation, tout en se mettant un peu en colère. "Mais Ferrari, tout le monde le connaît… Dans le vélo tout le monde se pose des questions, tout le monde est suspicieux… *That's enough!* [Ça suffit !]." En fait, il n'a jamais avoué franchement cette collaboration. Il a demandé au caméraman d'arrêter de tourner et s'est adressé à moi : "C'est la première et la dernière fois que je t'accorde une interview. Tu remues la merde, là ! Si tu veux parler dopage, tu n'as qu'à aller voir Bassons ou Ballester." Nous avons encore discuté un quart d'heure près de son scooter, mais il ne voulait plus rien entendre. J'ai su ensuite qu'il avait vu le reportage. On m'a répété ce qu'il avait dit : c'était le reportage le plus négatif qu'on avait fait sur lui… »

Des propos orduriers

Un champion se distingue par sa force de caractère. La hargne de Bernard Hinault est souvent citée en exemple. Mais si le Breton, quintuple vainqueur du Tour également, usait parfois de son autorité naturelle – ce qui ne l'empêchait pas d'être convivial –, il n'est jamais allé aussi loin que Lance Armstrong dans la grossièreté.

En témoignent les insultes proférées à l'encontre de Patrice Halgand, coureur chez Jean Delatour, lors du Critérium du Dauphiné 2003, parce que le Français aurait, selon lui et selon lui seul, attaqué alors que le leader de l'US Postal venait de chuter. « Cet enculé a attaqué deux fois lorsque j'étais à terre. C'est inacceptable. [...] C'est une attitude d'amateur. C'est pour cela que les gens se sont interrogés sur le bien-fondé de retenir l'équipe Jean Delatour au Tour de France[1]. » Halgand s'en défend et aucun témoin de la scène ne l'accable. Le coureur nantais tente de s'en expliquer auprès d'Armstrong le soir même : « Il a refusé d'entendre ma version. » Le journal *L'Équipe* résumait ainsi cet épisode : « Cette histoire résume parfaitement l'influence et la mainmise de l'Américain sur le peloton, totalement paralysé par sa personnalité parfois si cinglante (...) qui interdit à quiconque d'espérer mieux qu'une place d'honneur[2]. »

Que penser encore de ses commentaires jetés à la face de Christophe Bassons pendant le Tour 1999, alors que le Tarnais était déjà désigné comme le mouton noir du peloton professionnel pour ses prises de position anti-dopage et son statut de « monsieur Propre » qu'aucun autre coureur ne voulait partager ? Dans un livre émouvant[3], Bassons avait fait part de son déchirement, victime du dopage par ricochet, devenu coupable de s'en offusquer. Deux jours avant d'abandonner sur les routes du Tour après avoir subi de nombreuses humiliations, il a affaire au « patron » en personne. Contacté par téléphone, il revient sur cet épisode. « J'étais déjà mis à l'écart du peloton quand il a fait sa démonstration dans la montée de Sestrières, dans de mauvaises conditions météo. Et je ne m'étais pas gêné pour douter dans les journaux de l'authenticité d'une telle performance. Au départ, le lendemain matin, plus personne ne me parlait. L'US Postal avait décrété un départ tranquille jusqu'en bas de la descente, mais moi, bravache, dès qu'on a

---

1. *L'Équipe*, 14 juin 2003.
2. *Ibid.*
3. Christophe Bassons, *Positif*, Stock, 2000.

abordé le plat, j'ai attaqué. Ça a foutu le bordel dans la vallée, et l'US Postal m'a pris en chasse. Lorsqu'ils m'ont rejoint, Armstrong m'a attrapé par l'épaule, entouré de ses coéquipiers, comme autant de gardes du corps. Il voulait m'impressionner, mais il a bien vu que ça ne fonctionnait pas avec moi. Il m'a dit en anglais, mais je le comprenais : "Ça suffit. Tu fais du mal au cyclisme. Il vaut mieux que tu t'en ailles, que tu quittes le vélo. T'es un petit coureur, tu sais. *Fuck you* !" »

Interrogé dans le journal de 20 heures de TF1 le jour de l'abandon de Christophe Bassons, le 17 juillet, Lance Armstrong n'est pas plus tendre : « Ses accusations ne sont pas bonnes pour le cyclisme, pour son équipe, pour moi, pour tout le monde. S'il pense que le cyclisme fonctionne comme cela, il se trompe et c'est mieux qu'il rentre chez lui. »

Trois jours plus tard, face à la presse écrite, alors qu'on lui demande de revenir sur l'incident, l'Américain avancera une version plus édulcorée pour expliquer son attitude. « Je ne lui ai jamais dit de se taire […]. Je comprends sa prise de position, j'ai compris ce qu'il disait […] mais, en une telle période, ce n'était pas approprié […], ses paroles n'étaient pas réalistes. » Au risque de se contredire : « Je ne lui ai jamais demandé de la boucler comme je ne lui ai jamais demandé de rentrer chez lui[1]. »

Un homme de lettres

Que penser enfin de la lettre arrogante qu'Armstrong fait parvenir le 4 mars 2004 à Richard Pound, président de l'Association mondiale antidopage, prenant bien

---

1. *L'Équipe*, 20 juillet 1999.

soin de l'adresser à six quotidiens, américains (*New York Times*, *Herald Tribune*, *USA Today*), français (*L'Équipe*), italien (*La Gazzetta dello Sport*) et espagnol (*Marca*). Dans cette lettre, le champion texan demande, ni plus ni moins, la démission de Richard Pound, qui avait déclaré le 28 janvier précédent, dans le quotidien *Le Monde*, que « le public sait bien que les cyclistes du Tour de France et les autres prennent des substances interdites ». « Une personne ayant une telle conviction devrait-elle diriger l'agence antidopage la plus importante au monde ? Je réponds que non », réplique Lance Armstrong. Et d'affirmer : « Le cyclisme est assurément un sport qui a eu ses problèmes. Mais qui peut nier que nous l'avons nettoyé ? » Sur la fin de son courrier, le coureur de l'US Postal n'hésite pas à indiquer à Richard Pound ce qu'il doit faire. « Je vous demande de concentrer vos efforts à lutter contre le dopage plutôt que de passer votre temps à accuser des athlètes innocents. » Circulez, monsieur Pound, il n'y a rien à voir.

On aurait pu mettre cette lettre enflammée sur le compte d'une réaction à chaud, mais Lance Armstrong récidive deux mois plus tard au cours d'un entretien publié dans *L'Équipe*[1]. Et de quelle façon ! « Le boulot d'une organisation comme l'AMA, c'est de rester silencieuse. Elle doit renforcer les lois […] mais son rôle n'est pas de faire des relations publiques. Sur ce point, elle a souvent dépassé la ligne. »

Une liste de noms

Lust for Life, une cassette destinée à la vente sortie en 1999, juste après son premier succès dans le Tour,

---

1. *L'Équipe*, 28 avril 2004.

montre Armstrong installé près d'une piscine en train de deviser sur ses rapports avec autrui. Soudain, le ton monte : « Je garde une liste dans ma tête, dit-il. Une liste de noms. Et si j'ai l'occasion, si je le peux, je ressortirai cette liste. » Il livre des propos similaires à un hebdomadaire[1]. Interrogé sur son image d'homme froid, il use d'une image glaçante : « J'ai peu d'amis et je n'ai pas besoin d'en avoir beaucoup. Je veux juste en avoir quelques-uns qui pourraient tuer pour moi. Et je ferais tout pour eux. » Ou encore : « Oui, j'aime tout contrôler [...], je peux contrôler ma condition, ce que je mange, ce que fait mon équipe, les relations entre coureurs, ce que je décide de dire à la presse. » Un peu plus loin dans ce même article : « Les gens me croient tous dopé. Je ne l'oublie pas. »

À ceux-là, sa réponse tient en quelques mots : « Restez chez vous ! » Sa réponse aux sifflets de la foule qui accompagnèrent sa montée du Ventoux aux côtés de l'Italien Marco Pantani, sur le Tour de France 2002 : « Je ne suis pas là pour me lier d'amitié avec les gens qui ont un peu trop bu sur le bord de la route[2]. » Une vision idyllique de la France de juillet.

Pour beaucoup, cette attitude déplacée porte un préjudice moral à la valeur du Maillot jaune, et, du même coup, au prestige du Tour de France. C'est l'avis de Cédric Vasseur, qui a connu cet « honneur » pendant cinq jours sur le Tour 1997 : « Tous les Maillots jaunes avaient ou ont un contact avec le public », explique le coureur nordiste. « Ce n'est pas le cas d'Armstrong. Quand il y en a un, c'est pour être sifflé. Et lorsqu'il insulte le public du Ventoux, c'est indécent. La Société du Tour fait preuve de trop de mansuétude à son égard.

---

1. *L'Équipe magazine*, 21 juin 2003.
2. *Le Parisien*, 22 juillet 2002.

Pourtant, il ne renvoie pas l'ascenseur. Comme lorsqu'il se présente une seconde avant le départ… Un Maillot jaune a une mission publique. Il doit prendre un peu sur son temps et venir au moins saluer les élus locaux qui ont investi beaucoup d'argent pour donner le départ d'une étape. Cela fait partie de la fonction du Maillot jaune. Sauf pour Armstrong. Ou bien encore, lorsqu'il se balade avec un garde du corps, ce n'est pas du vélo, c'est une campagne présidentielle. Quand Eddy Merckx a été frappé par un spectateur dans l'ascension du Puy-de-Dôme en 1975, et ça peut se produire pour quiconque n'importe où, ce n'est pas pour ça qu'il s'est entouré de gorilles. C'est à la Société du Tour de lui rappeler ces principes. »

Le silence est d'or

En 2004, Cédric Vasseur accomplit sa quatorzième saison chez les professionnels au sein de la formation Cofidis. Connu notamment pour avoir porté pendant cinq jours le maillot jaune du Tour de France en 1997 suite à son succès d'étape à La Châtre au terme d'une échappée solitaire, le Nordiste a porté pendant deux saisons le maillot de l'US Postal, en 2000 et 2001, avec lequel il a d'ailleurs disputé le Tour de France 2000.

Fils d'un solide professionnel des années 70, Cédric Vasseur dispose de cette bonne nature qui le fait bien passer auprès du public. Doté d'un bagage d'études supérieures, il allie avec un certain bonheur physique et cérébral. Lorsque l'un des auteurs l'a sollicité par téléphone, il était en vacances sur une île lointaine. Au message laissé sur sa boîte vocale, il a répondu pratiquement dans l'instant par un SMS : « Pas de problème : je reviens le 13 décembre. Rappelle-moi à ce moment-là. »

Trois semaines plus tard, Cédric Vasseur répond cette

fois de vive voix. Il est près de 21 h 30 en ce jeudi 8 janvier 2004, à la veille de la présentation officielle de l'équipe Cofidis. Le Nordiste quitte ses équipiers à la fin du dîner pour nous rejoindre au bar de l'hôtel Sofitel de la Porte de Sèvres à Paris. L'endroit accueille quelques touristes venus finir leur soirée. Pendant deux heures, autour d'un thé «Darjeeling», Cédric Vasseur nous raconte sa vie au sein de la formation US Postal.

Le Dunkerquois, qui a connu quelques démêlés avec le champion américain, s'est exprimé à deux reprises sur des faits précis : la première fois dans l'organe de la Fédération française de cyclisme, *La France cycliste*, en mars 2002, où il a égratigné l'attitude «décevante» de l'Américain dans son ensemble ; la seconde, dans le quotidien *L'Équipe* du 10 juillet 2003, où il estimait qu'il y a bien «quelque chose qui cloche» avec le champion texan, classé seulement 7e parmi les cent premiers coureurs qui ont contribué à l'histoire du Tour de France par un jury composé de personnalités du journal organisateur et de la Société du Tour de France[1].

Tenir tête au Texan n'est pas fréquent dans le milieu cycliste, et l'intéressé, on s'en doute, n'apprécie pas, mais alors pas du tout, cette fronde répétée, plus habitué à «contrôler [ses] coureurs» qu'à les laisser dire ce qu'ils pensent ouvertement de lui.

Deux tasses chaudes sont posées sur la table ronde. Cédric Vasseur peut commencer. «J'ai passé chez l'US Postal deux ans. Mes premiers contacts avec Armstrong datent de 1994, quand j'étais coureur chez Histor-

---

1. *L'Équipe*, 10 juillet 2003. Cédric Vasseur expliquait notamment que, dans ce classement, Lance Armstrong «aurait dû être beaucoup plus haut s'il avait été totalement un champion, respecté et respectable». Au sortir de ce Tour, le jury a réactualisé son classement pour le placer en 4e position.

Novémail. Cet automne-là, je dispute un bon Paris-Bruxelles, pendant lequel je me retrouve échappé avec lui. Quelques jours plus tard, Jim Ochowicz, le directeur sportif de Motorola, me contacte pour que je vienne les rejoindre. Ils me proposaient un an de contrat, mais j'ai finalement choisi d'aller chez Gan avec Roger Legeay. L'avenir m'a donné raison puisque Motorola a arrêté [en 1996] alors que j'ai porté le maillot jaune en 1997. En 1999, lors de la dernière étape du Tour, je suis allé féliciter Armstrong, comme beaucoup. Il m'a alors demandé ce que je faisais l'année suivante. Je lui ai répondu que j'étais en fin de contrat avec l'équipe de Legeay, devenue le Crédit agricole. Il m'a répondu : "Ah ? Ça nous intéresse." Il m'a demandé mon numéro de téléphone, qu'il a transmis par la radio de la voiture à Johan [Bruyneel]. "Il t'appellera dans la semaine." Effectivement, Johan m'a appelé. On s'est revu sur le Grand Prix de Saint-Sébastien, en août, où Johan m'a expliqué le fonctionnement de l'équipe. Nous avons aussi parlé salaire, mais, moi, je voulais partir chez eux pour faire le jackpot. Je voulais plus que ce qu'il me proposait. Ça a mis un peu de temps, mais ils ont accepté. J'ai su qu'Armstrong avait insisté pour que je sois embauché. J'ai signé pour deux ans. Pourquoi moi ? À mon avis, il avait besoin d'un coureur français par rapport au Tour de France. Un coureur qui parlait anglais, et qui n'était pas une "pince". »

Le Nordiste s'apprête à vivre une nouvelle aventure, qu'il envisage avec confiance : « En janvier 2000, pendant le Challenge de Majorque, Johan m'a dit : "Toi, on te veut pour le Tour. Le reste, tu fais comme tu veux." J'étais donc ménagé avec le seul objectif d'être prêt pour juillet. J'ai disputé le Tour, même si je ne suis pas un rouleur né comme un Pascal Deramé ou un Viatcheslav Ekimov. »

Bien que n'ayant pas le « profil de l'emploi », Cédric Vasseur s'acquitte de sa tâche de rouleur. « J'avais été embauché pour rouler des bouts droits pour Armstrong. Ce que j'ai fait. C'était mon boulot après tout. J'avais peut-être sous-estimé le rôle qu'on allait m'attribuer dans cette équipe. Bien sûr, je savais que j'allais devoir travailler pour Armstrong, mais j'ai cru que je pourrais disposer d'une certaine liberté de manœuvre.

Ma vraie nature, c'est plutôt de provoquer des échappées. Mais bon, dans une équipe pareille, celle qui défend le Maillot jaune, tu n'as pas le droit de "péter". C'est une fierté. Et je sais ce que c'est que de se sublimer pour le Maillot jaune. »

Mais un premier désenchantement l'attend au soir de la deuxième victoire d'Armstrong sur le Tour de France. « Pour fêter ça, une soirée privée avait été organisée dans les salons de la Conciergerie, à Paris. Je m'y étais retrouvé avec mon épouse. Je me souviens lui avoir dit : "Cette équipe, elle ne me plaît pas." Sur place, il n'y en avait que pour Armstrong. On avait travaillé trois semaines comme des dingues et, ce soir-là, on était des merdes. Il n'y avait que lui. En fait, ils "t'achètent" avec de gros salaires et, en contrepartie, tu es payé pour la fermer. J'ai compris alors les véritables conditions d'embauche : il lui faut des coureurs qui n'ont aucune ambition personnelle. Celui qui reste doit mettre une croix dessus. D'ailleurs, quand les coureurs de l'US Postal autres qu'Armstrong en ont, ils partent. Livingston, Hamilton, Heras… Ce n'est pas anodin. Ils ont pris conscience qu'ils pouvaient faire quelque chose ailleurs. Et Livingston, son "ami", est parti fâché, je peux le dire. »

Le clash

Mais Vasseur doit encore honorer une saison de contrat. En janvier 2001, il retrouve ses équipiers lors d'un stage en Espagne. «Là-bas, poursuit Vasseur, je suis reparti comme en 40, mais, au détour d'une conversation, Dirk De Mol [le directeur sportif adjoint] m'a glissé : "Cette année, ça ne va pas être facile pour toi pour le Tour." Je ne comprenais pas. Le Tour était dans six mois, j'avais le temps de faire mes preuves. Le fait est d'ailleurs que j'entame bien la saison. Mon rôle consistait à épauler et à protéger Armstrong partout où j'étais, à la Bicicleta Vasca [une épreuve par étapes espagnole disputée en mai], sur l'Amstel Gold Race [la manche néerlandaise de Coupe du monde]... »

Cédric Vasseur a le sentiment du devoir accompli. D'ailleurs, Johan Bruyneel le lui fait savoir : «Sur la Bicicleta Vasca, le jour où Frank Vandenbroucke a abandonné, Bruyneel est entré dans ma chambre : "Cédric, tranquille maintenant, m'a-t-il dit. Tu 'coupes'. Tu vas disputer le Tour, donc ne t'accroche pas dans les cols comme tu le fais." J'étais ravi.» Arrive alors le Tour de Suisse, à la mi-juin. «La composition de l'équipe pour le Tour n'était toujours pas arrêtée, se souvient Vasseur. Ils disaient hésiter, mais je ne me sentais pas concerné par ce choix.» Ce n'est qu'à l'issue du championnat de France, à Argenton-sur-Creuse, quatre jours plus tard, qu'il est averti. «Je revenais en voiture avec Philippe Crépel [son manager] et nous étions en train de dîner dans un restaurant d'autoroute quand mon portable a sonné.» C'est Bruyneel.

«"Cédric, je n'ai pas une bonne nouvelle à t'annoncer : tu ne fais pas le Tour.

— Hein ? Comment ça je ne fais pas le Tour ? Il y a trois semaines, tu m'as dit que...

– Oui, mais ça a changé."

Voilà, et le tout sans la moindre explication. Je me suis vraiment senti baisé, trahi comme jamais je ne l'avais été.»

Six jours plus tard, le Tour de France 2001 part de Dunkerque, la ville natale de Cédric Vasseur. Et le Nordiste, «furax» de sa non-sélection, décide de s'y rendre, «en voisin, en visiteur, en civil aussi. Comme ça, ils ne pouvaient rien contre moi». Sur place, hors du Circuit des conférences de presse officielles, il est sollicité par plusieurs journalistes auxquels il fait part de son mécontentement. Dans son fief, la colère monte. L'US Postal a manifestement mésestimé la cote de popularité du Français. Un petit groupe, baptisé le Front révolutionnaire des indépendants cyclistes (FRIC) menace Armstrong d'entartage et, le jour du prologue, l'Américain est conspué par une partie du public. «Je crois même qu'il a reçu des gravillons», précise Vasseur. «En tout cas, une fois la ligne franchie, il est allé voir Bruyneel. Qui s'est ensuite adressé à Philippe Crépel pour lui dire: "On ne veut plus voir Vasseur."»

Le Tour s'achève sur la troisième victoire de Lance Armstrong. «Philippe Crépel a insisté pour que je sauve ma fin de saison, et, par conséquent, que je renoue le contact avec les dirigeants de l'US Postal, poursuit Vasseur. Alors, le dernier soir de l'épreuve, je me suis rendu à leur hôtel. J'ai rencontré De Mol et Bruyneel, qui se foutait à moitié de ma gueule. Il m'a dit que je ferais la Vuelta en septembre, mais qu'il ne pouvait pas me le promettre. Je savais pertinemment qu'il n'en ferait rien. Sinon, Armstrong, je ne l'ai plus jamais revu.»

La brouille dure plus de deux ans. Dans l'intervalle, Cédric Vasseur s'engage avec l'équipe Cofidis et son chemin croise celui d'Armstrong sur différentes courses.

« Du Tour de Suisse de juin 2001 à mars 2002, je n'ai jamais vu Armstrong. Ce n'est que sur le Critérium international de cette année-là que je l'ai croisé sur la rampe accédant au podium des signatures de départ. Comme je suis bien élevé, je le salue ; lui me fusille du regard. Plus tard, alors que la course s'élance, je me retrouve pas loin de lui, à l'arrière du peloton, mais rien. Pas un mot. Juste un regard froid de tueur. Cette situation dure jusqu'au Tour de France 2003, et cet entretien que j'accorde à *L'Équipe* et dans lequel je m'étonne de sa place [7e] dans le classement des cent champions qui ont fait l'histoire du Tour. D'ailleurs, quand on réfléchit à ce fameux classement remanié après sa 5e victoire, il y a toujours quelque chose qui cloche. Quand on a gagné 5 Tours après avoir survécu à un cancer, on devrait tout bêtement être 1er, non ? Bref, le lendemain matin, jour de la parution, une main me tape sur l'épaule dans l'aire de départ. C'était lui.

"Hé ? Quand est-ce que ça va s'arrêter tous tes articles à la con ? m'a-t-il dit.

– Comment ça, à la con ? Qu'est-ce qu'il y a de faux ?"

J'ai sauté sur l'occasion pour lui dire ce que j'avais sur le cœur.

"Attends, Lance, tu le sais, je n'ai pas touché mon argent, je n'ai pas disputé le Tour [2001] sans qu'on m'ait donné une quelconque explication et, depuis, tu ne m'as plus jamais adressé la parole. Tu crois que c'est une manière de résoudre les problèmes ?"

On a discuté pendant cinq minutes, et la course est partie. À la fin de la conversation, il m'a juste répondu : "OK, OK, on va te faire un cadeau." On en est restés là. Et le cadeau, je l'attends toujours. »

Les drôles de mails d'Armstrong

Il faut savoir qu'entre-temps, un autre différend, financier celui-là, est survenu entre les deux hommes. «Il y a deux points majeurs que je reproche aux gens de l'US Postal, détaille Vasseur. Mon éviction du Tour 2001 et des primes du Tour 2000 qui ne m'ont pas été payées. Au cours de la dernière semaine du Tour de Suisse 2001, Ekimov, en bon Russe, avait demandé à Armstrong de verser aux coureurs les primes du Tour 2000 qu'il n'avait toujours pas réglées. C'était le «deal»: si Lance gagnait le Tour, il en redistribuait les primes dans leur totalité. Là-dessus, Armstrong a envoyé un e-mail d'excuse à tous les coureurs concernés, tout en leur demandant un RIB pour procéder au paiement. J'ai su qu'il y avait 100000 francs pour chacun[1]. Une fois le Tour 2001 terminé, j'ai su que les primes du Tour 2000 avaient été distribuées. J'ai alors envoyé un e-mail à Armstrong en lui donnant mon RIB. Pas de réponse. Le temps passe et la saison se termine. J'envoie deux autres e-mails, mais toujours pas de réponse. Je signe alors chez Cofidis et, au début de la saison 2002, il y a ce "papier" dans *La France cycliste*. Trois ou quatre jours plus tard, Armstrong me fait parvenir un e-mail: d'abord, il y reprend mes déclarations en les commentant entre parenthèses avec ses annotations, "*interesting reading*" ("lecture intéressante") un peu partout. Puis il m'écrit ceci, en anglais: "J'ai besoin

---

1. Si l'on en croit Lance Armstrong dans son livre *Chaque seconde compte*, p. 193, Cédric Vasseur, au titre d'équipier victorieux, pouvait prétendre au triple: «Si Floyd [Landis] s'y mettait sérieusement et intégrait le groupe des neufs coureurs qui disputeraient le Tour [2001], et si on le gagnait, il en aurait 50000 [dollars] de plus», ou autant d'euros, soit 325000 francs.

de te rafraîchir la mémoire. Si tu es arrivé dans l'équipe, c'est grâce à moi. J'ai même insisté pour que tes conditions salariales soient valorisées. Beaucoup de dollars. Il faut aussi que tu saches que je n'ai pas pris toutes les décisions, mais qu'on est un comité de cinq à six personnes à décider. Je croyais que tu étais un coureur d'avenir, que tu aurais fait une belle carrière. Quant à ta prime, tu peux l'oublier, tu as reçu assez d'argent comme ça. En plus, tu as fait une conférence de presse sans la tenue de l'US Postal ; c'était une faute professionnelle. Si on avait voulu, on aurait pu te licencier sur-le-champ." »

Cédric Vasseur recevra un autre e-mail d'Armstrong de la même veine après son entretien dans *L'Équipe* du 10 juillet 2003 : « Il avait dû se le faire traduire, pense Vasseur. Dans cet e-mail, même façon de procéder : il a repris les termes que j'avais employés en les commentant ainsi : "Mmmh… *interesting reading…*" Mais moi, je n'en ai rien à foutre. Il y a de l'intox chez lui. C'est sûr qu'avec certains, ça marche, mais pas avec moi. Moi, je ne gagnerai jamais le Tour, on n'est pas au même niveau. Ça ne m'a empêché d'aller gagner mon étape sur le Dauphiné 2003, avec lui derrière. S'il en avait eu les moyens, il aurait fait rouler ses gars. Mais il était "pendu", avec son bras en vrac suite à sa chute. Ça a dû le faire chier que j'aille gagner cette étape. »

Fin (provisoire) des tensions sur les Champs-Élysées, à la fin du Tour 2003. « Comme beaucoup de coureurs, je suis allé le féliciter pour avoir remporté son 5e Tour. Je saluais la performance, le champion, et là-dessus, je m'inclinais. Il m'a alors répondu : "Sincèrement, merci." J'ai eu l'impression qu'il voulait qu'on fasse la paix. Voilà notre histoire. »

Portrait craché

Comme beaucoup de ses pairs, Cédric Vasseur porte des jugements contrastés sur Lance Armstrong, selon que l'accent soit mis sur la performance sportive, qu'il veut saluer malgré tout, ou sur le comportement humain. Mais à l'inverse des coureurs qui composent le peloton, il le dit ouvertement. Le fait d'avoir côtoyé le champion américain pendant deux saisons l'a amené à porter des considérations plus affinées. Comment voit-il le quintuple vainqueur du Tour ?

Le culte du secret : « Armstrong, tout d'abord, c'est un gros malin. Personne ne peut vraiment avoir de prise sur lui. Il mène une vie à part. Par exemple, pour se protéger, il change de kinésithérapeute tous les un ou deux ans : depuis 2000 se sont succédé Emma O'Reilly, Freddy Viaene, puis "Riszard". Il effectue un "roulement" pour éviter qu'on devine ses habitudes. C'est quelqu'un d'intelligent. Il se sait exposé, sous surveillance. »

Le besoin « d'intermédiaires » : « Il aime bien être pris pour le chef, pour Dieu. Il n'y a qu'en janvier, quand il n'est pas sur un vélo, qu'il peut être sympa. Sinon, il ne te dira jamais les choses directement, mais passera par quelqu'un, en l'occurrence Bruyneel. C'est son intermédiaire. Par exemple, sur le Tour de Suisse qu'il a gagné, il s'est retrouvé esseulé dans le final de la première étape. Le lendemain matin, on a eu une putain de réunion. Bruyneel nous a pourris. Armstrong était assis comme nous, il ne disait rien. Il faisait passer son message par Bruyneel. Je ne peux pas dire que c'est Armstrong qui ne m'a pas sélectionné pour le Tour, mais j'ai ce sentiment. Selon moi, Bruyneel voulait me sélectionner mais, au dernier moment, il y a eu un truc qui a fait qu'Armstrong a dit à Bruyneel de ne pas me prendre. Voilà pourquoi Johan n'a pas pu me donner d'explication.»

Une méfiance permanente : «C'est un perfectionniste. Il ne laisse rien au hasard. C'est un "parano" également. Depuis l'attentat du 11 septembre 2001, il est aux aguets. Les Américains ont peur qu'une main verse de la poudre dans un verre, des trucs comme ça. Son garde du corps, c'est pour éviter qu'un fan de Ben Laden ne lui tranche la gorge dans un col. Mais son garde du corps ne roule pas à ses côtés dans le Tourmalet. En fait, tout ça l'arrange. Ainsi, personne ne peut l'approcher.»

La force de l'intimidation : «Dans le vélo, pour gagner des courses, il faut écraser les autres. Grâce à Armstrong, j'ai appris à devenir méchant. Il fonctionne avec la hargne, la rage, l'intimidation, la peur qu'il peut susciter. Quand quelque chose lui échappe, il ne pense qu'à reprendre la main. Il ne pousse pas de gueulante, mais il a comme une sorte de colère froide, rentrée. Il veut imposer la loi du plus fort, et ça marche la plupart du temps. Avec moi, non. Quand il y avait un contentieux dans l'équipe, tous se rangeaient à son avis. C'était le patron. Il décidait de tout. Je ne sais pas si c'est dû à ses gènes texans, mais il se comporte comme Bush junior, à tout vouloir diriger avec la force.»

Une humanité contestée

Seul autre cycliste professionnel à avoir traversé la même maladie, et compte tenu de la solidarité dont l'intéressé dit faire preuve envers la communauté des cancéreux, Patrick Clerc pensait qu'Armstrong lui accorderait une attention particulière lors de leurs rencontres. La réalité fut pour le moins décevante : «J'ai rencontré deux fois Lance Armstrong pendant le Tour, sur lequel je conduisais une voiture de France 2, celle de Céline

Géraud, explique-t-il. La première fois, c'était au terme de l'étape arrivant sur le plateau de Beille, au cours de l'émission de Gérard Holtz, en juillet 1997 [soit sept mois après la fin des séances de chimiothérapie de Lance Armstrong]. Rencontré, un bien grand mot. On n'était pas l'un à côté de l'autre sur le plateau. On lui a traduit ma trajectoire. Une fois l'émission terminée, Cyrille Guimard, qui était aussi présent en tant que manager de Cofidis, chez qui Armstrong avait signé un contrat, m'a demandé d'aller vers l'Américain, de lui dire d'insister, de remonter sur un vélo, qu'il pouvait revenir… Ce qu'il me demandait, ça se comprenait d'un point de vue sponsor, mais pas d'un point de vue malade. Bref, j'ai jacté deux trois mots d'anglais à Armstrong ; il a à peine hoché la tête.

La seconde fois, c'était au départ du Puy-du-Fou, en 1999, l'année de sa première victoire dans le Tour. Avec l'équipe de France Télévisions, on était logés dans le même hôtel que l'US Postal. Par hasard, on s'est retrouvés tous les deux au petit déjeuner. Je lui ai dit bonjour, j'ai baragouiné quelques mots : "french TV", "Gérard Holtz", "two years ago"… Il m'a juste répondu "Oh yeah", et il a continué à se servir. Je n'ai jamais insisté. »

Si un homme a pu juger sur pièces Lance Armstrong, c'est bien François Migraine, le président-directeur général de Cofidis. Sept ans après le différend qui les a opposés, il ne s'agit plus d'une réaction à chaud. « Trois choses tout d'abord, commence François Migraine. Un : Lance Armstrong possède forcément des dons innés hors du commun. Deux : si ce qu'il raconte dans son [premier] bouquin est vrai, il a une force de caractère et un mental hors normes. Trois : vu tout ce qu'il a balancé comme mensonges sur nous, c'est un agressif. Lui, quand on le cherche, on le trouve. Ses dons physiques ajoutés à un mental hors pair le positionnaient pour en faire un champion. Mais de là à penser qu'il était capable de gagner le Tour de France [à l'époque où il signa chez Cofidis], c'était une autre paire de manches.»

Avec le recul et après les cinq Tours de France de l'Américain, François Migraine pourrait se mordre la langue : «Rétrospectivement, je ne regrette rien du tout, même s'il gagne six Tours de France, estime-t-il. Je crois que nous aurions été incapables de gérer ce coureur. D'abord, je n'en aurais pas le budget ! Je l'admire pour ce qu'il fait sur le Tour de France, mais, pour moi, ce n'est pas un grand coureur de la trempe d'un Merckx ou d'un Hinault. Je n'aime pas les gens égocentriques à ce point. Personnellement, je pense avoir moins d'ennemis que lui. C'est un produit médiatique poussé à l'extrême. Un produit marketing aussi. Il fait tout pour tirer le maximum d'argent. Je n'imaginerais pas que les équipiers de Cofidis soient à sa botte comme le sont les siens.»

Après le scandale qui a frappé son équipe en janvier 2004, il est probable que le P-D. G. de Cofidis a mis de l'eau dans son vin sur ses certitudes relatives au comportement des coureurs dans leur ensemble. Et sur Armstrong en particulier. «Quelque part, il a l'âme d'un tueur, reprend-il. C'est ça qui en fait ce qu'il est. Il a un mental rare. Peut-être même que son mental est plus fort que ses qualités physiques. Aujourd'hui, je ne le trouve pas sympathique, mais je le respecte. Et si demain on m'apprenait qu'il a fait "quelque chose", alors, il deviendrait un voleur. Il deviendrait un mec qui a volé des succès à d'autres, et je ne le supporterais pas, même si ça ne changerait rien à l'affaire. Si on découvrait quelque chose, ça deviendrait un scandale fabuleux, et je ne pourrais plus le respecter. Ce serait un tricheur fini. S'il a fait cinq Tours de France pas "clean", ça signifierait qu'il a volé cinq Tours.»

Même Jean-Marie Leblanc, le patron sportif du Tour

de France, ancien professionnel lui-même, n'a pas pu échapper à ces questions : après s'être d'abord montré dubitatif en visionnant le reportage de l'équipe de France 3 sur le contenu des poubelles de l'équipe américaine, il s'est ensuite laissé aller à une réflexion… porte ouverte : « Si j'apprenais que la carrière d'Armstrong n'était qu'une escroquerie, je claquerais la porte du cyclisme[1]. » Une hypothèse alors jugée saugrenue par le quotidien *L'Équipe*, dans un éditorial définitif : « Il n'est pas à s'étonner qu'un rescapé du cancer ait pu accomplir ce quintuple exploit[2]. »

Rich lonesome cow-boy

Cédric Vasseur souligne qu'il n'a « jamais vu Armstrong prendre le moindre comprimé. De toutes les manières, il vit à part des autres. Tout ce que j'ai vu, c'est lui s'enfilant cinq ou six cafés le matin. Il arrivait toujours le premier dans la salle du restaurant. Une fois les cafés avalés, il remontait dans sa chambre pour faire du stretching avec un chiropracteur pendant une heure. Puis il redescendait, mangeait, et après, on ne le voyait plus jusqu'au départ. Le rythme, c'était ça : on faisait alors la course avec lui. La course finie, nous, nous prenions le bus de l'équipe et lui rentrait de son côté. On se retrouvait au repas le soir, et voilà. »

Un autre coureur, qui a préféré rester anonyme, évoque cette grande confidentialité autour d'Armstrong : « De ce que j'en ai vu, sur les courses, Lance Armstrong était toujours seul dans sa chambre. Aucun équipier ne la partageait. »

---

1. *Le Monde*, 7 juillet 2003.
2. *L'Équipe*, 28 juillet 2003.

« Après l'histoire des poubelles [en 2000], atteste Vasseur, l'équipe était encore plus vigilante. Peut-être qu'en étant français, j'étais inconsciemment mis sur la touche. Des amis français venaient me rendre visite à l'hôtel, et ce n'était pas de son goût. Par un effet domino, ma présence était peut-être gênante, je pouvais incarner un danger. J'étais soumis au suivi médical longitudinal et mes quatre prises de sang étaient effectuées en France. J'étais le seul dans ce cas. Je pouvais aussi servir de caution morale. En tout cas, ça me marginalisait. Les suivis médicaux de tous les autres coureurs de l'équipe du Tour étaient organisés par l'US Postal en Espagne. "Toi, me disait-on, tu te débrouilles avec la France." Lorsque j'étais malade et que j'allais voir le médecin, si je devais avoir recours à un produit de la liste UCI, on me rétorquait : "Va donc consulter un médecin en France." Je crois qu'il ne voulait pas généraliser quelque chose vis-à-vis de l'équipe. Il leur fallait quelques mecs qui "montrent patte blanche". Si tous les coureurs d'une même équipe recourent à des justificatifs thérapeutiques ou évoluent avec des paramètres anormaux, ça fait tache. Cela étant, par rapport au Tour 2000, jamais ils ne m'ont dit : "Il faut ceci, ceci, et cela." En tant que Français, jamais. »

Trop haut, trop loin,
trop fort

> « Si j'apprenais que la carrière d'Armstrong
> n'était qu'une escroquerie, je claquerais la
> porte du cyclisme. »
>
> Jean-Marie Leblanc,
> *Le Monde*, 7 juillet 2003.

Rencontre à San Antonio

Depuis qu'il a quitté le cyclisme professionnel en 1994, Greg LeMond a perdu la passion qu'il avait pour son sport. Pour être tout à fait exact, seul le cyclisme professionnel est l'objet de sa désaffection. Il a commencé à nourrir des doutes avant sa retraite sportive, parce que, les trois années précédentes, le peloton avait incroyablement gagné en vitesse. Vainqueur du Tour de France 1986, victime d'un grave accident de chasse en avril 1987, Greg l'avait enlevé à nouveau en 1989, au terme d'une des plus haletantes éditions de l'épreuve (8 secondes seulement le séparaient de Laurent Fignon au classement final). À nouveau vainqueur du Tour de France l'année suivante, il se préparait à aborder l'édition 1991 dans une condition physique bien supérieure. Mais cette année-là, il n'était plus dans la course. « Je me souviens en particulier de l'étape Saint-Brieuc-Nantes.

La vitesse moyenne était de 31 miles à l'heure [50 km/h] et, pourtant, nous avions été stoppés à deux reprises par un train. Quelque chose avait changé dans le peloton.» Vers la fin de sa carrière, LeMond est victime d'une myopathie mitochondriale [une maladie musculaire dégénérative] qui mine ses forces. Combiné à la vitesse grandissante de ses concurrents, il perd en compétitivité.

Mais un triple vainqueur du Tour de France ne peut pas disparaître du jour au lendemain de la planète cycliste, et LeMond est resté lié au milieu par l'intermédiaire de ses deux sociétés, LeMond Bikes et LeMond Fitness. Il est fréquemment sollicité pour honorer de sa présence le banquet d'un sponsor, prendre la parole lors d'un rassemblement de cyclistes, faire une apparition en *guest star* lors d'une course cycliste ou livrer son opinion sur Lance Armstrong. LeMond a appris à garder par-devers lui ce qu'il pense d'Armstrong car, en juillet 2001, lorsqu'il a émis des réserves sur les relations professionnelles de son compatriote avec Michele Ferrari, il s'est fâché avec quelques-unes des plus influentes personnalités du cyclisme américain. Il a reçu des coups de téléphone de Thom Weisel, directeur général de Thom Weisel and Partners et homme fort de l'équipe US Postal, de Terry Lee, directeur général de Bell Helmet, et de John Bucksbaum, homme d'affaires multimillionnaire et fan de vélo. Courtoisement, tous lui ont expliqué qu'il n'aurait pas dû jeter le doute sur la réussite d'Armstrong. «Je leur ai dit: "Eh, j'ai mon opinion sur Ferrari, je n'aime pas ce qu'il a fait au sport et j'ai le droit d'exprimer mon avis." Ils m'ont répondu qu'il n'était pas bon pour moi d'être celui qui disait ça.» «C'était comme une mobilisation générale pour faire taire Greg», souligne Kathy, la femme de LeMond.

Trois jours avant la parution de son article du 15 juillet

2001, Greg – qui ne s'est pas encore engagé à ne pas s'exprimer sur son compatriote Armstrong – explique qu'il n'aime pas Ferrari, dont il estime qu'il fait du mal au cyclisme. Il ajoute qu'Armstrong ne devrait pas entretenir de rapports de travail avec lui. Ces commentaires ne sont certes pas de nature à plaire à Armstrong, mais c'est sa dernière remarque qui va causer le plus de problèmes. « Si l'histoire de Lance est vraie, c'est le plus grand *come back* de l'histoire du sport. Si elle ne l'est pas, c'est la plus grande fraude. » LeMond était au courant des relations entre le coureur et le médecin italien avant ce coup de téléphone d'un journaliste. Après ses victoires sur les Tours de France 1999 et 2000, il avait cru en lui. Mais sa participation à une conférence à San Antonio, au Texas, en avril 2001, l'avait fait changer d'avis.

« Brian Halpern, un chirurgien orthopédique, organisait un symposium pour les médecins du sport américains, et il m'a demandé de parler des médecins travaillant pour des équipes cyclistes. Je l'ai prévenu que je serai très franc sur le sujet. Je n'étais pas favorable aux médecins. "L'unique raison pour avoir un médecin dans une équipe, c'est le dopage. Voilà ce que je dirai." Il m'a répondu : "Très bien, parfait." Ce symposium, qui n'était pas ouvert aux journalistes, était pour moi une chance de parler directement aux meilleurs médecins sportifs américains d'un sujet qui me tenait à cœur. »

Greg et Kathy LeMond prennent l'avion de Minneapolis, où ils habitent, à San Antonio. Pendant le voyage, Greg répète sa présentation. Il veut être honnête, mais raisonnable ; il n'affirmera pas que tous les médecins des équipes cyclistes ne sont là que pour le dopage mais que, depuis que des médecins accompagnent les équipes, le dopage s'est accru. Il expliquera que le cyclisme est un sport où l'on se blesse peu, et que si un coureur est malade, il lui suffit de voir le médecin de la course.

Il leur dira qu'il a gagné le Tour de France sans jamais prendre de glucose en intraveineuse. Il leur dira d'autres choses encore, entendues au début des années 90 quand les coureurs parlaient de certains médecins italiens qui pouvaient aider à gagner.

Au symposium, LeMond attend nerveusement son tour en écoutant l'intervention de l'orateur précédent, Eddie Coyle, physiologiste à l'université du Texas à Austin. Son exposé est consacré aux aides ergogéniques et à la façon dont compléments et boissons peuvent aider les sportifs. «Je m'en souviens comme si c'était hier, précise LeMond. Pendant le discours d'Eddie Coyle, je me suis demandé s'il allait parler des produits qui améliorent la performance. Je savais ce qui se passait dans le cyclisme et je me demandais quelle était son opinion sur le dopage. La première partie de son discours était centrée sur les boissons sportives et l'importance de l'hydratation. Tout en me repassant mentalement mon texte, je prêtais une oreille aux propos d'Eddie. À un moment, il a dit quelque chose sur Lance, dont le nom est apparu à l'écran. J'ai regardé et j'ai entendu Coyle déclarer : "Je teste Lance Armstrong, je sais de quoi je parle." À l'époque, Eddie effectuait les tests physiologiques de Lance depuis plus de dix ans.

À ce moment-là, j'étais sceptique sur le sport. Je voulais croire que Lance était clean mais, l'année précédente, on avait trouvé de l'Actovegin chez l'équipe US Postal, un produit apparenté au dopage sanguin. J'avais aussi entendu dire qu'il travaillait avec Ferrari. Mais je voulais croire en lui.» Eddy Coyle présente alors à l'écran un graphique en noir et blanc. «C'est là que j'ai réalisé que les performances de Lance n'étaient pas physiquement possibles, poursuit Greg LeMond. Ce graphique comportait trois courbes : la première représentait sa consommation en oxygène et son VO_2 max. Ces données, Eddy les avait conservées depuis les

17 ans de Lance jusqu'à sa première victoire dans le Tour [1999] ; la deuxième suivait l'évolution de son poids avant et après le cancer [1996] ; la troisième, plus sibylline, montrait ses progrès phénoménaux jusqu'à cette première victoire. Eddy Coyle expliqua sobrement que la courbe consacrée à la perte de poids de Lance ne pouvait être prise en compte pour expliquer l'évolution de sa performance, parce que la différence de poids avant et après le cancer était au mieux de trois ou quatre kilos, et non de dix comme Lance et ses coaches l'avaient fait valoir. La courbe de sa consommation d'oxygène ne montrait aucune variation – mais alors aucune – entre 1993 et 1999. Elle était de 5,9 litres, ce qui assurait à Lance un VO_2 max correct de 82. La mystérieuse troisième courbe faisait référence à l'efficacité de son pédalage [*mechanical efficiency*]. C'est en évoquant cet aspect qu'Eddy Coyle s'est gratté la tête en expliquant aux cinq cents spécialistes présents dans la salle que c'était sur ce point que médecins et physiologistes devaient concentrer leurs recherches. Eddy Coyle a ensuite cité Chris Carmichael, pour qui le bond en avant de Lance était dû à l'efficacité de son pédalage. »

Kathy LeMond était assise à côté de son mari pendant le discours de Coyle. « Quand Eddie Coyle a parlé de la fréquence de pédalage, Greg a juste dit : "Oh, mon Dieu !" » L'incrédulité de LeMond s'appuie sur sa connaissance de la physiologie et de l'impact, justement, d'une meilleure fréquence de pédalage. « À la fin de ma carrière, j'ai travaillé avec Adrie Van Dieman, un entraîneur hollandais, explique Greg LeMond. Il m'a convaincu que les RPM [révolutions par minute] étaient importantes, que pédaler plus rapidement améliore votre endurance. Mais il s'agit là d'une amélioration de 0,5 ou 1 %. Je connaissais très bien le sujet et j'étais prêt à en discuter avec n'importe quel médecin. J'ai regardé ma femme et je lui ai dit : "Il ne peut pas dire ça. Il n'est pas possible que Lance soit passé de la quarantième place du classement général du Tour de France (36e en 1995, son meilleur résultat avant 1999) en améliorant sa fréquence de pédalage." Si ça suffisait, beaucoup de coureurs pourraient s'entraîner avec des RPM élevées et gagner le Tour. »

Après son intervention, de nombreux médecins se rassemblent autour de Greg. Certains veulent lui poser des questions, d'autres lui demander un autographe. Eddie Coyle est parmi eux. « Eddie, il faut que je vous parle, est-ce que vous pouvez attendre un peu ? » La foule finit par se disperser, les deux hommes restent seuls.

« Eddie, dit Greg LeMond, je dois discuter avec vous de votre étude ; je pense qu'elle est fausse.

– Quoi ? lui répond Coyle.

– Cette fréquence de pédalage, ça ne tient pas la route. Ça ne donne pas la clef. Imaginez un athlète dans une course de 10 000 m. Si vous lui dites : "Bouge tes jambes plus vite", que va-t-il se passer ?

– Eh bien, le coureur va se mettre en dette d'oxygène.

– Exactement. C'est la même chose en cyclisme. Le corps du coureur va réclamer plus d'oxygène. Une seule chose peut lui permettre d'aller plus vite : plus d'oxygène.

– Alors, quelle est votre explication ?

– Vous êtes son médecin, non ? »

Kathy LeMond se souvient de la fin de la conversation. « Quand Greg lui a dit : "Vous êtes son médecin, non ?" Eddie Coyle s'est contenté de répondre : "Eh bien, je ne peux pas l'expliquer." Greg a alors enchaîné : "Pourquoi ne demandez-vous pas à Michele Ferrari ?" et Eddie a juste répété : "Il est avec Ferrari ?" "C'est ce que j'ai entendu dire", lui a rétorqué Greg. On pouvait voir qu'Eddie était complètement abasourdi. Il est devenu tout pâle. "Ça me rend malade", a-t-il simplement ajouté. Nous avons alors pris l'ascenseur et Eddie a fait un dernier commentaire : "J'ai envie de vomir." Je n'oublierai jamais ça. »

L'ère de la surpuissance

Les doutes sur les performances sportives de Lance Armstrong ne datent pas de « l'affaire des corticoïdes » du Tour 99, mais de son premier coup d'éclat sur cette même édition, le prologue disputé le 3 juillet au Puy-du-Fou. Sur un parcours identique (8,2 km) à celui que s'adjugea Miguel Indurain en 1993, dans des conditions climatiques analogues, le Texan avait réalisé un temps inférieur de dix secondes (8'2'' pour 50,788 km/heure de moyenne contre 8'12'', soit 49,6 km/heure, pour l'Espagnol). Or, si le Navarrais incarnait « la » référence incontestable des épreuves chronométriques, l'Américain n'avait pas de réputation particulière dans cet exercice, n'ayant jusqu'alors remporté que deux épreuves de même type en cinq saisons, sur des courses mineures – le prologue de l'épreuve américaine Kmart Classic en 1993, et un contre-la-montre individuel du Tour DuPont en 1995, sa victoire dans le prologue du Dauphiné libéré 1999 n'intervenant qu'un mois avant le début du Tour de France.

Au pire, en tenant compte d'un revêtement routier amélioré pour la circonstance, Armstrong devenait l'égal d'Indurain. Dauphin et arbitre involontaire, le Suisse Alex Zülle avait terminé à 8 secondes du leader de l'équipe Banesto, puis à 7 secondes du patron de l'US Postal six ans plus tard. Le 20 juillet, dix-sept jours plus tard, le champion texan livrait à *L'Équipe* une réaction étrange. Réfutant la comparaison entre les deux parcours (« ce n'était pas le même », dit-il), il expliquait « qu'il y avait quelque chose comme 10 % de différence », ce qui est objectivement faux, ajoutant avoir « été épaté par [sa] moyenne horaire. C'est dur à croire ». Et de se reprendre : « Je veux dire par là que j'ai fait fort. Mais en six ans, tout évolue. » Tout, et la suspicion aussi.

L'analyse scientifique des performances est le thème de prédilection d'Antoine Vayer. À 42 ans, le Mayennais, ancien coureur amateur, diplômé du professorat de sport, a été l'entraîneur de nombreux cyclistes (vététistes comme Jérôme Chiotti, coureurs sur route comme Laurent Brochard, champion du monde 1997, ou Christophe Bassons, sans oublier Laurence Leboucher, championne du monde 2004 de cyclo-cross). Tour à tour chroniqueur au *Monde*, à *L'Humanité*, à *Libération*, rédigeant des articles pour les magazines *Le Cycle* et *Sport et Vie*, il n'a de cesse de souligner, chiffres à l'appui, les impossibilités physiques sans apport exogène des performances de Lance Armstrong.

Installé tout près de Laval, le bureau d'Antoine Vayer est doté d'un outillage informatique qui décortique tous les gestes des cyclistes. C'est là qu'il nous a reçus en juin 2003. En nous expliquant en préambule le sens de son travail. « Je me sers de la recherche fondamentale pour en faire de la recherche appliquée sur les sportifs. Il m'est facile d'établir de fortes présomptions de dopage par rapport aux données scientifiques et physiologiques qui traduisent les potentiels réels des athlètes. C'est d'ailleurs la raison pour laquelle, en tant qu'expert de ces phénomènes évidents de dopage indirect, j'ai été invité à témoigner au procès Festina en novembre 2000. Certains réfutent nos calculs, comme Jean-Marie Leblanc, le patron du Tour de France qui, comme chacun sait, est un grand ingénieur. Au bas d'un éditorial, il s'était permis de décrier nos travaux sans en connaître la teneur[1]. Son appréciation est erronée puisque tous les paramètres sont pris en compte. Mais il n'y a pas plus sourd que qui ne veut entendre.»

Comment travaille-t-il ? «Nous sommes quatre à avoir mis au point une méthode vidéo fondée sur des travaux de mesure de la puissance scientifiquement validés : Frédéric Portoleau, un ingénieur en logiciels embarqués, Cyrille Tronche, conseiller technique régional et entraîneur de David Moncoutié [coureur chez Cofidis], Grégoire Millet, maître de conférence à la faculté des sciences des sports de Montpellier, et moi-même. Nous nous basons sur des images télé. Nous sommes capables de disséquer les performances sur des images en 3D. Tout est référencé : chaque virage, chaque pourcentage de dénivellation, la force du vent, l'état du gravier, la morphologie du coureur, etc. La réalisation de notre travail, c'est l'évaluation d'une méthode indirecte d'estimation de la puissance mécanique externe en cyclisme. Cette puissance mécanique externe est un paramètre de la performance en cyclisme et peut être mesurée par des capteurs de puissance.»

---

1. Jean-Marie Leblanc avait signé dans *Vélo magazine* de février 2003 un éditorial, où il écrivait notamment : «Modernité, d'accord, mais avec des limites. Figurez-vous qu'il y en a qui n'acceptent pas qu'Armstrong ou un autre puisse réaliser des hautes performances dans le dernier col d'une étape de montagne en vertu d'on ne sait quelle équation prétendument scientifique. Et ils vous assènent cela calés dans leur fauteuil, devant la télévision, sans savoir si le vent est favorable, s'il sévit le froid ou la canicule, et si la course a été rude auparavant. Gare aux turlupins !»

Des données fiables à 5 % près

Innovation technique et équipement informatique ont permis à Antoine Vayer de collecter des données chiffrées précises. «Nos constats s'appuient sur ces capteurs de puissance, des appareils embarqués qu'on installe sur les vélos. Le plus fiable s'appelle le SRM, de marque allemande. C'est un plateau circulaire grand comme un CD apposé sur le pédalier, qui permet de mesurer la puissance développée de manière exacte. J'utilise ce SRM depuis des années, et Lance Armstrong en est l'un des fidèles utilisateurs pour optimiser son entraînement. Ce disque enregistre toutes les données : vitesse, fréquence cardiaque, la distance parcourue, et, en plus, la puissance, comme les chevaux développés par une voiture. Le but de cette étude est de valider sur le terrain l'hypothèse testée qui était que la pente était le facteur le plus important dans la précision de la performance, et que l'erreur d'estimation serait d'autant plus faible que la pente était importante. Plus c'est dur, moins on se plante.» Si Antoine Vayer n'est pas le seul à se servir des résultats du SRM, tous ne semblent pas en avoir la même lecture : «Chris Carmichael, l'entraîneur de Lance Armstrong, effectue également un travail d'analyses par ce biais. Mais si l'on se fiait aux données qu'il divulgue sur Internet, Armstrong serait 50e du Tour…»

Quelle fiabilité peut-on accorder à ces résultats ? «Nous avons regroupé les données de chaque coureur sur des tableaux comparatifs», poursuit Antoine Vayer. «À force d'expérimentations, on peut désormais établir des prédictions de performance avec une marge d'erreur de l'ordre de 5 %. On peut ainsi prévoir le temps que fera sur un marathon un athlète qui dispute un 5 000 m à fond, à quelques secondes près. Les athlètes savent quel temps ils vont atteindre.» Entraîneur chez Festina avant le cataclysme de 1998, Antoine Vayer pouvait s'appuyer sur des données chiffrées avant d'extrapoler. «Par exemple, témoigne-t-il, nous avons pu prédire à quelques secondes près les chronos de Christophe Bassons et de Christophe Moreau lors du contre-la-montre individuel du championnat du monde de Lugano en 1996. À 4 secondes près pour Bassons, à 12 pour Moreau. Les performances d'un Christophe Bassons, par exemple, se sont toujours vérifiées plus ou moins, à 5 % près. Il faut dire aussi que son taux d'hématocrite variait entre 38 et 42 %, que sa production de watts se situait entre 380 et 400, et son VO_2 max entre 77 et 84, tout en précisant que Christophe Bassons disposait d'une énorme caisse ! Alors que chez les autres coureurs Festina, les variations étaient tout autres… »

Force, vélocité, mais aucune fatigue

«La puissance est la valeur absolue de comparaison des athlètes, reprend-il. C'est le produit de la vitesse de déplacement du coureur par la force qu'il applique au niveau des pédales.» En d'autres termes, c'est la combinaison de la force et de la vitesse de pédalage, ce qui correspond, par exemple, aux chevaux d'une voiture ou d'une moto. Cette puissance se mesure en watts. «Un watt se dégage quand on déplace verticalement un objet de 98 g sur 1m en 1s à une vitesse constante[1]», développe Antoine Vayer. «C'est une valeur étalon au même titre que le joule pour la chaleur. En cyclisme, c'est la combinaison entre mettre du braquet et de tour-

---

1. Antoine Vayer et Frédéric Portoleau, *Pouvez-vous gagner le Tour ?*, Polar, 2003.

ner les jambes. Par exemple, l'Allemand Jan Ullrich ne tourne pas les jambes, mais il met beaucoup de force. Le watt, c'est la force imprimée sur les pédales multipliée par la vélocité. Soit on met beaucoup de force, soit on tourne vite les jambes, soit on combine les deux. Il y a des grimpeurs qui mettent beaucoup de vélocité, mais qui ne donnent pas beaucoup de force. »

Qu'en est-il de Lance Armstrong ? « Lance Armstrong dispose du meilleur alliage force-vélocité, constate-t-il. En plus de pédaler fort sur les étapes du Tour de France, Lance Armstrong pédale vite. Sa fréquence de pédalage va jusqu'à 90-100 tours par minute dans les cols[1]. Ce n'est pas commun. En fait, Armstrong inverse la problématique : lui, il dit à la sauce américaine : "Je vais vite et je fournis beaucoup de puissance parce que je tourne beaucoup les jambes." Mais c'est trop dur à faire. Quand un athlète est fatigué, il n'arrive plus à tourner les jambes. Or lui, après cinq heures de vélo, dans une étape de montagne, au moment où il devrait ressentir de la fatigue, c'est là qu'il tourne le plus les jambes. En fait, il a une telle force qu'il ne fait que la gérer sa vélocité. C'est ça, il ne fait que gérer. »

Anabo, EPO et gros biscotos

L'utilisation d'anabolisants par certains coureurs leur a permis d'optimiser les performances constatées. « À l'époque où je concoctais des programmes d'entraînement pour les coureurs Festina, Richard Virenque et le Suisse Laurent Dufaux avaient demandé un SRM au

---

1. Lance Armstrong le confirme dans son livre *Chaque seconde compte*, en faisant référence à une étape des Pyrénées, p. 147 : « Il [Ullrich] donnait 75 coups de pédales à la minute, et moi 90. »

cours de l'hiver pour observer les effets des anabolisants, avant et après une cure de Clenbutérol. Ils ont constaté qu'ils poussaient 300 watts à 160 pulsations-minute avant la cure ; après, sur la même fréquence cardiaque, ils poussaient 70 watts de plus. Il n'était pas difficile de deviner que les deux avaient eu recours à des anabolisants. Je me demandais en effet pourquoi Virenque me demandait un SRM alors qu'il ne savait même pas jouer avec un ordinateur. En fait, je l'ai compris lorsque Eric Rijckaert, le médecin de l'équipe, m'a dit qu'ils allaient utiliser le Cybex. »

Le Cybex, qu'est-ce que c'est ? « C'est une machine de rééducation fonctionnelle pour des grands traumatisés musculaires, explique Antoine Vayer. Une sorte d'appareil de musculation pour faire simple. On les attache dessus, on fait agir les muscles d'une certaine manière. Ça permet de faire travailler intelligemment les muscles. Les cures d'anabolisants augmentent la masse musculaire. Il faut alors la travailler intelligemment. Le muscle nourri métabolise l'anabolisant. Avec cet appareil, on peut connaître ceux qui prennent des anabolisants. En outre, les médecins savent qu'un athlète âgé de 30 ans devrait subir une dégénérescence au niveau musculaire. Si, à 32 ans, le taux sortant du Cybex est supérieur, ce n'est pas possible naturellement. La puissance mesurée sur un individu par un Cybex ou un SRM est l'un des contrôles indirects de dopage. »

Mais avant même de s'intéresser de près aux résultats de ce fameux Cybex, il lui a été facile d'apprécier les effets des produits dopants sur la performance. « J'ai pu constater le différentiel entre dopés et non-dopés chez Festina de manière très simple, remarque Antoine Vayer. Par exemple, je leur faisais faire des PMA (Puissance maximale aérobie), une série séquentielle de 30 secondes à bloc avec récupération de 30 secondes, et ainsi de suite. Les résultats étaient saisissants. Je pouvais optimiser de manière directe les produits qu'ils prenaient. On avait notamment effectué cet exercice en mai 1996 sur le col de la Sentinelle, une difficulté qu'on allait retrouver sur le Tour de France à venir. J'étais le passager de Bruno Roussel, alors directeur sportif de Festina, qui conduisait la voiture derrière les coureurs. Au premier coup de klaxon, les mecs partaient à fond ; au deuxième, ils étaient encore plus forts ; au troisième, encore plus vite ! Plus ça allait, plus ils étaient forts. Au sixième, ils ont sauté du vélo, l'ont porté façon cyclo-cross sur l'épaule et se sont mis à courir à pied comme des dératés pour le dernier sprint en rigolant. Avec Bruno, nous étions impressionnés. Sidérés même devant une telle surpuissance ! C'est ça l'EPO, l'oxygénation : le coureur est à 100 % tout le temps. »

Des valeurs jamais vues

Mais comment les résultats scientifiques sont-ils obtenus de manière concrète ? « Pour faire avancer son vélo, détaille Antoine Vayer, il faut vaincre trois types de résistance : la résistance de l'air, le frottement sur le sol et celui des pièces mécaniques, et la résistance due à la gravité (les côtes). Si on connaît le profil du terrain, les conditions atmosphériques et les paramètres morphologiques d'un coureur, on peut estimer la puissance mécanique nécessaire en watts pour rouler à une vitesse donnée. Ensuite, il faut estimer la puissance moyenne qu'un coureur peut fournir pendant un temps donné pour estimer son temps sur un parcours. Un logiciel qui utilise des modèles mécaniques et aérodynamiques associés à des modèles physiologiques permet d'apprécier l'endurance à l'effort d'un coureur et d'estimer ainsi le temps réalisable sur un contre-la-montre donné. La prévision est fiable dans la plupart des cas. Par exemple, le temps prévu pour Christophe Bassons dans le contre-la-montre individuel de Metz sur le Tour de France 1999 était de 1 h 16 mn 8 s ; son temps réel fut de 1 h 16 mn 13 s, à une puissance moyenne de 384 watts. »

Pour simplifier, les chercheurs ont alors déterminé un profil type. « Nous avons fixé notre coureur étalon à un poids de 70 kg, avec un vélo de 8 kg », continue Antoine Vayer. « On a ramené nos études par rapport à cet étalon. Donc, peu importe que le coureur mesure 1,90 m ou 1,60 m, pèse 80 ou 60 kg. Notre méthode est certaine par rapport à ces paramètres visuels et télé-visuels. En fonction des chronos, mais aussi de la météo (vent, pluie), du revêtement de la chaussée, de la position du coureur, de son poids, etc., nous avons établi un tableau statistique. Avec, je le répète une marge d'erreur inférieure à 5 %, on sait que tel coureur a dû produire tant de watts. »

Partant de ces données, les chercheurs ont pu dresser un barème qui les a amenés à plusieurs conclusions. « Nous avons pu constater des valeurs inhumaines et inadmissibles pour un individu qui ne se dope pas », remarque le Lavallois. « On peut déterminer le seuil en watts au-delà duquel on peut affirmer que ce n'est pas normal. Ainsi, sur une étape de montagne avec deux cols intermédiaires à franchir et un dernier col long de plus de 20 minutes d'ascension, on a pu fixer le seuil maximal à 400 watts, 420 si on veut être large. Au-delà, ils trichent. »

Et Antoine Vayer d'établir un véritable « hit-parade » des coureurs. « Il y a le club des 380-400 watts, auquel appartiennent une trentaine de coureurs professionnels, et pour lesquels on peut déjà s'interroger... mais bon, ça reste dans le domaine du possible. À 400 watts, c'est le "top ten". Ensuite, le groupe des 420-450 watts, voire

470-480 watts, que Lance Armstrong maîtrise complètement. En 1997, on a obtenu 494 watts avec Ullrich dans la montée d'Arcalis.»

À titre de comparaison, les données du coureur David Moncoutié (13e du Tour de France 2002) sont éloquentes : qualifié de pur grimpeur et réputé pour sa ligne de conduite irréprochable, Moncoutié n'a jamais dépassé les 400 watts sur l'ascension d'un grand col à la fin d'une longue étape du Tour de France[1]. À cela, trois raisons, liées à la fatigue logiquement ressentie :

1. Son potentiel sur le dernier col est affecté par les longues heures de selle – en clair, il se fatigue alors que les autres ne semblent pas entamer leur potentiel.

2. Les résultats obtenus montrent les effets d'une course de trois semaines. Moncoutié ne développe pas la même puissance que sur un Paris-Nice ou un Critérium du Dauphiné (une semaine de course), où il peut dépasser les 400 watts sur une étape.

3. Sa puissance maximale est obtenue lors des contre-la-montre, étapes où le coureur se présente au départ plus frais qu'après avoir gravi plusieurs cols.

Antoine Vayer fait enfin valoir que la force mentale ne peut pas entrer en ligne de compte. «Le ressort psychologique influant sur une performance, c'est le masquant médiatique, soutient-il. Par définition, les athlètes de haut niveau sont tous des guerriers. Et ce n'est pas la psychologie qui amène la production de watts. Un type qui respire tous les cinq temps plutôt que tous les onze temps [par minute], c'est quantifiable. Le dopage se quantifie. Le dopage diminue par deux ces séquences. Quand, dans le jargon, on dit qu'untel "respire par les oreilles", c'est qu'il avance bouche fermée. Quand ils n'ont jamais mal, ça se quantifie aussi. Comparons les

---

1. Antoine Vayer et Frédéric Portoleau, *Pouvez-vous gagner le Tour ?*, op. cit.

ascensions de l'époque Fignon et de l'ère de l'EPO. Rien que le gestuel est différent, le mouvement respiratoire, leur faciès aussi. Et aucun coureur des années 80 ne dépassait les 400 watts.»

Lance Armstrong sait de quoi parle Antoine Vayer. Lors d'une interview accordée le 3 février 2004 au site Internet canadien *Pez Cycling News*, le coureur texan a manifesté son intérêt pour ces données. Interrogé sur les données les plus importantes à ses yeux, le Texan a répondu : «Le temps chronométrique et les watts. Les watts livrent une bien meilleure indication sur soi que le chrono qui, lui, est tributaire des conditions climatiques, de la température, du vent, de l'humidité, du revêtement de la chaussée… de beaucoup de choses […] Au cours de l'année 1999, j'ai développé une puissance de 495 watts sur plus de trente minutes », a-t-il affirmé, sans autres précisions.

Pour étayer ses constatations, Antoine Vayer a décortiqué des exemples concrets. En connaissant les données physiologiques de Lance Armstrong (1,77 m, 71 kg, son poids de forme sur le Tour de France), combinées aux résultats délivrés par le SRM, il est en mesure d'évaluer la puissance fournie par le coureur. «Prenons, par exemple, la montée de l'Alpe d'Huez, une montée de 13,8 km à 8,11 % de dénivelé moyen. On prend en compte tous les paramètres déjà indiqués avec les circonstances de course qui se décomposent en quatre groupes :

1. Les victoires en solitaire avec attaque au pied (Armstrong en 2001, Marco Pantani en 1994, Luis Herrera en 1987).

2. Les attaques en solitaire vers le sommet.

3. Les victoires nées d'échappées parties avant l'Alpe d'Huez.

4. Celles acquises au sprint d'un petit groupe. Ce

dernier cas de figure avait lieu avant les années EPO ou à leur tout début… Tout est restitué sur notre profil cartographique avec les courbes évolutives [1].»

Selon lui, «les "hors normes" sont les coureurs au-delà de 450 watts, avec attaques dès le bas du col. Ce fut le cas de Marco Pantani en 1994, qui signa un temps canon de 37 mn 15 s à 22,23 km/h, après s'être colltiné une étape alpestre. Sans attaque franche dès les premiers lacets, l'Alpe d'Huez réclame, si elle est montée en 41 mn 20 s à 20 km/h de moyenne, une production individuelle de 400 watts pour quelqu'un de 70 kg. Un David Moncoutié des grands jours peut y parvenir. Le record à battre est de 36 mn 50 s. Il a été établi par Marco Pantani en 1995, à 22,48 km/h, en ayant développé une moyenne de 461 watts après avoir franchi les cols de la Madeleine et de la Croix de Fer. Lance Armstrong détient pour sa part le cinquième meilleur temps (les trois premiers sont signés Pantani, le 4e Ullrich) en 2001 en 38 mn 5 s, à 21,74 km/h pour une moyenne de 442 watts, après avoir franchi rien moins que les cols de La Madeleine et du Glandon».

Pour être plus explicite, Antoine Vayer a accepté de détailler quatre exploits de Lance Armstrong sur le Tour de France.

1) Metz 1999 : 400 m à fond parcouru… 125 fois!
Lance Armstrong signe le 11 juillet un «chrono» qui assomme le Tour. L'Américain boucle la 8e étape, un contre-la-montre individuel long de 56,5 km, à une moyenne de 49,416 km/heure. Il repousse le Suisse Alex Zülle à 58 s, et le Français Christophe Moreau, troisième, à 2 mn 5 s. Armstrong s'empare ainsi du maillot jaune qu'il ne lâchera plus.

---

1. Antoine Vayer et Frédéric Portoleau, *Pouvez-vous gagner le Tour?, op. cit.*

«Dans cette victoire de Lance Armstrong, un paramètre s'avère époustouflant, explique Antoine Vayer. Le VO_2 max de l'Américain, autrement dit sa consommation d'oxygène dans le sang. Comme toujours, nous nous sommes fondé sur les données connues – 1,77 m, poids du corps 71 kg, poids du vélo 8 kg, résistance de l'air, relief du parcours, etc. Lance Armstrong a été crédité ce jour-là d'un temps de 1 h 8 mn 36 s. Pour réaliser ça, il lui faut un VO_2 max de 89-90. J'ai travaillé auprès des paramètres relevés sur plus de la moitié des coureurs de l'équipe Festina de la grande époque, celle de l'EPO justement. L'EPO, ou tout autre transporteur d'oxygène dans le sang, a banalisé des critères physiologiques qui étaient exceptionnels. Et Lance Armstrong a fait encore mieux que ça… Lors de cette 8e étape, il a dû maintenir une puissance moyenne de 450 watts. Si l'on considère que l'index d'endurance correspond à celui des meilleurs coureurs mondiaux, les 450 watts qu'il maintient pendant plus d'une heure correspondent à 89 de VO_2 max, sachant qu'un sprinter de 100 m est à 100 % de son maximum. En clair, Lance Armstrong a été à 89 % de son potentiel maximal pendant plus d'une heure. S'il pratiquait l'athlétisme, s'il était un coureur de 400 m, il serait capable de disputer cent vingt-cinq 400 m d'affilée, pratiquement à fond du premier au 125e tour de piste ! Être tout le temps à fond sans souffrir, c'est impensable. Ses performances sont au-delà du réel.»

Mais, à titre comparatif, qu'en est-il des autres coureurs ? «D'après nos études, peu de coureurs du Tour sont capables de maintenir une moyenne de 450 watts au-delà de 7 minutes. Le maximum de Lance Armstrong sur le chrono de Metz fut de 520 watts, un chiffre démesuré. L'extrapolation des calculs montre que Miguel Indurain, au temps de sa splendeur, aurait été relégué ce jour-là à 2 mn 20 s et Jan Ullrich à 2 mn. Autre comparaison : sur ce même parcours de Metz, en supposant que les coureurs soient tous partis en même temps, Bassons aurait pris 6 km dans la vue, Brochard 5,5 km et Boardman 2,8 km, lui qui a été recordman de l'heure avec 56,375 km/h !» Lors de ce chrono, le deuxième du Tour, la production de watts de Lance Armstrong a été telle qu'il aurait battu haut la main le premier record de l'heure de Chris Boardman, rien que ça. Armstrong « joue » avec ses watts. Mais il a fait « pire » encore en 2000, dans le contre-la-montre individuel situé en toute fin de Tour [18e étape, Fribourg-Mulhouse, sur 58,5 km], poursuit Antoine Vayer. « Il a gagné en roulant à 54 km/h de moyenne [53,986 précisément], en parcourant la distance en 1 h 5 mn 1 s sans fatigue apparente. À titre de comparaison, il a donc roulé seul presque à la même vitesse moyenne record que celle, par équipes (!), du sulfureux collectif Gewiss-Ballan [Mayenne-Alençon, 1995, 54,930 km/heure sur les 67 km de l'étape]. Un record établi à neuf coureurs qui se relayaient, et qui plus est en tout début de Tour, avec des athlètes frais. C'est Dieu ou quoi, ce type ?»

Le site Internet du Tour de France relève alors sobrement qu'il s'agit de « la meilleure moyenne jamais atteinte sur un contre-la-montre du Tour de France de plus de 25 km ».

2) Hautacam 2000 : 2 175 tractions d'affilée de 45 kg chacune

L'étape pyrénéenne, longue de 205 km et disputée sous un temps froid et en partie pluvieux, est remportée par Javier Otxoa, coureur espagnol de l'équipe Kelme, au terme d'une échappée de 155 km. Lance Armstrong termine 2e de cette 10e étape et s'empare du maillot jaune, reléguant Jan Ullrich à 4 mn 14 s au classement général.

« Cette fois, rappelle Antoine Vayer, il a fourni une moyenne de 457 watts après un passage à 557 watts au pied pour suivre Marco Pantani, puis il a embrayé à plus de 500 watts pour lâcher l'Italien dans des conditions météo mauvaises et au terme d'une succession de cols. Là où il devrait perdre de l'efficacité sur une montée constante après cinq heures de selle, il en gagne ! Il a pu accélérer sans fatigue. À Hautacam, il a "temporisé" après avoir lâché Pantani en produisant plus de 500 watts, puis a été capable d'accélérer à nouveau sur le haut pour reprendre et larguer un coureur échappé, l'Espagnol Jose-Maria Jimenez[1], en développant 450 watts. Ce n'est plus du vélo. »

Pour rendre ces chiffres plus parlants, Antoine Vayer établit des comparatifs : « Au cours de son ascension, l'Américain a donc développé une moyenne de 457 watts pour une durée d'ascension de 36 mn 25 s. Si l'on met en perspective la production de watts et le temps réalisé, le résultat est époustouflant : l'équivalent de la force déployée en appuyant sur ses pédales correspond à soulever alternativement d'une jambe puis de l'autre, et à hauteur de 1 m, un sac de 45 kg attaché à chacun de ses pieds. Un effort à répéter toutes les secondes pendant 36 mn 25 s, soit un geste à accomplir 2 175 fois de suite sans aucune faiblesse ! 2 175 fois ! L'entraînement et la musculation n'expliquent pas tout, surtout que la constatation de ces efforts intervient en fin d'étape et en fin de Tour de France… »

3) Alpe d'Huez 2001 : champion du monde de… poursuite !

Après avoir « bluffé » dans les ascensions des cols de La Madeleine et du Glandon, multiplié les grimaces à l'arrière du groupe de tête pour feindre la méforme, le

---

1. Le coureur espagnol est décédé à 32 ans d'une crise cardiaque dans un hôpital psychiatrique, le 6 décembre 2003.

leader de l'US Postal porte une brutale accélération au pied de l'Alpe d'Huez, décramponnant Jan Ullrich et ses équipiers de la formation allemande Telekom, qui avaient assuré le tempo. Armstrong rattrape l'échappé, le Français Laurent Roux, pour gravir seul les 13 km de l'ultime difficulté du jour. Vainqueur au sommet, il distance Ullrich de 1 mn 59 s. Le Français François Simon reste toutefois porteur du maillot jaune que l'Américain endosse définitivement trois jours plus tard.

« Lance Armstrong aborde le pied de l'Alpe d'Huez après avoir franchi deux difficultés, les cols de La Madeleine et du Glandon, souligne Antoine Vayer. En clair, il entame l'Alpe d'Huez avec 5 h 50 mn de vélo et pratiquement 200 km dans les jambes, et pas franchement du plat. Au pied de la dernière difficulté, il produit pendant près de 4 mn un effort de 530 watts pour lâcher Jan Ullrich. Cet effort correspond à celui fourni par Philippe Ermenault (530 watts) en 1998, lorsqu'il est devenu champion du monde de poursuite sur la piste de Bordeaux (4 mn 20 s 89). Après six heures de selle ! Ensuite, il enchaîne avec une demi-heure d'ascension à 450 watts de moyenne, ce qui équivaut à un contre-la-montre de premier ordre. Au bout de 209 km et de 6 h 23 mn, il remporte l'étape en reléguant Jan Ullrich à 1 mn 59 s. »

4) Ardiden 2003 : deux records, deux…

Cette étape, la quinzième du Tour, disputée le 21 juillet sur 159,5 km entre Bagnères-de-Bigorre et Luz-Ardiden, via les cols d'Aspin et du Tourmalet, a marqué les esprits : Lance Armstrong a en effet chuté à 10,3 km de l'arrivée, après avoir accroché un spectateur en coupant au plus près un virage, puis a évité miraculeusement une nouvelle chute, peu après, sur un problème mécanique. Vingt minutes plus tard, il remporte l'étape, distançant le trio Mayo-Ullrich-Zubeldia de 40 secondes, confortant ainsi son maillot jaune aux dépens de l'Allemand Jan Ullrich.

« Lance Armstrong bat ce jour-là deux records, commente Antoine Vayer. Le premier sur la montée du Tourmalet où, en compagnie d'Ullrich, Zubeldia et Mayo, il réalise 1 mn 7 s de mieux que le record de l'ascension [12,6 km à 8,67 % de dénivelé moyen] réalisé par Marco Pantani en 1994, sur le même parcours. Au passage, il développe une puissance de 469 watts pendant 4 mn 35 s lors d'une accélération produite à 7 km du sommet. Le second, lors de l'ascension finale de Luz-Ardiden [13,8 km à 7,4 % de dénivelé moyen] qu'il effectue en 35 mn 33 s, soit 1 mn 47 s de moins que le record de l'Espagnol Laiseka en 2001. Sans sa chute et son incident qui lui ont fait perdre une quarantaine de secondes, précise Antoine Vayer, Armstrong aurait développé une puissance moyenne de 452 watts. Pratiquement comme à Hautacam en 2000. »

Au-delà du cas Armstrong, ces données scientifiques paraissent dénuées d'ambiguïté. « On ne peut amener un athlète non dopé, après 5 heures de course, dans une ascension de col d'une durée de 20 minutes, en produisant, soyons larges, plus de 420 watts, assure Antoine Vayer. Comme on sait quantifier la performance, on peut déterminer celle qui nous paraît inhumaine. En outre, on voit avec quelle facilité certaines performances sont réalisées. La fatigue n'a aucune prise. Les mecs qui sont non dopés fatiguent, qui plus est dans la dernière semaine. Pour les autres, la notion de fatigue n'intervient pas. Les effets de l'EPO se schématisent ainsi : plus tu travailles, plus tu avances dans le Tour, et plus tu progresses ! »

Que pense Antoine Vayer de cette explication souvent avancée : c'est parce que Lance Armstrong s'entraînerait spécifiquement pour le Tour en reconnaissant les étapes importantes qu'il creuserait de telles différences :

« Il fait croire que ses reconnaissances de cols font partie du plus qui lui fait faire la différence. À l'entendre, ce serait là l'un des secrets de sa réussite. Mais il n'a rien inventé ! En 1996, l'équipe Festina effectuait également des stages, un dans les Alpes, un dans les Pyrénées, un sur les chronos. Laurent Jalabert, lui aussi, s'y était mis. Et d'autres encore.

Et pendant ce temps, le Tour de France n'en finit pas de rouler de plus en plus vite. L'édition 2003, celle du centenaire, a ainsi battu le record de vitesse (40,940 km/h) précédemment établi en 1999 (40,276 km/h). Pour l'anecdote, la lanterne rouge de ce Tour, le Belge Hans De Clerq, a réalisé une meilleure moyenne horaire que le vainqueur du Tour 96, le Danois Bjarne Riis. Un seul coureur, l'Espagnol Javier-Pascual Llorente, a été contrôlé positif à l'EPO sur 80 contrôles urinaires[1].

Trop beau pour être vrai ?

En janvier 1997, Lawrence Einhorn, oncologue à l'hôpital de l'université d'Indiana, qui suit alors Lance Armstrong, avait tenu à réagir aux premiers doutes émis dans les médias sur les performances de son patient : « J'ai lu des soupçons de dopage. Ils sont ridicules. Ce type a une telle hygiène de vie, vous ne pouvez l'imaginer. Revenir au plus haut niveau, c'est le résultat de son courage et de son caractère. C'est une chose de guérir et de reprendre son travail de comptable, mais c'en est une autre de reprendre la compétition sportive après les terribles pratiques endurées. »

Lawrence Einhorn a, sans le vouloir sans doute, posé le problème : comment un athlète, qui a traversé les

1. *Le Monde*, 29 juillet 2003.

affres d'un cancer métastasé, a-t-il pu, non seulement recouvrer ses moyens physiologiques antérieurs, mais les sublimer dans une discipline aussi exigeante ?

Cette question, beaucoup se la posent, qu'ils soient coureurs, soigneurs, sponsors, directeurs sportifs, amoureux du cyclisme, médecins, scientifiques ou journalistes. Certains ont ouvertement exprimé leur perplexité. Même le regretté Marco Pantani et Jan Ullrich [1] ont fait part de leurs doutes.

Médecin ayant longtemps présidé la commission de lutte antidopage, actuel membre de la commission d'éthique de la Fédération française de rugby, Jean-Paul Escande porte lui aussi un regard interrogateur sur les performances de Lance Armstrong : « Moi, je vois ce que tout le monde voit, à savoir qu'il accélère au moment où il devrait être fatigué, constate-t-il. Je m'interdis cependant de commenter des rumeurs, et, aux yeux de la loi sportive, un dopé reste un individu qui est positif au contrôle antidopage. Cela étant, le comportement d'Armstrong m'intrigue, me déconcerte. Aux

---

1. *Journal du dimanche*, 10 février 2002 : « Pantani avait profité de la présentation de son équipe Mercatone Uno pour égratigner Lance Armstrong : "Lance Armstrong est un phénomène du cyclisme, mais il ne respecte pas ses adversaires. C'est un grand cycliste, mais pas un grand champion. Je l'admirais beaucoup avant sa maladie, moins depuis. J'ai du mal à croire aux contes de fées." Marco Pantani avait également déclaré sur les ondes de la radio *Stream Sport* le 4 juillet 2001 : "Je ne serais pas surpris si, un jour, on venait me dire que les valeurs sanguines de Lance Armstrong sont elles aussi anormales." » Marco Pantani est décédé le 14 février 2004 à l'âge de 34 ans.

Libération, 24 juillet 2001 : « L'encadrement de l'Allemand avait laissé entendre après l'arrivée à Luz-Ardiden que ce que réalisait Lance Armstrong n'était pas vraiment catholique. Hier [le 23 juillet], la Telekom [alors l'équipe de Jan Ullrich] a fait machine arrière. "Nos propos ont été mal traduits." »

États-Unis, sa popularité tient au fait qu'il a eu le cancer, et non qu'il pratique le cyclisme. Son secret est d'être formidable et propre. Ou pas propre. On a déjà vu des bulletins de santé rassurants qui avançaient le contraire de ce qui se passait vraiment», rappelle-t-il, faisant référence à François Mitterrand et son cancer de la prostate.

«Dans le peloton, il y en a même qui croient qu'il n'a pas eu de cancer, rapporte Cédric Vasseur. Que tout ça, c'est du bluff. La perception globale des coureurs, c'est de l'admiration pour ce qu'il fait, pour sa performance, mais au fond, personne n'y croit. On fait tous du vélo de haut niveau depuis quelques années, on sait tous que c'est dur, et nous, on est en bonne santé. Alors, quelqu'un qui ne l'était pas… Un type qui se casse une jambe met un an pour s'en remettre. Et là, en deux ans, après un cancer…» «Qu'un coureur écrase la course, il y en a eu d'autres avant lui, rappelle le professeur Audran. Mais là, on parle de chimiothérapie. Vous rendez-vous compte de ce que ça détruit? Il s'agit tout de même d'un cancer des testicules avec métastases. Il n'y aurait pas eu de métastases, d'accord, et encore. Mais là… Qui peut reprendre une activité supranormale après ça?»

En fait, qui ne s'est jamais posé la question?

Tirs trop groupés

Les interrogations ne concernent pas seulement les performances de Lance Armstrong, mais s'étendent à l'ensemble de l'équipe US Postal.

Lorsqu'on questionne Bruno Roussel, vilipendé pour avoir instauré un système médicalisé dans le but d'éviter tout dérapage incontrôlable, celui-ci n'est pas sans remarquer quelques analogies: «Lorsque 4 coureurs de l'équipe US Postal se classent parmi les 8 premiers du prologue du Tour de France 2003, devant les tout meilleurs spécialistes mondiaux s'il vous plaît, ça me rappelle les beaux jours de Festina, ironise-t-il. Ça paraît trop gros, trop insolent. Un peu comme nous à notre époque, en 1997 surtout, quand nous avions perdu toute notion rationnelle. C'était le sentiment d'être les plus forts qui nous envoûtait.»

Au cours de notre entretien, Patrick Clerc avoue ressentir la même gêne dans les étapes de montagne.

«En fait, dans le système Armstrong, là où je ne suis plus d'accord, ce n'est pas avec lui-même, mais avec son équipe.»

Et Clerc de prendre alors à témoin Willy Voet, qui nous a rejoints :

«Raconte-moi, Willy : combien de fois a-t-on vu dans le Tour une équipe complète arriver au pied du dernier col dans une étape des Pyrénées ?

– Nous [Festina], on l'a fait ! En 1997 ! Et on sait à quoi on marchait !

– L'an dernier [pendant le Tour 2002], quand j'ai vu ça, je n'en croyais pas mes yeux. Il restait 30 mecs, dont 7 US Postal. C'est quoi ce truc ? Les rouleurs, les Joachim, les Hincapie, ils sont encore là. Il y a problème. C'est là où ça ne va plus. Même à l'époque de la grande équipe Renault de Hinault, les Lucien Didier, les Vigneron, les Bonnet, ils "sautaient" dès le premier col. Personnellement, Armstrong, je lui accorde un certain crédit parce qu'il a traversé des trucs. Et puis, c'est un autre coureur que Patrick Clerc. Même avec son palmarès d'avant le cancer. Je n'ai rien à voir avec lui. On n'est pas dans la même course. Mais là, je dis non.»

Cédric Vasseur partage la même perplexité sur ces gabarits de rouleur qui défient la montagne : «Devant un Padrnos qui monte, par exemple, je me pose des questions. Ça peut paraître surprenant, mais je n'ai pas de réponse sur le sujet. D'accord, le fait de se battre pour défendre le Maillot jaune te conduit à te surpasser. Mais je sais ce que c'est de se sublimer pour ce maillot.»

Quant à Willy Voet, son raisonnement est empreint de bon sens : «Grimpeur ou sprinteur, ça ne s'invente pas. Un Lucien Van Impe [vainqueur du Tour en 1976] était déjà grimpeur chez les cadets. Perdre 7 ou 8 kg, ce serait trop facile pour expliquer une métamorphose. Mario Cipollini peut perdre 8 kg, il ne deviendra pas pour autant un grimpeur. Abraham Olano s'y est essayé, mais sans succès.»

Un soupçon qui pousse certains journalistes, faute de mieux, à la dérision. Ainsi, en 2000, dans *Libération*[1], Jean-Louis Le Touzet claquait-il des doigts en trouvant la réponse, tel Raymond Souplex dans «Les cinq dernières minutes». «Lance Armstrong est si maigre qu'on lui voit à travers. Avant la maladie, il traînait donc une petite carriole de graisse derrière son vélo. Si on suit ce raisonnement, les coureurs mal classés, surtout les Français, pédaleraient avec une roulotte de gras double. Lance Armstrong se contente d'un radis et d'une pomme alors que les coureurs français avalent sûrement des sangliers au miel (…) tout en buvant des vins en pichet qui cochonnent le bavoir. Le cyclisme à deux vitesses se cachait donc dans l'assiette et on ne le voyait pas, aveugles que nous étions.»

Afflux sanguin

Giuseppe d'Onofrio est un homme de savoir-vivre. Longiligne, féru d'histoire, cultivé et amateur de bonne

---

1. *Libération*, 18 juillet 2000.

cuisine, il parle (posément), écoute (attentivement), analyse (minutieusement). Depuis 1969, il est hématologue, hématologue de laboratoire, précise-t-il, ni clinicien ni praticien. À 53 ans, Giuseppe d'Onofrio travaille depuis 1977 à l'université catholique de Rome, à la périphérie de la ville, mais son pied-à-terre professionnel est situé en plein centre, via Muzio Clementi. Un cabinet monacal, au rez-de-chaussée : une pièce sombre, un bureau, deux chaises, des armoires vitrées remplies de livres scientifiques, dont certains sur le dopage. C'est là qu'en 2000, il a reçu un appel de Francesco Lanza. Ce dernier est lui aussi hématologue, à l'université de Ferrare. Ces confrères de longue date se croisent régulièrement, lors de congrès, par exemple. Francesco Lanza vient d'être appelé à la rescousse par Michele Ferrari pour préparer sa défense dans le procès qui doit prochainement s'ouvrir contre lui. Ferrari est accusé d'avoir dopé des coureurs et son avocat, maître Bolognesi, a décidé de faire appel à un expert. Lanza sollicite alors la collaboration de Giuseppe d'Onofrio.

Giuseppe d'Onofrio accepte. Coïncidence, il est alors en train de travailler sur l'EPO. Le monde du sport, en revanche, lui est totalement inconnu. Il avait bien entendu parler du professeur Conconi ou du docteur Ferrari mais sans y porter une attention particulière. Seul le laboratoire le passionne. C'est ainsi qu'il découvre que l'hématologie n'intéresse pas que les hématologues. C'est ainsi qu'il découvre le monde du dopage sanguin.

Pour préparer la défense de Michele Ferrari, dont le procès va s'ouvrir à Bologne le 14 décembre 2001, Giuseppe d'Onofrio doit comprendre sur quoi repose l'accusation. Michele Ferrari est soupçonné d'avoir administré et distribué des substances dopantes (EPO, hormones de croissance, testostérone, corticostéroïdes, adrénaline) à plusieurs cyclistes de haut niveau, mais aussi de fraude sportive (pénalement répréhensible en

Italie), d'exercice illégal de la profession de pharmacien, et d'importation illégale de médicaments. Les conclusions des experts de la partie adverse, rendues par l'hématologue Mario Cazzola et le chimiste Mario Plebani, de l'université de Padoue, démontrent que les variations hématologiques des coureurs passés entre les mains du médecin sont trop importantes pour être naturelles, que le dopage sanguin est la seule conclusion possible.

Il faut contre-attaquer. «L'avvocato» Dario Bolognesi remet alors à d'Onofrio les photocopies des fiches cliniques des «patients» de Michele Ferrari. La liste des sportifs est longue, leurs taux d'hématocrite hautement suspects, mais le rôle du professeur d'Onofrio est exclusivement technique. Il doit se focaliser sur la numération sanguine, c'est-à-dire le décompte de paramètres tels que les globules rouges, les globules blancs, l'hématocrite, les réticulocytes. Rien d'autre.

Plus précisément, il s'agit pour lui de trouver une faille dans l'argumentation adverse. Comment ? Pour l'essentiel en remettant en question les conditions des prélèvements sanguins, qui doivent observer des règles strictes pour être scientifiquement valides.

À chaque fois qu'il est appelé à la barre du tribunal, Giuseppe d'Onofrio se livre à une démonstration minutieuse. C'est le cas à deux reprises, la dernière le 20 avril 2004. L'exercice lui devient familier puisqu'il est nommé expert, du procureur cette fois, dans le procès mettant en cause le professeur Conconi et le club de football de la Juventus Turin, ouvert à Turin le 31 janvier 2002. La même année, il publie un rapport sur les «stratégies pour détecter le dopage sanguin dans le sport».

En attendant le verdict d'un procès saucissonné qui a débuté il y a deux ans et demi, et pour lequel les avocats de Michele Ferrari ont usé de toutes les ficelles de procédure afin d'obtenir une prescription, le professeur d'Onofrio a rempli son rôle. À ses yeux, Ferrari devrait s'en sortir. Les variations hématologiques des athlètes suivis par le professeur Conconi sont en effet beaucoup plus importantes que celles des sportifs suivis par le docteur Michele Ferrari. D'Onofrio était présent au tribunal de Ferrare comme expert du procureur quand le verdict a été rendu en novembre 2003 : Conconi échappait à toute condamnation pour cause de prescription. En mars 2004, Conconi bénéficiait d'un nouveau non-lieu à Ferrare, dans une autre poursuite, même si le juge l'estimait « moralement coupable ». Deux affaires Conconi, deux victoires pour le « docteur sang », c'est son surnom en Italie, qui va pouvoir préparer tranquillement sa retraite de directeur du centre d'étude biomédicale de l'université de Ferrare, en octobre 2004.

L'hématocrite d'Armstrong

Parmi les nombreux clients de Ferrari – on recense environ vingt-cinq coureurs cyclistes professionnels –, l'Américain ne figure pas *a priori* parmi les cas les plus spectaculaires. Non en raison de l'ancienneté de leurs relations – Ferrari et Armstrong se connaissent en effet depuis 1995 –, mais parce que les variations hématologiques du quintuple vainqueur du Tour de France sont moindres que celles d'autres cyclistes professionnels. Pour exemple, les taux d'hématocrite de Marco Pantani, relevés en 1995, était de 38 % l'hiver et 60 % l'été. Vingt-deux points de différence. Et derrière lui, les fluctuations de l'hématocrite du Danois Bjarne Riis, du Russe Piotr Ugrumov, pour ne citer qu'eux, sont autrement plus inquiétantes.

Le 20 avril dernier, dernier jour du procès Ferrari, le docteur Roberto Conte, responsable des experts médicaux mandatés par le juge, remet à Maurizio Passarini un épais document de 78 pages. Cette pièce, annexée au dossier et intitulée «consulenza tecnica», contient tous les paramètres physiologiques des coureurs dont s'est occupé le docteur Michele Ferrari. Parmi ces fiches figure celle de Lance Armstrong. N'y figurent curieusement que trois dates, contre une dizaine en général pour les autres coureurs, avec, pour chacune, un taux d'hématocrite, d'hémoglobine et de ferritine.

Dates	Hématocrite	Hémoglobine	Ferritine
02.12.97	41,2 %	14,4 g/dl	249 ng/ml
14.02.98	46,7 %	15,4 g/dl	148 ng/ml
17.06.98	41,4 %	14,0 g/dl	271 ng/ml

À première vue, rien d'étonnant : les trois taux d'hématocrite, étalés sur six mois, sont en deçà du seuil de 50 % à ne pas dépasser selon les critères de l'UCI, sous peine d'être exclu d'une épreuve ou d'être mis en «repos» pendant quinze jours. Ces chiffres appellent toutefois plusieurs précisions.

1. Les dates d'abord :
Celle du 14 février 1998 correspond au retour d'Armstrong à la compétition, effectué sur la Ruta del Sol, course par étapes andalouse, après 518 jours d'inactivité. L'Américain termine 15e du classement général final. Les deux autres ne s'accrochent à aucune «actualité sportive», ni bien sûr en hiver ni même en juin, l'Américain n'ayant pas disputé le Tour de France cette année-là.

2. Les taux de ferritine :
Les deux premiers chiffres font apparaître une chute de 101 nanogrammes par millilitre (de 249 à 148) en neuf semaines. Nous avons soumis ces données au docteur Michel Guinot, médecin fédéral adjoint à la FFC

depuis début 1999, médecin physiologiste à Grenoble, sans préciser l'identité du coureur. C'est à l'antenne grenobloise du Centre de prévention de lutte antidopage que nous l'avons joint. «Parallèlement à l'augmentation du taux d'hématocrite, cela signifie qu'il a utilisé ses réserves de fer pour fabriquer des globules rouges, avec des chances qu'il y ait eu une manipulation pharmacologique, en toute légalité s'entend. Cela étant, 249 est un taux fréquent chez les cyclistes professionnels, mais relativement élevé en comparaison avec les autres sportifs d'endurance, tels les marathoniens, par exemple. Leur taux de ferritine tourne autour de 100 à 150.»

Nous avons fait de même avec Michel Audran, avec des précautions analogues. «Ces comparatifs sont intéressants. Certes, on perd du fer quand on se déshydrate, par exemple, mais les sportifs en prennent généralement pour le combiner à de l'EPO, ce qui fait alors diminuer leurs réserves endogènes. D'où une chute.»

3. Les taux d'hématocrite :

En dix semaines, de décembre 1997 à février 1998, le taux d'hématocrite de Lance Armstrong est monté de 5,5 points.

Lorsqu'on lui a présenté ces variations, le professeur d'Onofrio a haussé les épaules. «5,5 en dix semaines… On ne peut rien en conclure, vraiment. C'est moins de 10 %.

– Pardon, professeur, mais c'est plus. 12 % pour être précis.

– Oui… Je crois quand même que c'est une petite variation. À mes yeux, on ne peut rien en conclure. Il serait imprudent d'en tirer des extrapolations, je suis presque sûr de ça. Ça peut être dû à un entraînement intensif. Ça peut s'expliquer par des facteurs extérieurs.»

Nous avons également soumis cette élévation à d'autres spécialistes, toujours en préservant l'anonymat du sportif. Et d'abord à Armand Mégret, médecin de la Fédération française de cyclisme. L'entretien téléphonique s'est tenu le 7 avril 2004. À l'énoncé des chiffres, Armand Mégret nous fait répéter :

« De combien à combien ? Du bas vers le haut, ou l'inverse ?

– De 41,2 à 46,7.

– En 10 semaines ?

– Oui.

– ... C'est limite. C'est un cycliste ?

– Oui.

– À froid, comme ça... Il faudrait avoir d'autres paramètres. 41,2 à 46,7, c'est ça ? Ce qui est intéressant, c'est de voir comment il était avant. C'est *border line*, mais je ne peux en dire plus.»

Autre avis, celui de Michel Audran. Le biophysicien est plus formel : «Cette élévation ne me paraît pas physiologiquement possible. Ou alors, poursuit-il en rejoignant Giuseppe d'Onofrio, peut-être dans le cas d'un surentraînement.»

Surentraînement vraiment ? Le 14 février 1998, Lance Armstrong a bouclé la première étape de la Ruta del Sol, disputée autour de Séville et dénuée de difficultés, dans des conditions optimales et sous un ciel clément (25°). L'intéressé avoue même à l'arrivée «être resté sagement dans le peloton [...] La journée s'est passée plus facilement que je m'y attendais». Il précise même que son rythme cardiaque moyen a été de 116 pulsations-minute. L'étape, courte (157,8 km), est conclue au sprint (victoire de l'Australien Robbie McEwen) après 4 h 2 mn 42 s de course, à une moyenne horaire de 39,011 km/heure.

«Bien sûr, nous explique Jean-Pierre de Mondenard, pour établir un constat fiable et comparable entre plusieurs taux, il faut relever le sang dans le même créneau horaire. Voilà pourquoi les médecins contrôleurs de l'UCI passent tôt le matin dans les chambres des coureurs, afin d'éviter notamment les variations dues à l'effort. C'est comme pour surveiller son poids : mieux vaut monter sur la bascule le matin à jeun qu'après déjeuner, et ce à chaque fois. Mais je pense qu'un spécialiste aussi pointu sur la question que Ferrari ne peut l'ignorer », ajoute-t-il en souriant.

Michel Guinot avait quant à lui déclaré dans le livre du journaliste Eric Maitrot[1] : « Pour éviter de se tromper, disons qu'au-delà de 8 %, on peut affirmer qu'on n'a plus affaire à des variations physiologiques ».

« Docteur, confirmez-vous vos propos ?

– J'ai dit "affirmer" ? Disons "raisonnablement penser" au lieu du verbe "affirmer", selon le sacro-saint principe de précaution. Cela étant, le sens de la phrase demeure.

– Sur quoi vous basez-vous pour émettre un tel avis ?

– Sur mes propres lectures et calculs effectués sur une population de cyclistes de haut niveau.

– Dans quelles proportions ?

– Je m'appuie sur plusieurs centaines de constatations réparties sur plusieurs années. En fait, ma base de données représente 2 000 sportifs et encore plus de formules sanguines réalisées dans le cadre du suivi biologique. D'ailleurs, mes propres travaux expérimentaux rejoignent au dixième de pourcentage près les chiffres émis dans une étude similaire publiée en novembre 2003 dans la revue scientifique de langue anglaise *Sports Medicine*, relative aux coefficients de variation intra-individuelle portant sur les fluctuations de taux d'hématocrite liées à toutes sortes de raisons[2].

---

1. Éric Maitrot, *Les Scandales du sport contaminé,* Flammarion, 2003, p. 255.

2. « Hématocrites : intra-sujets et variations saisonnières », *Sports Medecine,* mensuel néo-zélandais, n° 33, pp. 231-243.

– 5,5 points d'élévation du taux d'hématocrite en dix semaines, soit 12 % d'augmentation, est-ce physiologiquement possible ?

– On peut affirmer à 99,99 % de chances que non, par respect pour le principe de prudence que je viens d'évoquer. On raisonne statistiquement et, de fait, il n'existe qu'une infime probabilité que cette élévation du taux d'hématocrite soit liée à des modifications uniquement physiologiques.

– Mais l'utilisation d'une chambre hypoxique ou une forte chaleur peuvent-elles parasiter les calculs ?

– Dans le cas où le taux d'hématocrite est mesuré au repos, c'est-à-dire à distance d'un effort, non, pas dans cette mesure. En revanche dans certains cas comme une maladie virale, qui peut stimuler la production de globules rouges par la moelle osseuse, le taux d'hématocrite peut varier dans une proportion plus importante.

– Dans le cas d'un cancer, par exemple ?

– Ça dépend de quel type de cancer.

– Et même un an plus tard ?

– Ah ! non ! Une fois que le cancer est guéri, c'est fini. Dans le cadre d'une maladie en cours seulement. »

L'alibi de la chambre

Après avoir été obligé d'avouer sa relation avec Michele Ferrari, Lance Armstrong a insisté sur un autre élément de sa préparation dans son deuxième livre [1], paru à l'automne 2003, l'utilisation d'une tente hypoxique, qui peut effectivement expliquer l'élévation du taux d'hématocrite : « Je m'entraînais à Saint-Moritz une fois par an, et, quand je ne séjournais pas à la montagne,

---

1. *Chaque seconde compte, op. cit.,* p. 106.

j'y allais fréquemment passer des nuits sous une tente d'altitude... C'est une tente ordinaire, mais pourvue d'un appareil qui sert essentiellement à extraire l'oxygène de l'air extérieur pour en augmenter le taux à l'intérieur [1]. Je l'utilisais souvent en Europe, et j'en gardais une chez moi, où il m'arrivait aussi de m'en servir.» Là encore, l'intéressé était obligé de le reconnaître. Un reportage publié dans *L'Équipe magazine* [2] au début de l'année en avait fait état en précisant: «Lance Armstrong ne s'est jamais vanté d'utiliser une chambre hypoxique, chez lui, au Texas.»

Pour se justifier, le champion américain avait alors argué que Christophe Bassons, le monsieur Propre du peloton – jusqu'à ce qu'il en soit évincé sur le Tour 1999 –, avait lui-même utilisé une tente hypoxique. «Je crois que Christophe Bassons était un chaud partisan de ce système [3].»

En fait, ce «chaud partisan» n'a expérimenté la tente hypoxique qu'une seule fois. C'était en juillet 1998 à... Brides-les-Bains (il ne disputait alors pas le Tour de France), dans la fameuse Auberge du Phoque tenue par Lionel Laurent. «Je suis effectivement resté dix-huit jours dans une chambre hypoxique», se souvient Christophe Bassons, qui ne s'est d'ailleurs jamais caché de cette unique expérience.

Quant à Saint-Moritz, cette station situé à 1 850 m d'altitude est une base connue des meilleurs athlètes de fond africains, de nageurs, de cyclistes et de... «préparateurs», tel que Michele Ferrari, comme l'a révélé Françoise Inizan, dans un remarquable numéro de *L'Équipe magazine* consacré à la préparation en altitude.

---

1. Lance Amstrong s'est trompé. En fait, c'est l'inverse: on extrait l'oxygène de l'air intérieur.

2. *L'Équipe magazine*, 11 janvier 2003.

3. *Libération,* 24 juillet 2001

Prendre de la hauteur

Pour tenter de préciser les effets de ces fameuses tentes, nous avons interrogé le 21 juillet 2003 Lionel Laurent, actuel entraîneur national de l'équipe de France junior de biathlon.

Ancien athlète de haut niveau – médaille de bronze du relais par équipes de biathlon aux Jeux de 1994, vice-champion du monde de biathlon par équipes en 1995 (avec Thierry Dussert, Hervé Flandin et Patrice Bailly-Salin) –, Lionel Laurent a mis fin à sa carrière en 1997. À la fin de la même année, avec son frère, il ouvre à Brides-les-Bains, en Savoie, un hôtel qui abrite des tentes hypoxiques. Mais pour des raisons financières, l'Auberge du Phoque doit fermer ses portes en 2002.

« C'est une société norvégienne qui m'a vendu ce système, explique-t-il. J'ai équipé trois chambres (pompes, instruments de mesure, étanchéité), soit un investissement de 250 000 francs environ.

L'intérêt, c'est de recréer les bienfaits de l'altitude sur l'organisme pour des sportifs de haut niveau. Et seulement pour ceux-là. Ce système touche uniquement le taux d'oxygène. En altitude, il y a moins d'oxygène qui rentre dans les poumons en raison du manque de pression. Normalement, au niveau de la mer, l'air est composé de 20 % d'oxygène ; il est de 13 % à 2 800 m. Les pompes mises en place "capturent" l'oxygène. Les stages étaient de vingt et un jours maximum, avec une restitution de l'air à 2 800 m d'altitude. En cinq ans, j'ai vu passer des sportifs, une cinquantaine environ, de toutes les disciplines qui reposent sur l'endurance : des athlètes, des triathlètes – notamment les triathlètes anglais qui préparaient les Jeux de Sydney en 2000 –, des rameurs, des fondeurs, des alpinistes, des cyclistes. J'ai dû recevoir une bonne demi-douzaine de cyclistes professionnels, dont Christophe Bassons et le regretté Andreï Kivilev.»

L'air des cimes en boîte

Lionel Laurent n'élude pas la question portant sur l'ambiguïté d'un tel procédé. «L'interprétation de ces tentes hypoxiques est encore floue, reconnaît-il. C'est juste à la limite (du dopage), c'est clair. Elles n'ont jamais été interdites ou autorisées. On joue avec cette tolérance. On touche à la limite physiologique de ce qui peut se faire. On stresse le corps de manière artificielle pour qu'il "réponde". Artificiellement, ça peut paraître comme de la dope. Mais on peut aussi considérer "naturel" de faire ainsi réagir le corps, car cela revient à faire un stage en altitude dans un périmètre restreint. Personne ne m'a jamais rien dit quand j'ai installé ce système. Mais je sais bien qu'on navigue entre deux eaux. Sinon, il n'y a aucun effet secondaire, excepté, parfois, quelques maux de tête. Au sortir du stage, les athlètes sont en plein boum. Généralement, ils sont au top quinze jours plus tard. À partir de là, les effets bénéfiques durent entre un mois et un mois et demi.»

L'hôtel savoyard ayant fermé ses portes, un autre établissement français, plus structuré et conventionné par des fédérations nationales sportives, celui-là, a poursuivi cette expérimentation. Depuis 2002, il existe en France un site officiel pour les chambres hypoxiques, au Centre national du ski nordique de Prémanon, dans le Jura.

Coordonnateur pour la préparation olympique à la Fédération française de ski, Laurent Schmitt est professeur à Prémanon, où il s'occupe de la partie physiologique de la préparation. Joint par téléphone le 21 juillet

2003, puis le 2 février 2004, il nous a détaillé le fonctionnement de ce centre.

« La préparation en tente hypoxique ne fait que reproduire une situation en altitude, de manière artificielle, c'est clair, confirme-t-il. Mais nos expertises ont montré que c'est moins dangereux pour l'organisme. L'avantage des tentes hypoxiques, c'est de faire baisser la quantité d'oxygène qui va traverser les poumons. L'hypoxie est atteinte de quatre manières : soit par l'altitude réelle, soit en réduisant la quantité d'oxygène qui va traverser les poumons, soit en proposant plus d'azote, ce qui va revenir au même, soit en faisant baisser la pression, simulant ainsi ce qui se passe en altitude réelle, ce que restituent les chambres dites hypobarriques.

À Prémanon, nous disposons de six chambres hypoxiques, qui peuvent contenir quatorze sportifs de haut niveau. Les stages sont de quinze jours à trois semaines. Les tests reproduisent des altitudes de 2 500 à 3 500 m. »

Une décision en attente

Laurent Schmitt n'ignore pas qu'une demande non maîtrisable de ces tentes a cours. « Actuellement, il existe une utilisation sauvage de cette méthode sous hypoxie. On sait que beaucoup d'athlètes s'en procurent à titre individuel via Internet, c'est-à-dire en échappant à tout cahier des charges. Aucune traçabilité n'est possible. Et cette démarche peut être suicidaire. Il y en a qui pensent que plus ils vont haut, meilleur c'est. C'est faux et dangereux. »

C'est pourquoi un groupe de chercheurs a été chargé d'évaluer et d'encadrer cette méthode. « Nous devions répondre à deux questions, reprend Laurent Schmitt.

Premièrement : est-ce dangereux pour la santé ? Les conclusions de nos travaux, effectuées entre 2 500 et 3 500 m, prouvent que ce n'est pas le cas dans notre contexte d'encadrement bien défini. Deuxième question : est-ce que c'est efficace ? Nous avons effectivement montré que ça l'était, que "ça" fonctionnait pour une large majorité, mais pas pour tout le monde, car il y a de bons et de mauvais "répondeurs". »

Pour définir les paramètres d'un tel système, on a eu recours à des « cobayes agréés ». « Nous avons passé une convention avec la Fédération française de ski, la Fédération française de natation et la Fédération française d'athlétisme, précise Laurent Schmitt. Nous avons expérimenté ces tentes avec 18 nageurs longue distance, 12 skieurs de nordique et 12 athlètes. Nous avons séparé chaque discipline en deux groupes : une moitié en groupe expérimental (sous tente), l'autre en groupe témoin (en altitude réelle, soit 1 150 m).

Les résultats des athlètes supervisés ont suivi des courbes de progression analogues. « Un premier pic de forme (amélioration des performances) se situe dans les cinq jours qui suivent le stage. Ensuite, cette forme décline pendant dix jours, puis repart à la hausse, mais sans que les valeurs d'hématocrite ou d'hémoglobine ne montent. Là, c'est l'évolution musculaire qui joue. L'athlète conserve ainsi un "plateau" de quinze jours avec des performances supérieures à celles obtenues juste après la fin du stage. »

Tous ces résultats ont fait ensuite l'objet d'une enquête officielle. « Le professeur Jean-Paul Richalet (physiologiste à l'université de Bobigny) et moi-même avons été choisis il y a plus d'un an par le CIO pour mener une étude sur le bien-fondé de ces séjours en tentes hypoxiques », précise Laurent Schmitt. Richalet est le conseiller scientifique du CNSN de Prémanon, et moi le conseiller sportif. Le 30 novembre 2003, nous avons remis la conclusion de nos travaux [1].»

Physiologiquement impossible

Les chambres hypoxiques ne pourraient-elles vraiment expliquer une variation du taux d'hématocrite de 12% ? Sur la base de leurs travaux et des expériences menées, Lionel Laurent et Laurent Schmitt sont catégoriques. Lionel Laurent fait le compte : «Un taux d'hématocrite qui varie de 5,5 points en l'espace de 10 semaines ? Sur les sportifs qui sont passés par mon hôtel, une bonne cinquantaine, je n'ai jamais constaté une telle variation. L'élévation de ce taux allait entre… rien et 3 points. Jamais au-delà. C'est du jamais vu.»

Même constatation pour Laurent Schmitt : «5,5 points, c'est énorme. Nous, on relève en moyenne un taux d'hématocrite de 2, voire 3 points au maximum chez ceux pour qui ça fonctionne, après 3 semaines de stage [2]. 5,5 points, à ma connaissance, c'est du jamais

---

1. Les réponses sur la sécurité sanitaire et l'efficacité des tentes étaient le préalable à une troisième : est-ce éthique ? «Le CIO, l'AMA, le ministère des Sports et le CPLD doivent décider si cette démarche l'est. C'est à eux de décider», nous a répondu Laurent Schmitt. Mais à son avis ? «Notre étude, structurée et agréée, doit servir à classifier les choses. Ce n'est pas à moi de prendre une décision. Personnellement, c'est ma démarche personnelle d'entraîneur de haut niveau. J'ai travaillé pour ça. Pour lutter contre le dopage, c'est une alternance. Et je serais déçu si elle n'était pas retenue.» À quand une réponse des institutions sportives pour valider ou non cette pratique ? «Nous sommes dans une situation d'attente.»

2. Christophe Bassons se situait dans cette «fourchette» : «Mon taux d'hématocrite était monté de 40,5 à 43, soit 2,5 points pour redescendre à 40 au bout de 2 semaines.»

vu. Pour moi, c'est même un gros doute. 5, 6 points, il y a forcément suspicion. »

Certes, mais à supposer qu'un individu passe non pas 3, mais 9 semaines sous une tente hypoxique, qu'en serait-il ? « Si l'on enchaînait 3 stages de 3 semaines, ce qui ne se fait pas, cela ne ferait pas pour autant monter le taux d'hématocrite de 5,5 points », précise Lionel Laurent. « Il faut savoir que si l'organisme répond, il atteint ensuite un palier. À ma connaissance, il ne peut pas monter et monter encore parce qu'on a accumulé 3 stages, par exemple. » Les conclusions de Laurent Schmitt sont similaires : « Il ne s'agit pas de répéter 3 stages, pour multiplier cette élévation moyenne par 3. Ça ne marche pas comme ça. Au bout d'un certain temps, le corps fatigue, l'organisme se dégrade. Il y a une limite de fonctionnement, ne serait-ce qu'au niveau de l'hydratation. Plus le sang est visqueux, plus il circule difficilement. L'organisme revient alors vite sur des bases initiales. »

S'appuyant sur les expérimentations menées avec 42 sportifs de haut niveau et sur les extrapolations qui en découlent, Laurent Schmitt est formel : « Les variations des taux d'hématocrite vont de 2 à 3 points. On peut pousser à 4 pour prendre une marge de sécurité. Mais, quoi qu'il en soit, les athlètes ne peuvent pas avancer l'utilisation d'une chambre hypoxique pour expliquer qu'ils ont gagné 5 ou 6 points de taux d'hématocrite. Ce n'est pas possible. »

Ferrari roule dans l'ombre

Le 2 mars 2004, une éditorialiste respectée du *San Francisco Chronicle*, Gwen Knapp, s'interrogeait dans un article sur l'association de Lance Armstrong avec le docteur Michele Ferrari. Knapp n'était pas la première à s'étonner qu'un athlète proclamant des positions antidopage choisisse de travailler avec un médecin inculpé pour pratique dopante depuis le 20 septembre 2001, en Italie. Bill Stapleton, l'avocat d'Armstrong, proteste auprès du journal et le coureur obtient un droit de « clarification » étendue. Dans sa réponse, Armstrong explique que son entraîneur est Chris Carmichael et non Ferrari, et que cette association avec l'Italien ne va pas plus loin que des consultations occasionnelles sur le régime, le travail en hypoxie et la récupération. Armstrong réfute aussi l'affirmation de Knapp selon laquelle sa collaboration avec Ferrari est restée secrète de 1996 au 8 juillet 2001, jusqu'à sa révélation par un hebdomadaire londonien, le *Sunday Times*.

« La vérité, écrit-il, c'est que ma collaboration avec le docteur Ferrari n'a jamais été un secret. Je ne l'ai jamais niée ni essayé intentionnellement de la cacher. Plus encore, depuis 1996, un certain nombre de journalistes réputés la connaissaient. Je crois qu'ils ont choisi de ne rien écrire à ce sujet parce qu'ils ont pensé qu'il n'y avait là rien de sensationnel ou de particulièrement remarquable. »

Mais quels « journalistes réputés » n'auraient pas considéré comme une bonne information le fait que le cycliste le plus célèbre de notre époque travaille avec un médecin accusé de distribuer des produits dopants ? Heureusement pour ces « journalistes réputés », Armstrong ne mentionne pas leurs noms.

Armstrong a écrit son autobiographie en 1999, trois ans après avoir commencé à travailler avec Ferrari. Dans ce livre, il réussit à ne pas mentionner le nom du médecin italien en 276 pages[1]. Dans l'histoire héroïque

---

1. Dans sa version anglaise, et 308 pages dans sa version française.

d'un sportif rescapé du cancer, peut-être n'y a-t-il pas de place pour un médecin qui affirma un jour que l'EPO n'était pas plus dangereuse que du jus d'orange. On peut cependant penser qu'Armstrong, conformément à ses déclarations au *San Francisco Chronicle*, n'a dissimulé ses relations à aucun de ses propres coéquipiers de l'US Postal, même à ceux qui ne faisaient pas partie de sa garde rapprochée.

« Je ne savais pas, affirme Marty Jemison, qui courut pour l'équipe de 1996 à 2000. Je n'en avais aucune idée. Je ne sais pas quand je l'ai découvert, ce doit être par les journaux. » Jonathan Vaughters, membre de l'US Postal en 1998 et en 1999, avec qui Armstrong a souvent parlé d'entraînement, était aussi dans l'ignorance. « Je ne l'ai jamais appris officiellement. Je savais vaguement que Lance travaillait avec quelqu'un de l'extérieur à l'équipe et, peut-être parce que Kevin [Livingston] était allé voir Ferrari, je pensais que ça pouvait être lui. »

Cédric Vasseur se souvient pour sa part de la discrétion de rigueur : « Je n'ai jamais vu Ferrari, explique le Nordiste qui a couru deux saisons au sein de l'équipe US Postal. Même en 2000, j'ignorais son existence. Je n'en avais pas entendu parler au sein de l'équipe. La seule fois où je l'ai vu, c'était en janvier 2001, lors du stage en Espagne à Altea. Il était là, avec un bonnet à la Haroun Tazieff. Des coureurs ont effectué des tests avec des SRM dans une bosse avec lui. Je n'en faisais pas partie. En fait, [c'était] les gars de l'équipe du Tour 2001…

Au cours de ce stage, j'ai eu une conversation avec Armstrong sur Ferrari.

"Tiens, Ferrari est là, lui ai-je lancé.

– Oui, tu sais, Ferrari, il a une mauvaise réputation. Mais je peux te dire qu'il ne donne jamais d'EPO, jamais de cortisone, jamais d'hormones."

J'ai compris qu'il ne fallait pas aborder ce sujet avec lui.»

Au printemps 1999, Armstrong a participé à deux camps d'entraînement en altitude, le premier dans les Pyrénées, le second dans les Alpes. Lors de ce dernier déplacement, Ferrari, qui habite Ferrare, au nord de l'Italie, a retrouvé son patient à Sestrières. Livingston et Hamilton, deux de ses coéquipiers, accompagnent Armstrong dans les Alpes. Vaughters, l'un des meilleurs grimpeurs de l'équipe, qui compte les trois coureurs parmi ses amis, ne connait pas l'existence de ce camp d'entraînement et ignore la présence de Ferrari. Ce n'est pourtant pas un secret. Armstrong n'essaie pas de cacher à qui que ce soit ses relations avec Ferrari. Il a seulement oublié d'en informer Vaughters et Jemison.

Nom de code : McIlvenny

Chef soigneur de l'US Postal en 1999, Emma O'Reilly est aussi cette année-là la soigneuse personnelle d'Armstrong, avec lequel ses relations professionnelles ont commencé en 1998. Cette situation lui donne accès au sanctuaire de l'équipe et, en mai 1999, O'Reilly participe au camp d'entraînement dans les Pyrénées et, plus tard dans le mois, à celui dans les Alpes. «Ferrari est arrivé dans les Alpes le 18 mai, déclare-t-elle. Il logeait dans son camping-car, mais, cette nuit-là, il est venu dîner avec nous. Nous étions tous attablés dans le petit restaurant de Sestrières, Le Dernier Tango, où j'avais réservé une table. Il y avait là Ferrari, Lance, Johan Bruyneel, notre directeur sportif, Kevin Livingston, Tyler Hamilton, Luis del Moral, le médecin de l'équipe, Christelle, alors l'épouse de Bruyneel, le soigneur Peter van Boken et moi-même. On pouvait constater sur place que les relations entre Lance et Ferrari étaient

340

bonnes. Ils étaient assis côte à côte au dîner, très à l'aise l'un avec l'autre. Pour nous, Ferrari était le bienvenu puisqu'il accompagnait Lance. Luis, lui, était un peu vexé car il était le médecin de l'équipe. Il voulait s'impliquer davantage avec Lance. C'était la même chose pour la plupart des membres de l'équipe. Si vous étiez avec Lance, vous aviez en effet une vie plus facile. Mais Ferrari était arrivé et il était clair qu'il était l'homme de la situation. Que ça plaise ou non à Luis, c'était la même chose. »

Comme tout le monde dans le milieu, O'Reilly avait entendu parler de Ferrari mais, avant ce rendez-vous alpin, elle ne l'avait jamais vu. Personne ne lui avait dit qu'Armstrong travaillait avec lui, mais elle n'a pas été surprise. « Je savais que Ferrari avait une sale réputation dans le cyclisme. Je nourrissais des sentiments ambivalents. Il s'agissait d'une affaire entre lui et les coureurs. S'ils voulaient le voir, c'était leur problème. Tout le monde avait l'air de dire qu'il était le meilleur et que les plus grands coureurs venaient souvent le voir. Lorsqu'on vit ça de l'intérieur, on voit les choses différemment, et on juge d'une façon qui peut paraître illogique pour la plupart des gens. Les coureurs qui allaient voir Ferrari devaient le payer de leur poche, alors que le médecin de l'équipe était gratuit. Je me disais que c'était ceux qui étaient prêts à investir dans leur carrière et je les respectais pour cette raison. Tyler n'en faisait pas partie et je pensais que c'était parce qu'il était trop près de ses sous. Il savait ce que Ferrari faisait pour Lance et pour Kevin, mais, pour moi, à l'époque, il n'était pas prêt à mettre la main au porte-monnaie. Mais quand j'étais là-bas, je n'accordais pas beaucoup d'importance au fait que ce que faisait Ferrari était peut-être contraire à l'éthique et immoral. »

O'Reilly entendit dire que Ferrari avait rendu visite à l'équipe pendant le Tour de France 1999. Elle n'en fut pas le témoin direct mais, depuis leur rencontre dans les Alpes, elle savait que le docteur italien pouvait être discret. « Il [Ferrari] devait aimer la moto car le fils d'un mécanicien lui a offert la veste d'un des motards du Tour. Ce garçon était ravi d'avoir obtenu une veste pour McIlvenny. C'est comme ça que lui et les autres appelaient Ferrari : McIlvenny. Ce nom de code leur permettait de parler de Ferrari sans qu'on sache de qui il s'agissait. »

L'embarrassante liaison

Avant le Tour de France 2001, Michele Ferrari était connu pour avoir déclaré au lendemain du fameux triplé de l'équipe Gewiss-Ballan sur la Flèche wallonne que l'EPO n'était pas plus dangereuse que le jus d'orange. À l'époque, en 1994, de jeunes cyclistes professionnels étaient morts dans des conditions mystérieuses liées à un abus d'EPO. Cette comparaison avec le jus d'orange lui coûta son poste de médecin au sein de l'équipe Gewiss-Ballan, mais cette sanction ne fut qu'un leurre médiatique. Gewiss mit fin aux fonctions de Ferrari, mais permit discrètement à ses meilleurs coureurs de continuer à travailler avec lui. Ferrari était satisfait de devenir indépendant car il avait travaillé avec des équipes cyclistes depuis 1984 et en avait assez de se plier aux agendas des autres. Établi à son compte, il pouvait choisir les coureurs avec lesquels il voulait travailler et leur demander le prix qu'il jugeait approprié. Au milieu des années 90, le Suisse Toni Rominger était l'un de ses clients les plus connus. Leur collaboration remontait à la fin des années 80. Ferrari l'aida à battre par deux fois le record du monde de l'heure à quinze jours de distance, le 22 octobre (53,832 km) puis le 5 novembre (55,291 km) 1994 dans le vélodrome couvert de Bordeaux, alors que le coureur helvète n'avait jamais mis un pied sur une piste.

Peu de temps avant le Tour de France 2001, le 8 juillet, le *Sunday Times* publia un long article qui mit en lumière les relations de coureur à médecin qu'entretenaient Armstrong et Ferrari.

Peu de gens étaient informés de leur collaboration et, comme l'Italien faisait l'objet d'une enquête depuis trois ans, cette découverte sema des doutes sur l'intégrité du cycliste le plus célèbre au monde. Le procès de Ferrari pour dopage devait débuter en septembre, deux mois après la fin du Tour de France 2001. Le jeudi précédant le départ de l'épreuve, le *Sunday Times* envoya par e-mail à Bill Stapleton des preuves attestant des liens entre le coureur et Ferrari afin de recueillir ses réactions. Le journaliste, l'un des deux auteurs de ce livre, voulait connaître les raisons pour lesquelles Armstrong travaillait avec un médecin que la police italienne considérait comme un dopeur.

Non seulement le *Sunday Times* ne reçut aucune réponse mais le lendemain, le coureur accorda une interview à Pier Bergonzi, un journaliste sportif de la *Gazzetta dello Sport*. Vers la fin de cet entretien, Armstrong avoua lui-même, de son propre chef, ses relations avec Ferrari, information qui fit la une du journal italien. Bergonzi comprit plus tard qu'Armstrong avait ainsi devancé l'article du *Sunday Times* qui devait paraître le lendemain. Armstrong expliqua à Bergonzi qu'il travaillait avec Ferrari afin de préparer une tentative contre le record du monde de l'heure, puisque c'était apparemment le domaine de compétence du médecin. Dans la salle de presse du Tour de France, les journalistes présents voulaient en savoir plus sur ce projet, mais le coureur refusa d'en parler pendant les deux premières semaines de l'épreuve. Puis, le jour de repos, lors d'une conférence de presse pleine à craquer, il évoqua les questions soulevées par son association avec Michele Ferrari.

Dans son livre, *Chaque seconde compte*[1], il résume ainsi la façon dont il défendit son médecin/entraîneur cet après-midi-là : «Je connaissais bien Michele Ferrari ; c'était un ami et j'allais parfois le voir pour qu'il me conseille sur mon entraînement. Il ne comptait pas parmi mes principaux conseillers, mais c'était quelqu'un de très écouté dans le milieu du cyclisme et il m'arrivait de le consulter. Il m'avait aidé à mettre au point mon entraînement en altitude et conseillé pour mon régime alimentaire (…) Je me refusais à accuser Michele et à m'excuser de le connaître ; autant que je sache, il n'y avait aucune preuve contre lui. Tout venait de ce qu'il avait eu pour patient, plusieurs années auparavant, un coureur du nom de Filippo Simeoni, qui avait été par la suite convaincu de dopage. "Il est innocent tant qu'un tribunal ne l'a pas condamné", ai-je dit. Un journaliste m'a demandé comment je pouvais concilier mes prises de position antidopage et le maintien de cette relation avec Ferrari. "C'est mon choix, ai-je répondu. Je le considère comme un honnête homme, un homme juste et un innocent."»

Dans la salle de presse, bon nombre de journalistes, des «anciens» comme des sceptiques, avaient souri à cette évocation d'une tentative contre le record de l'heure. Cette explication leur semblait ni plus ni moins un stratagème grossier pour justifier une collaboration très douteuse, une manière de rendre plus respectable une relation difficile à défendre pour un coureur soucieux d'éthique.

Les sceptiques avaient raison. Trois ans plus tard,

---

1. *Chaque seconde compte, op. cit.*, p. 106.

Lance Armstrong n'avait toujours pas élaboré la moindre tentative.

Quant à cet ami qu'il est « parfois » allé voir, il l'a écouté aussi. Pourtant discret et avare en explications, Michele Ferrari a révélé à deux journalistes danois du quotidien *Ekstra Bladet*[1] que, pendant le Tour de France 2000, il était entré en liaison téléphonique directe avec Armstrong en pleine étape de montagne ! La communication, réclamée par le coureur, alors que Marco Pantani venait d'attaquer dans l'étape menant à Courchevel, avait été relayée par Johan Bruyneel qui, de sa voiture de suiveur, avait mis les deux hommes en relation par le biais de l'oreillette du champion.

Conconi le précurseur

Aujourd'hui presque septuagénaire, le professeur Francesco Conconi est le parrain de la médecine sportive italienne. Plusieurs des meilleurs spécialistes de cette branche sont issus de l'université de Ferrare, qu'il chapeautait. Cet homme complexe et controversé fut un membre influent du Comité olympique italien (CONI) et de la commission médicale du Comité international olympique (CIO), dont le responsable, le prince Alexandre de Merode, était l'un de ses amis proches. Il fut également un ami de Romano Prodi, ancien Premier ministre italien désormais à la tête de la Commission européenne.

Au début des années 90, le professeur consacra une partie de ses travaux à la mise au point d'un test capable de détecter la présence d'EPO dans les urines. Ces travaux étaient à la fois financés par le CONI et par le

---

1. *Ekstra Bladet*, le 23octobre 2001.

CIO. Le professeur Conconi n'était pourtant pas ce qu'on peut appeler un gardien de la morale sportive. Conconi avait fondé ses recherches sur les tests sanguins d'un groupe de 23 athlètes à qui il administra de l'EPO pendant 45 jours. L'EPO était fournie par une société de Mannheim, en Allemagne, sur autorisation du CIO. Bien qu'il n'ait pas trouvé de test définitif, Conconi présenta des rapports relatant ses tentatives, les progrès accomplis et à accomplir. La communauté antidopage croyait en Conconi et trouvait rassurant qu'il consacre autant de temps à un travail si important.

En réalité, Conconi faisait davantage. Une enquête ultérieure, inspirée par un militant antidopage, Sandro Donati, établit que Conconi était un fraudeur. Ses recherches n'étaient pas fondées sur des athlètes amateurs ; son groupe « test » comprenait en fait des sportifs professionnels de haut niveau, cyclistes pour la plupart, et l'administration d'EPO était destinée à améliorer leurs performances. Ils payaient l'aide de Conconi, dont ils tiraient profit dans les principales courses cyclistes. Au cours d'un procès interminable, Conconi fut accusé de distribuer des produits dopants mais, en novembre 2003, la procédure s'acheva sur un non-lieu en raison de la prescription des faits. La présidente du tribunal, Franca Oliva, rédigea cependant un jugement qui concluait que Conconi et ses deux collaborateurs, Giovanni Grazzi et Ilario Casoni, étaient bien moralement coupables d'administration de produits dopants. Le verdict du juge était sans équivoque. Le médecin soi-disant antidopage était bien un dopeur. Dans son compte rendu de 44 pages, le juge Oliva écrivit les lignes suivantes :

« Les accusés ont, pendant sept ans et de façon systématique, aidé et encouragé les sportifs nommés dans l'acte d'accusation du tribunal dans leur consommation d'érythropoïétine, les soutenant et *de facto* les encourageant dans leur consommation par une série rassurante de tests de santé, avec des examens, des analyses et des tests destinés à établir et maximiser l'impact de cette consommation sur les performances sportives. Donc, du point de vue de la loi, le crime tel qu'originellement retenu contre les accusés tient toujours.»

Michele Ferrari était l'assistant du professeur Conconi à l'époque où ce dernier pratiquait le dopage sanguin sur plusieurs sportifs italiens. C'était au début des années 80, période pendant laquelle Ferrari commença à travailler avec des équipes sportives et à bien comprendre ce qu'était le sport. Après avoir approfondi son intérêt pour le cyclisme, Ferrari quitta son mentor et le milieu universitaire de Ferrare pour s'établir comme médecin sportif libéral, visant surtout une clientèle de cyclistes professionnels. Quand sa notoriété augmenta et qu'on commença à parler de ses émoluments jusque dans les couloirs de l'université, on entendit le professeur Conconi dire que «Ferrari était comme un fils qui a mal tourné».

Entre deux tranches de saucisson

Longiligne, fière moustache, regard clair, Eugenio Capodacqua est l'un de ces journalistes sportifs consciencieux et sans esbroufe qui court à vélo pour le plaisir et écrit sur le cyclisme pour vivre. L'un des auteurs le rencontre à 23 heures dans les bureaux romains de son journal, *La Repubblica*, Piazza Independentia, à deux pas de la gare Termini. De permanence ce soir-là, il boucle la rubrique sportive du quotidien avant d'évoquer sa passion pour le cyclisme. Au début des années 90, Eugenio a commencé à comprendre que les grandes compétitions ne permettaient plus de distinguer les meilleurs coureurs mais qu'elles étaient trop souvent remportées par les meilleurs dopés. Il a alors décidé de changer d'angle d'attaque et de se consacrer aux problèmes de ce sport. Il a fini par lasser beaucoup de coureurs et la plupart des officiels du cyclisme. De vieux amis du peloton ont continué à lui parler mais à condition qu'on ne les voie pas ensemble. « Eugenio, on peut discuter, mais il vaut mieux que tu m'appelles au téléphone. » Capodacqua n'a jamais perdu son amour du sport, ni accepté ses tricheries.

En 1993, ses vacances dans les Alpes italiennes avaient pour projet de courir un contre-la-montre de 27 km sur le col du Stelvio. Il était accompagné d'un de ses amis, Alfredo Camaponeschi, ancien cycliste amateur de valeur. Camaponeschi, âgé de 34 ans, espérait faire un bon chrono, Capodacqua un temps honorable. Le journaliste s'en sortit bien. Il s'élança 4 minutes après… Hein Verbruggen, le président de l'Union cycliste internationale, qu'il dépassa à mi-pente. Mais après l'arrivée, ni Capodacqua ni Camaponeschi n'avaient envie de parler de leurs résultats. Un participant de 56 ans avait fini dans les 5 premiers, dans un temps remarquable. Au sommet, il avait mis un quart d'heure dans la vue à Alfredo, qui avait au bas mot vingt ans de moins que lui, et ne parlons pas d'Eugenio. Ce prodige de 56 ans était le professeur Francesco Conconi.

« Je savais depuis 1989 qu'un nouveau produit était apparu dans le cyclisme, commence Capodacqua. Il était encore peu connu à l'époque mais, au cours des trois années suivantes, il se répandit largement. Des coureurs mouraient dans leur sommeil, nous assistions sur les courses à des résultats étranges et nous savions que quelque chose de grave se passait. Peu après, nous avons entendu parler de l'EPO. J'ai vite réalisé que c'était un produit révolutionnaire parce qu'il pouvait changer les résultats de façon significative. Une étude américaine affirmait qu'il améliorait les performances de 12 à 18 %. En l'utilisant, un petit sportif pouvait devenir un champion. Dès qu'un coureur prenait de l'EPO, les autres étaient forcés de l'imiter. Des années plus tard, la police italienne a saisi des dossiers qui montraient que Conconi faisait lui-même partie du groupe qui recevait de l'EPO. Je sais aujourd'hui pourquoi il allait si vite sur le Stelvio. Je pense que c'était pour lui un bon moyen de faire la publicité de l'EPO.»

Entre 1993 et 1994, Capodacqua comprit que l'érythropoïëtine était un cancer qui rongeait le cyclisme professionnel. Il continua à suivre les courses, écrivit sur les vainqueurs mais sans cesser de poser des questions. Au printemps 1994, avec son ami Marco Evangelisti, un confrère du *Corriere dello Sport*, un journal appartenant au même groupe que *La Repubblica,* ils se retrouvèrent à Huy, une petite ville des Ardennes belges où est traditionnellement jugée l'arrivée de la Flèche Wallonne. Ce jour-là, l'équipe italienne de la Gewiss-Ballan réussit un exploit sans précédent en plaçant trois de ses coureurs – Moreno Argentin, Giorgio Furlan, Evgueni Berzin – sur le podium après une échappée commune. Capodacqua et Evangelisti avaient compris qu'à l'âge de l'EPO, la personne à qui il fallait s'adresser était le médecin de l'équipe. Ce qui les conduisit à Michele Ferrari.

Ils se rencontrèrent au sommet du Mur de Huy, une montée redoutable, avec un passage à 20 % de dénivelée à mi-pente, que les coureurs ont à gravir à trois reprises dans la journée. «Il était en train de manger du saucisson. Je lui ai dit : "Docteur, il y a beaucoup de gras là-dedans" "Pas de problème, m'a-t-il répondu, il y a aussi du bon là-dedans." Nous avons commencé à bavarder et nous en sommes arrivés à lui demander ce qu'il pensait permis en cyclisme. Il nous a expliqué que tout ce qui n'était pas interdit était autorisé. Il a ajouté qu'il était plus dangereux pour le corps de s'entraîner en altitude que de prendre de l'EPO. Je lui ai demandé : "Mais est-ce qu'il n'est pas dangereux pour un coureur de prendre de l'EPO ?" Il m'a répondu que tout était dangereux. Puis il a dit : "Si vous buvez un verre de jus d'orange, c'est bien. Si vous en buvez cinq litres, vous aurez la colique." C'était un raisonnement convaincant, un raisonnement qui marchait avec des sportifs professionnels. Du type : "Un peu de ce produit vous aidera à rester en bonne santé." Avec Marco, nous avons senti que ce qui comptait pour Ferrari, c'était la différence entre ce qui était décelable et ce qui ne l'était pas. Pour nous, il avait une mentalité de dopeur.»

L'arsenal de Ferrari

Dans ses nombreuses tentatives pour défendre Ferrari, Lance Armstrong insiste sur l'absence de preuves contre son entraîneur. L'accusation, selon lui, ne reposerait que sur les seules déclarations du coureur italien Filippo Simeoni, déjà dopé avant même de devenir client du médecin italien. Si Armstrong pense vraiment qu'il n'existe pas de preuves contre Ferrari, c'est qu'il n'a pas pris la peine de suivre le procès à Bologne de son entraîneur et ami.

L'enquête commença quand la brigade de la police italienne chargée des affaires sanitaires (NAS[1]) fut informée d'un trafic étonnamment audacieux de produits dopants dans une pharmacie de Bologne. Massimo Guandalini, un associé de cette pharmacie, et Michele Ferrari faisaient partie des personnes mises sous surveillance et officiellement inculpées. Les preuves contre Ferrari comportaient des écoutes téléphoniques, une

---

1. Nucleo Anti Sofisticazione.

ordonnance écrite de sa main pour 500 gélules de DHEA (dehydroepiandrosterone, un produit interdit), de l'IGF1, du Saizen et de l'Androsten. En clair, de la testostérone, de l'hormone de croissance, des corticostéroïdes, mais aussi de l'adrénaline. Tous ces produits avaient été découverts au cours d'une descente de police, et les témoignages de cinq coureurs cyclistes sont venus confirmer ces preuves.

Guandalini demanda et obtint un *guidizio abbreviato* c'est-à-dire un jugement rapide qui écartait la possibilité d'un procès long et coûteux. En acceptant ce *guidizio abbreviato*, une spécificité de la loi italienne, l'accusé, s'il est condamné, est assuré d'une réduction du tiers de la peine encourue. Le juge Massimo Poppi jugea Guandalini coupable de commerce illicite de produits dangereux et le condamna à deux ans de prison. Guandalini fut aussi interdit d'exercice du métier de pharmacien pendant cinq ans. Pour Giovanni Spinosa, le juge d'instruction, les quantités énormes de produits vendus par Guandalini avaient motivé sa condamnation. Dans ses conclusions, Spinosa écrivit que Guandalini avait vendu à Ferrari des quantités inhabituelles de certains produits et que, au cours d'une écoute téléphonique, Guandalini avait déclaré : « Ferrari a vidé la pharmacie. »

L'accusation de Simeoni

Le procès de Michele Ferrari s'ouvrit le 20 septembre 2001. Le substitut du procureur Giovanni Spinosa menait les poursuites. Le médecin italien était soupçonné d'avoir administré et distribué des substances dopantes (EPO, hormone de croissance, testostérone, corticostéroïdes, adrénaline) à plusieurs cyclistes de haut niveau, mais aussi de fraude sportive (pénalement répréhensible en Italie), d'exercice illégal de la profession de pharmacien, et d'importation illégale de médicaments. Les auditions débutèrent le 11 décembre. L'affaire dura si longtemps que le juge Maurizio Passarini finit par remplacer Massimo Poppi. Passarini avait instruit l'enquête sur la mort du pilote brésilien Ayrton Senna en 1994. Dès le début du procès, Giovanni Spinosa rencontra d'évidentes difficultés. Le coureur belge Axel Merckx, fils du grand Eddy Merckx, le plus grand cycliste de l'histoire, était appelé à témoigner, mais ne se présenta pas. Axel Merckx était l'un des coureurs qui travaillaient avec Ferrari, depuis au moins 1993, mais il ne résidait pas en Italie et l'on ne pouvait l'obliger à comparaître. Gianluca Bortolami, un coureur de classiques qui remporta notamment le classement final de la Coupe du monde en 1994, affirma s'être blessé et ne se présenta pas non plus le jour de sa première convocation, tout comme Claudio Chiappucci. Peu de coureurs semblaient vouloir déposer sous serment au sujet de leur médecin / entraîneur.

Filippo Simeoni, un cycliste de 30 ans à l'époque du procès et professionnel depuis 1995, fut l'un des rares à coopérer. Le 12 février 2002, il témoigna à la barre du tribunal de Bologne. «De novembre 1996 à novembre 1997, j'ai été suivi par Ferrari, expliqua-t-il. Auparavant, j'avais déjà pris des produits dopants. Ferrari m'a établi un plan d'entraînement de plus en plus éprouvant. Nous avons parlé d'EPO dès le départ. Cette année-là, j'ai effectivement pris de l'EPO sur ses instructions. Plus tard, en mars et en avril, nous avons parlé d'Andriol (de la testostérone). Je devais en prendre après des séances d'entraînement particulièrement rudes. Avec l'Andriol, on compense l'insuffisance hormonale.»

L'astérisque et la potion magique

Ces programmes d'entraînement incluaient des conseils en matière de préparation médicale. Ferrari n'écrivait pas le nom du médicament. À la place, il utilisait un astérisque. Simeoni expliqua ce que signifiait, dans son cas, cet astérisque : «Les astérisques indiquaient que je devais prendre de l'Andriol, après 5 ou 6 heures d'entraînement. Ferrari me demandait aussi de veiller à ne pas prendre de testostérone peu de temps avant une compétition, à cause du risque de contrôle positif. Pour éviter les contrôles antidopage, il me disait d'utiliser de l'Emagel et de l'Albumina, deux produits qui abaissaient artificiellement le taux d'hématocrite. L'EPO et l'Andriol, je me les procurais dans une pharmacie en Suisse.» Simeoni interrompit ses relations avec Ferrari quand son équipe cessa de lui payer les honoraires du médecin.

Après Simeoni, un autre coureur au talent modeste, Fabrizio Convalle, entra dans le box des témoins. Pour lui aussi, il ne faisait aucun doute que Ferrari était un médecin dopeur. «J'ai été suivi par Ferrari et il m'a donné trente flacons non étiquetés à garder au réfrigérateur. Il ne m'a pas expliqué de quoi il s'agissait et, dans le planning d'entraînement qu'il m'a donné, il avait mis des astérisques qui correspondaient aux flacons.» Les avocats de Ferrari essayèrent de démontrer qu'on ne pouvait se fier ni à Simeoni ni à Convalle. D'autres coureurs prirent la défense de Ferrari. Gianluca Bortolami affirma que les astérisques désignaient les acides aminés, des composés organiques légaux de récupération. Quand on lui répondit que, lors d'une précédente déclaration à la police, il avait affirmé que les astérisques voulaient dire EPO, Bortolami prétendit qu'on l'y avait forcé. Dans sa déposition antérieure, Bortolami précisait en effet que « 1/2 » écrit avant l'astérisque signifiait une demi-ampoule d'EPO. Spinosa lui demanda comment il pouvait être aussi précis dans son affirmation. Le coureur répondit que «cette fois-là, à Alassio, juste après la course, j'ai été emmené pour être interrogé. La police ne m'aurait pas laissé partir si je n'avais pas dit cela». Spinosa lui rétorqua que beaucoup d'autres coureurs avaient été interrogés ce jour-là, qu'aucun n'avait parlé d'EPO et qu'on les avait tous laissés partir.

La signification de ces astérisques était au cœur du procès. Le juge Passarini tenta d'y voir plus clair : «Si l'astérisque signifie acide aminé, pourquoi y a-t-il dans le tableau "AA" suivi d'un double astérisque ?» interrogea-t-il. Plus tard, il démontra au coureur Eddy Mazzoleni, un fidèle «gregario» de l'équipe italienne Saeco, que cette explication n'avait pas de sens. «Les astérisques, affirmait Mazzoleni, indiquaient qu'il fallait prendre des acides aminés, ou des protéines, ou de l'acide de glutamate.» Passarini ne se laissa pas impressionner. «Si les astérisques signifient acide de glutamate, cela signifierait de l'acide de glutamate avant de l'acide de glutamate. Si cela correspond à la même chose, pourquoi mettre des astérisques ?» On demanda à un autre coureur, Gianni Faresin, dont le fait d'armes est une victoire dans le Tour de Lombardie en 1995, ce que voulait dire l'expression «*huile» qui figurait dans son programme d'entraînement. Il expliqua que Ferrari lui avait recommandé de se masser les jambes avec de l'huile pour le Tour du Trentin. «Mais pourquoi insérer un astérisque si le nom du produit est déjà écrit ?» questionna Passarini. «Ferrari est très précis», répondit Faresin. «Il voulait que tout soit comme il l'avait prévu.» Le juge lui demanda pourquoi, selon lui, Ferrari avait transformé son nom dans son dossier médical et écrit «Ferrarin» au lieu de «Faresin». «Il est vrai que Ferrari a dit utiliser des faux noms pour protéger ses clients», reconnut Faresin.

Après s'être vu infliger une amende pour défaut de comparution, Chiappucci témoigna le 11 février 2003. Il affirma au tribunal que, pour lui, les astérisques désignaient les acides aminés. Quand on lui demanda pourquoi, dans une déclaration à la police en 1998, il avait affirmé ne pas savoir ce qu'ils signifiaient, il répondit qu'il n'avait alors pas eu le temps d'y repenser précisément. Spinosa lui rappela que son interrogatoire avait duré 2 h 45. « Pas assez de temps ? » s'enquit le juge.

Michele médecin de famille

Durant les deux ans et demi d'un procès interminable, saucissonné par de nombreux renvois initiés par les avocats de Ferrari, dont maître Bolognesi, qui cherchaient une prescription des faits, Michele Ferrari vint deux fois à la barre des témoins. La première fois, il en profita pour faire une « déclaration spontanée » sur les taux de fer anormalement élevés relevés dans les analyses sanguines des coureurs qu'il suivait. Durant le procès, le professeur Giuseppe d'Onofrio, un expert romain en hématologie engagé par la défense de Ferrari, tuait le temps en notant ses observations sur un calepin. Quand Ferrari commença à témoigner, un journaliste assis aux côtés d'Onofrio le vit écrire : « J'espère seulement que Michele ne va pas faire de dégâts en intervenant à la barre des témoins. » Les craintes d'Onofrio étaient compréhensibles car Ferrari était si sûr de lui qu'il pouvait faire preuve d'arrogance et, du même coup, d'imprudence.

Dans sa « déclaration spontanée », Ferrari expliqua que ces taux élevés étaient le reflet de la culture cycliste et de la facilité avec laquelle les coureurs s'automédicamentaient. Ferrari affirma qu'il savait parfaitement que trop de fer peut nuire à la forme physique. Pour abaisser le taux de fer des coureurs, il leur pratiquait des saignées. Quand on lui demanda comment la police avait pu trouver chez lui 60 gélules de fer, il répondit : « J'ai du fer chez moi parce que mon beau-père en prend. Il est donneur de sang et il en a besoin. » Quand on lui demanda pourquoi il avait 300 gélules de DHEA, un produit interdit, il affirma cette fois que c'était pour son propre père. « Le DHEA compense l'effet de la cortisone qu'il prend pour son arthrite et qui réduit le taux de DHEA que son corps produit naturellement. Mon père prenait 3 comprimés par jour. »

Le procès se termina le 20 avril 2004 par les avis des experts auxquels le juge Passarini avait demandé de s'exprimer sur les preuves médicales fournies à la cour. Les propres dossiers de Ferrari comportaient le point le plus épineux. On y trouvait des variations étonnantes dans les taux d'hématocrite des sportifs de haut niveau dont il s'occupait, vingt-cinq pour être précis qui n'avaient rien à voir avec celles induites par un entraînement en altitude ou par des tentes à oxygène.

Mario Cazzola, un hématologue, fut invité à donner son avis d'expert sur les chiffres qui apparaissaient dans les tableaux d'entraînement des coureurs :

« Je ne peux pas dire avec certitude si l'usage d'un produit explique ces chiffres, mais je ne vois pas d'autre explication. »

Le verdict du procès a été rendu à l'automne 2004.

Armstrong hoche la tête

À l'époque où Livingston travaillait avec Michele Ferrari, il courait pour l'US Postal et était considéré par Armstrong quasiment comme son jeune frère. En avril 2001, cinq ans après qu'Armstrong lui-même avait commencé à travailler avec le médecin italien, l'un des auteurs avait interrogé le leader de l'équipe US Postal sur les relations nouées entre Livingston et Ferrari.

« Saviez-vous que Kevin apparaissait dans l'enquête sur Ferrari en Italie ?

— Oui.

— En avez-vous discuté avec lui ? Lui en avez-vous parlé ?

— Non.

— Jamais ? »

Il secoue la tête pour dire non.

« Même si vous saviez qu'il travaillait avec Ferrari ? Beaucoup de journaux l'avaient relaté…

— Vous revenez toujours à ces histoires annexes. Je ne peux parler que de Lance Armstrong. Je ne veux pas parler pour les autres. Je ne fourre pas mon nez… Je ne me mêle pas des affaires des autres.

— C'est votre meilleur ami ?

— Mais je ne me mêle pas de leurs affaires, de leurs problèmes.

— Un type qui est votre meilleur copain… J'aurais trouvé naturel que vous demandiez à Kevin : "Qu'est-ce qui se passe ? Tu es allé chez Ferrari ? Est-ce que c'est un coup monté, est-ce qu'il a inscrit ton nom par erreur ?" Et vous me dites que vous n'en avez jamais parlé avec lui. Jamais ? »

Il fait signe qu'ils n'en ont jamais parlé.

« Seriez-vous choqué si les dossiers de Ferrari indiquaient que Kevin a pris de l'EPO ?

— Je ne le croirais pas.

— Même si vous voyiez les dossiers ?

— Je ne le croirais pas.

— Ces dossiers indiquent qu'en 1998, le taux d'hématocrite de Kevin est passé de 41,2 à 49,9 en l'espace de 7 mois. Presque 20 % d'augmentation ?

— Je n'ai pas vu les dossiers. »

Nous savons qu'Armstrong travaillait avec Ferrari à la même époque que son meilleur ami. Et pourtant, selon Armstrong, ils n'auraient jamais parlé de l'apparition de Livingston dans l'enquête sur le médecin italien. Armstrong aime à dire que sa collaboration avec Ferrari est un élément mineur de sa préparation, qu'il ne lui rend visite que pour obtenir «des conseils occasionnels sur son entraînement», que son rôle est beaucoup moins important que celui de son entraîneur de toujours, Chris Carmichael. Ce n'est pas ce qu'ont retenu certains de ses coéquipiers de l'US Postal, ni ce que démontrent les faits. Les enquêtes policières effectuées en Italie indiquent qu'Armstrong est allé voir Ferrari pendant deux jours en mars 1999, pendant trois jours en mai 2000, deux jours en août 2000, deux jours en septembre 2000 et trois jours en avril 2001. Sans parler de sa visite en janvier 1997. À Ferrare, lors de ses visites, Armstrong logeait soit à l'hôtel Annunziata, un quatre étoiles, soit au Duchessa Isabella, un cinq étoiles.

Dernière anecdote : une fois le Tour de France 2000 terminé sur la deuxième victoire du champion texan, Armstrong, Livingston et Hamilton se cotisèrent pour offrir une Rolex à Ferrari. Juste un gage de leur reconnaissance.

Frankie évite Ferrari

Frankie Andreu a couru avec Armstrong de 1993 à 1996 au sein de l'équipe Motorola, puis, après une saison chez Cofidis, pendant trois ans, jusqu'à la fin de la saison 2000, dans l'équipe US Postal. Pendant les années Motorola en particulier, Andreu fut un ami intime d'Armstrong. Il n'aurait pas été étonnant qu'il travaille aussi avec Ferrari. Mais il a préféré ne pas le faire.

« C'est vrai, explique Andreu, je n'ai jamais travaillé avec Ferrari. Certains coureurs allaient voir Michele parce qu'ils disaient qu'il connaissait tout sur la mise au point des programmes d'entraînement. Mais je ne souhaitais pas travailler avec lui.

– Pourquoi ?

– Je ne me serais pas senti à l'aise à l'idée d'être associé à lui. Je ne le voulais pas.

– On peut penser que c'était à cause des soupçons qui pesaient sur ses méthodes ?

– On entend des rumeurs, mais je ne connais pas les faits. Il établissait le programme d'entraînement de certains coureurs, je n'en sais vraiment pas beaucoup plus à son sujet. Je ne m'intéressais pas à ça.

– Mais vous ne vouliez pas travailler avec lui ?

– Oui, je ne voulais pas être associé avec lui.

– Au sein de l'équipe, a-t-on fait pression sur vous pour que vous travailliez avec Ferrari ?

– Il n'y avait pas vraiment eu de pression de la part de l'équipe. Lance m'a demandé si je voulais être entraîné par Michele, et je lui ai simplement répondu que ça ne m'intéressait pas. Je préférais continuer ce que je faisais de mon côté. Il m'a posé la question une fois et nous n'en avons plus jamais vraiment reparlé. Ce n'est donc pas ce que j'appelle des pressions. Nous n'avons fait qu'en parler. »

Les bienfaits du Neupogen

Dans son deuxième livre [1], le quintuple vainqueur du Tour de France fait référence à un ami, Bart, qui va subir un prélèvement de moelle avant une transplantation sur son frère. « Après une série d'analyses desti-

---

1. *Chaque seconde compte, op. cit.,* p. 251.

nées à s'assurer que le donneur était en parfait état de santé, les médecins ont mis Bart sous Neupogen, le produit activateur du sang qu'on m'avait administré dans le cadre de ma propre chimiothérapie.»

Qu'est-ce que le Neupogen? «C'est le nom commercial d'un facteur de croissance qui agit directement sur les cellules souches de la moelle osseuse, ce qui a pour effet d'augmenter le nombre des cellules sanguines», explique le docteur Jean-Pierre de Mondenard. Le Neupogen, qui s'administre en solution injectable par intraveineuse ou sous-cutanée, est utilisé pour contrer les effets dévastateurs de la chimiothérapie sur les cellules sanguines. Il agit en premier lieu sur les globules blancs, mais aussi sur les globules rouges. Placé dans un contexte sportif, «c'est un *booster* sanguin qui est indétectable», reprend Jean-Pierre de Mondenard. D'autant plus indétectable qu'il «n'est pas recherché», confirme le professeur Michel Audran. Le Neupogen figure depuis 1999 sur la liste détaillée des produits interdits dans les compétitions sportives publiée par le ministère de la Jeunesse et des Sports, catégorie «dopage sanguin». Pour être plus précis, l'Agence mondiale antidopage interdit les facteurs de croissance, quels qu'ils soient, une famille dans laquelle la France inclut entre autres le Neupogen.

Lance Armstrong a donc eu accès à ce produit pendant sa maladie. Son combat face au cancer n'a d'ailleurs pu que développer sa connaissance de ces *boosters*, Neupogen, EPO ou autre. Le coureur américain aurait-il pu avoir recours à ce produit après son traitement? Pour le cancérologue Jean-Bernard Dubois, il «est fréquemment utilisé dans les suites d'une chimiothérapie. Il n'engendre aucun danger pour le patient, et n'agit pratiquement pas sur les globules rouges. Mais, en France, il n'est délivré que sur ordonnance dans le cadre d'une autorisation de mise sur le marché. C'est un produit onéreux puisqu'une cure de Neupogen vaut environ 150 euros. On l'administre une fois par semaine, sur trois semaines, ou une fois par jour, sur plusieurs jours.» Mais si le Neupogen est, *dixit* Jean-Bernard Dubois, «moins puissant que l'EPO», il s'agit bien d'un activateur sanguin.

Mensonge sous EPO

Si tous les chiffres avancés par Lance Armstrong sur son cancer s'avèrent très imprécis (bêta hCG, datation, stade), les rapports entre l'Américain et l'EPO sont également marqués par une certaine ambiguïté. Dans son premier livre, il explique y avoir eu recours au début de la troisième de ses quatre séances de chimiothérapie. «Pendant le troisième cycle, mon hématocrite – le rapport du volume globulaire au volume sanguin total – est tombé à moins de 25, alors que la normale se situe à 46, écrit-il. Ironie du sort, on m'a fait prendre un stimulateur de globules rouges, l'Epogen, ou l'EPO. Dans toute autre situation, la prise d'EPO m'aurait valu de sacrés problèmes auprès de la Fédération internationale de cyclisme [l'UCI en fait] et du Comité international olympique, car cette substance est considérée comme un dopant. Mais, dans mon cas, ce terme n'était pas vraiment approprié. L'EPO était la seule chose capable de me maintenir en vie.»

Ce que nul ne peut contester. Pour le professeur Le Bourgeois, «les malades atteints d'un cancer du testicule font relativement peu d'anémie. Donc on a peu recours à l'EPO. C'est exceptionnel. Quand on parle de chute de globules, c'est de globules blancs qu'il s'agit, ou des plaquettes. Le troisième élément qui chute, c'est le globule rouge. Dans ce cas, on utilise soit les transfusions sanguines, soit on les place sous EPO. Mais c'est la dernière roue du carrosse en matière de tolé-rance hématologique.» En revanche, le professeur Jean-Bernard Dubois explique que «la consommation d'EPO chez nous [au Val d'Aurelle] est très importante [il cite des noms de spécialités pharmaceutiques de l'érytropoïétine tels que l'Eprex, la Nesp, l'Aranesp, le NéoRecormon].» Et pour le professeur Bernard Debré, «l'EPO est administrée au cancéreux qui a une anémie. Ce n'est pas fréquent, mais la chimiothérapie peut en effet entraîner une anémie et une leucopénie [diminu-tion des globules blancs] et il est vrai qu'on peut alors donner à ce moment-là de l'EPO au patient pour multi-plier les globules rouges».

En tout cas, si Armstrong justifie cet emploi dans son ouvrage paru en 2000, il le nie catégoriquement lors d'un entretien-fleuve accordé à l'un des auteurs avant la parution du livre, le 19 juillet 1999 à *L'Équipe*, lors du jour de repos du Tour de France à Saint-Gaudens, et paru le 20 juillet :
« Vous n'avez recours à aucun certificat médical ?
– Aucun.
– Rien de rien ? Ni pour les corticoïdes ni pour l'EPO ?
– Rien.
– N'avez-vous jamais utilisé des produits de ce type pour guérir votre cancer ?
– Non, jamais.»
Puisque ce recours à l'EPO était justifié, pourquoi avoir menti ?

Testostérone sur justificatif

On entend souvent dire que parmi les produits interdits dont aurait pu bénéficier Lance Armstrong à titre médi-cal figure la testostérone, cette hormone mâle produite

362

par les testicules et, accessoirement, par la cortico-surrénale. Pour le milieu cycliste, l'ablation d'un testicule pourrait servir de prétexte à un recours exogène de testostérone. Un coureur, dont on taira l'identité, se fait l'écho de cette rumeur : « Le fait d'avoir un testicule en moins peut justifier aux yeux de l'UCI qu'il prenne de la testostérone », avance-t-il. « D'ailleurs Vicente Belda, alors directeur sportif de chez Kelme, avait émis cette hypothèse il y a quelques années. »

Mais est-il possible de prendre de la testostérone avec l'autorisation de l'Union cycliste internationale ? Analyse du cas Sébastien Demarbaix, interrogé par téléphone.

À 31 ans, Sébastien Demarbaix travaille dans une société chargée de prélever des échantillons pour sonder la viabilité des sols. Il exerce parallèlement la fonction de directeur sportif d'une équipe semi-professionnelle belge. Après sept saisons professionnelles, Sébastien Demarbaix a arrêté sa carrière en mai 2002. Coureur belge « de l'ombre » comme il le reconnaît, il n'en pas moins obtenu des résultats encourageants (6e du GP de Wallonie 1998, 7e du Tour du Haut-Var 1999, 15e du Midi libre 1999, 15e du Critérium du Dauphiné 1999…), au gré de ses passages dans des formations belges (Lotto, Home Market-Charleroi, de nouveau Lotto), puis française (AG2R-Prévoyance, en 2001 et au début 2002).

Pourtant, le coureur du Hainaut a abordé les rangs professionnels avec un handicap. « Lors de ma dernière saison chez les juniors, en 1993, se rappelle-t-il, j'ai connu des chutes d'énergie terribles. Des prises de sang ont révélé des problèmes hormonaux. On m'a parlé de toxoplasmose, de mononucléose, d'un virus sanguin, mais jamais les médecins n'ont pu localiser les causes. Hypophyse, thyroïde, testicules, toutes les glandes hormonales étaient en parfait état. »

Sébastien Demarbaix parvient toutefois à signer un

contrat professionnel chez Lotto en 1996 : « Mais plus jamais je n'ai retrouvé mes valeurs hormonales antérieures, qui tournaient autour de 8 à 9[1]. »

Lorsqu'il intègre la formation française AG2R-Prévoyance en 2001, il expose son problème au médecin de l'équipe, Eric Bouvat. « À la lecture de mes examens sanguins, il m'a invité à consulter un endocrinologue, qui m'a fait passer des examens complémentaires pour savoir d'où provenait la baisse de testostérone, qui avait chuté à 0,5 ng/ml. L'un des premiers effets d'une testostérone très basse, conjuguée à une activité physique intense, est la décalcification. C'était mon cas. »

Désireux de poursuivre sa carrière en dépit de ses baisses de régime inexpliquées, Demarbaix ne sait que penser. « Et le docteur Bouvat non plus, reprend-il. Comme mon dossier n'avançait pas, j'ai envoyé une lettre à Daniel Zorzoli (responsable de la commission médicale de l'UCI), ainsi que mon dossier médical dans lequel l'endocrinologue préconisait une prise de testostérone. Mais je n'ai jamais reçu de réponse. Même pas un papier de refus. »

En mai 2002, « le docteur Bouvat m'a arrêté. Il avait montré mon dossier à un spécialiste du CHU de Grenoble qui lui a répondu qu'il était insensé de me laisser continuer à rouler. Dans mon cas, toute chute aurait été grave, et j'aurais pu alors légalement me retourner contre lui. Il préconisait six mois d'arrêt pour y voir plus clair. Mais, à 29 ans, six mois, ça signifiait la fin de ma carrière. Alors, j'ai préféré tirer un trait. »

Si le docteur Bouvat a fait preuve de sagesse, Sébastien Demarbaix garde pourtant une certaine amertume, occultant la prise de risque pour ne retenir que ses certitudes. « Je sais qu'il y a de très bons coureurs qui béné-

---

1. Nanogrammes par millilitre, sachant que les valeurs moyennes d'un adulte se situent entre 3 et 9 ng/ml.

ficient de dérogations pour prendre de la testostérone. Des coureurs qui font partie du Top 15 du classement de l'UCI. Mais ce sont des grands coureurs qui ont un autre nom que le mien. Si j'avais été dans une autre équipe, en Belgique notamment, si j'avais eu un médecin qui a de l'influence auprès de l'UCI, et si j'avais eu un palmarès, je serais toujours coureur.»

Si la demande de Sébastien Demarbaix n'a pas abouti, le cas s'est pourtant déjà produit. Trois coureurs français, dont l'un est toujours en activité, ont pu bénéficier en effet à partir de 1999 d'une dérogation thérapeutique pour absence de sécrétion de testostérone. Tous trois étaient victimes d'hypogonadisme, c'est-à-dire que leurs testicules ne produisent pas de testostérone. «L'un n'avait pas de testicules, et le cas est alors simple à régler», explique Michel Guinot.

La situation est plus complexe quand les sujets possèdent leurs deux testicules. «Ce qui était le cas des deux autres coureurs, reconnaît Michel Guinot. C'est alors le rapport de l'endocrinologue qui fait foi.»

Plus question ici de circonstance rarissime ou exceptionnelle. Dans les faits, les coureurs transmettent un dossier à la commission médicale de l'UCI, dont le président Léon Schattenberg accorde alors ou non une autorisation selon l'examen endocrinologique fourni. Ce qu'il fit pour les trois coureurs français. «Ça passe au-dessus de nos têtes, reprend Michel Guinot. L'UCI ne nous connaît pas; elle a plus affaire aux médecins d'équipes.» L'UCI aurait-elle fait de même pour Lance Armstrong? «C'est ce qui se dit, mais je ne suis au courant de rien.»

Les dangers de la testostérone

Nous avons interrogé trois spécialistes sur la prise éventuelle de testostérone. Pour le professeur Bernard Debré, chef du service d'urologie de l'hôpital Cochin à Paris, « il est très rare de prescrire de la testostérone à un malade atteint d'un cancer des testicules. Ou alors il faut que le malade ait perdu les deux testicules (ce qui n'est pas le cas de Lance Armstrong). Le traitement hormonal peut être alors indiqué. Mais on n'en connaît pas les risques. Dans un cas comme celui de Lance Armstrong, il serait quand même un peu léger de la part d'un médecin de donner des produits qui comportent toujours des risques en eux-mêmes à quelqu'un qui sort d'une chimiothérapie. Quand le sujet a encore un testicule (c'est le cas d'Armstrong), l'hypophyse fonctionne, fait fonctionner le testicule et le testicule secrète. On n'a besoin que d'un testicule pour avoir la dose normale de testostérone. Si on lui donnait de la testostérone, ce serait alors en plus de la normale. On sait que ce n'est pas anodin. La testostérone favorise la multiplication des cellules musculaires. Or, on a là quelqu'un qui a développé une multiplication anarchique des autres cellules cancéreuses. Personnellement, je serais extrêmement réticent à en donner. Ce serait déraisonnable, dangereux. Malhonnête. En pareil cas, il faudrait imaginer qu'il ait obtenu d'un médecin complaisant un traitement hormonal officiellement autorisé pour raison médicale après sa maladie. »

De l'avis du professeur Jean-Bernard Dubois, la testostérone est l'unique apport funeste chez un sportif victime d'un cancer. « La consommation de testostérone chez un homme est dangereuse pour un tissu bien particulier qui s'appelle la prostate. Le cancer de la prostate est très hormono-dépendant, dépendant de l'hormone sexuelle mâle qu'est la testostérone. C'est si vrai que l'un des grands traitements du cancer de la prostate, c'est la suppression de la sécrétion de la testostérone. Je n'en donnerais même pas à un non-cancéreux. D'une manière générale, la testostérone, à dose supraphysiologique, ne doit pas être prescrite. Le danger, c'est un cancer prostatique. On ne prescrit de la testostérone qu'à titre compensatoire, pas à titre thérapeutique, qui sont des doses nettement supérieures que les doses physiologiques. Si Lance Armstrong a utilisé de la testostérone après son cancer, c'est dangereux. Pas pour les testicules : il se prépare simplement son cancer de la prostate, au même titre d'ailleurs qu'un non-cancéreux. Dans ce cas de figure, on augmente son risque, comme un fumeur qui augmente son risque de cancer des poumons. »

De son côté, le professeur Jean-Paul Le Bourgeois estime même injustifié l'usage des produits interdits déjà cités pour activer une guérison. « Donner de la testostérone à un homme, c'est comme donner des œstrogènes à une femme : cela augmente le risque d'un cancer du sein. La testostérone active le cancer de la prostate. »

Interdit, dangereux, mais pas contre-indiqué

Si rien ne permet d'affirmer que le cancer des testicules peut être provoqué par une surconsommation de certaines substances, ces spécialistes ne démentent pas qu'un cancéreux peut, même sous risque, consommer des produits interdits par la législation sportive.

À la question de savoir si une victime du cancer peut néanmoins prendre des produits dopants, la réponse que nous a donnée le professeur Dubois est à l'identique de celle qu'il avait livrée à un journaliste d'un quotidien régional[1] : « Je pense que oui. Le traitement qu'a eu Lance Armstrong n'est pas du tout une contre-indication à l'administration d'un produit dopant. »

Quant au professeur Debré, il fit preuve de prudence dans les colonnes d'un quotidien national[2]. Extraits :

« Un coureur victime d'un tel cancer pourrait-il supporter des produits dopants ?

– Non, je ne vois pas qui pourrait s'amuser à donner des produits type EPO, corticoïdes ou testostérone à un ancien cancéreux. Ce serait très dangereux. »

Des propos qu'il a développés pour nous. « Quand un homme vient d'avoir un cancer très particulier, c'est le testicule qui secrète la testostérone [hormone mâle]. Il n'y a vraisemblablement pas de relation entre les hormones et ce cancer. Je vois mal un médecin prendre la responsabilité de filer des médicaments dopants à un malade sortant d'un cancer des testicules. Pour une raison : on ne connaît pas l'effet de ces médicaments nouveaux et dopants sur le cancer lui-même… »

Concernant les corticoïdes dont Lance Armstrong a fait usage après sa maladie, le professeur Dubois dédiabolise leur utilisation pour un cancéreux : « Ce n'est pas parce qu'on a été traité d'un cancer que les produits dopants sont médicalement interdits, reconnaît-il. Il n'y a aucune interférence, ni contre-indication. Une fois la chimiothérapie terminée, on peut recourir à des produits dopants comme tout autre individu. L'EPO, l'hormone de croissance, les corticoïdes, les stéroïdes, les anabolisants, aucun problème. » Et de préciser qu'il n'y a pas « d'effets néfastes de l'usage de corticoïdes dans le cadre d'un cancer. La corticothérapie fait d'ailleurs partie du traitement des cancers ».

1. *Le Midi libre*, 23 juillet 1999.
2. *Le Parisien*, 16 juillet 1999.

Selon le professeur Debré, la conclusion est au moins aussi radicale : « S'il prend tout ce qu'il veut en produits dopants, personne ne pourra aller le chercher. S'il prend des corticoïdes à hautes doses, il peut se réfugier derrière la prescription médicale. »

Mais en aucun cas, l'intéressé ne peut se prévaloir de son cancer pour y recourir : « Après le traitement, il n'y a aucune raison de prescrire de la testostérone, des corticoïdes, des hormones de croissance ou de l'EPO à un cancéreux », estime pour sa part le professeur Jean-Paul Le Bourgeois.

Le parcours initiatique de Patrick Clerc

Là encore, le témoignage de Patrick Clerc peut nous éclairer sur l'état d'esprit d'un cycliste touché par le cancer face aux produits dopants, même formellement contre-indiqués. Récit, étape par étape, d'un itinéraire qui commence avec l'apprentissage du dopage. « J'ai signé mon premier contrat pro sur route avec Jean de Gribaldy, en mars 1981, et je ne connaissais rien au dopage. J'ai participé à mon premier Tour de France la même année. Je n'avais toujours rien "pris". J'ai commencé à savoir ce qu'étaient les amphétamines lors des critériums d'après-Tour 1981. Ma consommation d'anabolisants a commencé en 1982. Elle était alors très faible. J'ai découvert très tôt que ça ne servait à rien de prendre 100 mg là où 20 suffisaient. À l'époque, c'était empirique. J'ai "pris" d'août 1981 à fin 1983, mais le plus fort de ma consommation date de 1983. Cette année-là, j'ai dû prendre 300 mg d'anabolisants au total. En hormone de croissance, j'ai dû me faire deux injections. Je n'ai pas trouvé ça probant, et en plus, c'était cher à l'époque. »

Sur le Tour de France 1983, Patrick Clerc est contrôlé

positif aux anabolisants. « Après ça, il n'était plus question que j'en reprenne, poursuit-il. Quand j'ai posé la question au chirurgien de savoir si les "anabos" avaient une connexion avec mon cancer, il m'a répondu que ça n'avait rien à voir. Par contre, m'a-t-il dit, ces produits peuvent favoriser le processus une fois enclenché. Mais ce ne sont en aucun cas les déclencheurs. »

La tentation du risque mortel

La découverte du cancer est un premier choc. Mais les traumatismes post-opératoires en sont un second, d'ordre psychologique. Mis au rancart, Patrick Clerc a dû en effet se reclasser au plus vite : « Après la radiothérapie, poursuit-il, j'ai repris médicalement de la cortisone, sur test de simulation, à l'hôpital de Lyon. Une dose que je n'avais jamais prise dans la saison ! Ils voulaient vérifier par cet apport artificiel si mon système corticosurrénal fonctionnait normalement. Tout fonctionnait parfaitement bien. Ça a duré une matinée. J'ai dû être tenté de reprendre des "corticos" après. À cause de mes problèmes de foie, j'ai remarché avec du FEV 300, des complexes de vitamines B, de la Striadyne, des trucs autorisés. J'en avais plein la valise. Le reste, non. Des "anabo", il n'y en avait plus ; la testostérone, il n'y en a jamais eu pour moi. Juste deux fois, de la "testo" naturelle, un produit laiteux blanc, mais ça ne m'allait pas ; des amphétamines, un petit peu encore après. En fait, les toubibs ne m'ont jamais vraiment fichu une grande peur par rapport aux anabolisants ou autres. C'était de moi-même que j'avais peur. Après, j'ai dû reprendre la vie par un autre bout. J'ai d'abord travaillé dans une papeterie, puis dans l'entreprise de mon père. Ma carrière s'est arrêtée là. »

Le regret est toujours présent. Mais, même face à la

perspective de la rechute, aurait-il pu tenter le diable ? «Moi, le vélo, c'était ma passion, martèle-t-il. J'aurais tout fait pour rester dans le vélo, être sous les feux de la rampe, être à l'intérieur, voir ce qu'il y a tout autour, les voyages, être auprès d'un leader, comme Sean Kelly. J'ai tout fait pour y rester. Armstrong, lui, il en fait de la pub, il en vit doublement. Mais oui, reprend-il, à l'époque, j'aurais tout fait pour rester dans le vélo. Si, par exemple, on m'avait dit que c'était possible en ayant recours à des produits dangereux pour moi, pour mon cancer... Je ne sais pas... J'aurais réfléchi. C'est dur à dire, ça fait vingt ans... Soit, c'était banco, je replonge, soit la trouille aurait pris le dessus. Je ne sais pas. C'est du 50-50. Mais bon, à cet âge-là, on se dit qu'il ne nous arrivera rien. Moi, quelque chose m'est arrivé. Mais bon, je ne sais pas. C'est vrai que j'aurais pu replonger.»

Note des auteurs

Après une telle enquête, nous brûlions de connaître la réaction de Lance Armstrong, de ses proches et des personnes concernées, en raison des contradictions entre les déclarations du leader de l'US Postal et les éléments que nous avons rassemblés.

Dans cet esprit, nous avons pris contact directement avec Lance Armstrong, ainsi qu'avec les autres protagonistes de nos investigations. Ces contacts ont été initiés quelques semaines avant la parution afin de permettre aux intéressés de répondre, soit lors d'une rencontre, soit lors d'un entretien, soit par fax ou par mail.

Malheureusement, en dépit de l'importance des questions soulevées, aucun n'a trouvé le temps nécessaire pour le faire. Bill Stapleton, l'avocat chargé des intérêts de Lance Armstrong, nous a finalement demandé de centraliser entre ses mains les demandes relatives aux membres de l'US Postal, et nous a demandé de lui envoyer nos questions. Ce que nous avons fait aussitôt. Il s'est d'abord contenté pour toute réponse de nous mettre en garde contre d'éventuelles poursuites judiciaires, avant de nous demander au dernier moment un délai supplémentaire, qu'en dépit des difficultés techniques, nous lui avons en partie accordé. Enfin, quelques heures avant l'expiration de ce nouveau délai, il nous a annoncé des réponses écrites pour le lendemain. Nous avons alors décidé de les attendre, compte tenu de leur importance.

En vain.

Nous ne pouvons que regretter que ni Lance Armstrong ni aucun des autres protagonistes sollicités n'aient mis à profit le délai dont ils disposaient.

Par souci d'honnêteté, nous avons rapporté pour chacun des sujets traités les prises de position de Lance Armstrong dont nous avions connaissance.

Remerciements

Les auteurs tiennent à remercier tous ceux qui ont accepté de les rencontrer ou de répondre à leurs questions entre août 2001 et mai 2004. Et tout particulièrement :

Olav Skaaning Andersen, Phil Anderson, Frankie Andreu, Michel Audran, Christophe Bassons, Alain Bondue, Hervé Brusini, Eugenio Capodacqua, Jacques de Ceaurriz, Henriette Chaibriant, Jérôme Chiotti, Patrick Clerc, Bernard Debré, Sandro Donati, Jean-Bernard Dubois, Michel Guinot, Andy Hampsten, , Hugues Huet, Marty Jemison, Lars Jorgensen, Josie, Niels Christian Jung, Paul Kimmage, Tom Kington, Lionel Laurent, Jean-Paul Le Bourgeois, Kathy LeMond, Greg LeMond, Armand Mégret, François Migraine, Jean-Pierre de Mondenard, Mike Neel, Emma O'Reilly, Charles Pelkey, John Pineau, Eddy Pizzardini, Michel Provost, Torben Rask, Jean-Cyril Robin, Bruno Roussel, Laurent Schmitt, Prentice Steffen, Greg Strock, Stephen Swart, Phil Taylor, Max Testa, Ludovic Turpin, Cédric Vasseur, Jonathan Vaughters, Antoine Vayer, Willy Voet.

D'autres personnes ont contribué à l'élaboration de ce livre mais ont préféré garder l'anonymat.

Ils remercient également Anne Abeille, Paul-Raymond Cohen, Bernard Dobremetz, Elodie Ther, Delphine Valentin.

Table

RÉALISATION : PAO ÉDITIONS DU SEUIL
IMPRESSION : BRODARD ET TAUPIN À LA FLÈCHE
DÉPÔT LÉGAL : JUIN 2006. N° 88142 (35731)
IMPRIMÉ EN FRANCE

Collection Points